KB249731

향가의 제의적 이해

향가의 제의적 이해

최 선 경 저

책머리에

　『삼국유사』와 『균여전』에 실려 전하는 신라의 향가는 뜻함이 깊고 울림이 큰 노래이다. 완전하지 않은 해독 탓에 노래의 참 모습이 여전히 가려져 있긴 하지만 노래와 함께 전하는 이야기와 노래의 맛을 음미하고 있노라면 새삼 향가의 미감에 감탄하곤 한다.

　현전하는 향가는 몇 편 되지 않은데다가 작품의 성격도 다양하고, 그 뜻함마저 오묘하여 향가 연구에는 적지 않은 어려움이 있다. 향찰 해독의 어려움도 큰 몫을 한다. 그런 탓에 향가 연구는 어학적인 부분은 물론 문학적 해석에 있어서도 아직 넘어야 할 산이 많고 또 험하다. 그러나 연구를 하면서 마주하게 된 다양한 사연들과 노랫말 한 구절 한 구절에 베어 있는 신라인들의 삶에 대한 깊은 관조와 성찰, 간절한 바람과 염원, 순수한 마음 등을 만나는 시간은 고된 연구 속의 작은 기쁨이자 새로운 발견이었다.

　향가는 일연스님이 언급했듯 아주 오랜 기간 신라 사람들의 숭앙을 받아왔고, 또 천지귀신을 감동케 한 노래이다. 나는 '감동천지귀신'을 가능케 했던 향가의 힘의 원천은 어디에 있는 것일까라는 의문으로 향가 연구를 시작하였다. 그리고 그것은 곧 신라인들의 마음속에서 발원된 것이라는 답을 얻었다. 향가에 대한 신라인들의 뿌리 깊은 사랑과 믿음, 오롯한 정성과 한결같은 염원이 천지귀신을 감동케 한 바로 그 원천이었으며, 이를 가능케 해준 통로가 바로 제의임을 발견하게 되었다.

　고대인들은 제의를 통해 초자연적인 존재들과 소통하였고, 제의를 통해 문제를 해결하곤 하였다. 제의는 당시 고대인들에게 가장 과학적이고도 합리적인 문제 해결 방식이었다. 개인적인 문제든 국가적인 문제든 고대인들은 위기가 닥치면 제의를 통해 문제를 해결하고자 하였고, 노래는 제의에서 소통의 매개로 중요한 역할을 하였다. 신라 향가 역시 그 뿌리를 제의에 두고 있는 노래로, 제의에서 발생하였고, 제의에서 불린 노래였다. 신라인들의 향가에 대한 끝없는 신뢰와 애정은 이런 발생과 소통의 정황들과 무관하지 않다.

나는 향가작품들과 배경설화에서 보이는 표상들을 통해 향가와 제의의 친연성 및 향가의 제의적 성격을 밝히고자 연구를 시작하였다. 지금 여기 실은 논문들은 그런 연구의 과정 중에 나온 결과물로 그동안의 연구의 정리이자 중간보고인 셈이다. 제1부 향가의 제의가적 성격 연구는 나의 박사 학위 논문이고, 제2부 각론은 학위 논문 이후에 쓴 논문들을 엮은 것이다. 의욕을 가지고 시작한 연구였지만 아둔한 머리와 좁은 소견으로 주변을 맴돌기만 했을 뿐 어느 것 하나 제대로 해명해내지 못한 것 같아 그저 얼굴이 붉어질 따름이다.

이 책이 나오기까지 많은 선생님들과 동학들의 도움을 받았다. 돌이켜 보면 많은 분들께 분에 넘치는 사랑과 은혜를 입었다. 나의 아둔함과 타고난 게으름을 나무라지 않으시고 많은 가르침을 주신 은사님 한 분 한 분께 이 자리를 빌어 큰 감사를 드린다. 함께 공부하고, 토론하고, 때론 위로하면서 지난한 학문의 길에 동무가 되어 준 선배, 후배, 동학들 모두에게도 감사를 전한다. 여러모로 부족한 나를 사랑으로 지켜보면서 끝없이 믿고 격려해 준 양가 부모님들과 사랑하는 내 가족들에게도 고맙다는 인사 전하고 싶다.

이 책을 정리하는 내내 떠오르는 당신과의 소소한 일상과 따뜻한 가르침의 기억으로 나는 다시 한 번 커다란 슬픔과 허전함 속에서 맥없이 휘청거려야 했다. 다 두고 떠나셨지만 언제나 내 안에 살아 계시는, 향가 연구의 대 선배이자, 스승이자, 나의 모든 것의 원천인 아버지께 그리움을 가득 담아 이 책을 바친다. 좋은 곳에서 편히 계시길 빌고 또 빌 뿐이다.

2006년 10월 29일
아버지의 1주기를 기리며 다솔관에서
최 선 경 씀

목 차

제1부 향가의 제의가적 성격 연구

제2부 각 론

제1부

향가의 제의가적 성격 연구

I. 서 론

1. 연구 목적 및 연구사 검토

　향가가 연구되기 시작한 지도 근 한 세기 가까운 세월이 흘렀다. 그간 향가는 어학, 문학, 민속, 종교, 역사 등 여러 각도에서 다양한 조명을 받으며 연구되었고 그런 만큼 상당한 연구 성과의 축적을 이루어 내었다. 그러나 이러한 많은 연구 성과의 축적에도 불구하고 아직도 향가가 어떤 성격의 문학이며 향가의 본질은 무엇인가에 대한 명쾌한 답을 구하기는 어렵다. 이는 현전하는 향가가 몇 편 되지 않고 또 그것들마저도 향찰로 표기되어 있기 때문에 완전한 해독이 불가능한 탓도 있지만 그보다는 향가의 성격이 단순하지 않고 매우 복합적이라는 데 더 큰 원인이 있다.

　향가는 불교의 승려들에 의해 지어진 찬불적 내용의 불교문학이기도 하고 우리 고유의 토착신앙을 바탕으로 형성된 주술가요이기도 하며 화랑집단의 고유신앙을 대변하는 화랑문학이기도 하다. 때문에 향가는 선학들에 의해 불교문학이나 주술가요, 혹은 화랑문학의 어느 하나로 규정되기도 하였고 이러한 성격들을 복합적으로 지니고 있는 巫佛習合 혹은 郎佛融合문학으로 정의되기도 하였다.

향가는 우리의 토착신앙을 바탕으로 성립되어 널리 향유되다가 불교가 수입된 이후에는 불교의 영향으로 불교 가요적 면모를 갖추게 되는 단계적 변화를 겪으며 형성된 역사적 장르이다. 따라서 향가가 지니고 있는 복합적인 성격은 이러한 향가의 전승과정과 우리 고대사회의 종교, 사상의 흐름과 깊이 관련된다고 할 수 있다. 우리 고대의 종교는 서로가 서로를 배척하는 대립적인 관계에서가 아니라 서로가 서로를 받아들이고 서로의 장점을 취하여 융합하는 특색을 지니면서 발전해 왔다. 우리의 토착신앙인 무교는 불교와 조화롭게 융합하면서 지속적으로 성장하였고 외래 종교인 불교는 토착신앙인 무교의 토대 위에 자연스럽게 침윤되었다. 또 이러한 무교와 불교가 융합된 그 바탕 위에 유교와 도교적 요소를 가미하여 새롭게 탄생된 것이 화랑도이다. 때문에 우리의 고대문화는 무교와 불교, 유교와 도교가 모두 한데 섞이어 조화롭게 공존하는 문화였다. 우리 고대문화의 이러한 특수한 전통은 향가라는 문학 장르에도 그대로 반영되어 향가에는 다양한 종교이념과 사상이 조화롭게 녹아 있다. 따라서 향가를 바르게 이해하고 향가의 본질이 무엇인가를 밝히기 위해서는 우선 이러한 우리 고대문화의 특수성에 대한 이해를 도모할 필요가 있다.

이렇게 우리 고대문화의 특수성에 대한 바른 이해를 전제로 해서 향가의 본질을 파악해야 한다고 했을 때 우리에게 가장 필요한 것은 당시의 민속과 당시 사람들의 사유체계에 대한 정밀하고 정확한 이해라 할 수 있다. 그리고 바로 그 이해의 중심에 놓여야 하는 것이 祭儀이다. 제의는 고대문화의 원천이자 당시 사람들의 세계에 대한 인식을 그대로 반영하고 있는 집합체라 할 수 있다. 더구나 향가는 제의와 직접적인 관련을 갖는 노래이다. 향가는 제의에서 발생하였을 것으로 추정되며, 제의에서 불리면서 제의가적 성격을 지속적으로 유지해 온 노래이다. 향가의 발상은 바로 제의와 직결되며 향가의 본질은 바로 이 제의가적 성격에 있다고 말해도 지나치지 않을 것이다. 따라서 향가의 이해를 위해서는 향가와 제의의 관련성에 우선적으로 주목하지 않으면 안 된다.

향가와 제의의 관련성에 관한 선학들의 연구를 먼저 정리해 보면 향가와 제의의 관련성에 관한 연구는 개별 작품을 분석하는 경우에 한해서 주로 이루어졌고 향가의 전반적인 성격을 논하는 과정에서는 제의와의 직접적인 관련성보다는 주로 향가의 주술적 성격을 지적하는 방향에서 논의가 이루어져 왔다. 그 대표적인 연구 성과들을 정리하면 다음과 같다.

먼저 음악적인 면에서 향가를 굿에서 쓰이는 巫樂과 동일시한 이는 이혜구이다. 이혜구[1]는 시나위를 正樂과 반대되고 정악보다 격이 떨어지는 음악의 일반 명칭이라고 하면서 시나위를 神房曲 즉 굿하는 데 쓰이는 巫樂인 굿거리나 살푸리로 이해하였다. 그러면서 시나위가 시나이, 시내로 변한 것이 思內, 詞腦이니 결국 思內나 시나위는 같은 말이라고 하였다. 이는 향가와 사뇌가가 모두 굿하는 데 쓰이는 巫樂임을 주장한 것으로, 이러한 주장은 향가 곧 사뇌가가 영산회상이나 당악과 같은 외래음악이 아닌 토속음악이며 굿과 같은 제의에서 사용되었던 음악임을 지적한 것이라 할 수 있다.

조지훈 역시 이혜구와 마찬가지로 詞腦라는 용어의 풀이를 들어 향가의 제의적, 주가적 성격을 해명하였다. 그는 '思內, 詞腦'가 '上', '高', '神靈'의 뜻임을 언급하면서 思內 또는 詞腦歌는 神歌, 巫歌, 呪歌를 의미한다고 주장하였다.

結論을 말한다면 思內나 詞腦歌의 原義는 神歌(巫歌)요, 祈願에 쓰이는 呪歌는 祭典行事에 羣聚歌舞할 때 부르는 鄕土民謠였던 것이다. 詞腦歌가 呪歌에서 源流함이 明白한 것은 三國遺事 所載의 現存羅歌 擧皆가 이러한 呪歌的 性格을 띠고 있음을 봐도 알 것이다. 勿論 一然의 好尙이 그런 것만 뽑았다고 解釋할 수 있으나, 이 呪歌的 性格은 詞腦歌의 共通된 바탕임에는 틀림없다. 그러므로 詞腦는 集團舞樂에서 出發하여 抒情歌, 敍事歌, 讚歌로 分化發達된 뒤에도 이 原形質은 持續되었던 것이다.[2]

---

1) 李惠求, 「시나위와 詞腦에 關한 試考」, 『國語國文學』 8, 國語國文學會, 1953
2) 趙芝薰, 「新羅歌謠研究論攷」, 『民族文化研究』 第1號, 高麗大學校 民族文化研究所, 1964, p.149

이혜구, 조지훈의 견해는 결국 사뇌가가 무속제의인 굿에서 발생한 노래로 제의가적 성격을 원형으로 함을 지적한 것이라 하겠다.

다음, 향가의 주술적 성격에 관한 지적은 향가연구 초기부터 이루어져 왔는데 향가의 주술적 성격에 관한 논의는 특히 '能感動天地鬼神'하는 향가의 신비한 힘에 대한 관심으로 모아졌다. 그 대표적 연구자인 양주동, 이능우, 김열규의 견해를 들어 보겠다.

양주동은 향가의 성격을 논하는 자리에서

> 더구나 여기 다시 特筆할 것은 上引遺事文中 「鄕歌往往能感動天地鬼神者非一」이란 文句이니, 羅代人은 무릇 詞腦歌를 다만 諷詠, 戲樂의 具로만 생각한 것이 아니오 정말 天地 神明을 感動시킬 수 있는 神聖한 무엇으로 看做한 것인데, 이는 저 上代震人이 歌樂을 天, 神과 교통할 수 있는 무슨 주술적 힘으로 관념한 것 그대로의 遺傳이다. 遺事所載歌만 보더라도 전술한 駕洛九干의 영신군가를 비롯하여 水路夫人을 拉致한 海龍을 威脅코자 群衆이 合唱한 海歌詞, 또는 盲兒가 得眼한 禱歌, 二日竝現의 怪를 卽座에 消滅케 한 兜率歌, 彗星을 卽滅케 하고 日本兵을 還國케 한 彗星歌 乃至 노래로써 疫神을 感動시켜 그를 驅逐하였다 하여 辟邪進慶의 具로 羅麗를 通하여 近代에까지 傳承된 處容歌等은 모두 노래로 超自然的, 呪術的, 神秘한 힘으로 看做한 實例이다.3)

고 하면서 향가를 어떤 신성한 힘 즉 주술적이고 신비한 힘을 갖는 노래로 파악하였다.

또 이능우는 「鄕歌의 魔力」이란 논문에서 향가를 新羅代의 하나 詩의 장르요 그 성격이란 전체로 魔力的인 힘을 가지고 있는 데 특색이 있는 것이라고 지적하면서 『삼국유사』 소재 향가 14수를 마력적 힘이 나타나는 양상에 따라 다음과 같이 정리하였다.

　① 자기의 所願을 이 鄕歌를 부름으로써 소원이 이루어졌다는 어떤 힘을 가

---

3) 梁杜東, 『古歌硏究』, 博文出版社, 1954, pp.54-55

진 것: 兜率歌, 盲兒得眼歌

② 자기의 所願을 鄕歌로써 부르되, 그 희망을 이미 성취한 것처럼 불러버리는 태도를 가진 노래. 그럼으로써 향가란 것에 소원성취의 마력이 붙어지는 것과도 같은 느낌을 주는 내용의 것: 薯童謠, 彗星歌

③ 鄕歌 이것을 부름으로서 자연히 吉하게 되어지는 모습을 지닌 것. 자기의 소망을 언급하지 않을 뿐더러 오히려 諦念的인 것 같기도 한 내용의 것: 得烏谷慕郎歌, 遇賊歌, 處容歌, 怨歌

④ 기타 나머지 것: 風謠, 願往生歌, 獻花歌, 祭亡妹歌, 讚耆婆郎歌, 安民歌[4]

또 김열규[5]는 향가를 poetry-mana라 지적하고 그러한 노래로 〈도솔가〉, 〈서동요〉, 〈혜성가〉, 〈원가〉, 〈처용가〉 다섯 작품을 들었다. 그에 의하면 〈兜率歌〉는 양식과 효험에 있어서 모두 呪歌이며, 〈薯童謠〉는 직유적인 주사인 동시에 소극적 명령법의 주사이고, 〈彗星歌〉는 혜성에 대해서는 직접적으로 왜구에 대해서는 간접적으로 작용한 주사이며, 〈怨歌〉는 왕과 나무 사이에 존재하는 감염법칙에 의지해 불려진 주가이며, 〈處容歌〉는 감염주술의 원리를 지니고 있는 동시에 소극적 명령법을 담고 있는 주사가 된다.

이 세 연구자들의 연구가 향가연구 초기의 것이라면 이들의 뒤를 이어 향가의 주술성을 연구한 임기중, 장진호 등은 초기 연구자들이 향가의 주술성을 단순히 '신비한 힘'이나 '마력', '마나'와 같이 다소 소박한 수준에서 지적한 데에서 한 걸음 더 나아가 이들을 좀더 구체적이고 체계적인 이론의 제시를 통해 학문적으로 밝혀내었다.

임기중[6]은 향가의 중심원리를 주력관념으로 보고, 향가의 주술성을 향가의 주술적 창작 내지 창작 발상, 향가의 주사적 시문법, 향가 작자들의 주사적 기능, 향가의 주술적 실제화의 네 가지로 살펴 그 결과를 다음과 같이 제시하였다.

---

4) 李能雨, 「鄕歌의 魔力」, 『現代文學』 21, 1956.9, pp.196-203
5) 金烈圭, 「鄕歌의 文學的 硏究 一斑」, 『鄕歌의 語文學的 硏究』, 西江大 人文科學硏究所, 1972
6) 林基中, 「鄕歌의 呪力性」, 『鄕歌文學硏究』, 一志社, 1993

	주술적 발상	주사적시문법	주사적기능	주술적 실제화
헌화가	/	부정조건긍정	/	/
안민가	통 치	긍정조건긍정	주사승	통치력
처용가	치 병	즉흥변이 / 예고	친위주사	치병과 소생력 / 벽사력 / 양재력
서동요	구 애	예 고	주사왕	구애력
맹 아 득안가	치 병	기 도	민가주사	치병과 소생력 / 양재력
도솔가	천후조절	위 하	주사승	천후조절력 / 양재력
혜성가	천후조절	예 고	친위주사	천후조절력 / 양재력 승전과 퇴적력
원 가	구 애	예 고	친위주사	치병과 소생력 / 구애력
보 현 십원가	치 병	/	주사승	치병과 소생력 / 양재력

장진호[7]는 노래로 불려지는 그 '因'에 의하여 祈願하고자 하는 하나의 '果'를 가져오게 하는 성격을 呪願性이라 정의하고 이를 향가의 특질로 내세웠다. 그는 신라 향가가 다양한 성격을 지니고 있지만 그 다양한 표층의 이면을 들여다보면 향가가 제의가로 불려졌고 그 원초적 주원성을 심층에 깔고 있음을 확인할 수 있다고 하면서 향가가 민족 고유의 종교인 풍월도 즉 화랑들의 주원적 제의가로 출발하여 후에 외래 종교의 수입으로 인하여 그 사상적 양상은 변용, 대치되기도 하였지만, 그 주원성의 잔영은 적어도 신라 향가 14수에 그대로 남아 간직되고 있음을 강조하였다.

임기중과 장진호의 논의는 주술의 형상화 방식과 주술계 향가의 실제적인 양상을 좀더 구체적으로 밝힘으로써 향가의 주술적 성격을 좀더 명확하게 드러냈다는 데 큰 의의가 있다고 할 수 있다.

한편 향가의 주술적 성격을 제의와 관련시켜 논의하면서 주술적 성격보다는 제의 쪽에 무게를 두어 서술한 연구자는 최진원과 윤철중이다.

최진원[8]은 사뇌가를 다루면서 향가의 원류는 사뇌가이며 사뇌가는 토속

---

7) 張珍昊, 『新羅鄉歌의 研究』, 螢雪出版社, 1996
8) 崔珍源, 『國文學과 自然』, 成大出版部, 1981

신앙의 제의가로서 신명에게 고해진 노래라고 보았다. 그리고 國仙을 토속신앙, 제의가의 담당자로 보고, 仙風과 향가의 주술성을 연결시켜 해명하였다.

윤철중[9]은 향가가 上代에는 주술성이 지배하다가 불교의 전래 이후에는 불교성이 대두되고 한시의 영향이 강해지는 下代에 이르러서는 서정성이 뚜렷해지는 성격의 변화를 겪게 된다고 하면서 향가의 성격을 주술성, 불교성, 서정성으로 파악하였다. 그는 향가의 이러한 세 가지 성격 가운데 특히 주술성에 초점을 맞추어 논의를 진행하면서 향가의 주술성은 토속적인 원시종교의 제의와 밀접한 관련이 있으며 이러한 성격이 바로 향가의 원초적 모습이며 향가의 원류는 제의가에서 찾을 수 있음을 강조하였다.

또 김승찬[10]은 지금까지의 향가연구를 반성적으로 고찰하는 자리에서 향가와 의례의 관계를 논하면서 의례와 관계되는 향가를 다음과 같이 정리하였다.

농경의례-(〈회소곡〉), 축하의례-(〈우식곡〉, 〈이견대〉, 〈여나산〉, 〈장한성〉), 변괴퇴치의례-(〈혜성가〉, 〈도솔가〉), 장속의례-(〈해론가〉, 〈제망매가〉), 치병의례-(〈도천수대비가〉, 〈처용가〉), 민속의례-(〈안민가〉)

그리고 이들 노래 가운데 풍속과 관련된 노래는 〈회소곡〉, 〈안민가〉이고, 무속신앙과 관련된 노래는 〈처용가〉이며, 불교신앙과 관련된 노래는 〈혜성가〉, 〈도솔가〉, 〈제망매가〉, 〈도천수대비가〉라 하였다.

이상의 제 견해를 종합해 보면 학자에 따라 그 실체를 단순히 신비한 힘이나 마력으로 인식하기도 하고, 좀더 구체적으로 이를 체계화하여 呪的觀念이나 呪願性으로 파악하기도 하고, 또 다른 한편으로는 화랑의 仙風과 관련하여 해석하기도 했지만 향가가 주술적 힘을 갖는 노래이며 그러한 주술성의 바탕에는 향가가 제의에서 불린 노래라는 사실이 존재한다는 데에는 공통된 인식을 보이고 있음을 확인할 수 있었다. 물론 향가의 주술성이 전 작품에 걸쳐 존재하는 것이냐 아니면 몇몇 작품에만 국한되어 나타나는 것

---

 9) 尹撤重, 「鄕歌 性格考-祭儀歌를 중심으로」, 成均館大 碩士學位論文, 1977
10) 金承璨, 「鄕歌와 儀禮」, 『慕山學報』 9, 慕山學術研究所, 1997.

이냐에 대한 이견, 또 몇몇 작품에만 한정시켜 주술성을 이야기한다고 했을 때 어떤 작품들을 거기에 포함시킬 것이냐 하는 문제들은 여전히 연구자들끼리의 논쟁거리로 남아 있다고 할 수 있다.

그러면 향가의 주술성을 지적한 지금까지의 연구들은 향가 작품의 실상을 드러내는 데에는 어느 만큼의 공헌을 했는가. 향가의 주술적 성격 혹은 제의가적 성격을 지적한 이제까지의 연구들은 향가에 주술적 성격이 있다거나 그러한 주술적 성격들이 향가의 중요한 특질의 하나라는 것을 지적하는 데에서 크게 벗어나지 못하고 있는 것처럼 보인다. 다시 말하면 향가의 주술성이나 제의가적 특성을 지적하는 단계에서 더 나아가 실제로 작품에서는 이러한 특징들이 어떠한 양상으로 드러나고 있으며 향가의 제의가적 위상이 어떠한지를 구체적으로 해명해 내는 단계에까지는 이르지 못하고 있는 것으로 보인다. 이는 연구사 검토를 통해서도 확인해 볼 수 있었듯이 향가의 주술적 성격이나 제의에 대한 이해가 정확하지 않은 데에서 비롯된 것이라고 할 수 있다. 이에 따른 대표적인 문제들은 다음의 두 가지의 경우로 정리해 볼 수 있다.

하나는 제의에서 불린 노래인 제의가와 주술적 노래인 呪歌를 동일시하는 경우이다. 많은 경우에 있어 제의문맥으로 해석되는 설화 속에 자리한 향가는 주가로 파악되어 왔다. 이는 주술성과 관련한 논의들이 서사문맥에 드러나는 제의적 요소나 성격을 밝히는 데에만 집중된 나머지 정작 제의에서 불린 노래인 향가에 대해서는 별다른 주의 없이 그냥 주가로 처리해 버린 데 따른 것이라 할 수 있다. 주가가 제의에서 불린 노래인 것은 분명하지만 제의에서 불린 노래가 모두 다 주가인 것은 아니다. 제의가와 주가는 세심하게 갈라볼 필요가 있다. 후술하겠지만 제의 중에 특정한 절차에서 불린 노래만을 주가라고 할 수 있다. 그런데 이제까지의 많은 연구자들은 이러한 사실을 간과하고 제의에서 불린 노래이면 모두 주가로 파악하였기 때문에 작품의 실상과 작품의 성격 규정이 일치하지 않은 예가 많았다. 〈헌화가〉, 〈안민가〉, 〈처용가〉 등을 주가로 파악한 것이 그러한 실례라 하겠다.

또 하나의 문제는 제의를 동반하지 않은 노래까지도 모두 주가로 규정하는 것이다. 이제까지 많은 연구자들은 노래를 불러 원하는 바를 성취했거나 노래를 통해 상황의 반전을 이룩했다면 그 경우의 노래는 주가로 간주할 수 있다는 입장에 서 있었다. 그러나 앞에서 정리한 바 있듯 주가는 반드시 제의를 동반한다. 때문에 노래를 불러 원하는 바를 성취하거나 상황의 반전을 이루었다고 해서 그 노래를 곧 주가로 규정할 수 있는 것은 아니다. 〈서동요〉, 〈원가〉, 〈도천수대비가〉, 〈풍요〉, 〈우적가〉, 〈제망매가〉 등을 주가라고 할 수 없는 것은 이 때문이다.

향가의 주술성에 대한 이해는 이러한 문제점들을 인식하는 가운데 새롭게 시도되어야 한다. 향가의 주술성은 향가가 제의에서 불려진 노래라는 데 근거하고 있다. 이는 앞의 연구사 검토에서도 보았듯 이미 여러 선학들에 의해 밝혀진 바 있는 사실이기도 하다. 향가는 세계와의 주술적 소통의 기능을 담당한 노래였다. 그리고 제의는 이러한 소통을 가능케 해준 장치였다. 따라서 이제 좀더 구체적으로 향가가 어떠한 방식으로 제의와 관련을 맺고 있으며 어떠한 방식으로 세계와 소통하고 있었는가를 살펴볼 필요가 있다. 막연하게 향가에 주술적 힘이 있다거나 향가가 제의에서 불린 노래라고만 할 것이 아니라 제의가로서의 향가의 위상은 어떠하며 향가가 제의 중에 어떠한 역할과 기능을 담당했는가를 면밀하게 고찰해 보아야 한다.

2. 연구방법 및 연구의 의의

향가는 제의와 밀접한 관련을 갖고 있는 노래이다. 따라서 향가의 실상을 파악하는 데 있어 제의에 대한 이해는 필수적이라고 할 수 있다. 그러나 안타깝게도 당시에 향가가 불려진 제의의 모습이나 향가의 제의 발생설을 뒷받침해 줄 만한 역사 기록은 존재하지 않는다. 오늘날 우리가 볼 수 있는 향가 관련 논평은 『삼국유사』와 『균여전』에 존재하는 향가의 기능이나 형식에 대한 단편적인 언급이 전부이다. 때문에 향가가 향유되던 모습이나 향가에 대한 신라인들의 인식, 그리고 향가의 위상을 재구하는 일은 향가가 수록되어 있는 서사의 분석과 향가에 대한 단편적 기록들의 종합을 통해서만 가능하다고 할 수 있다. 그런 점에서 봤을 때 향가가 노래 단독으로만 존재하지 않고 배경설화와 함께 전한다는 것은 매우 다행한 일이라 하지 않을 수 없다.

향가가 상대시가인 〈龜旨歌〉, 〈黃鳥歌〉, 〈公無渡河歌〉 등과 같이, 서사 문맥 안에 존재한다는 것은 향가의 특이한 존재방식의 하나라 할 수 있다. 때문에 우리는 향가연구의 상당부분을 배경설화의 해석에 의존하고 있다. 향가 배경설화에는 향가의 창작 동기, 향가의 작자뿐 아니라 향가의 연행과 관련된 많은 정보가 담겨져 있다. 또 향가와 서사문맥은 그 자체가 하나의 서사체로 기능하기도 한다. 따라서 향가와 그 배경설화의 관계에 대한 연구 또한 일찍부터 행해져 왔다.

최철[11]은 『삼국유사』에 담겨진 배경설화 속의 가요의 성격을 설화가 단순히 불려진 동기에 관련된 설명에 불과한 경우와 가요가 이미 서사문학에 밀착되어 있어 그것 없이는 서사 구조 자체에 훼손이 생기는 것 곧 가요가 서사진행의 한 계기요 의례가 되는 경우의 둘로 나눈 바 있다. 또 임기

---

11) 崔喆, 「新羅 歌謠의 硏究 - 그 作者와 背景說話를 중심으로 -」, 東國大 博士學位 論文, 1978

중[12]은 노래가 기술물의 문맥 밖으로 나와 있는 것과 기술문맥의 안에 들어 있는 것으로 일단 구분하고 나서 다시 기록이 노래와 기술물 중 어디에 중점을 두고 있는가에 따라 노래가 主가 되는 경우, 노래와 기술물이 병립되어 있는 경우, 기술물들이 主이고 노래가 부수적인 경우, 가요만 전하고 기술물은 전하지 않는 경우의 넷으로 유형을 분류하였다. 이러한 연구들은 전체 향가와 배경설화가 관계하고 있는 방식을 체계적으로 제시했다는 점에서 그 의의가 인정된다 하겠다.

향가의 제의가적 성격을 밝히는 데 있어서도 향가 배경설화와 향가가 관계 맺고 있는 양상에 대한 분석은 특히 향가의 기능과 성격을 해명하는 데 매우 중요한 역할을 한다. 제의문맥으로 해석되는 설화에서 향가가 배경설화 속에 놓여 있는 위치와 배경설화 속에서 담당하는 역할은 향가의 제의가적 성격과 제의가로서의 위상을 밝히는 열쇠가 되기 때문이다.

본고에서 필자가 대상으로 한 작품들은 최철의 분류에 따르면 후자 그러니까 가요가 이미 서사문학에 밀착되어 있어 그것 없이는 서사 구조 자체에 훼손이 생기는 것 곧 가요가 서사진행의 한 계기요 의례가 되는 경우이다. 좀더 구체적 서술하자면 『삼국유사』의 향가 수록 조 가운데 향가가 사건의 진행에 직접 개입하고 있으며, 서사문맥에 구체적으로 노래가 불려진 정황이 제시되어 있고 그 정황이 제의의 실행과 관계되는 紀異편의 〈水路夫人〉, 〈處容郞 望海寺〉, 〈景德王 忠談師 表訓大德〉條와 感通편의 〈月明師 兜率歌〉條이다. 이들 조에는 제의가 시행된 목적, 제의의 주재자, 제의의 상황, 제의의 효험에 대한 기술이 자세히 드러나고 있을 뿐 아니라 구체적으로 향가가 제의 중에 어떠한 기능을 수행하며 불려졌는가를 확인케 해 주는 서술이 나타나기 때문에 향가와 제의가 어떤 식으로 관계를 맺고 있으며 제의 속에서의 향가의 기능이 무엇인지를 분명하게 파악할 수 있다. 따라서 향가가 수록되어 있는 이들의 분석을 중심으로 논의를 진행시켜 나가도록

---

12) 林基中, 『新羅歌謠와 記述物의 硏究』, 二友出版社, 1981

할 것이다. 향가의 제의가적 성격을 밝히는 필자의 논의는 다음의 방법으로 진행될 것이다.

필자는 먼저 본격적인 논의에 앞서 향가와 제의의 관련성을 논할 수 있는 논리적 기반으로 Ⅱ장에서 문헌 기록에 등장하는 최초의 향가 작품인 유리왕대 〈도솔가〉와 현전하는 향가 작품 중 최초의 것이라 말해지는 〈서동요〉를 살필 것이다. 유리왕대 〈도솔가〉와 〈서동요〉는 제의와 매우 밀접한 관련을 갖고 있는 노래들로 생각된다. 따라서 이들 두 노래와 제의의 관련성을 연결시켜 논의해 봄으로써 초기의 향가가 향유되던 모습과 향가의 제의가적 성격을 논증하고자 한다.

Ⅲ장에서는 본격적으로 『삼국유사』 향가 수록 조 가운데 향가의 제의가적 성격과 위상을 분명하게 보여주고 있는 기이편의 〈수로부인〉조, 〈처용랑 망해사〉조, 〈경덕왕 충담사 표훈대덕〉조와 감통편의 〈월명사 도솔가〉조의 정밀한 분석을 시도해 볼 것이다. 이들에는 제의가 실행된 목적, 제의의 주재자, 제의의 절차, 제의의 효험에 대한 자세한 정보가 담겨져 있을 뿐 아니라 향가가 제의 중에 어떠한 기능을 수행했는가를 확인케 해 주는 기술이 존재한다. 따라서 이들의 분석을 통해 제의의 진행 과정과 향가의 제의가적 성격을 밝힐 수 있을 것으로 기대한다.

이들의 분석에서는 특히 제의가 표상화 되는 방식에 주목할 것이다. 이들에는 제의의 시공간과 제의의 주재자 그리고 이들에 의해 진행되는 제의의 광경이 몇 가지 표상들로 나타난다. 여기서는 이러한 표상들에 주목하여 제의가 문학적으로 표현되는 형상들을 살필 것이다.

Ⅳ장에서는 앞장의 분석 결과를 토대로 하여 향가 배경설화에서 보이는 공통구조와 기술상의 특징을 제의와의 관련하에 해명해 보도록 할 것이다. 향가 배경설화에는 공통적으로 두 개의 사건에 대한 기술이 존재한다. 하나는 주인공의 정체에 관련된 것이고 다른 하나는 주인공이 실행하는 제의에 관한 것이다. 이 둘은 서로 긴밀하게 결합되어 하나의 이야기 속에 존재한다. 여기서는 이러한 결합 구조가 무엇을 의미하며 어디에 원형을 두고 있

는 것인가를 제시할 것이다.

다음으로는 향가 배경설화에 공통적으로 보이는 사건의 전개방식이 제의와 어떻게 연결되는가를 밝힐 것이다. 이를 위해 먼저 제의가 진행되는 절차에 대한 선학들의 연구 성과들을 제시할 것이다. 그리고 실제로 제의의 구술상관물이라 이야기되는 〈가락국기〉의 수로왕 탄생담을 분석해 봄으로써 고대 제의가 진행되는 방식을 재구해 볼 것이다. 그리하여 제의의 절차와 향가 배경설화 속에서의 사건의 진행과정이 어떤 식으로 대응되고 있는가를 살필 것이다.

그리고 마지막으로 제의문맥 속에 놓여 있는 향가의 위치와 기능을 통해 향가의 제의가적 성격을 구체적으로 밝힐 것이다. 향가가 제의 중 어떠한 절차에서 불려졌으며 향가가 제의 속에서 어떤 기능을 하며 불렸는가를 통해 제의가로서의 향가의 위상을 밝히도록 할 것이다.

이러한 연구는 지금까지 막연히 향가가 제의와 관련되어 있다거나 향가가 제의에서 불린 노래라는 사실을 지적하는 단계에서 한 걸음 더 나아가 구체적인 작품의 존재방식을 통해 향가의 제의가적 성격을 밝혔다는 데 의의가 있다고 할 수 있다. 특히 향가가 제의의 어느 절차에서 어떻게 불렸는가를 통해 향가의 제의가적 모습들을 확인하고 이를 통해 향가의 실상을 규명할 수 있는 길을 연 것은 본 연구의 성과라 할 수 있을 것이다. 문학연구가 작품이 창작, 향유되던 시대의 모습을 밝힘으로써 작품의 실상을 바르게 제시하는 것을 최종적인 목표로 한다고 했을 때 본 연구는 향가가 향유되던 당시의 모습과 작품의 시대적 의의를 제시함으로써 향가의 실체를 규명하고 향가의 본질을 해명하는 데 한 걸음 다가섰다는 점에서 그 의미를 찾을 수 있을 것 같다.

Ⅱ. 鄕歌와 祭儀의 관계, 그 논리적 기반

1. 儒理王代 〈兜率歌〉와 그 祭儀적 근거

1) 『三國遺事』, 『三國史記』 관련 기록의 검토

『三國遺事』 卷 5, 感通, 〈月明師 兜率歌〉조에는 향가에 관한 짧지만 매우 중요한 다음과 같은 기록이 전한다.

'羅人尙鄕歌者尙矣 盖詩頌之類歟 故往往能感動天地鬼神者 非一'
(신라 사람들이 향가를 숭상한 지는 오래되었다. 대개는 詩頌의 類라 할 것이다. 때문에 때때로 천지와 귀신을 감동시켰던 일이 한두 번이 아니었다.)

향가에 관한 이 짧은 논평 안에는 향가의 성격이 함축적으로 제시되어 있어 향가를 이해하는 데 매우 중요한 단서가 되고 있다. 일연의 이 논평에서 우리는 향가와 관련된 두 가지 중요한 사실을 제공받을 수 있는데 하나는 향가의 연원이 무척 오래되었다는 사실이고 다른 하나는 향가가 『詩經』의 頌과 같은 類로 천지귀신을 감동시킬 수 있는 성격의 노래라는 것이다. 이 두 가지 사실은 결국 신라 사람들이 오래도록 향가를 숭상한 것이 향가의 能感動天地鬼神的 성격 때문이라는 것을 말해 준다고 할 수 있다. 그렇

다면 향가의 오랜 연원과 많은 신라 사람들의 향가의 숭상 그리고 향가의
능감동천지귀신적 성격은 어디에서 연유하는 것일까. 이에 대한 해명을 위
해서는 먼저 향가의 연원을 따져 볼 필요가 있다.

　현전하는 향가 작품 중 가장 이른 시기의 것으로 말해지고 있는 것은
〈서동요〉와 〈혜성가〉이다. 〈서동요〉와 〈혜성가〉는 모두 신라 진평왕 대의
작품으로 기록되어 있다. 기록대로라면 이들은 대략 6세기 정도의 노래가
된다. 그러나 『三國史記』 〈儒理尼師今〉 5년 조의 기록이나 『三國遺事』 紀
異 〈弩禮王〉조의 기록은 향가의 연원이 이보다 훨씬 앞설 수 있음을 말해
주고 있다. 위 두 기록에 등장하는 〈兜率歌〉의 존재가 그것이다. 〈도솔가〉
는 가사는 전하지 않지만 우리가 확인할 수 있는 기록에 등장하는 최초의
향가 작품이라 할 수 있다. 그리고 그렇다고 한다면 향가의 발생시기는 적
어도 1세기 전으로 거슬러 올라갈 수 있다. 그러면 위 두 문헌의 〈도솔가〉
관련 기록을 검토해 보기로 하겠다.

　『三國史記』 新羅本紀 〈儒理尼師今〉조의 기사는 다음과 같다.

　　5년 11월에 (왕이) 국내를 순행하다가 한 노파가 주리고 얼어 거의 죽게
　됨을 보고 가로되 "내가 조그만 몸으로 왕위에 있어 능히 백성을 기르지 못하
　고 老幼로 하여금 이러한 지경에 이르게 하니 이는 나의 죄라" 하고 옷을 벗어
　그를 덮어 주고 음식을 먹인 후, 이내 有司에게 명하여 곳곳마다 홀아비, 홀어
　미, 고아, 아들이 없는 늙은이, 병든 이로서 자활할 수 없는 자를 存問하여 식
　료를 주어 부양하게 하였다. 이에 이웃사람들이 소문을 듣고 오는 자가 많았
　다. 이 해 민속이 즐겁고 편안하여 비로소 왕이 〈도솔가〉를 지으니 이는 가악
　의 시초였다. 13)

　또 『삼국유사』 〈弩禮王〉조의 기록은 다음과 같다.

---

13) 『三國史記』 卷 一, 「新羅本紀」 一. 儒理尼師今五年 冬十一月 王巡幸國內 見一老
　　嫗 飢凍將死 曰予以眇身居上 不能養民 使老幼至於此極 是予之罪也 解衣以覆之
　　推食以食之 仍命有司 在處存問 鰥寡孤獨老病不能自活者 給養之 於是 隣國百姓
　　聞而來者衆矣 是年 民俗歡康 始製兜率歌 此歌樂之始也.

이때 비로소 도솔가를 지었으니 차사사뇌격이 있었다.[14]

위 두 기사는 〈도솔가〉가 歌樂의 시초가 되는 작품이며 嗟辭가 있는 詞腦格의 노래임을 말해주고 있다. 그렇다면 위 두 기사를 통해 〈도솔가〉의 성격을 어떻게 규정해 볼 수 있을까

먼저 『삼국유사』 유리왕조의 기록 중 〈도솔가〉가 歌樂의 시초라는 것이 무엇을 의미하는 것인지를 따져 보자. 가악의 정의에 대해서는 여러 의견들이 있기는 하지만 가장 일반적이고 설득력 있는 것은 가악을 궁중에서 연행된 궁중악이자 종합예술형태로서의 歌舞樂으로 보는 견해이다.

〈도솔가〉 역시 가무악이었음은 다음의 기록으로 미루어 짐작할 수 있다.

신라유리왕이 어진 정치를 행하니 오는 자가 많았다. 민속이 歡樂하여 비로소 도솔가를 지으니 史氏 가로되 "이는 歌舞의 시작이 된다." 하였다.[15]

『삼국사기』에서는 〈도솔가〉가 歌樂의 시작이라 했고 『樂學便考』에서는 歌舞의 시작이라고 했으니 이를 종합해 보면 〈도솔가〉가 歌와 舞와 樂이 어우러진 종합예술 형태로서의 歌舞樂이었음을 알 수 있다. 가무악이 연행되던 모습은 같은 유리왕대 궁중에서 베풀어진 嘉俳행사와 이때 행해진 歌舞百戲에 대한 기록을 통해 좀더 자세히 살펴볼 수 있다.

왕이 6부를 정한 후 이를 두 부분으로 나누어 왕녀 두 사람으로 하여금 각각 부내의 여자를 거느리고 패를 가르고 편을 짜 秋 7월 旣望부터 날마다 일찍 대부의 마당에 모여 길쌈을 시작하여 乙夜에 파하게 하였다. 8월 15일에 이르러 그 공의 다소를 考查하여 지는 편은 酒食을 장만하여 이긴 편에 사례하게 하였다. 이에 歌舞와 온갖 유희가 일어나니 이를 嘉俳라 한다. 이때 진

---

14) 『三國遺事』 卷 第 一, 紀異 第 一, 〈弩禮王〉 始作兜率歌 有嗟辭詞腦格
15) 李衡祥, 『樂學便考』, 「樂府原始」, 新羅儒理王 行仁政 來歸者衆 民俗歡樂 始製兜率歌 史氏曰 此爲歌舞之始

편의 한 여자가 일어나 춤추며 탄식하기를 會蘇會蘇라 하였는데 그 음조가 슬프고 아름다워 後人이 그 소리로써 노래를 지어 이름을 會蘇曲이라 하였다.[16)

위 기록은 8월 15일의 嘉俳행사에 관한 것으로 행사의 절차와 가무백희의 모습이 잘 드러나 있다. 위 기록을 제의와 관련시켜 논의한 연구자 가운데 김열규[17)는 이 嘉俳행사를 兩派競逐戱로 보고, 이를 여성원리적 생생력과 달의 상관성으로 풍요와 번영을 재래하는 계절제의라 풀이하였다. 또 윤철중[18)은 績麻를 여성 성년식의 통과제의로 보고 입사제의와 관련시켜 논의하기도 하였다. 嘉俳행사의 성격을 어떻게 규정하든 위 기록은 국가적 규모로 대대적으로 행해진 궁중행사의 광경과 그러한 행사에서 춤과 음악과 놀이가 한데 어우러진 광경을 잘 보여준다 하겠다.

가악을 이렇게 궁중악으로서의 가무악이라 한다면 〈도솔가〉가 가악으로 유리왕대에 처음으로 지어진 까닭은 어디서 찾을 수 있는가. 가악의 제정 이유에 대해 여기현은 "고대 중세 음악의 제정은 무엇보다도 정치적 현실이란 필요성에 의하여 제작되고 연주되었다는 점을 간과해서는 아니된다. 사실 제정일치란 고대 중세 사회의 정치적 현실에서의 필요성에 의하여 이루어진 체제이며 방법이었다. 그러한 가운데 음악은 그 목적에 수반되어 발생한 것이라 본다."[19)고 하면서 "정치라는 실제 현실에 제의적 사유가 필요했고, 제의적 필요성에 음악과 무용과 노래(악가무)가 수반된 것"[20)이라고 가악의 제정 이유를 밝혔다. 이는 결국 상하의 조화와 국가의 안정을 추구하

---

16) 『三國史記』卷 一, 「新羅本紀」一, 〈儒理尼師今〉九年. …… 王旣定六部 中分爲二 使王女二人 各率部內女子 分朋造黨 自秋七月旣望 每日 早集大部之庭 績麻 乙夜 而罷 至八月十五日 考其功之多少 負者置酒食 以謝勝者 於是 歌舞百戲皆作 謂之 嘉俳 是時 負家一女子起舞 歎曰會蘇會蘇 其音哀雅 後人因其聲而作歌 名會蘇曲
17) 金烈圭, 『韓國民俗과 文學硏究』, 一潮閣, 1975, p.155
18) 尹撤重, 「〈會蘇曲〉과 娑蘇神母의 織羅」, 『古典詩歌의 理念과 表象』, 林下 崔珍源博士 停年紀念論叢, 1991, pp.108-109
19) 呂基鉉, 『新羅音樂相과 詞腦歌』, 月印, 1999, p.17
20) 呂基鉉, 앞의 책, pp.17-18

는 정치의 궁극적인 목적과 공동체의 안녕과 질서를 꿈꾸고 이를 통해 공동체의 하나 됨과 정체성을 확인하려는 제의의 기능이 일치하기 때문이라고 말할 수 있다.

〈도솔가〉는 정치적인 필요에 의해 제의의 실행이 요청되고 제의적 필요에 의해 가무악이 제정되는 이러한 상황 속에서 창작된 것이라 할 수 있다. 〈도솔가〉가 창작된 유리왕대가 왕권의 확립이 아직 완성되지 않은 시기였고, 고대 국가로서의 체제를 막 갖추어가기 시작하는 시기였다는 점이나 〈도솔가〉의 제정이 『삼국유사』에서 보이는 것처럼 六部에 姓을 하사하고 六部의 이름을 바꾸는 등의 국가체제 정비사업과 함께 이루어졌다는 점 등으로 미루어 볼 때 최초의 가악으로서의 〈도솔가〉의 창작이 왕권의 확립과 국가체제의 정비라는 정치적 필요에 의해서 이루어진 것임을 짐작게 해 준다.

다음 『三國遺事』〈弩禮王〉조의 '有嗟辭詞腦格'이란 말이 무엇을 의미하는가를 검토해 보기로 하자. 『삼국유사』〈노례왕〉조의 기사는 〈도솔가〉가 '有嗟辭詞腦格'임을 밝히고 있다. '有嗟辭詞腦格'이란 말 그대로 嗟辭가 있는 詞腦格式의 노래라는 의미이다. '有嗟辭詞腦格'에서 嗟辭는 감탄사이다. 그러나 '사뇌'의 의미는 아직까지도 분명하게 밝혀져 있지 않아서 '詞腦格'이 정확하게 무엇을 의미하는지를 단정해 말하기는 사실 어렵다.

詞腦의 말뜻에 대해서 균여는 『均如傳』에서 '意精於詞 故云腦'(歌行化世分)라 하여 '그 뜻이 노랫말에 정밀하게 드러나기 때문에 腦라 이른다'고 밝히기도 하였고, '詞淸句麗 其爲作也 號稱詞腦'(譯歌現德分)라 하여 노랫말의 맑고 아름다운 품격과 관련지어 사뇌의 뜻을 풀기도 하였다. 그런가 하면 또 '夫詞腦者 世人戱樂之具'(歌行化世分)라 하여 노래로서의 사뇌가의 역할과 기능을 밝히기도 하였다.

그런데 여기서 우리는 균여가 사뇌가를 '世人戱樂之具'라 칭했다는 것에 우선 주목할 필요가 있다. 戱樂은 말 그대로 놀이음악이다. 戱樂에 대해 최진원[21]은 향가의 특수한 상황인 「놀이＝戱」와 향가의 특정한 문맥인 「풍류＝樂」으로 해석한 바 있다. 그런데 놀이와 풍류가 어우러지는 현장은 바로 제의의 현장이다. 원래 우리말 '놀이'에 해당하는 한자 '戱'자는 범 가죽 무늬 (虍)와 제기(豆), 그리고 창(戈)으로 이루어져 있다. 이로 보아 놀이 자체 가 제의와 관련되어 있는 신성, 무서움, 긴장과 맺어져 있으며 겨루기·싸 움과 같은 이미지를 지녔음을 알 수 있다. 22) 여기서 놀이는 원래 제의의 일부이며 제의의 기본 속성의 하나가 놀이성임을 보게 된다.

'축제'는 축하의 제, 축일과 제일이 겹쳐진 낱말이므로 '제사(祭祀)'와 관련 되어 있는 것이 사실이다. 그런 한편에 경사스런 날에 드리는 제의(祭儀)로 받아들여지는 '축제'는 난장의 창조적 카오스이기도 하다. 그러므로 축제는 엄 숙하고 진지하고 경건한 의식(儀式)이면서 자유롭고 즐거운 해방의 난장판 의 식이 겹쳐지는 행사이기도 하다. 그렇게 축제는 성스러움과 놀이처럼 가볍고 신명 들린 세속스러움이 어우러지는, 어쩌면 가장 모순된 상극적 양면(앰비밸 런스)의 행사인 것이다. 시작은 거룩하고 끝은 흐트러지는 난장이 되어야 놀이 는 신나고 잔치는 흥겹고 굿은 신명난다. 그렇게 나와 너에게 활력을 불어넣고 우리 공동체에게 삶의 리듬을 실감나게 만드는 것이 축제의 기능이다.23)

이렇게 긴장과 엄숙, 해방과 자유로움이 한데 어우러진 제의의 광경이 가 장 잘 나타나 있는 자료로 우리는 고대 제천행사에 관한 기록을 들 수 있 다. 『三國志』 「魏志」 〈東夷傳〉에는 夫餘의 迎鼓, 濊의 儛天, 高句麗의 東 盟, 三韓의 祭天행사에 관한 기록이 다음과 같이 전하고 있다.

夫餘: 은력 정월에 천신에게 제사를 드리는데 국민들이 대회를 열어 며칠씩 음식과 노래와 춤을 계속하였다. 그 이름을 迎鼓라 한다.24)

高句麗: 10월에는 천신에게 제사를 지내는데 온 나라가 대회를 열고 그 이

---

21) 최진원, 「향가의 서정성」, 『대학국어』, 성균관대학교 출판부, 1986, p.249
22) 이상일, 「무속의 축제와 놀이」, 『한국의 무속문화』, 박이정, 1998, p.129
23) 이상일, 앞의 논문, pp.123-124
24) 以殷正月 祭天 國中大會 連日 飮酒歌舞 名曰 迎鼓

름을 동맹이라 하였다. 25)

    濊: 언제나 10월 절에는 천신에게 제사했는데 밤낮을 헤아리지 않고 술 마시고 노래하고 춤을 추니 그 이름을 무천이라 하였다.26)

    辰韓: 5월에 파종을 마치면 귀신에게 제사했는데 군중이 모여 노래하고 춤추며 밤낮을 헤아리지 아니하였다. 춤을 출 때엔 수십 인이 함께 일어서서 서로 따르면서 땅을 디디며 손발을 낮추었다 높였다 하며 서로 장단을 맞추는 것이 鐸舞와 비슷했다.(중략)

    10월에 농사가 끝나면 또 이렇게 하였으며 귀신을 믿되 나라마다 각기 한 사람을 뽑아 天神에게 제사지내는 것을 주관케 하고 그 이름을 天君이라 하였다.27)

제천행사와 관련한 위 기록들을 보면 제천행사는 노래와 춤이 어우러진 종합예술의 형태로 천신께 감사를 드리고 새로운 축복을 비는 공동의 축제였음을 알 수 있다. 제천행사에서는 천신에 대한 제사와 함께 음주가무가 며칠씩 계속 되었는데 제천행사 시의 음주가무와 여럿이 어우러져 즐기는 유희와 오락의 모습은 제의적 놀이의 원초적인 모습을 그대로 드러내 보여주는 것이라 하겠다. 대규모 제의에서의 집단 가무와 음주 그리고 놀이의 모습은 『가락국기』에 나오는 매년 7월 29일의 ‘戲樂思慕之事’나 앞에서 든 유리왕 대의 8월 15일 가배놀이 등에서도 찾아볼 수 있다.

이제 다시 사뇌로 돌아와 균여가 지적한바 ‘사뇌가 戲樂의 도구’라는 말의 의미를 살펴보자. 사뇌가가 戲樂의 도구였다는 것은 사뇌가가 제의의 현장에서 불린 제의가임을 말하고 있는 것으로 생각된다. 놀이와 풍류가 어우

---

25) 以十月祭天 國中大會 名曰 東盟
26) 常用十月節祭天 晝夜飮酒歌舞 名之爲儛天
27) 常以五月下種訖 祭鬼神 群聚歌舞飮酒 晝夜無休 其舞數十人 俱起常隨 踏地低昂
    手足相應 節 奏有似鐸舞 (中略)
    十月農功畢 亦復如之 信鬼神 國邑各立一人 主祭天神 名之天君

러지는 장이 곧 제의의 장이기 때문이다. 이렇게 볼 때 〈도솔가〉가 사뇌의 격식을 지니고 있다는 『삼국유사』의 지적은 어쨌든 〈도솔가〉가 제의와 관계된 노래임을 드러낸 것이라 하겠다.

이상의 검토를 종합해 보면 결국 歌樂의 시초이며 嗟辭가 있는 詞腦格式의 노래라는 〈도솔가〉에 대한 『삼국사기』와 『삼국유사』의 지적은 〈도솔가〉가 국가적 차원에서 대규모로 행해진 집단적 제의에서 불린 가무악임을 말해주는 것이라 할 수 있다.

2) '兜率'의 의미와 〈兜率歌〉의 성격

그렇다면 가무악으로서의 〈도솔가〉는 어떤 내용을 담고 있으며 어떤 기능을 담당하는 노래였을까. 지금까지 선학들에 의해 이루어진 〈도솔가〉의 내용에 대한 추정은 주로 '도솔'이라는 말의 뜻과 민속환강이라는 유리왕조의 기록을 연결시켜 파악하는 방법으로 행해졌다. 먼저 '도솔'의 뜻과 노래의 성격을 관련지어 본 선학들의 의견을 제시해 보면 다음과 같다.

양주동[28]은 兜率은 원래 '두리', '도리'의 차자이므로 〈도솔가〉는 '돗놀애', '텃노래', '國歌'가 아니면 '두리놀애, 도리놀애'에 해당한다고 하였다. 이혜구[29]는 儒理王時代는 佛敎輸入 以前에 속한 까닭에 兜率歌의 '兜率'이란 文字는 佛敎原意의 그것이 아니고 우리말의 借字인 것이 분명하며, 따라서 〈도솔가〉는 外來音樂 輸入以前의 土俗音樂이며 그 뜻은 '도솔푸리' 또는 '도살푸리'라 하였다. 이두현[30]은 儒理王 5년의 〈兜率歌〉는 日本의 右方樂舞 '烏蘇(도리소)'와 同一한 神事舞樂으로서 그 讀音은 '도(두)릿소리'인데, 儒

---

28) 梁柱東, 『古歌硏究』, 一潮閣, 1965, pp.14-15
29) 李惠求, 『韓國音樂硏究』, 京鄕新聞社, 1957, pp.238-241
30) 李杜鉉, 「新羅古樂再攷」, 『新羅伽倻文化』 1輯, 靑丘大新羅伽倻文化硏究院, 1966, pp.46-50

理王 5년에 이르러 하나의 整齊된 歌舞樂으로 形式을 갖춘 公的規模의 神事儀式歌舞인 것이며, 또 民俗歡康하여 이를 頌祝한 綜合된 舞樂이라 하였다. 정병욱[31]은 〈兜率歌〉는 神聖한 祭場에 民衆이 참여하는 한 形態로서의 鄕樂으로 制定된 儀式의 일부라 하였고, 조지훈[32]은 〈도솔가〉를 內包는 '다슬노래(治理歌, 安民歌)'요, 外延은 '두레소리(集團歌라, 會樂)'라 하였다. 金鍾雨[33]는 〈兜率歌〉는 곧 '도살노래'로서 回生, 復活, 復元의 뜻을 갖는다고 하였다. 홍기문[34]은 兜率은 '두리', '두레'로 '둥글다'라는 말에서 나왔는데 여러 사람이 회합한 상태 내지 원만하다는 의미로 군중적 회합 내지 행사를 가리킨다고 하면서 이런 '둥글다'라는 말을 기사하기 위해 불교의 兜率이란 말을 빌려 썼는데 그 음이 공교롭게 부합된다고 하였다.

이처럼 도솔이란 말에 대한 선학들의 의견은 매우 다양하고, 〈도솔가〉의 성격에 대한 규정도 제각각이어서 어떤 풀이가 어학적으로 옳은 것인지 〈도솔가〉의 성격을 어떻게 규정하는 것이 바람직한지를 판별하기란 쉽지 않다. 하지만 〈도솔가〉가 집단적인 의례에서 불린 가무악이라는 데에는 어느 정도의 합의가 이루어져 있는 것으로 보인다. 그럼, 〈도솔가〉 창작 배경이 되는 유리왕조의 기사를 면밀하게 검토하면서 〈도솔가〉의 성격과 내용을 좀더 구체적으로 추정해 보도록 하자.

『삼국사기』 유리왕조의 기사는 유리왕 순행 시의 구휼활동에 대한 소개와 〈도솔가〉의 창작 내력에 관한 기술로 구성되어 있다. 〈도솔가〉의 성격 논의는 앞부분 즉 순행 시의 유리왕의 구휼활동에 관한 기사와 뒷부분 즉 〈도솔가〉의 창작 배경에 대한 기사를 어떻게 연관시켜 이해하느냐하는 것이 관건이라 할 수 있다. 다시 말하면 유리왕의 善政과 그로 인한 민속의 환강 그리고 〈도솔가〉의 창작을 어떤 관계로 이해하느냐에 따라 〈도솔가〉의 성격은

---

31) 鄭炳昱, 『韓國古典詩歌論』, 新丘文化社, 1982, p.78
32) 趙芝薰, 「新羅歌謠考」, 『國文學』, 6집, 1962, pp.30-33
33) 金鍾雨, 『鄕歌文學硏究』, 二友出版社, 1983, pp.37-38
34) 홍기문, 『향가해석』, 북한과학원, 1956, pp.18-20

달리 파악된다. 〈유리왕〉 5년 조의 기사에는 유리왕의 백성들에 대한 구휼 정책이 곧바로 그 해의 민속환강을 가져온 것으로 되어 있다. 그러나 시기적으로 봤을 때 이를 그대로 받아들이기는 좀 어렵다. 유리왕이 국내를 순행하다가 굶주린 노파를 발견하고 비슷한 처지의 어려운 백성들을 위한 정책을 편 것은 11월이다. 때문에 이웃나라 백성들이 소문을 듣고 몰려오고, 이 일로 민속이 환강해진 것은 유리왕 5년 이후에 이루어진 일이라고 보는 것이 자연스럽다. 11월의 정책시행이 곧바로 그 해의 민속환강과 연결되는 것은 어딘지 어색하기 때문이다. 따라서 이 기사의 문면대로 〈도솔가〉를 민속환강을 기뻐하여 부른 노래로 보기보다는 오히려 민속환강을 바라는 마음에서 부른 노래로 보는 것이 타당하지 않을까 생각된다.

이에 대해서는 선학들도 비슷한 관점에서 의견을 제시한 바 있다. 조동일은 "〈도솔가〉라는 말이 무슨 뜻이냐는 논란은 많아도 선뜻 결론을 내리기 어려우나, 「두릿노래」로 보는 견해가 설득력 있다. 그 뜻은 「편안하게 하는 노래」이고, 나라를 편안하게 하자는 의도에서 공식적으로 불렸기에 그렇게 이름 지었을 듯하다."[35]고 하여 나라를 편안하게 하고자 하는 의도에서 지어 부른 노래로 파악하였다. 허남춘도 "〈도솔가〉는 民俗歡康하여 이를 송축하는 가악이라기보다는 '民俗歡康'을 구하는 祈祝의 제의에서 쓰인 가악이라 할 수 있다."[36]고 하여 〈도솔가〉의 성격을 민속환강을 기뻐하는 것이 아닌 민속환강을 기원하는 것으로 파악하였다. 〈도솔가〉의 성격을 이렇게 문맥의 서술과 다른 각도에서 볼 수 있는 근거의 하나는 유리왕의 순행기록이다.

순행은 왕이 중앙정부를 떠나 지방을 돌면서 수행하는 정치활동을 말하는데 순행 시에 행하는 활동 중에서 가장 큰 비중을 차지하는 것이 바로 제의였다. 순행제의는 왕이 순행을 하면서 올린 제의로 자연재해로 인해 나라의 풍년을 빌 필요가 있거나, 외침이나 재해와 같은 국난을 맞이하여 국가의

---

35) 조동일, 『한국문학통사』 1, 지식산업사, 1982, p.121
36) 許南春, 「兜率歌와 新羅 初期의 歌樂」, 『古典詩歌와 歌樂의 傳統』, 月印, 1999, p.16

태평과 백성들의 안녕을 기원할 필요가 있을 때 주로 행하여졌다. 삼국시대 순행제의는 주로 산천을 바라보고 祭하는 望祭의 형태로 행하여졌다.

유리왕의 순행기사는 바로 이 순행제의와 관계되는 것으로 보인다. 유리왕이 순행 시에 목격한 노파의 예는 당시의 신라 혹은 왕이 처했던 어려운 현실을 보여주는 것이며 그들에 대한 왕의 구휼정책은 조화와 안정을 추구하는 왕의 선정 의지의 표현으로 볼 수 있다. 유리왕은 국가가 처한 어려운 현실을 바로잡고 백성들이 평안한 삶을 살 수 있도록 하기 위해 순행제의에서 민속환강을 기원했던 것이 아닌가 생각된다.

유리왕조의 기록을 제의와 연결시켜 이야기할 수 있는 또 하나의 근거는 순행이 행해진 시기가 11월이라는 점이다. 11월은 한 해를 마감하는 달이자 다시 한 해를 새롭게 시작하는 달이기도 하다. 태음력을 사용하기 이전의 사람들은 해가 가장 짧아지는 시기인 冬至를 한 해의 끝이자 시작으로 여겼다고 한다. 동지를 작은 설 곧 亞歲라고 했다는 것이 그 근거이다. 때문에 동지에는 묵은 한 해를 마감하고 새로운 한 해를 맞이하는 제의가 크게 행해졌다. 天靈, 五嶽, 名山, 大川, 龍神에 제사하여 국태민안을 비는 팔관회가 동지에 행해졌던 것도 동지가 이러한 의미를 지닌 날이었기 때문이었다.

따라서 유리왕의 11월 순행은 묵은 한 해를 마감하고 새로운 새해를 맞이하는 제의를 베풀기 위해 행해진 것으로 볼 수 있고, 한 해를 마감하고 새로운 해를 맞이하는 이 제의에서 왕이 백성들이 편안히 생활하고 민속이 환강하기를 기원하면서 부른 노래가 〈도솔가〉였던 것으로 생각된다. 그리고 이렇게 본다면 '兜率'은 김종규의 지적대로 재생, 부활의 의미를 갖는 말로 푸는 것이 가장 타당해 보인다.

'도솔'의 말뜻이나 〈도솔가〉의 이러한 성격은 『삼국유사』 권 5, 感通편에 실려 전하는 〈월명사 도솔가〉조의 〈도솔가〉에도 그대로 적용된다. 월명사의 〈도솔가〉는 해가 둘이 나타나 열흘 동안이나 없어지지 않는 변괴가 일어나자 경덕왕이 월명사에게 부탁하여 지어 부르게 한 노래이다. 〈도솔가〉의 창작 동기가 된 두 해의 출현은 천체 질서가 혼란된 상태를 나타낸다. 그런데 일반적으로 해가 왕과 같은 질서적 존재의 상징임을 볼 때 두 해가 나타났다는 것은 왕권에의 도전이나 모반의 움직임과 같은 왕권의 위기를 천체 질서의 혼란을 빌어 표현한 것으로 볼 수 있다. 왕은 이러한 국가적 위기를 맞게 되자 제의를 베풀어 문제를 해결하고자 하였다. 그리하여 월명사로 하여금 제의를 행하며 〈도솔가〉를 지어 부르게 한 것이다. 따라서 이때 불린 〈도솔가〉 역시 국가적 위기를 극복하고 민속환강을 기원하는 뜻에서 불린 노래였다고 할 수 있다.

가악의 최초의 작품이자 차사가 있는 사뇌 격식의 노래인 〈도솔가〉의 제의가적 성격은 향가가 제의와 밀접한 관련이 있는 노래이며, 제의성을 바탕으로 하고 있는 노래임을 분명하게 보여 주는 것이라 하겠다.

2. 〈薯童謠〉와 그 祭儀적 근거

『삼국유사』 卷 二, 紀異 〈武王〉조와 그 조에 실려 전하는 〈서동요〉에 관한 연구는 향가연구 초기부터 지금에 이르기까지 꾸준하게 진행되어 왔고 그런 만큼 많은 연구물의 축적을 이루었다. 그러나 많은 연구의 축적에도 불구하고 〈무왕〉조를 둘러싼 논의들은 여전히 뚜렷한 진전을 이루지 못한 채 양적 팽창만을 거듭하고 있는 듯이 보인다. 이처럼 많은 연구자들의 관심과 그에 상응하는 만큼의 많은 연구의 축적에도 불구하고 〈무왕〉조를 둘러싼 논의들이 연구자들 간의 합의나 쟁점사안의 해결이라는 방향으로의 진척을 이루지 못하고 있는 것은 〈무왕〉조의 기록을 각각 역사적 사실과 설화적 내용으로 바라보는 연구자들의 관점 차가 너무 큰 데에 가장 큰 원인이 있다고 할 수 있다.

〈무왕〉조의 기록을 실재한 역사적 사실에 대한 기록으로 보고 역사 실증주의적 입장에 선 연구자들은 서동의 정체를 밝히는 데 가장 큰 관심을 쏟았고, 설화적 입장에서 〈무왕〉조를 분석한 연구자들은 서동설화를 신분 차를 극복한 러브스토리나 身分上昇談 혹은 佛敎說話나 創寺緣起談으로 이해하였다. 〈서동요〉에 대해서는 노래에 대한 독립적인 해석보다는 문맥 속에서의 기능을 중심으로 한 노래의 성격규명이 주로 이루어졌는데 사랑의 呪歌, 求愛의 노래로 해석되었다. 그러나 지금까지의 연구 성과들을 검토해 보면 역사적 관점에서의 연구는 나름대로의 의의가 있기는 하지만 그 자체를 본격적인 문학연구라 할 수 없고 설화적 관점에서의 연구는 연구자들의 관점에 따라 지나치게 자의적으로 해석된 감이 없지 않다. 〈서동요〉에 관한 연구 역시 문맥 속에서의 기능만을 위주로 하여 노래 자체에 대한 문학적 해석이나 노래가 가지고 있는 성격에 관한 논의가 제대로 이루어지지 않았다는 것을 문제점으로 지적할 수 있다. 기존 연구가 지니고 있는 이러한 문제점들의 인식을 바탕으로 〈무왕〉조와 〈서동요〉에 대한 문학적인 해석을 새롭게 시도하면서 〈서동요〉의 제의가적 성격을 밝혀보도록 하겠다.

1) 〈武王〉 條의 의미 분석

『三國遺事』 卷 2, 紀異 〈武王〉조의 기록은 다음과 같다.

武王(古本에는 武康이라 하였으나 잘못된 것이다. 百濟에는 武康이 없다) 第三十代 武王의 이름은 璋이다. 그 母親이 寡婦가 되어 서울 南池邊에 집을 짓고 살던 중, 그 연못의 龍과 交通하여 낳았다. 兒名은 薯童이라 하였는데, 度量이 커서 헤아리기가 어렵고 항상 마를 캐어 팔아 生活하였으므로, 國人이 서동이라 이름 지었다.

新羅 眞平王의 셋째 公主 善花(혹은 善化라고도 쓴다)가 아름답기 짝이 없다는 말을 듣고 머리를 깎고 新羅 서울로 가서 마를 가지고 동네 아이들을 먹이니 아이들이 親해서 따르게 되었다. 이에 童謠를 지어 여러 아이들을 꾀어서 부르게 하였는데 그 노래는 「善花公主(선화공주)님은 남 몰래 짝 지어두고 薯童房으로 밤에 알을 안고 가다」 라 하였다. 童謠가 서울에 퍼져 대궐에까지 알려지니 百官이 임금에게 極諫하여 公主를 먼 곳으로 귀양 보내게 하였다. 장차 떠나려 할 때 王后가 純金 한 말을 노자로 주었다. 公主가 귀양處로 가려 하는데 薯童이 途中에 나와 절하며 모시고 가고자 하였다. 公主는 그가 어디서 온지는 모르나 偶然히 믿고 기뻐하여 따라가며 潛通하였다. 그 후에야 薯童의 이름을 알고 童謠가 맞은 것을 알았다.

함께 百濟로 와서 母后가 준 金을 내어 生計를 꾀하려 하니 薯童이 大笑하며 이것이 무엇이냐 하였다. 公主가 가로되 이것은 黃金이니 가히 百年의 富를 이룰 것이다 하였다. 薯童이 가로되 내가 어려서부터 마를 파던 곳에 (黃金: 황금을) 흙과 같이 쌓아 놓았다 하였다. 公主가 듣고 大驚해 가로되 그것은 天下의 至寶니 그대가 지금 그 所在를 알거든 그 寶物을 가져다 父母님 宮殿에 보내는 것이 어떠하냐고 하였다. 薯童이 좋다 하여 金을 모아 丘陵과 같이 쌓아 놓고 龍華山 師子寺의 知命法師에 가서 金 輸送의 方策을 물었다. 法師가 가로되 내가 神力으로써 보낼 터이니 金을 가져오라 하였다. 公主가 편지를 써서 金과 함께 師子寺 앞에 갖다 놓으니 法師가 神力으로 하룻밤 사이에 新羅 宮中에 갖다 두었다. 眞平王이 그 신이한 變通을 이상히 여겨 더욱 尊敬하며 항상 편지를 보내어 安否를 물었다. 薯童은 이로부터 人心을 얻어 王位에 올랐다.

하루는 王이 夫人과 함께 師子寺에 가다가 龍華山 아래의 큰 못가에 이르자 못 가운데서 彌勒三尊이 나타나므로 수레를 멈추고 敬禮하였다. 夫人이 王에게 이르되 나의 所願이 이곳에 큰 절을 짓는 것이라 하니 王이 허락하였다. 知命에게 가서 못을 메울 일을 물었더니, 神力으로 하룻밤에 산을 무너뜨려 못을 메워 平地를 만들고 彌勒三尊의 像을 만들고 會殿·塔·廊廡 각각 세 곳에 세우고 額하여 가로되 彌勒寺(國史에는 王興寺라 하였다)라 하였다. 眞平王이 百工을 보내서 도와주었는데 지금까지 그 절이 있다.(三國史에는 이이를 法王의 아들이라 하였는데 여기에는 獨女의 아들이라 傳하니 잘 모르겠다.)[37]

지금까지 〈武王〉조를 분석하면서 연구자들이 취한 관점은 크게 역사적 관점과 설화적 관점으로 나누어 볼 수 있는데 가장 쟁점이 되어 온 것은 서

---

37) 『三國遺事』 卷 二, 紀異 二, 武王(古本作武康 非也 百濟無武康) 第三十 武王名
璋 母寡居 築室於京師南池邊 池龍交通而生 小名薯童 器量難測 常掘薯蕷 賣爲活
業 國人因以爲名 聞新羅眞平王第三公主善花(一作善化)美艷無雙 剃髮來京師 以
薯蕷餉閭里群童 群童親附之 乃作謠 誘群童而唱之云 善花公主主隱 他密只嫁良置
古 薯童房乙 夜矣卯乙抱遣去如 童謠滿京 達於宮禁 百官極諫 竄流公主於遠方 將
行 王后以純金一斗贈行 公主將至竄所 薯童出拜途中 將欲侍衛而行 公主雖不識其
從來 偶爾信悅 因此隨行 潛通焉 然後知薯童名 乃信童謠之驗 同至百濟 出母后所
贈金 將謀計活 薯童大笑曰 此何物也 主曰 此是黃金 可致百年之富 薯童曰 吾自
小掘薯之地 委積如泥土 主聞大驚曰 此是天下至寶 君今知金之所在 則此寶輸送父
母宮殿何如 薯童曰 可 於是聚金 積如丘陵 詣龍華山師子寺知命法師所 問輸金之
計 師曰 吾以神力可輸 將金來矣 主作書 幷金置於師子前 師以神力 一夜輸置新羅
宮中 眞平王異其神變 尊敬尤甚 常馳書問安否 薯童由此得人心 卽王位 一日王與
夫人 欲幸師子寺 至龍華山下大池邊 彌勒三尊出現池中 留駕致敬 夫人謂王曰 須
創大伽藍於此地 固所願也 王許之 詣知命所 問塡池事 以神力 一夜頹山塡池爲平
地 乃法像彌勒三會 殿塔廊廡各三所創之 額曰彌勒寺(國史云 王興寺) 眞平王遣百
工助之 至今存其寺 (三國史記云 是法王之子 而此傳之獨女之子 未詳)

동의 정체에 관한 것이었다.

〈무왕〉조의 기록을 실재한 역사적 사실에 대한 기록으로 보고 역사 실증주의적 입장에서 해석한 연구자들은 서동을 실존 인물로 보아 무왕설[38], 동성왕설[39], 무령왕설[40], 원효설[41] 등을 주장하였다. 한편 〈무왕〉조의 기록이 실재한 역사적 사실에 대한 기록이 아니라 단지 설화일 뿐이라고 주장한 연구자들은 무왕 설화를 대체로 몇 개 유형의 설화가 (이류교혼담 혹은 야래자설화, 신분상승담, 부자가 되는 횡재담, 사찰연기담) 혼합되어 형성된 것으로 파악하였는데 어느 유형에 초점을 맞추느냐에 따라 서동의 정체는 달리 파악되었다. 영웅의 일생을 서술한 영웅담으로 파악한 연구자들은 서동을 영웅으로 규정하였고[42], 민중들의 신분상승 욕구가 투영된 신분상승담으로 본 연구자들은 서동을 평범한 인물에 지나지 않는다고 파악하였으며[43], 불교적 색채가 강한 창사연기담으로 본 연구자들은 서동을 미륵[44] 혹은 南巡童子[45]라 추정하였다.

이렇게 서동의 정체와 관련하여 많은 논의가 이루어졌음에도 불구하고 역사적 인물이나 설화적 인물로 보는 양측의 입장은 아직도 맞서고 있으며 두 입장 사이의 거리도 여전히 좁혀지지 않고 있는 것으로 보인다. 필자는 서동이 역사적 인물이냐 설화적 인물이냐를 논하기에 앞서 이 〈무왕〉조의 기록이

---

38) 黃壽永, 「百濟 帝釋寺址의 研究」, 『百濟研究』 4輯, 忠南大 百濟研究所, 1973
　　崔來沃, 「薯童의 正體」, 『韓國文學史의 爭點』, 集文堂, 1986
39) 李丙燾, 「薯童 說話에 대한 新考察」, 『歷史學報』 제1집, 1953.
　　朴魯埻, 「薯童謠의 歷史性과 說話性」, 『語文論叢』, 高麗大 國文科, 1976.
40) 史在東, 「武康王傳說의 研究」, 『百濟研究』, 제5집, 忠南大 百濟研究所, 1974,
　　史在東, 「武康王傳說의 研究」, 『百濟研究』, 제6집, 忠南大 百濟研究所, 1975
41) 金善琪, 「쇼똥노래」, 『現代文學』, 제13권, 151호, 1967
42) 金烈圭, 「鄕歌의 文學的 研究 一斑」, 『鄕歌의 語文學的研究』, 西江大 出版部, 1972
　　崔喆, 「서동요」, 『향가의 본질과 시적 상상력』, 새문사, 1983
43) 池憲英, 『新羅時代의 言語와 文學』, 螢雪出版社, 1974
　　尹榮玉, 「薯童謠」, 『新羅詩歌의 研究』, 螢雪出版社, 1980
44) 宋在周, 「薯童謠의 形成年代」, 『韓國古典詩歌研究』, 다운샘, 1993
45) 金鍾雨, 「薯童謠 研究」, 『三國遺事와 문예적 가치해명』, 새문사, 1988

사실에 대한 기술인가 아닌가를 먼저 따져 보는 것이 필요하다고 생각한다.

〈무왕〉조의 기록은 과부가 남지의 용과 교통하여 낳은 서동이란 인물이 노래를 이용하여 진평왕의 셋째 딸 선화공주와 결혼하고 신라에 금을 실어 보냄으로써 국민들의 인심을 얻어 왕위에 오르게 된다는 내용이다. 못의 용과 교통한 어머니로부터 서동이 태어났다거나 산더미같이 쌓아 놓은 금을 하룻밤 사이에 신라로 옮겼다거나 못에서 미륵삼존이 나타났다거나 산을 무너뜨려 하루아침에 절을 지었다는 것 등은 누가 봐도 사실에 대한 기록이라고 할 수 없는 설화적 내용이다.

그럼 이 이야기를 사실로 볼 수 있는 근거는 무엇인가? 역사 기록에서 백제의 무왕과 신라 진평왕의 딸이 혼인하였다는 기술은 찾아볼 수 없다. 〈무왕〉조의 기록 가운데 역사 자료에서 확인할 수 있는 사실은 미륵사 기슭에 사자사 터가 있었다는 것과 무왕 35년에 왕흥사가 완공되었다는 사실 정도이다. 절이 있었던 자리와 절과 관련한 단편적 기록만을 가지고 이 조 전체를 사실에 대한 기록이라고 단정할 수는 없다. 이는 허구적 이야기에 실재의 인물이나 장소가 결합하는 설화의 보편적 존재방식의 하나로 볼 수 있기 때문이다. 따라서 이 이야기를 실재한 역사의 기록으로 보고 서동의 정체를 실존 인물에서 찾으려는 논의는 왜 이 이야기가 그러한 특정 인물과 결합되었는가를 밝히는 정도 이상의 의미는 없는 것으로 판단된다. 실제로 이 이야기가 무왕을 모델로 한 것이라 하더라도 설화화 된 이상 이야기 속의 무왕은 실재 무왕은 아니기 때문이다. 이런 점에서 역사적 인물이 어떻게 이야기되는가에 대한 엘리아데의 다음 지적은 참고할 만하다.

> 역사적 사건이나 실재 인물에 대한 회상은 기껏해야 2, 3세기 동안밖에는 민간 기억 속에 존재하지 않는다. 왜냐하면 민간 기억은 개개의 사건과 실제 인물에 대한 기억을 유지해 나가기가 어렵기 때문이다. 다시 말하면, 민간 기억이 기능하는 구조는 전혀 다르다. 사건 대신에 범주가 역사적인 인물 대신에 원형이 그 구조를 이루고 있는 것이다. 그리하여 역사적인 인물은 그의 신화적

인 모델(영웅 등)과 동화되고, 역사적인 사건은 신화적인 행동(괴물 및 적이된 형제와의 싸움 등)의 범주와 일치된다. 비록 어떤 서사시가, 이른바 "역사적인 진실"을 보존하고 있다고 하더라도, 그것이 실제로 구체적인 인물이나 사건과는 아무런 관계를 맺고 있지 않다. 다만 어떤 제도나 관습 혹은 풍토와 관계를 맺고 있을 뿐이다. [46]

이러한 신화화 현상을 이해한다면 〈무왕〉조의 기술을 둘러싼 역사적 입장에서의 연구가 갖는 문제점을 분명히 인식할 수 있을 것이다.

설화적 입장에서의 연구 또한 몇 가지 문제를 지적할 수 있다. 설화적 입장에서 서동설화를 분석한 연구자들은 이 이야기를 몇 개 유형 설화의 결합으로 파악하였는데 이러한 연구는 설화를 하나의 완결된 이야기로 보지 않고 부분 부분으로 나누어 봄으로써 전체 이야기가 갖는 구조와 의미를 제대로 드러내지 못했다는 한계를 갖으며 또 선후관계를 확인할 수 없는 상태에서 여타 설화들과의 영향관계를 섣불리 논함으로써 설득력을 얻지 못했다는 것을 문제로 지적할 수 있다. 또 이 이야기 전체를 불교 설화적 관점에서 파악한 연구는 이야기 말미의 미륵사 창건 부분을 제외하면 불교적 색채를 거의 찾아내기 어려운 앞부분의 서사에까지 모두 불교적 관점을 적용하여 무리하게 논의를 이끌었다는 비판을 면하기 어렵다.

〈무왕〉조의 기록은 신이하게 태어난 서동이라는 인물이 계략을 써 공주와 결혼하고 결혼 후 능력을 발휘하여 왕과 국민들로부터 인정을 받고 왕이 되었다는 이야기이다. 이는 실재한 역사적 사실에 대한 기술이 아닌 설화이며 그것은 주인공의 탄생 – 결연 – 건국 혹은 왕위 등극 – 죽음의 순으로 전개되는 영웅 신화 주인공의 인생 서술방식과 거의 일치한다. 그리하여 김열규는 일찍이 서동설화를 영웅담의 구조를 지닌 이야기로 파악한 바 있다.

薯童傳承은 歷史的 傳說이다. 그것은 池龍의 아들로 誕生한 뒤 "常掘薯賣

爲活業" 하던 薯童이 "美艶無双"으로 일러지는 新羅 眞平王 第三 公主 善化를 아내로 얻어서는 드디어 王位에까지 오르게 되는 얘기다. 이 얘기의 敍事的 構造의 고비들은 薯童이 善化를 아내로 맞는 部分과 "以神力輸金新羅宮中"함으로써 "得人心"하여 "卽王位"하게 되는 部分이다. 薯童이 태어나서 王位에 오르기까지의 出生談을 主軸으로 하고 있는 이 얘기도 亦是 〈Hero-tale〉의 構造를 지니고 있거니와 前揭 두 고비는 敍事進行上의 두 개의 클라이맥스에 該當되고 있다. 薯童傳承을 生涯譚으로 볼 때 그 두 고비가 各其 通過儀禮에 竝行되고 있음도 알게 될 것이다. 47)

서동설화는 김열규의 지적대로 서동의 탄생에서부터 왕이 되기까지의 이야기이며 이때 서사의 중심에 놓이게 되는 사건은 선화공주와의 결혼과 금을 신라 궁중에 보내 인심을 얻은 결과로서의 왕위 등극이다. 탄생, 결혼, 등극이라는 이 세 가지 중심 사건은 한 개인의 일생에서 봤을 때 가장 중요한 인생의 전환점이 되는 사건들이며 그 하나하나가 통과의례의 절차인 것이다. 따라서 여기에서는 본 설화의 구조적 뼈대이자 가장 중심이 되는 이 세 가지 사건을 중심으로 이야기의 의미를 분석해 보도록 하겠다.

(1) 탄생담의 의미

서동은 못 속의 용과 교통한 과부로부터 태어난다. 때문에 서동설화는 이류교혼담의 하나로 혹은 야래자 설화의 하나로 이야기되어 왔다. 이처럼 여성이 밤중에 찾아온 남자와 결합하여 잉태하고 그의 자식을 낳는 야래자 설화는 태어나는 자식의 영웅적 면모 때문에 신화적 성격을 갖는 것으로 간주되어 왔다. 그래서 장덕순48)은 야래자 설화를 비상인물이나 신의 탄생담으로 파악하였고 서대석49)은 야래자가 주로 지렁이, 뱀 등과 같은 水神的 존재임을 들어 水父地母형 신화로 보았으며 이지영50)은 서대석의 견해를 수

---

47) 金烈圭, 앞의 논문, p.36
48) 張德順, 「夜來者傳說」, 『韓國說話文學研究』, 서울대 출판부, 1978, p.141
49) 서대석, 「백제신화연구」, 『백제논총』 제1집, 백제문화개발연구원, 1985

용하여 주인공(시조)이 천상적 존재인 아버지와 지상적 존재인 어머니 사이의 신성한 혼인을 통하여 탄생한 뒤, 신격으로 좌정하는 내용을 보이는 天父地母型 神話의 변이형이라 설명하였다. 서동의 경우 못의 용과 결합한 어머니로부터 태어난다는 점, 여타 야래자 설화의 주인공(견훤, 누르하치, 최치원, 김통정)들과 같이 영웅적인 행적을 보이는 역사적 인물이라는 점에서 야래자 설화의 범주에서 논의할 수 있다.

야래자 설화의 여러 주인공들이 한결같이 건국의 영웅이나 왕 혹은 역사적 인물이 되는 이유는 이들의 부친으로 설정된 야래자의 정체가 모두 신격이라는 데서 찾아진다. 야래자의 정체에 대해서는 서대석, 이지영 등이 일찍이 수신격과 지신격으로 구분한 바 있다. 그러나 야래자의 거처를 기준으로 신격을 구분하는 것은 거소에 따른 신성의 차이를 거의 찾기 어렵기 때문에 야래자의 신격을 해명하는 데는 그리 유효하지 않다고 본다. 그보다는 주인공의 부친으로 설정된 야래자의 실체가 왜 신격으로 숭앙되는가를 밝히는 것이 더 필요하다고 본다.

야래자의 실체로 등장하는 용, 혹은 지렁이는 대지에 깃들어 있는 질서를 상징하는 것으로 관념되어 왔다. 특히 용은 비, 바람, 천둥, 번개 등과 같은 천문현상과 풍작과 같은 대지의 생생력을 관장하는 정령으로 인식되었고 이러한 천문현상과 지리뿐 아니라 인문현상까지도 마음대로 좌우할 수 있는 신성을 지닌 동물로 관념되었다. 이처럼 용은 천문, 지리, 인문현상을 자유자재로 움직일 수 있는 질서적 존재임으로 해서 또 군왕과 동일시되기도 하였다. 용의 아들로 탄생한 인물이 자연세계와 인간세계를 주재하는 질서적 존재인 왕이 되는 것으로 그려지는 것에서 이러한 관념을 확인할 수 있다. 용의 자식으로 태어나 건국의 시조가 된 혁거세, 알영, 탈해와 같은 이들이 그들이다.[51] 이들은 모두 용의 아들이자 용의 신격을 그대로 이어받은 존

---

50) 이지영, 『한국신화의 신격유래에 관한 연구』, 태학사, 1995, p.16
51) '龍'상징의 기원과 원초적 의미에 대해서는 金文泰, 「'龍'전승의 敍述構造와 變貌樣相」, 『三國遺事의 詩歌와 敍事文脈研究』, (太學社, 1995) 참조

재이다. 서동 역시 용의 아들로 태어나고 후에 왕이 된다는 점에서 이들과 성격을 같이한다고 할 수 있다. 이후의 서술에서 보이는 서동의 영웅적 면모는 그가 용의 아들로 태어난 것과 깊이 관련된다.

小名薯童, 器量難測. 常掘薯蕷, 賣爲活業, 國人因以爲名.

위 기술은 서동의 성품과 서동이 서동이란 이름으로 불리게 된 경위에 관한 설명이다. 서동이란 이름이 '기량난측'한 그의 자질과 마를 캐서 팔아 생활한 데서 연유되었음을 설명하고 있다.

서동이란 이름은 '薯'의 훈이 '맏'이고 서동이 '末通大王'으로 속칭되었다는 사실들을 통해 볼 때 '맏 / 말'을 표기하기 위한 우리말 차자일 가능성이 높다.[52] 그런데 우리 고어에서 '맏 / 말'은 모두 'ᄆᆞᄅ'에서 기원한 것으로 '마루'(宗), '머리'(首)와 같이 처음, 으뜸, 높음, 우두머리 등의 의미를 갖는다. 신라의 왕칭어 '麻立干'이나 김수로왕의 '首露'란 이름에서 그러한 모습을 찾아볼 수 있다. 그러면 서동이 '맏 / 말'로 호칭되었다는 것은 무엇을 의미하는가. 이에 대해 민긍기[53]는 '맏 / 말'이란 호칭은 인식적 탄생을 한 자를 지칭하는 용어이며 서동이 인식한 자를 나타내는 호칭인 '맏 / 말'로 불리게 된 것은 그가 마를 캐어 생활했다는 것과 깊이 관계된다고 하면서 이 기술이 갖는 의미를 서동의 인식적 탄생과 관련하여 상세히 논증한 바 있다.

새로운 이름을 지어주는 것은 새로운 탄생을 상징한다. 비에른느는 개명이 새로운 탄생을 의미함을 다음의 몇 가지 예를 들어 설명하고 있다.

새로운 탄생을 의미하는 또 다른 방식은 개명(改名)으로서, 이것은 모든 문화와 통과제의에서 입증된다. 현대사회에서도 개명이란 마치 인격을 바꾸는 것

---

52) '서동'의 '薯'가 실제의 마 때문에 붙은 것이 아닐 것이란 주장은 양주동 이래 많은 학자들에 의해 꾸준히 제기되어 왔다.

53) 閔肯基, 「무왕 탄생의 생성적 의미에 관한 일고찰」, 『常山 韓榮煥博士 華甲紀念 論文集』, 1994, pp.194-212

처럼 느껴진다. 티에라 델 푸에고의 야나마족의 극히 단순한 통과제의 중에 민족학자 자신도 새로운 이름을 받았다고 한다. 이미 인용했던 플루타르크의 책에서도 바로 이 모티프를 발견할 수 있다. 영혼의 나라를 여행하던 끝에, 주인공은 부모의 영혼이 자신을 테스페시오스라고 부르는 소리를 듣는다. "깜짝 놀라 나는 테스페시오스가 아니라 아리데우스라고 그가 대답하자, 영혼은 '이전에는 그랬으나 지금은 테스페시오스니라. 너는 죽지 않았기 때문이다'라고 말한다.……"54)

이러한 점은 기독교의 통과식이 세례와 세례명 받기를 통해 완성되는 것을 보아도 알 수 있다. 이렇게 명명이 통합의례의 성격을 갖으며 세례식과 비슷한 의례와 동시에 이루어진다는 점, 그리고 새로운 속성의 획득과 같은 존재의 질적인 변화를 계기로 이루어진다는 점55)을 생각하면 서동이라는 이름으로 불렸다는 위 기술이 민긍기의 주장대로 서동이 입사의례를 통해 인식적 탄생을 했음을 알리는 표지일 가능성이 높다고 판단된다. 이는 '기량 난측'하기 때문에 서동이라 불렸다는 본문의 설명이나 이후에 서동이 인식적 탄생을 한 자만이 획득할 수 있는 능력을 발휘하는 것을 통해서도 확인해 볼 수 있다.

그렇다고 할 때 여기서 한 가지 눈여겨보아야 할 것은 서동의 탄생 과정에 관한 기술이 국가적, 집단적 행사로 기술되는 신화 주인공의 그것과는 달리 개인적 차원의 일로 매우 간략하게 제시되어 있다는 사실이다. 이는 그가 용의 아들이기는 하지만 인간 어머니로부터 출생한 것으로 그려지는 것과도 밀접한 관련이 있는 것으로 판단된다. 영웅 신화에서 영웅인 주인공이 바로 대지로부터 태어나는 것과 달리 서동은 일단 어머니로부터 태어나는 생물학적 탄생을 하고 후에 다시 태어나는 재탄생의 과정을 별도로 치른다. 이는 〈아기장수설화〉에서 아기장수가 비늘이나 날개와 같은 용의 징표

---

54) 시몬느 비에른느, 『통과제의와 문학』, 문학동네, p.69
55) 명명의 통과의례적 성격에 관해서는 A. 반 겐넵, 『통과의례』, (을유문화사, 2000), pp.103-104 참조

를 가지고 태어나기는 하지만 인간 부모로부터 태어나기 때문에 나중에 따로 탄생의 과정(돌 속이나 땅속으로 들어가 며칠을 지내는)을 치르는 것으로 이야기되는 것과 같은 맥락이라 생각된다. 이러한 변화는 신화시대 이후의 탄생에 대한 변화된 의식을 그대로 반영하고 있는 것이 아닌가 추측된다.

(2) 결연담의 의미

그동안 결연담의 의미는 대개 신분상승 욕구의 반영으로 해석되었다. 史在東은 "가난에 쪼들리고 下視받는 서동들의 慾望과 꿈을 투영한 것이다. 누구나 멋진 男兒로 태어나 훌륭한 아내를 얻고, 富貴榮華를 함께 누리다가 餘生을 깨끗이 마치겠다는 所望을 가지게 마련이다"[56]고 하였고 조동일은 "엄격한 계급분화가 이루어진 시대에 미천한 마퉁이가 존귀한 공주를 해묵은 술책으로 자기 아내로 삼겠다는 것은 허용될 수 없는 일이다. 그러나 허용될 수 없는 일이 허용되도록 하는 것이 굳어진 사회의 장벽을 무너뜨리려는 문학적 상상력이다.[57]"라 하였다. 그러나 결연이 갖는 의미는 이야기의 전체 구조 속에서 그것이 갖는 기능을 위주로 새롭게 파악되어야 한다.

서동의 선화공주와의 결연 작전은 서동이 공주가 예쁘다는 말을 듣고 머리를 깎고 서울로 온 것에서부터 출발한다. 剃髮은 새로운 이름의 명명과 마찬가지로 입사의례의 마지막 단계에서 행해지는 의식[58]이며 다른 인생단계에 진입했음을 보여주는 표지이다. 서동은 서울로 와서 아이들에게 마를 나누어주며 친하게 따르게 한 뒤 자신이 지은 노래를 가르쳐 주며 아이들로 하여금 부르게 한다. 노래는 급속히 유포되어 궁중에까지 들어가게 되고 이 노래를 들은 백관들은 왕에게 간하여 공주를 내쫓게 한다. 쫓겨난 공주와

---

56) 史在東, 「薯童說話研究」, 『藏菴池憲英先生 華甲紀念論叢』, 1971, pp.926-927
57) 조동일, 『한국문학통사 1』, 지식산업사, 1982, pp.131-133
58) 剃髮이 입사의례의 마지막 단계에서 행해지는 의식임은 A. 반 겐넵, 앞의 책, p.152과 p.222에서 확인해 볼 수 있다. 여기서는 의례에서 머리카락이 집단이나 개인을 구분하는 특징으로 흔히 사용되는 이유로 머리카락의 형태, 색, 길이, 배열이 쉽게 인식되기 때문임을 들었다.

서동은 우연히 만나 정을 나누고 결연하게 된다. 이상에서 보듯 서동과 선화공주의 결연은 철저하게 서동의 계획에 의해 이루어진 것이다. 그리고 그 계획의 주된 내용은 거짓사실을 유포시켜 백관들과 왕을 속이는 것이다. 자신의 목적한 바를 달성하기 위해 속임수를 쓴 것이다. 이런 속이기 수법은 신화에서 주인공이 자신이 목표한 바를 성취하기 위해 자주 썼던 낯익은 방법이다. 일례로 〈탈해신화〉에서 탈해가 호공의 집을 빼앗는 경우를 생각해 보자.

> 말을 마치고 아이는 지팡이를 끌고 두 종을 데리고 토함산 위에 올라가더니 돌집을 지어 칠일 동안을 머무르면서 성 안에 살 만한 곳이 있는가 바라보았다. 마침 산봉우리 하나가 마치 초사흘달 모양으로 보이는데 오래 살 만한 곳 같았다. 이내 그곳으로 찾아가니 바로 瓠公의 집이었다. 아이는 이에 속임수를 써 몰래 숫돌과 숯을 그 집 곁에 묻어 놓고, 이튿날 아침에 문 앞에 가서 말했다. "이 집은 우리 조상들이 살던 집이요" 호공은 그렇지 않다 하여 서로 다투었다. 시비가 판결되지 않으므로 이들은 관청에 고발하였다. 관청에서 묻기를 "무엇으로 네 집이라는 것을 증명할 수 있느냐" 하자, 어린이는 말했다. "우리 조상은 본래 대장장이였소. 잠시 이웃 고을에 간 동안 다른 사람이 빼앗아 살고 있는 터이오. 그러니 그 집 땅을 파서 조사해 보면 알 수가 있을 것이요" 이 말에 따라 땅을 파니 과연 숫돌과 숯이 나왔다. 이리하여 그 집을 빼앗아 살게 되었다. 이때 남해왕은 그 어린이, 즉 탈해가 智人임을 알고 맏공주로 그의 아내를 삼게 하니 이가 阿尼夫人이다.[59]

탈해가 호공의 집을 빼앗는 과정에서 사용한 방법은 속임수이다. 속임수를 써 자신이 원하는 바를 얻고 왕으로부터 인정받아 공주와 결혼까지 하게 된다. 속임수를 써서 자신의 목적을 달성하는 예는 이외에도 여러 신화에서

---

59) 『三國遺事』 卷 第 一, 〈脫解王〉 …… 言訖 其童子曳杖率二奴 登吐含山上 作石塚 留七日 望城中可居之地 見一峯如三日月 勢可久之地 乃下尋之 卽瓠公宅也 乃設詭計 潛埋礪炭於其側 詰朝至門云 此是吾祖代家屋 瓠公云否 爭訟不決 乃告于官 官曰 以何驗是汝家 童曰 我本冶匠 乍出隣鄕 而人取居之 請掘地撿看 從之 果得礪炭 乃取而居焉 時南解王 知脫解是智人 以長公主妻之 是爲阿尼夫人

찾을 수 있다. 〈동명왕 신화〉에서 동명왕이 준마 혀에 바늘을 꽂아 야위게 한 뒤 그 말을 차지한 것이나, 동명왕이 비류왕 송양과 겨룰 때 고각을 훔쳐와 오래된 것처럼 검게 만들어 놓고 자신의 것이라 속인 것이나 궁실을 지을 때 썩은 나무로 기둥을 세워 천년 묵은 것처럼 보이게 한 것 등이 그러한 예라 할 수 있다.

그렇다면 신화에서는 이러한 속임수가 왜 주인공의 중요한 자질로 등장하며 속임수를 잘 사용한 자가 경쟁에서 승리하게 되는가? 그것은 속임수를 사용할 수 있는 능력 즉 트릭스터(trickster)[60]의 능력이란 세계의 질서를 온전히 파악한 자만이 행사할 수 있는 신적 능력이기 때문이다. 누구를 속인다는 것은 속이는 상대보다 지혜가 뛰어나지 않으면 불가능한 일이다. 따라서 상대방을 속이고 경쟁에서 승리하는 것은 그가 상대방보다 지혜와 인식 능력이 뛰어나다는 것을 입증하는 것이 된다. 그렇기 때문에 신화 주인공의 능력 가운데 트릭스터로서의 능력이 중요하게 다루어지고 속임수를 써서 승리하는 예가 자주 등장하는 것이다. 트릭을 사용할 수 있는 능력이란 곧 신성을 증명하는 방법이다.

결국 전체 서사에서 서동과 선화공주의 결연담이 갖는 의미는 인식적 탄생을 한 서동이라는 인물이 갖고 있는 개인적 능력을 보여주는 것이라 할 수 있다. 그랬을 때 문맥 속에서의 〈서동요〉의 기능은 무엇인가. 문맥 속에서 〈서동요〉는 선화공주가 집에서 쫓겨나는 직접적인 계기로 작용한다. 외간남성과 딸의 해괴한 소문을 들은 왕은 딸을 내쫓는다. 이처럼 외간남성과 사통하였다 하여 쫓겨나는 딸 모티브는 〈동명왕신화〉의 유화, 〈제석본풀이〉의 당금아기를 비롯하여 야래자 설화, 친부탐색담 유형의 여러 각편에서 지속적으로 발견된다. 사통이 직접적인 원인은 아니지만 아버지와의 갈등으로 집에서 쫓겨나는 딸로는 〈온달설화〉의 평강공주, 〈삼공본풀이〉의 감은장아

---

60) trickster archetype 관한 논문은 C. G. Jung, 「On the Psychology of the Trickster-Figure」, 『Four Archetypes』 (Princeton University Press, 1970) 참조

기, 〈내 덕에 산다〉의 막내딸 등이 있다. 그러면 이토록 많은 이야기에서 아버지와 딸이 결연을 두고 대립관계에 놓이는 이유는 무엇인가. 이것은 이야기 속에서 각각의 인물들이 맡고 있는 기능을 통해 확인해 볼 수 있다.

먼저 아버지로 등장하는 남성들은 현재의 세상을 움직이는 질서적인 존재로 신화에서는 절대적 신격 혹은 왕이다. 한편 딸은 이러한 질서를 받아들이는 대지로서 지모신적 존재이다. 그런데 딸은 아버지로 상징되는 지금의 질서를 거부하고 새로운 질서와 결합하기를 원한다. 딸의 새로운 질서와의 결합은 천지재창조이자 왕의 교체로서의 의미를 갖는다. 왕의 교체가 천지창조와 같은 의미를 갖는 것은 엘리아데[61]가 지적했듯이 왕은 전 우주의 안정과 풍요, 번영에 대해 책임지는 존재이자 전 우주를 갱신하는 존재로 믿어지기 때문이다. 어쨌든 딸의 결연은 아버지의 입장에서 보면 자신의 세상의 종말을 의미한다. 그렇기 때문에 아버지는 딸의 결연을 반대하는 것이다. 남성과 몰래 정을 통했기 때문이라거나 사위가 신분이 미천하거나 바보이기 때문이라는 이유는 이야기의 표면적인 논리일 뿐이며 상대 남성이 누구이든 결연의 절차가 어찌되었든 아버지는 딸의 결연을 반대할 수밖에 없는 것이다.

반면 딸과, 딸과 결합하는 남성의 입장에서 보면 아버지라는 존재는 새로운 세상의 도래를 위해서는 마땅히 극복되어야할 존재인 것이다. 딸과, 딸과 결합하는 남성이 아버지에 대해 적대적인 감정을 갖거나 아버지의 의견에 맞서는 것으로 나오는 것은 이 때문이다. 아버지를 계승한다는 것은 그를 극복하는 것이 되기 때문이다.[62]

진평왕과 선화공주 사이의 갈등 역시 이러한 맥락에서 이해할 수 있으며 〈서동요〉는 이 둘의 갈등을 형성하여 선화공주가 쫓겨나는 계기로 작용함을 알 수 있다.

---

61) 엘리아데, 『우주와 역사』, 현대사상사, p.55
62) 많은 신화에서 아들이 아버지를 죽이고 왕위에 오르는 것으로 이야기되는 것도 이같은 맥락에서 이해할 수 있다. 오이디푸스의 경우나 테세우스, 페르세우스 등의 경우가 그러하다.

(3) 왕위 등극담의 의미

서동이 공주와 결혼한 이후 왕이 되기까지의 과정에서 핵심적인 화소는 서동이 금을 신라 궁중으로 보내는 것이다. 이 행위의 의미를 파악하기 위해서는 먼저 금의 의미를 분석해 보아야 한다. 우선 비슷한 유형의 이야기로 거론되는 〈내 덕에 산다〉 유형과 제주도 무가 〈삼공본풀이〉에서의 금의 의미를 분석해 보도록 하겠다.

이들의 줄거리를 간단히 적어보면 다음과 같다.

> 옛날에 한 부자가 딸 삼 형제를 두었는데, 하루는 딸들을 불러 "너희들은 누구 덕에 먹고 사느냐?"고 물었다. 두 딸은 "아버님 덕에 먹고살지 뉘 덕에 먹고살아요?"하고 대답하는데, 막내딸은 "아버님, 내 덕에 먹고살지 뉘 덕에 먹고살어요?"하고 대답하였다. 아버지는 "에이, 천하에 고얀 년이군" 하고서, 그 동네에서 아주 가난한 청년과 부부를 맺어서 내쫓았다.

> 갈 곳이 없는 그들은 산 속 참나무 밭에 가서 숯을 구우며 살았다. 하루는 여자가 숯 굽는 데를 가서 보니, 숯가마를 거는 데 쓴 돌이 금덩이였다. 여자는 남편에게 그것을 팔아 오게 하여 평지로 내려가 집을 잘 짓고 부자로 살았다.

> 얼마 후, 그 여자의 부모는 거지가 되어 동냥을 왔다가 딸의 잘사는 모습을 보고 탄복하였다 한다.[63]

무가 〈삼공본풀이〉의 줄거리는 다음과 같다.

> 옛날, 남녀 거지가 우연히 만나 부부가 되고 딸 셋을 낳았다. 큰 딸을 '은장아기', 둘째딸을 '놋장아기', 막내딸을 '가믄장아기'라 이름했다. 막내딸 가믄장아기가 태어나자, 거지부부는 일약 거부가 되었다. 거부가 된 부부는 거지 시절의 가난한 생활은 잊어버리고, 호강에 겨워 딸들의 孝心을 시험해 보기로 했

---

63) 최운식, 「쫓겨난 여인 發福說話 一考」, 『설화연구』, 태학사, 1998, pp.186-187 에서 재인용

다. "너희들은 누구 덕에 잘 먹고 잘 입고 잘사느냐"고 묻는 것이다. 큰딸과 둘째딸은 "하느님 덕과 지하님 덕과 부모님 덕으로 잘삽니다."고 대답하여 칭찬을 받고, 막내딸은 "하느님, 지하님, 부모님 덕도 있지만, 그보다도 내 배꼽 밑의 '서그뭇'(배꼽과 음부 사이에 세로 그어진 피부의 선) 덕으로 잘삽니다."고 대답하자, 불효하다 하여 쫓겨났다. 부모의 재산이 욕심난 큰딸과 둘째딸은 막내딸을 도우려 하지 않는다.

쫓겨난 막내딸은 도중에 마를 파먹는 마퉁이 3형제를 만나고 마음씨 착한 막내 마퉁이의 도움으로 그의 집에 머무르게 된다. 두 사람은 드디어 부부가 되어 마를 파러 나갔는데, 마 파던 구덩이에서 금덩이 은덩이가 쏟아져 나와 일약 거부가 되었다.

한편, 막내딸을 쫓아낸 부모는 장님이 되고, 집안이 일시에 망하여 다시 거지 생활로 되돌아갔다. 이런 사실을 환히 알고 있는 막내딸은 남편과 의논하여 백일 동안 거지잔치를 열어 부모를 찾기로 했다. 거지잔치를 열자, 매일과 같이 많은 거지가 찾아와 잔치를 먹고 가는데, 부모는 좀처럼 보이지 않았다. 백일이 되어 잔치가 끝날 무렵이 되자, 장님 거지가 찾아왔다. 부모가 틀림없었다. 막내딸은 다른 거지들을 다 보낸 후, 부모를 방으로 모시고, 음식상을 차려서 "아버님, 어머님, 이 술 한잔 드시옵소서. 제가 가믄장아기외다."고 권하자, 술잔을 받은 부모는 깜짝 놀라 막내딸을 보려고 눈을 뜨는 순간, 환하게 세계가 밝게 보였다. 눈을 뜬 부모는 그 후 막내딸과 같이 잘살았지만 그 전의 '전상'은 좀처럼 없어지지 않았다.[64]

위 이야기들에서 금은 여주인공과 남주인공의 결연 후에 여성에 의해 발견되는 것으로 나온다. 이때 금의 발견이 여성에 의해 결연 후에 이루어진다는 사실은 매우 중요한 의미를 갖는다고 생각된다. 남주인공은 여성과 결연하기 전에는 매우 불완전한 존재였다. 그들의 불완전성은 주로 경제적인 능력의 결핍으로 나타나는데 거지, 숯구이 총각, 마퉁이와 같이 가난하고 보잘것없는 사람으로 등장한다. 그런 그들이 결연을 계기로 하여 불완전한

---

64) 玄容駿, 『濟州道 巫俗研究』, 集文堂, 1986, pp.291-292

존재에서 완전한 존재로 탈바꿈하게 되는데 구체적으로 그 계기가 되는 것이 바로 금의 획득이다. 이렇게 여주인공의 입장에서 보면 금의 증여, 남주인공의 입장에서 보면 금의 획득이 남성들의 삶에 질적인 변화를 초래하는 이유는 무엇인가?

위 두 이야기에서 금이 결연 이후에 여성으로부터 주어진다는 사실에 주목할 필요가 있다. 위 이야기에 등장하는 여주인공은 모두 질서를 간직한 대지 곧 지모신적 존재들이다. 이들은 '내 덕에 산다'고 당당히 말하는 데서 보듯 자기 정체성을 분명히 갖고 있는 존재이며 앞으로 일어날 일을 훤히 내다보는 예지력과 주문을 외우고 사람을 동물로 변신시키는 주술적 능력의 소유자로 그려진다. 이들이 지모신적 존재임은 이들이 머무는 곳이 풍요로운 대지가 되는 데서 금방 드러난다. 가난하던 집안은 주인공 여성의 탄생과 동시에 갑자기 부자가 되고 여성이 집을 나간 후에는 다시 황폐해진다. 그리고 여성이 집을 나가 새로 정착한 공간은 불모의 공간에서 풍요의 공간으로 탈바꿈한다. 여주인공의 공간이 곧 질서의 공간이며 풍요의 공간임을 말해주는 것이다.

남성의 입장에서 보면 여주인공과의 결연은 그에게 결핍되어 있는 질서를 여성으로부터 받는 것이 된다. 그런데 이를 가능케 해 준 구체적인 물건이 바로 금이다. 여성과의 결연이 곧 남성의 금의 획득으로 이야기된 것이다. 이는 여성이 곧 금으로 표상된 것이라 할 수 있으며 그때의 금은 대지에 깃들어 있는 질서 곧 지모신인 여주인공이 가지고 있었던 신성의 요체인 질서를 의미한다고 할 수 있다. 질서가 여성으로부터 분리되어 나오면서 금으로 표상된 것이다. 금이 질서의 상징이 되는 것은 금이 땅속에서 오랜 기간의 성숙과정을 거쳐 비로소 완전한 금속이 되는 성질을 갖는 것과 관련된다. 따라서 "가장 성숙한, 가장 완전한 금속인 금은 고도의 정신적인 상징성을 지니고 있는 것으로, 성숙이 상징하는 것은 불멸과 절대적 자유이다."[65]라

---

65) 시몬느 비에른느, 앞의 책, p.43

고 지적되기도 하였다.

〈내 덕에 산다〉류의 이야기는 민담이고 많이 속화된 이야기이기 때문에 금이 상징하는 질서가 물질적인 것으로 주로 나타나지만 신화에서의 금은 왕으로 이야기되는 신화적 인물의 신성성을 상징하는 것으로 쓰였음을 확인할 수 있다. 금색 개구리 모양의 어린이였다 하는 金蛙, 金閼의 황금란에서 나온 수로, 황금 궤에서 나온 알지 등이 금과 신화 주인공의 관계를 보여주는 예라 할 수 있다. 이들의 탄생에 나오는 금은 바로 질서적 존재인 이들이 가지고 있는 질서와 신성성의 상징이다.

다시 설화로 돌아와 서동이 금을 신라로 보낸 행위의 의미를 따져 보도록 하자. 금이 질서의 표상이라 했을 때 서동이 백제에 있는 금을 신라로 실어 보낸 행위의 의미는 우리 민속에서 정월 小望日에 종로 네 거리의 흙을 파다가 四隅에 뿌리고 부엌에 놓는 행위[66], 부잣집에 몰래 들어가 흙을 파다가 자기 집에 뿌리는 福盜[67] 행위와 같은 맥락에서 이해할 수 있다. 그것은 질서와 풍요의 공간에 있는 흙을 특정한 공간으로 가져옴으로써 그곳에 그러한 질서와 풍요를 내리도록 하는 주술적 행위이다. 따라서 서동이 백제의 금을 신라로 실어 보낸 행위의 의미는 백제의 질서를 신라로 보냄으로써 신라를 질서의 공간으로 만들었다는 것으로 이해할 수 있다.

(4) 미륵사 창건담의 의미

미륵사 창건담은 왕이 된 서동이 자신의 질서를 가지고 국가를 바르게 운영해 나가는 과정에 대한 이야기이다. 서동은 자신의 질서를 펴서 이상 국가를 건설하기 위해 힘을 쓰는데 이때 서동이 국가의 주요한 질서로 내세운 것이 바로 불법이다. 절을 세우고 불교를 숭상하는 행위는 곧 불교적 질서를 가지고 사회를 가꾸고 유지시켜 나간다는 것을 의미한다. 이는 영웅 신화에서 영웅들이 신적 질서를 가지고 국가를 다스리려 했던 것과 좋은 대조가 된다.

---

66) 『東國歲時記』 曉頭掘取鍾閣十字街上土散埋家中四隅又傳竈以求財聚
67) 任東權, 『韓國歲時風俗研究』, 集文堂, 1985, p.65

　미륵사 창건담은 역사적 사실과 설화적 내용이 혼재되어 있고 또 다분히 불교적 색채가 짙어 서동을 역사적 인물로 보거나 서동설화를 불교 설화적 관점에서 보는 연구자들의 입론의 근거가 되어 왔다. 그러나 이 부분을 단순히 불교적인 관점에서만 볼 수 없는 것은 미륵사가 용을 위해 지어진 절이라는 데 있다.

　미륵사는 서동이 사자사에 가다가 龍華山 큰 못 가운데에 나타난 미륵삼존을 계기로 하여 짓게 된 절이다. 못 속에서 나타난 미륵삼존은 용과 관계가 깊다. 미륵신앙이 용과 깊이 관계되는 신앙이라는 점에서도 그렇고, 일반적으로 못이 용이 거하는 공간이라는 점에서도 그렇다. 그렇다고 하면 서동의 행차 시에 못 속에서 나타난 미륵삼존은 곧 용이며, 이때의 용은 서동의 아버지인 龍父를 상징하는 것일 가능성이 높다. 李福休의 『海東樂府』의 '空敎創起彌勒寺 不作龍堂祭龍父'란 표현은 이러한 추정을 가능케 한다. 서동이 미륵사를 창건한 것은 龍父를 제사지내기 위한 것이었다고 할 수 있다. 이렇게 용을 제사지내기 위해 절을 지은 예는 〈처용랑 망해사〉조에도 보인다. 헌강왕이 용을 위해 망해사를 지은 것이 그것이다. 이때의 용이 처용의 아버지인 용왕이라는 점은 미륵사가 서동의 용부 아버지를 위해 지어진 절이라는 점과 일치한다. 물(못, 바다)에서의 용의 출현, 龍子의 탄생, 龍子의 영웅적 면모, 龍父를 기념하고 제사하기 위한 절의 창건 등 〈처용랑 망해사〉조와 〈무왕〉조의 서술 내용은 여러 가지 면에서 일치점을 보인다. 이는 두 이야기의 주인공인 서동과 처용이 당시 영웅의 보편적 모델을 따르고 있기 때문인 것으로 판단된다. 어쨌든 두 이야기 속에서 보이는 것과 같은 사찰에서의 용 제사는 우리의 전통적 토속신앙으로서의 용신신앙과 불교의 미륵사상이 습합되어 공존하는 양상을 그대로 보여주는 예라 하겠다.

2) 〈薯童謠〉의 의미와 성격

〈서동요〉는 짧고 간결한 형태의 노래로 연구자들에 따라 약간의 이견이 있기는 하나 대체로 다음과 같이 4구로 구분하는 것이 일반적이다.

善化公主主隱
他密只嫁良置古
薯童房乙
夜矣夘乙抱遣去如

〈서동요〉의 해독에서 가장 많은 논란이 된 것은 3구의 '薯童房乙'과 4구의 '夘乙'을 어떻게 읽느냐 하는 것이었다.

3구의 '薯童房乙'에 대한 해독은 이것을 목적격으로 볼 것이냐 처소격 내지는 向進格으로 볼 것이냐의 논쟁으로 모아졌다. 전자의 입장에 선 연구자들이 소창진평[68], 양주동[69], 홍기문[70] 등이고 후자의 입장에 선 연구자들이 남풍현[71], 정렬모[72], 김완진[73] 등이다.

한편 4구의 해독은 '夘乙'의 해독에 집중되었는데 '夘乙'의 '夘'을 '卯'로 보는 연구자와 '卵'으로 보는 연구자의 해독이 맞섰다. 최근에는 '夘'을 '卯'로 보고 '몰래'로 해석한 소창진평, 양주동과 같은 초기 연구자들의 잘못을 지적하면서 '夘'은 '卵'으로 보고 '알'로 해석해야 한다는 주장이 지속적으로 이어졌는데 김완진[74], 서재극[75], 유창균[76] 등이 중심이 되었다.

---

68) 小倉進平, 『鄕歌 및 吏讀의 硏究』, 京城帝國大學, 1929
69) 梁柱東, 『朝鮮古歌硏究』, 博文書館, 1942
70) 홍기문, 『향가해석』, 과학원 1956
71) 南豊鉉, 「〈薯童謠〉의 '夕卩乙'에 대하여」, 『白影鄭炳昱先生還甲紀念論叢』, 新丘文化社, 1982
72) 정렬모, 『향가연구』, 사회과학원출판사, 1965
73) 金完鎭, 『鄕歌解讀法硏究』, 서울大 出版部, 1980
74) 金完鎭, 앞의 책
75) 徐在克, 『新羅鄕歌의 語彙硏究』, 계명대 한국학연구소, 1975

이를 정리하면 〈서동요〉 3, 4구의 해독을 둘러싼 논쟁은 양주동으로 대표되는 초기연구자의 해독이 후기 연구자들에 의해 점차 수정되는 쪽으로 진행되어 왔다고 할 수 있다. 즉 '선화공주님은 맛둥방을 밤에 몰래 안고 간다'는 양주동의 해독은 '선화공주님은 서동방으로 밤에 알을 안고 간다'는 김완진의 해독으로 수정되었다 하겠다. 필자는 '몰'은 '래'가 없이 '몰래'란 말이 될 수 없으며 '그스기'와 같은 뜻의 말인 '몰래'와 바로 중복되어 사용되었을 리 없고 〈몰래〉 내지 〈몰〉을 〈卯乙〉의 두 글자로 기사한다는 것 자체가 의문시된다는 홍기문의 주장에 충분한 설득력이 있고, '乙'이 지향하는 방향을 나타내는 '-으로'의 의미로 사용되는 예가 확인되는 만큼 '夗'을 '卯'으로 '乙'을 '-으로'로 해독하는 수정의 방향이 바람직하다는 데 동의한다. 따라서 여기서는 김완진의 해독을 따랐다.

> 선화공주님은
> 남 몰래 짝 맞추어 두고
> 서동방을
> 밤에 알을 안고 간다[77]

이제까지의 〈서동요〉에 대한 해석은 주로 배경설화와의 관련하에서 부분적으로만 이루어졌고 본격적으로 노래 자체에 대한 문학적 해석을 시도한 연구는 그리 많지 않았다. 이는 노래가 한 문장에 지나지 않는 짧고 간결한 형태로 되어 있으며 노래의 내용 역시 별 이견 없이 서동과 선화공주의 사랑을 노래한 것으로 파악되었기 때문이다. 그래서 노래 자체에 대한 독립적 연구나 관심보다는 배경설화와의 관련하에서 노래의 성격을 파악하려는 연구가 주를 이루었는데 대부분의 연구자들은 이 노래를 呪歌로 규정하였다.

김열규[78]는 이 노래가 장차 일어날 일의 선행적 모방이며 여기에는 말이

---

76) 兪昌均, 『鄕歌批解』, 螢雪出版社, 1994
77) 金完鎭, 앞의 책, p.96
78) 金烈圭, 앞의 논문, pp.15-16

곧 현실이라는 주술적 믿음이 담겨 있어 소극적 주술로 볼 수 있다고 하였고 임기중[79]은 목적하는 바가 노래의 효험에 의해 달성되었으니 신라가요에 나타난 呪力觀으로 볼 수 있다고 하였다. 박노준[80] 역시 김열규의 설을 받아들여 신분차이라는 사랑의 장벽을 呪歌의 呪力으로 극복하려는 데에서 온 연애주가로 파악하였다.

그러나 〈서동요〉를 곧바로 주가로 보기에는 어려운 점이 많다. 우리는 보통 노래에 어떤 초자연적인 힘이 있어 그 힘의 작용에 의해 원하는 바가 성취되었을 때 그 노래를 주가라고 하고, 그 노래에 주술적 효험이 있다고 이야기한다. 그러나 〈서동요〉의 경우에는 노래가 직접 서동과 선화공주의 결연에 주술적 힘을 발휘했다고 보기는 어렵다. 선화공주와 서동의 결연은 서동의 치밀하고 전략적인 계획에 의해 성취된 것이며 노래는 선화공주가 집에서 쫓겨나게 되는 직접적 계기로 작용했을 뿐이다. 따라서 〈서동요〉를 장차 일어날 일의 선행적 모방으로 보거나 주술적 효험이 있는 노래로 이해하는 것은 지나친 확대해석이 아닌가 생각된다. 노래에 주가의 일반적인 징표라 할 수 있는 명령이나 위협과 같은 어법이 전혀 드러나지 않는다는 것도 〈서동요〉를 주가로 볼 수 없는 하나의 이유가 된다.

그간 〈서동요〉의 문학적 해석을 시도한 연구자들이 또 관심을 가진 문제는 마지막 구에 나오는 '알'의 해석이었다. 제일 먼저 '夗'을 '卵'으로 볼 것을 주장한 홍기문[81]은 '卵'을 音借字로 읽어 '바므란'의 '란'을 표기한 것으로 보았다. 정렬모[82]는 '卵'을 訓借字로 처리하여 '夜矣夗乙'을 '밤ᄋㅣ아를'로 읽고 栗子 곧 '밤알'로 이해하였다. '卵'을 역시 訓借字로 읽은 서재극[83]은 '불알(睾丸)'로 해석하였고, 홍재휴[84]는 음핵으로 풀이하였다. 김완진은

---

79) 임기중, 「신라가요에 나타난 주력관」, 『신라가요연구』, 정음사, 1983, p.284
80) 朴魯埻, 『新羅歌謠의 研究』, 悅話堂, 1985, p.295
81) 홍기문, 앞의 책, p.203
82) 정렬모, 앞의 책, p.115
83) 서재극, 앞의 책, p.24
84) 洪在烋, 『韓國古詩律格研究』, 太學社, 1983, p.137

신중한 태도를 보이며 '알'의 해석을 유보하였고 김문태[85]는 아이들이 부른 동요란 점을 감안하여 '임신하여 부른 배'를 비유한 것으로 보았다. 혹자는 이러한 제 설들의 부당성을 지적하면서 '卵'을 '알'로 보지 말고 '마(薯蕷)'로 봐야 한다[86]고 주장하기도 하였고 '누워 딩굴다'의 의미를 가진 '夗'으로 봐야 한다[87]는 주장이 대두되기도 하였다.

이처럼 '알'의 해석이 분분한 까닭은 '알'로 읽는 것이 문법적으로나 어학적으로 가장 타당함에도 불구하고 의미상으로는 자연스러운 풀이를 얻기가 쉽지 않은 때문이다. 이는 설화문맥 내에서 '알'의 의미를 합리적으로 설명해 낼만한 단서를 찾아내기가 어렵다는 데에 가장 큰 원인이 있다. 설화에는 노래의 '알'을 풀 수 있는 어떠한 정황도 제시되어 있지 않다. 이는 〈서동요〉와 설화 사이에 일정한 간극이 있음을 드러내는 것이다. 설화와 노래 사이의 간극은 선화공주의 성격이 설화와 노래에서 전혀 다르게 나타나는 데에서도 확인할 수 있다.

서동설화는 철저하게 서동이 중심이 되어 진행되는 서사이다. 신이한 탄생에서부터 인심을 얻어 왕위에 등극하기까지의 전 과정이 영웅의 일생담의 형식으로 전개되고 있다. 결연과정에서 보여준 서동의 적극적이고도 치밀한 지략은 그의 지혜로움을 한껏 드러내 준다. 그러나 〈서동요〉에서는 서동이 주체가 아니라 선화공주가 주체로 등장한다. 설화 속의 선화공주는 매우 소극적이고 수동적인 인물이다. 이는 선화공주가 앞서 거론한 〈내 덕에 산다〉 유형의 여성주인공이나 〈삼공본풀이〉의 감은장아기와는 성격이 전혀 다르다는 데에서도 확인된다. 선화공주는 위 두 이야기에서의 여성들과는 달리 결연에 적극적이지도 않고 삶에 있어 주체적이지도 않다. 아이들이 부른 노래의 내용으로 인해 억울하게 누명을 쓰고 집에서 쫓겨나 가다가 우연히 서동

---

85) 金文泰, 「〈薯童謠〉와 敍事文脈」, 앞의 책, p.113
86) 南豊鉉, 앞의 책, p.214
87) 윤철중, 「〈서동요〉의 신고찰」, 『신라가요의 기반과 작품의 이해』, 반교어문학회편, 1998, p.257

을 만나 그와 관계하는 것으로 그려져 있을 뿐이다. 즉 설화문맥에서 볼 수 있는 선화공주는 자신의 의지에 따라 움직이는 적극적, 능동적 인물이 아니라 소극적, 수동적인 인물이며 서동설화에서는 서동의 결연 상대자로서의 기능만을 담당하는 존재일 뿐이다. 그러나 〈서동요〉에서 보이는 선화공주의 모습은 결코 그렇지 않다. 남성과의 결합에 있어 매우 능동적, 적극적인 모습을 보인다. '남 몰래 남성과 결합해 두고선 남성의 공간으로 밤에 알을 안고 간다'는 것은 '알'의 의미를 어떤 식으로 해석하든 매우 적극적이고 대담한 행위임에 틀림없다. 설화와 노래의 이러한 모순에 대해 이재선[88]은 薯童의 에로스가 아이러니칼한 反轉을 通해서 미리 예비한 結果를 기다리는 것으로 전개되어 있다고 지적하면서 이를 일종의 位置를 바꾼 顚倒的 方法이라 하였다. 또 장성진[89]은 공주를 취하고자 하는 서동의 욕구가, 그들 사이에 있는 신분상의 장벽 때문에 성취될 수 없는 상황에서, 서동이 의식적으로 '자리바꿈'이라는 심리적 기제를 사용한 것이라고 설명하기도 하였다.

그러나 필자는 설화문맥과 노래 사이의 이러한 간극은 애당초 이 노래가 설화와는 독립적으로 존재했음을 의미하는 징표가 아닌가 생각한다. 『해동악부』에 실린 또 다른 〈서동요〉[90]의 존재는 이러한 추정을 뒷받침 해준다.

善花在新羅敗 善花冘新羅昌

88) 李在銑, 『鄕歌의 理解』, 三省文化文庫130, 三省美術文化財團, 1979, pp.43-44
89) 張成鎭, 「長時調의 民謠的 發想小考」, 『韓國傳統文化研究』 第三輯, 曉星女子大
　　學校 韓國 傳統文化研究所, 1987
90) 『海東樂府』 (李福休) 〈薯童謠〉 百濟有一女美 而早寡築居南池邊 一日雲霧會冥池
　　中 龍交其上 遂娠而生兒 器量宏異 及長掘薯蕷賣爲生業 人因號薯童 聞新羅眞平
　　王女 善花美麗無雙 潛入羅京 以薯蕷餇閭里兒童 乃作謠誘群兒唱之 其詞曰 善花
　　在新羅敗 善花冘新羅昌 國中盡誦之-(後略)
　　靑山淡無姿 薯蕷多於土 矯矯彼龍子 采采日當午 自言採作藍田玉 玄霜搗得雲英親
　　善花離宮 春不春 街童齊唱冕弧謠 宮中箟車行杳杳 女心有郎郎有金 金在孤山色色
　　好 蓬窩寶氣橫扶桑 龍華寺裡香炳繞 獅前彩盒無脛走 曉寢色動雞林土 金籠散盡販
　　大寶 晉宮牛馬誰能悟 空敎創起 彌勒寺 不作龍堂祭龍父

『해동악부』에 실린 〈서동요〉는 『삼국유사』 무왕조의 〈서동요〉와는 내용이 다르다. 선화공주는 국가적 위기를 초래하는 인물로 그려지며 〈서동요〉는 厭蠱謠에 비유된다. 그러나 문맥에서의 두 노래의 기능은 같다. 선화공주가 집에서 쫓겨나는 직접적인 계기가 되는 것이다. 어쨌든 이러한 노래의 존재는 〈서동요〉가 설화문맥과 불가분의 관계로 긴밀하게 연결되어 있는 것이 아님을 반증해 주는 것이며 설화와 노래가 동시대에 생성된 것이 아닐 개연성을 시사해주는 것이라 할 수 있다. 아울러 〈서동요〉가 서사문맥에서 직접적으로 두 인물의 결연을 가능케 해 주는 주가로 기능하는 것이 아니라 선화공주를 집에서 내쫓는 계기로 작용한다는 앞서의 분석이 틀리지 않았음을 확인시켜 준다.

〈서동요〉가 설화가 함께 발생하지 않았으리라는 지적은 선학들에 의해 이미 제시된 바 있다. 정렬모[91]는 서동전설과 노래는 반드시 붙어 다닌 것이 아니라 노래는 노래대로 따로 전부터 전파되어 왔고 전설은 이 노래의 유래를 설명하기 위해 후인이 만들어 낸 것이라는 관점을 제시하였고 박노준[92] 역시 그 이전에 있던 동요의 형태에 서동이 자기 이름과 선화공주의 이름을 삽입하여 전파시킨 것이라 하였으며, 이재선[93]도 〈서동요〉는 단순 시가로서의 민요 내지는 동요로서의 성격을 더 구체적으로 가지고 있는 것으로 이미 그 이전에 존재했을 민요나 동요에 등장인물만 의도적으로 개작한 패러디라 하였다. 연구자들에 따라 조금씩의 관점 차가 있기는 하지만 설화와 노래가 함께 발생한 것이 아니며 설화에 앞서 노래가 존재했던 것이라는 데는 의견의 일치를 보이고 있는 듯하다.

그렇다면 〈서동요〉는 원래 어떤 노래였을까. 〈서동요〉의 원래적 성격을 파악하기 위해서는 〈서동요〉를 일단 서사문맥에서 떼어 놓고 이야기와의 관련성을 배제한 채 철저히 시의 전개와 시어들의 상징만을 가지고 분석해 보는 작업을 시도할 필요가 있다.

---

91) 정렬모, 앞의 책, p.102
92) 朴魯埻, 앞의 책, pp.292-294
93) 李在銑, 앞의 책, p.188

〈서동요〉는 한 문장에 지나지 않는 아주 간결한 형식의 노래이며 일체의 주관적 감정이나 정서의 표현 없이 객관적인 사실의 진술만으로 이루어져 있다. 이러한 점은 이 노래의 연원이 매우 오래되었음을 의미하는 것으로 생각된다. 노래에 등장하는 인물의 행위가 갖는 의미나 어휘의 상징성들도 이러한 판단을 뒷받침해 준다.94)

먼저 1, 2구의 내용을 보겠다.

> 선화공주님은
> 남 몰래 짝 맞추어 두고

1, 2구에 등장하는 인물들은 중심인물인 선화공주와 그녀가 몰래 맞추어 둔 짝인 상대 남성, 그리고 이들의 결합 사실을 알지 못하는 남이다. 노래가 철저히 선화공주의 행위만을 중심으로 전개되기 때문에 나머지 인물은 노래의 표면에 직접 등장하지는 않고 암시적으로만 나타난다.

여기서 선화공주와 상대 남성과의 결연은 남모르게 은밀하게 이루어진 私通으로 되어 있다. 정상적인 혼인을 바탕으로 한 남녀의 결합이 아닌 사통은 앞에서 지적한 바 있듯 건국신화, 무속신화, 야래자 설화 등에서 흔히 발견되는 모티브로 하백 몰래 결합한 해모수와 유화의 결연을 대표적인 예로 들 수 있다. 신화 혹은 신화적 성격을 띠는 이들 이야기에서 남녀주인공의 결연이 정상적인 혼인을 바탕으로 하는 결합이 아닌 사통으로 이야기되는 것은 남주인공이 일상적 인물이 아니라 천상적 신격이기 때문이다. 천상적 존재인 남성은 원래 지상에 존재하는 인물이 아니기에 결연을 위해 잠시 지상에 내려오거나 거짓으로 인간의 모습으로 화하여 관계하는 방식으로 여성과 결합한다. 때문에 이들의 관계는 비정상적인 사통으로 나타나며 관계 후에 남성은 바로 떠나는 것으로 이야기된다. 이후의 서사는 남성의 떠남,

---

94) 노래를 서사문맥으로부터 떼어 놓고 분석하는 것인 만큼 노래에 등장하는 선화공주와 서동방은 설화 속의 선화공주나 서동과는 관련이 없음을 밝혀둔다.

여성의 축출(혹은 고난), 영웅의 탄생으로 이어진다.

〈서동요〉 1, 2구의 결연의 의미는 영웅의 탄생을 위한 천부지모의 결합으로 파악할 수 있다. 이는 결연의 결과가 바로 생명의 탄생으로 이어지는 것을 통해 확인할 수 있다.

3, 4구의 내용을 보자.

> 서동방을
> 밤에 알을 안고 간다.

앞에서 '서동방을'의 '을'은 '학교를 가다'에서처럼 목적격이 아니라 향진격으로 읽어야 함을 이야기한 바 있다. 그랬을 때 이 3, 4구의 내용은 선화공주라는 여성이 서동이라는 남성의 공간(방)으로 밤에 알을 안고 간다는 것이 된다. 그간 많은 연구자들은 이 행위를 남녀간의 육체적인 결합으로 이해했다. 때문에 '알'의 해석을 놓고 의견이 분분했다.

필자는 이 두 구가 남녀의 결합을 의미하는 것이 아니라 결합의 결과로서의 새로운 생명의 탄생을 암시하는 것이라 생각한다. 4구의 '알'은 많은 신화 주인공의 탄생에 등장하는 '알'과 같은 의미를 갖는 것으로 보인다. 알은 곧 영웅의 탄생을 나타낸다. '알'이 영웅의 탄생과 관계됨은 '알'을 낳는 시간이 '밤'으로 설정되어 있는 데에서도 찾을 수 있다. 밤은 암흑과 어두움의 시간으로 혼돈과 무질서의 카오스 상태이다. 어두움과 암흑의 카오스 상태는 흔히 '밤'으로 표현되는데 이 혼란과 무질서의 카오스 상태는 질서와 안정의 세계로 가기 위한 전 단계로서의 의미를 갖는다. 조화와 안정의 세계로의 이행은 알의 부화와 동시에 완성된다. 선화공주라는 여성이 낳은 알은 구지에 내려온 여섯 알이 하룻밤 사이에 여섯 童子로 화하는 것과 같이 서동방에서 부화하여 영웅으로 化할 것이다.

따라서 '알'이 태어나는 공간인 '서동방'은 결합의 공간이 아니라 탄생의 공간이며 유화가 주몽을 낳는 別宮에 해당한다. 이 공간은 성스러운 공간이며 영웅을 탄생시키는 공간이 된다. 결국 3, 4구의 내용은 1, 2구의 선행적 행위가 원인이 되어 나타난 결과로 이해할 수 있다.

이렇게 봤을 때 〈서동요〉는 영웅의 탄생을 노래하는 시가로 노래 자체가 바로 신화의 일부이며 천부지모의 결연과 그 결과로서의 영웅의 탄생을 노래하고 있음을 알 수 있다. 그렇다면 〈서동요〉의 성격은 어떻게 파악할 수 있는가. 신화는 이왕에 시행된 제의의 구술적 상관물이라는 제의학파의 주장을 떠올려 볼 때 〈서동요〉가 제의 중에 불린 노래였을 가능성을 생각해 볼 수 있다. 〈서동요〉가 제의에서 불린 제의가라는 주장은 김종우[95], 엄국현[96] 등에 의해 이미 제기된 바 있다. 김종우는 〈삼공본풀이〉와 〈서동설화〉의 공통화소에 근거하여 서동요를 〈三公본풀이類〉의 巫歌 類型에 속하는 서사설화로 보았고 엄국현은 '薯'를 男根의 상징, '卯'를 女陰의 상징으로 보아 풍요를 기원하는 제의에서 불린 노래로 보았다. 선학들에 의해 제기된 이러한 주장은 필자의 견해와는 조금 거리가 있기는 하지만 〈서동요〉의 원래적 모습을 제의가로 보는 기본 입장에 있어서는 일치한다.

필자는 〈서동요〉가 영웅의 탄생을 노래하는 노래이므로 제의 중 讚神의 과정에서 불렸을 것으로 생각한다. 찬신은 신의 탄생에서부터 신격으로 좌정하기까지의 과정에 대한 소개로 신의 내력을 말함으로써 신을 기쁘게 하는 절차이기 때문이다.

제의 중에 불렸던 노래인 〈서동요〉는 제의의 현장을 떠나 오랜 기간에 걸쳐 구비전승되면서 원래적인 성격을 잃게 되었을 것으로 생각된다. 따라서 초자연적 존재의 신성혼 그리고 그 결과로서의 영웅의 탄생이라는 〈서동요〉의 원래적 의미는 일상적인 두 인물의 사랑과 결연의 의미로 받아들여지게 되었고 그에 따라 〈서동요〉는 탄생의 노래가 아닌 단순한 결연의 노래로 인식되게 된 것이다. 〈서동요〉가 남녀의 결연을 노래한 민요 혹은 동요로 서동설화에 자리

---

95) 金鍾雨, 「〈薯童謠〉 研究」, 『三國遺事의 문예적 研究』, 새문사, 1982, pp.1-63
96) 엄국현, 「薯童謠 研究 Ⅱ」, 『仁濟論叢』 第 6 卷 第 2 號, 인제대학교, 1990, pp.347-366

하게 된 것은 이러한 사정에 기인한 것이라 판단된다. 그러나 그럼에도 불구하고 〈서동요〉가 주술적 효험이 있는 노래로 인식되었던 것은[97] 〈서동요〉가 제의 중에 불린 노래라는 원래적 성격과 관계가 있는 것이 아닌가 여겨진다.

향가는 '羅人尙鄕歌者尙矣 盖詩頌之類歟 故往往能感動天地鬼神者非一' 이라는 관련 기록에 근거하여 그 연원이 아주 오래이며 제의에서 발생한 노래라는 주장이 향가연구 초기부터 계속 제기되었고 몇몇 노래의 경우는 제의와의 관련성이 매우 심도 있게 논의되었다. 그러나 〈서동요〉의 경우는 향가의 가장 초기 작품이라는 지적에도 불구하고 그 성격은 분명하게 해명되지 못했다. 서사문맥 속에서 주가 혹은 참요의 기능을 하는 노래 정도로만 인식되어 온 것이다. 그러나 역사적 시간의 두께로 가려진 노래의 본질적 성격을 확인해 본 결과 〈서동요〉는 〈동명왕 신화〉의 동명왕 탄생담에 비견되는 노래로 영웅 신화 주인공의 탄생담을 압축적으로 운문화해 놓은 형태임을 알 수 있다. 〈서동요〉의 이런 제의가적 성격은 〈서동요〉가 제의와 관련된 노래임을 말해주는 것임과 동시에 초기 향가와 제의의 상관관계를 확인케 해 주는 하나의 근거가 된다고 하겠다.

---

97) 然後知薯童名, 乃信童謠之驗

Ⅲ. 鄕歌와 背景說話에 대한 祭儀的 考察

1. 〈水路夫人〉條의 〈獻花歌〉, 〈海歌〉

『三國遺事』 紀異2, 〈水路夫人〉條에는 배경설화와 함께 〈헌화가〉, 〈해가〉가 전한다. 〈수로부인〉조의 〈헌화가〉, 〈해가〉 그리고 이들 노래가 놓여 있는 서사문맥에 관한 연구는 선학들에 의해 일찍부터 행해져 왔는데 특히 〈헌화가〉를 둘러싼 논의는 그 진폭이 매우 넓고 그 성격 또한 무척 다채롭게 전개되었다. 이처럼 〈수로부인〉조를 둘러싼 논의가 다양한 편차를 보이고 진행된 데에는 설화 속의 사건을 바라보는 관점의 차이, 좀더 구체적으로는 수로부인과 수로부인을 도와 문제를 해결해 주는 노옹의 정체를 파악하는 시각의 차이가 워낙 컸던 데에 가장 큰 원인이 있다고 할 수 있겠다. 〈수로부인〉조에는 이외에도 畫饍, 龍, 㹲牛 등 해석의 쟁점이 되는 난제들이 있다. 〈수로부인〉조의 전체적인 의미와 노래의 성격을 온전히 규명하기 위해서는 이러한 난제들에 대한 해명이 우선되어야 한다. 기존 논의들을 비판적으로 수용하면서 이들에 대한 해명을 중심으로 〈수로부인〉조를 분석해 보도록 하겠다.

먼저 〈수로부인〉조의 내용을 서술의 순차에 따라 정리하여 제시하면 다음과 같다.

① 신라 성덕대왕 대에 순정공이 강릉태수로 부임하는 도중 海汀에서 晝饍을 하였다.

② 그 곁에는 높이가 千丈이나 되는 석장이 병풍같이 바다를 두르고 있었는데 그 石嶂 위에는 철쭉꽃이 만발해 있었다.

③ 순정공의 부인 수로가 그것을 보고 '저 꽃을 꺾어다 줄 사람이 누구인가'고 물었다.

④ 從者들은 '그곳은 사람이 닿을 수 없는 곳입니다'하며 모두 할 수 없는 일이라고 말하였다.

⑤ 이때 암소를 끌고 가던 노옹이 부인의 말을 듣고 꽃을 꺾고 노래를 지어 바쳤다.

⑥ 그 노옹은 누구인지 알 수 없었다.

⑦ 다시 이틀을 가 또 임해정에서 晝饍을 하였다.

⑧ 그때 갑자기 해룡이 나타나 부인을 납치하여 바다 속으로 들어갔다.

⑨ 공이 땅에 넘어지면서 발을 동동 굴렀으나 아무 계책이 없었다.

⑩ 또 한 노인이 나타나 가로되 '여러 사람의 입은 쇠도 녹일 수 있다 했는데 이제 바다 속 짐승이 어찌 여러 사람의 입을 두려워하지 않겠습니까. 마땅히 계내민으로 하여금 막대기로 언덕을 치면서 노래를 부르게 하면 부인을 다시 볼 수 있을 것입니다.'하였다.

⑪ 공이 그대로 하였다.

⑫ 그러자 용이 부인을 받들고 나왔다.

⑬ 공이 바다 속의 일을 물으니 '칠보 궁전에 음식은 향기롭고 깨끗한 것이 인간의 연화가 아닙니다.'라 하였다.

⑭ 부인의 옷에서도 이상한 향기가 났는데 이 세상의 것이 아니었다.

⑮ 수로부인은 姿容이 絶代하여 深山 大澤을 지날 때마다 神物에게 掠攬을 당하였다.

⑯ 여럿이 부른 〈해가〉의 가사는 다음과 같다. 〈해가 가사〉

⑰ 노인이 부른 〈헌화가〉의 가사는 다음과 같다. 〈헌화가 가사〉[98]

〈수로부인〉조에는 두 가지 사건에 대한 기술이 순차적으로 나온다. 하나는 수로부인이 남편 순정공을 따라 강릉태수로 부임해 가던 도중에 바닷가 절벽 위에 만개한 철쭉꽃을 원한 데서 비롯된 사건이고 다른 하나는 수로부인이 갑자기 동해룡에게 피납되면서 벌어지는 사건이다. 이 두 사건은 모두 수로부인을 주인공으로 하고 있으며 매우 유기적인 관계로 서사문맥을 형성하고 있다. 첫 번째 사건인 ①에서 ⑥까지를 〈헌화가〉 배경설화로, 두 번째 사건인 ⑦에서 ⑭까지를 〈해가〉 배경설화로 놓고 각각의 설화를 분석해 보도록 하겠다.

1-1 〈獻花歌〉 배경설화의 의미와 〈獻花歌〉의 성격

1) 〈獻花歌〉 배경설화의 의미

(1) 海汀, 晝饍과 제의의 시공간

첫 번째 사건은 수로부인과 순정공이 강릉태수로 부임하던 중 海汀에서 晝饍을 하던 차에 발생한다. 이 사건의 성격을 규명하는 데 있어서 海汀과 晝饍의 의미를 밝히는 것은 매우 중요한 의미를 갖는다. 그것이 단순한 '바닷가에서의 점심식사'를 의미하는 것이라면 위 사건은 일상적인 사건이 되겠지만 그것이 아니라면 이 사건의 의미는 달리 파악되어야 하기 때문이다. 海汀과 晝饍에 대해서는 이미 많은 논의들이 이루어진 바 있는데 海汀이

---

98) 『三國遺事』 卷 第 2, 紀異 第 2 聖德王代 純貞公赴江陵太守(今溟州) 行次海汀 晝饍 傍有石嶂如屛臨海 高千丈 上有躑躅花盛開 公之夫人水路見之 謂左右曰 折花獻者其誰 從者曰 非人跡所到 皆辭不能 傍有老翁 牽牸牛而過者 聞夫人言 折其花 亦作歌詞獻之 其翁不知何許人也 便行二日程又有臨海亭 晝饍次 海龍忽攬夫人 入海 公顚倒躄地 計無所出 又有一老人 告曰 故人有言 衆口鑠金 今海中傍生 何不畏衆口乎 宣進界內民 作歌唱之 以杖打岸 則可見夫人矣 公從之 龍奉夫人出海 獻之 公問夫人海中事 曰 七寶宮殿 所饍甘滑香潔 非人間煙火 此夫人衣襲異香 非世所聞 水路姿容絶代 每經過深山大澤 屢被神物掠攬 衆人唱海歌詞曰 龜乎龜乎出水路 掠人婦女罪何極 汝若悖逆不出獻 入網捕掠燔之喫 老人獻花歌曰 紫布岩乎邊希 執音乎手母牛放敎遣 吾肹不喩慚肹伊賜等 花肹折叱可獻乎理音如

제의를 행하는 장소라는 주장99)과 晝饍이 일상적인 점심식사가 아니고 임금이나 신께 바친 음식이라는 주장100)이 상당한 설득력을 얻고 있다. 이는 다음 사건인 〈해가〉 배경설화의 시간과 장소가 臨海亭과 晝饍으로 나오는 점을 보아서도 그러하고 역시 제의문맥으로 볼 수 있는 〈처용랑 망해사〉설화에서 헌강왕이 갑자기 운무에 휩싸여 길을 잃는 사건이 일어나는 시간과 장소가 汀邊에서 晝歇할 때라는 점을 볼 때도 그러하며, 또 〈萬波息笛〉설화에서 왕이 西溪邊에서 晝饍할 때 玉帶의 쪽이 용이 되어 승천하는 것으로 나오는 것을 볼 때에도 역시 그러하다. 晝饍이나 晝歇이 단순한 점심식사나 낮의 휴식을 의미하는 것이라면 왜 하필 그러한 시간에 그러한 비일상적 사건들이 연속적으로 일어나는가 하는 것을 해명하기 어렵다. 수로부인이 동해룡에게 납치되어 돌연 물 속으로 들어가는 사건이나 헌강왕의 행차 시에 갑자기 운무가 끼어 앞을 분간할 수 없는 사건이나 옥대의 쪽이 용이 되어 하늘로 올라가는 사건 등은 일상적인 차원에서 이해할 수 있는 성질의 것이 아니다. 이것들은 모두 비일상적 차원의 이야기이다. 따라서 晝饍의 의미는 일상적인 점심식사로서의 의미로 보아서는 안 되며 김광순이 지적한 대로 제의를 행하고 있다는 표지로 읽어야 한다. 晝饍을 행하는 장소가 한결같이 바닷가나 물가로 나오는 점도 晝饍을 제의의 표지로 보아야 하는 근거가 된다.

이 설화가 제의 중의 사건을 서사화한 것임은 사건의 의미를 따져볼 때 더욱 명료해진다. 사건의 발단은 수로부인이 높이가 천장이나 되는 石嶂 위의 꽃을 원하는 데서 비롯된다. 석장 위에 만개한 꽃을 원하는 수로부인에게 從者들은 모두 불가능함을 이야기한다. 그런데 이때 소를 끌고 가던 노옹 하나가 〈헌화가〉를 부르며 수로에게 꽃을 꺾어 바친다.

위 장면에서 꽃이 피어 있는 장소는 인간의 손이 미칠 수 없는 높은 벼랑 위이다. 그리고 그 벼랑은 사방이 바다로 둘러싸여 있는 곳이다. 사방이

---

99) 呂基鉉, 「水路夫人 이야기의 祭儀的 研究」, 成均館大 碩士學位論文, 1984, pp.9-10

100) 金光淳, 「獻花歌說話에 關한 一考察」, 『韓國詩歌研究』, 螢雪出版社, 1981

바다로 둘러싸여 있는 바닷가의 높은 벼랑은 곧 신성공간이다. 이는 물과 돌이 지닌 상징성에 기인한다. 물과 돌은 새롭게 창조된 대지의 표상이다. 우리는 세계적으로 널리 분포되어 있는 많은 신화에서 물이 타락한 세상을 정화시키는 수단이면서 모든 만물을 새롭게 탄생시키는 대지로서의 의미를 갖는 것을 보아왔다. 우리나라의 홍수신화도 이전세계의 소멸과 재창조를 이야기하고 있다. 물은 이전의 낡고 더러운 세상을 쓸어버리고, 새로운 세상을 출발시키는 토대로서의 의미를 갖는다.

> 우주적 차원이든 인간학적 차원이든 침례는 마지막 소멸을 뜻하지 않고 단순히 형태 이전의 상태로의 일시적인 재통합을 의미할 뿐이다. 그리고 우주적, 생물적, 구제론적 계기에 응하여 새로운 창조, 새로운 생명, 새로운 인간이 그로부터 태어나게 되는 것이다.[101]

물이 상징하는 의미가 이렇게 재생, 부활이라고 할 때 물과 함께 등장하는 돌은 그곳이 새롭게 창조된 대지의 중심임을 말해준다. 예를 들면 홍수가 나타나서 세상이 온통 물에 잠겼는데 산봉우리만 잠기지 않고 남아 그곳에서 인류가 다시 번성하게 되었다는 이야기에서의 산봉우리라든가 〈장자못 전설〉의 며느리 바위 등이 그것이다. 물 속의 바위나 산은 그곳이 새로 창조된 천지의 중심임을 나타낸다. 이곳이 새로운 세계의 중심임은 이곳으로부터 인간이 탄생하는 것으로 이야기되는 것에서 확인해 볼 수 있다. 못의 돌에서 태어난 인간 혹은 못의 돌 위에 앉아 있는 인간의 이야기는 〈동명왕 신화〉, 〈금와왕 신화〉, 〈성씨 시조 신화〉, 〈명당 전설〉에 이르기까지 다양하게 존재한다. 동명왕 신화의 유화는 우발수의 돌 위에 앉아 있는 모습으로, 금와왕 신화의 금와는 곤연의 돌 밑에서 발견되는 것으로 나오며, 사물택은 택상의 돌에 앉아 있는 모습으로 발견된다.

---

101) 엘리아데, 이은봉옮김, 『종교형태론』, 한길사, 1996, p.295

비로소 한 여자를 얻으니 돌에 앉아 있는 모습으로 나왔다.[102]

부여왕 해부루가 늙도록 자식이 없어 산천에 제사하여 아들 낳기를 빌러 가는데, 타고 가던 말이 곤연에 이르자 큰 돌을 보고 눈물을 흘렸다. 왕이 괴이하게 여겨 사람을 시켜 그 돌을 굴리게 하니 금빛 개구리 형상의 작은 아이가 있었다.[103]

21년 9월에 왕이 국내를 다니며 지세를 보다가 돌아와 사물택에 이르렀을 때 한 장부가 못 위의 돌에 앉아있는 것을 보았다. 왕에게 말하여 가로되 "왕의 신하가 되길 원합니다" 하였다. 왕이 기뻐하며 허락하고 인하여 사물이란 이름과 위씨라는 성을 주었다.[104]

이처럼 이들이 물 속의 돌에 앉아 있는 모습으로 등장하는 이유는 이들이 입사제의를 마치고 막 새롭게 탄생하였기 때문이다. 입사제의에서는 태초의 천지창조가 되풀이되는데 입사제의에 참가하는 주인공은 천지창조가 끝남과 동시에 이전과는 다른 새로운 존재로 탄생한다. 이때 탄생은 새롭게 창조된 대지의 중심에서 이루어지는 것으로 묘사된다. 이는 보통 제의가 대지의 중심으로 관념되는 곳에서 행해지는 까닭이다. 못 혹은 물과 돌은 새롭게 창조된 대지의 표상이므로 주인공이 물 속의 돌에서 태어나는 것으로 기술되는 것이다.

물과 돌이 갖는 이러한 상징의미로부터 다시 설화의 배경이 되는 장소를 보면 사방이 바다로 둘러싸인 石嶂은 새롭게 창조된 대지의 중심이 된다. 이 대지의 중심은 보통 신성공간으로 신과 인간이 만나는 장소이자 신이 강림하는 제의의 장소가 된다. 따라서 이 공간이 제의의 공간이며 신성한 공간이 되는 것이다.

---

102) 李奎報, 『東國李相國集』, 〈東明王篇〉 始得一女. 坐石而出
103) 李奎報, 『東國李相國集』, 〈東明王篇〉 夫餘王解夫婁老無子. 祭山川求嗣. 所御馬至鯤淵. 見大石流淚. 王怪之. 使人轉其石. 有小兒金色蛙形
104) 『三國史記』, 高句麗本紀 第一, 〈琉璃王〉 二十一年 九月 王如國內觀地勢 還至沙勿澤 見一丈夫坐澤上石 謂王曰 願爲王臣 王喜許之 因賜名沙勿姓位氏

(2) 水路夫人의 성격

수로부인의 성격을 논하기에 앞서 먼저 '수로'란 이름에 대하여 알아보자. 수로란 이름에 대하여 金在鵬[105]은 수로가 'salya'에서 'saro', 'suro'로 변형된 것으로 이는 '태양'을 뜻하는 梵語라 하였다. 그 후 이도흠[106]은 김재붕의 견해를 수용하면서 또 한 명의 수로부인인 〈가락국기〉에 나오는 수로왕의 부인 許黃玉에 주목하였다. 그리하여 김수로 왕릉과 金海 金河寺 須彌壇의 雙魚文이 태양의 딸과 多産을 상징하는 美의 여신인 이시스(Isis)의 표상이므로 '수로'라는 이름에는 '태양'과 '美'의 의미가 함축되어 있다고 하였다. 그러나 이러한 견해들은 '수로'라는 이름이 범어이고, 수로부인이 태양으로 불렸다는 데 대한 납득할 만한 설명을 하고 있지 않기 때문에 설득력을 얻기 어렵다. 태양처럼 빛을 발하는 미인이기에 '태양'이라는 이름으로 불렸다는 이도흠의 주장은 미인을 태양과 연결시킨 예가 드물기 때문에 공감하기 어려운 측면이 있다.

필자는 '水路'란 이름을 범어가 아닌 우리말 차자표기로 보는 것이 타당하지 않을까 생각한다. 이는 고대인들의 명명이 대체로 우리말 차자표기 방식으로 이루어졌던 점을 생각할 때 충분한 개연성이 있다. 우리말로 읽을 경우 '水路'의 '水'는 '물'이고 '路'는 '물'의 末音첨기가 된다. '물'은 고어로는 '믈', '몰'에 해당한다. 이 '믈'은 '으뜸', '우두머리'를 뜻하는 우리말이다. 신라의 왕호인 麻立干이나 麻立이 곧 橛이라는 『삼국사기』의 기록[107]에서 그러한 흔적을 찾아볼 수 있다. 이렇게 '수로'를 우리말 '믈'의 차자표기로 보면 수로는 곧 우두머리의 의미가 된다. 이는 〈가락국기〉의 首露王이 '首露' 혹은 '首陵'으로 불렸고 그가 한 나라의 우두머리였던 것과 같은 맥락에서 이해할 수 있다. 수로부인이 우두머리를 지칭하는 이름으로 불린 것은 '믈 ᄆᆞᆯ'계 어휘가 정치적으로는 首長, 종교적으로는 샤먼에게 붙여지는 이

---

105) 金在鵬, 「난생신화의 분포권」, 『문화인류학』 제4집, 1971, p.49
106) 李都欽, 「신라 향가의 문화기호학적 연구」, 한양대 박사논문, 1993, p.158
107) 『三國史記』 卷 第3, 新羅本紀 第3, 〈訥祇麻立干〉 麻立者 方言謂橛也

름이었기 때문이다. '서동'이란 이름이 실제의 '마(薯)'와 관련 있는 것이 아니라 그가 입사제의를 통해 새롭게 태어난 인물이기 때문이라는 사실이나 그가 곧 정치적 수장인 왕이 되는 인물이라는 사실, 〈처용랑 망해사〉의 주인공인 처용의 이름이 용을 나타내는 '稱'의 차자표기이고 용의 우리말이 '미르'로 이 역시 '믈 므르' 계 어휘에 해당하며 그가 종교적 샤먼에 해당한다는 사실 등은 모두 이러한 주장을 입증해 주는 같은 예들이다. 결국 수로부인의 '수로'란 말은 그녀가 '머리'에 해당하는 존재이며 곧 샤먼임을 나타낸다고 이해할 수 있다.

한편, 수로부인은 姿容이 絶代하여 深山大澤을 지날 때마다 신물에게 약람을 당하였다고 기술되어 있다. 수로부인의 絶代한 美는 단순히 수로부인의 외형에 관한 것이 아니라 수로부인이 지닌 완전성을 드러내 주는 것이라 할 수 있다. 인간의 미라고 하는 것은 균형 잡힌 몸매나 아름다운 얼굴과 같은 신체미와 함께 정신이나 영혼과 같은 인격의 미가 존재한다. 그런데 이 둘은 서로 결부되어 나타난다. 뛰어난 외모의 소유자가 뛰어난 능력이나 인격의 소유자로 나타나는 것은 매우 흔한 예이다.

아리스토텔레스는 『니코마커스 윤리학』에서 '미이면서 선'을 모든 것에 있어서의 탁월함, 뛰어남으로 보고 도덕적 가치의 높이와 미적 가치의 높이는 결부되어 나타난다 하였다. 결국 인간의 美라는 것은 그 인물이 지닌 완전성의 표출로 이야기할 수 있다.

그랬을 때 神物들에게 누차 掠攬당한 수로부인의 美나 죽은 진지왕의 혼과 결합하여 비형랑을 낳는 桃花女의 美, 역신이 흠모하여 몰래 결합한 처용 처의 美, 서동이 거짓 노래를 퍼뜨려 결합한 진평왕의 딸 선화공주의 美와 같은 여성의 빼어난 아름다움은 그것이 단순한 외모의 아름다움이 아니라 그 인물이 지닌 정신적, 영혼적 가치, 그 인물의 비범성과 신성성을 말해주는 것이라 하겠다.

(3) 꽃의 획득과 질서의 회복

꽃의 의미가 무엇인가 하는 것을 밝히는 일은 이 설화 전체의 성격을 해명하는 데 있어 매우 중요한 의미를 갖는다. 왜냐하면 이 설화의 내용이란 결국 꽃을 원하는 여인에게 한 노옹이 꽃을 꺾어 바친 사건으로 요약될 수 있기 때문이다. 수로부인이 왜 꽃을 그토록 원했는지, 노옹이 꽃을 꺾어 바친 이유는 무엇인지 하는 것들이 해명이 되어야 이 설화의 의미가 온전히 드러날 수 있을 것이다.

우리 무속에서 꽃은 생명을 되살리고 재앙을 물리치는 주술적 능력이 있는 것으로 나타난다. 우리의 무가 〈바리공주〉, 〈이공본풀이〉, 〈세경본풀이〉에 등장하는 꽃이 그러한 예이다. 위 무가에 나오는 꽃들은 모두 주술적 능력이 있는 신물들이다. 환생꽃은 뼈를 생기게 하고, 살을 오르게 하고, 숨을 쉬게 하며 웃음웃을꽃은 웃음을 웃게 하며, 싸움싸울꽃은 싸우게 하고, 수레멸망악심꽃은 멸망하게 하는 능력을 갖고 있다. 이처럼 꽃이 주술적 능력이 있는 것으로 등장하는 것은 꽃이 곧 신격과 동일시되기 때문이다.

무속에서 꽃은 흔히 신격의 상징으로 쓰인다. 꽃이 신격의 상징으로 쓰이는 예로 우리는 은산별신제, 한 장군놀이 등을 들 수 있다.[108]

은산별신제는 충청남도 부여군 은산면 은산리에서 옛날 이곳 전투에서 죽은 병사들의 영혼을 위로하고 마을의 평안을 빌기 위해 거행되어 온 별신제이다. 이 별신제에 사용될 꽃은 깨끗한 방에 행사 전날까지 모셔졌다가 행사 당일에 火主집으로 옮겨져 별신당에 오르게 되는데 꽃은 그 자체로 신성시되어 꽃이 모셔진 방에는 출입이 엄격히 통제된다. 모든 행사가 다 끝난 뒤에 꽃은 다시 화주집으로 갔다가 각 마을이나 집에 나누어지는데 이 별신꽃을 모두 소중한 것으로 여겨 오래도록 방에 꽂아 장식하는 것이 은산지방의 풍속이다.

또 한 장군놀이는 경상북도 경산시 자인면 일원에서 단오절에 행하던 단

---

108) 이상희, 『꽃으로 보는 우리 문화』 1, 넥서스, 1998 참조

오굿의 명칭이다.

　원래 한 장군은 이 지역의 단오굿의 중심행사인 女圓舞에 등장하는 주인 공 이름인데 무형문화재로 지정되면서 전설상의 인명이 민속연회의 명칭으로 변하게 된 것이다. 자인 고을의 전설에 따르면 한 장군은 신라 혹은 고려 때 사람으로 왜적이 이 고을을 침범하여 도천산 위에 웅거하면서 백성들을 괴롭히자 꾀를 써서 여자로 가장한 뒤 누이와 함께 화려한 꽃관(女圓花)을 쓰고 산아래 버들못 둑에서 광대들의 풍악에 맞추어 춤을 추었다고 한다. 그러자 왜적들이 산에서 내려와 여원무의 신기함과 풍악의 흥겨움에 넋을 잃고 있을 때 한 장군은 여원화를 벗고 장군으로 돌변하였고 광대들도 비수를 든 무사로 화하여 왜적을 물리쳤다고 한다. 그 뒤 이 고장에는 한 장군을 모시는 사당이 생기고 해마다 단오에는 제사를 지내고 성대한 놀이를 베풀었다고 한다. 이 놀이에는 높이가 10척이나 되는 화관을 쓰고 전신을 꽃으로 가리고 춤을 추는 여원무가 등장한다. 이 여원화에는 그 신성성으로 인해 단오제 전까지 사람들의 접근이 금지된다고 한다. 이 한 장군놀이가 끝난 후 꽃송이를 몸에 품고 가서 집에 두면 풍년, 除厄, 治病 등의 효험이 있다고 믿어 다투어 꽃을 가지고 가서 모셔둔다고 한다.[109]

　이처럼 무속제의에서 꽃을 신성시하고 꽃의 효험을 믿은 것은 꽃이 곧 신격과 동일시되었기 때문이다. 꽃이 풍년, 제액, 치병의 효험이 있는 것으로 믿어졌다는 사실은 꽃이 단순한 자연물이 아니라 신격과 동일시되는 물건이었음을 반영하는 것이다.

　무속에서 꽃이 흔히 신격과 동일시된다고 했을 때 이 설화에 나오는 꽃 또한 신격을 상징하는 것으로 볼 수 있다. 이는 만개한 철쭉꽃이 피어 있는 공간이 앞서 기술한 바와 마찬가지로 사방이 바다로 둘러싸인 石嶂 위, 곧 신성공간이기 때문이다. 신성공간은 신이 강림하는 곳이자 대지의 중심이다. 따라서 여기에 핀 꽃은 신격을 의미하는 것으로 볼 수 있다.

---

109) 金宅圭, 『韓國農耕歲時의 硏究』, 영남대학교 출판부, 1985, pp.266-273 참조

그럼 다시 수로부인이 꽃을 갖기를 원한 이유를 살펴보도록 하자. 수로부인이 샤먼이고 꽃의 의미가 신격이라고 했을 때 수로부인이 꽃을 원한 이유는 비교적 쉽게 풀린다. 그것은 수로부인이 꽃으로 상징되는 신격의 질서를 획득하기를 원한 것이라 할 수 있다. 수로부인이 신격의 질서를 획득하기를 원한 것은 질서의 갱신을 위해서이다. 이 말은 이 세상에 지금의 질서와는 다른 새로운 질서가 내리기를 원한 것이라 할 수 있다. 새로운 질서를 내리게 하는 일이야말로 샤먼이 제의를 행하는 궁극적 목적이 된다. 제의란 곧 질서를 갱신하는 행위에 다름 아니기 때문이다.

꽃을 얻을 수 있는 방법으로 노옹이 제시한 조건을 보면 이러한 점은 더욱 확실해진다. 노옹은 꽃을 얻을 수 있는 방법을 제시하면서 '나를 부끄러워하지 않는다면'이란 조건을 단다. 이 말은 매우 함축적인 의미를 담고 있다. 부끄러워하지 않는다는 것이 단순히 외간 남자에 대한 내외 정도의 의미가 아니라 그 이상의 의미를 내포하고 있는 것으로 보이기 때문이다. 질서의 획득이 보통 남녀사이의 성적인 관계를 통해 이루어지는 것으로 표현되는 것이 일반적이라는 사실에 근거해 볼 때 더욱 그러하다. 그것은 노옹과 수로부인의 결합을 의미하는 것으로 파악된다.

따라서 노옹이 수로부인에게 꽃을 얻을 수 있는 방법으로 제시한 '나를 부끄러워하지 않는' 행위가 함축하고 있는 의미는 수로부인과 신격과의 결합 즉 神婚을 의미한다고 볼 수 있다. 꽃을 얻을 수 있는 방법으로 신혼을 제시한 것은 신과의 결합 즉 신혼이 곧 신으로부터 질서를 받는 행위이자 질서를 갱신하는 행위이기 때문이다. 엘리아데는 제의 중에 행해지는 신적인 모델의 원형 가운데 하나로 신혼을 들면서 제의 중에 신혼이 재현되는 이유를 풍요와 재생으로 설명하였다. "이 세상은 신혼이 모방될 때마다, 즉 혼례적 결합이 이루어질 때마다 재생이 되는 것이다."110)라 하였는데 이 말은 노옹과 수로부인의 결합의 의미를 분명하게 해 준다.

---

110) 엘리아데, 『宇宙와 歷史』, 現代思想社, 1976, p.47

많은 이야기에 있어 신적인 인물과의 결합은 질서를 받는 행위로서의 의미를 갖는다. 질서를 갖지 못한 사람은 질서를 갖고 있는 상대와의 결합을 통하여 질서를 획득하고 새로운 인물로 태어난다. 이는 신격이 결합을 통해 옮아왔기 때문이다. 앞서 〈무왕〉설화를 분석하면서 예로 든 〈삼공본풀이〉나 〈내 덕에 산다〉류의 이야기에서 남녀 주인공의 결연의 의미 또한 마찬가지이다. 위 이야기들에서 뭔가 부족한 그래서 온전하지 못한 남성주인공이 결핍을 면하는 계기가 된 것은 질서를 간직하고 있는 여성과의 결연이었다. 결연을 통해 남성 주인공은 상대 여성으로부터 그들에게 결핍되어 있는 질서를 얻을 수 있었다. 이러한 예는 평강공주와의 결연을 계기로 질서를 얻어 새로운 인물로 탄생하는 〈온달이야기〉에서도 찾아볼 수 있다. 민담의 경우에서는 더 많은 예들을 찾아볼 수 있는데 대표적으로 들 수 있는 것이 〈우렁각시〉, 〈선녀와 나무꾼〉, 〈여우구슬〉 유형의 이야기이다. 이들 이야기에서의 남성은 여성과의 결합을 계기로 질서적인 존재가 된다.

한편, 여성이 결합을 통해 남성으로부터 받는 질서는 거의 대부분이 자식으로 변환되어 나타난다. 이때의 자식은 물론 다음 세대를 이끌어 갈 영웅적 인물이다. 신화를 예로 들자면 환웅과 웅녀의 결합으로 태어난 단군이 그러하고, 해모수와 유화가 결합하여 탄생한 주몽이 그러하다. 환웅, 해모수는 질서를 주는 존재이고 웅녀, 유화는 질서를 받아들이는 존재이다. 야래자 설화에서는 밤에 몰래 여성에게 찾아온 야래자가 여성과 관계하여 잉태시키는 인물이 곧 질서의 상징이다. 야래자의 아들로 태어나는 영웅은 앞선 세상의 질서를 새롭게 갱신하며 새로운 세상의 주역이 되는 존재이다.

신화나 신화적 성격을 갖는 이야기에서의 남녀의 결합이 이처럼 질서를 주거나 혹은 받는 행위로 이해된다고 했을 때 수로부인과 노옹의 결합이 의미하는 것 역시 질서의 주고받음임은 분명해진다. 수로부인이 원한 꽃이 질서의 상징이고 꽃을 얻을 수 있는 방법으로 노옹이 제시한 조건이 노옹과의 결합인 것에서 분명하게 일치점을 찾을 수 있다. 따라서 수로부인이 꽃을 갖기를 원한 것은 수로부인이 새로운 질서를 획득하기를 원했다는 의미로 파악해야 한다.

그렇다면 수로부인과 결합하는 노옹의 정체는 무엇인가. 그간 노옹의 정체에 대해서는 다양한 견해가 제시된 바 있다. 홍기삼[111]은 〈수로부인〉조에 나오는 노옹, 노인에 대한 연구자 29인의 주장을 크게 네 가지 범주로 묶어 제시한 바 있다. 불교적 관점, 제의적 관점, 신선이라는 관점, 농부나 촌로 등 그 지역 주민으로 해석하는 관점 등이 그것이다. 각 관점의 주된 내용을 정리해 보면 불교적 관점에서 노옹의 신분을 규명한 이들은 노옹의 신분을 선승이나 관음의 변신으로 보았고, 제의적 관점에 선 연구자들은 노옹을 신격, 초인적 인물, 사제, 주술사 등으로 파악하였다. 노옹을 신선이라고 주장하는 이들은 도교적 관점에서 노옹과 신선을 연결시켰다. 그리고 이러한 제 주장들과는 달리 노옹을 그냥 일상적인 인물로 본 연구자들은 농부, 혹은 그 지역의 노인일 것이라 하였다.

그러나 非人跡所到의 千丈石嶂에 올라가 꽃을 꺾어 바친 노옹을 일상적인 인물로 볼 수는 없다. 또 노옹을 관음의 화신으로 보거나 선승으로 보는 견해는 설화 속의 소와 관련하여 노옹의 성격을 불교적으로 파악한 것인데 문맥 속에서는 소를 불교 상징으로 볼 수 있는 근거가 전혀 없다. 또 도교적 관점에서 신선이라고 파악한 견해는 노옹의 이미지나 분위기만으로 노옹의 신분을 규정했다는 혐의를 벗을 수 없다. 결국 도교, 불교적 관점에서 노옹의 정체를 파악한 연구나 노옹을 일상적 인물로 본 연구들은 다 일정 정도의 한계를 지니고 있다 하겠다.

노옹은 제의현장에서 수로부인의 축원에 응답하고, 축원을 성취케 해 주는 인물이다. 따라서 노옹은 일단 샤먼으로 볼 수 있다. 제의 중에 축원에 응답하고 축원을 성취시켜 주는 역할을 하는 사람은 샤먼일 수밖에 없다. 최광식[112]에 의하면 일본의 경우 설화 속에 노옹이 초기에는 신의 化現으

---

111) 홍기삼, 『향가설화문학』, 민음사, 1997, pp.120-139에는 노옹의 정체에 관한 그간의 견해들이 잘 정리되어 있다.
112) 崔光植, 「日本 古代의 老翁」, 『韓國傳統文化研究』 제3집, 1987

로 후에는 불보살의 화현으로 나타나며 인간세계와 초월세계를 연결하는 중간적 매개자로 巫의 기능을 한다고 한다. 일본의 경우이기 때문에 곧바로 적용시키는 것이 주저되기는 하지만 비슷한 시기의 기록이며 설화 속에 등장하는 노옹의 성격이 우리의 것과 상당히 유사하기 때문에 참고할 만한 가치는 충분하다고 여겨진다. 『삼국사기』 신라본기 〈炤知麻立干〉조에 나오는 老嫗, 『삼국유사』의 〈射琴匣〉조에 나오는 老翁, 〈文虎王 法敏〉조에 나오는 노옹의 성격 또한 노옹의 정체를 확인하는 데 참고가 된다. 〈炤知麻立干〉조에 등장하는 老嫗나 〈射琴匣〉조의 老翁이나 〈文虎王 法敏〉조의 老翁은 모두 뛰어난 지혜와 예지력을 지니고 있으며 예언자적인 기능을 수행하는 인물들이다. 이는 노옹의 성격이 샤먼에 가까움을 보여주는 것이라 하겠다.[113]

　수로부인과 결합하는 노옹을 초월세계와 인간세계를 매개해 주는 매개자로서의 샤먼이라 했을 때 이때의 노옹은 신격이 내린 상태 곧 접신된 상태의 샤먼이다. 따라서 설화 속에 등장하는 노옹은 곧 신격이라고 볼 수 있다.

　2) 〈獻花歌〉의 성격

〈헌화가〉의 원문은 다음과 같다.

　　　　紫布岩乎邊希
　　　　執音乎手母牛放教遺
　　　　吾肹不喩慚肹伊賜等
　　　　花肹折叱可獻乎理音如

〈헌화가〉의 경우는 어석에 크게 문제되는 부분이 없어 해독에 이견이 적은 편이다. 어석에 있어 그동안 쟁점이 되어온 것을 정리해 보면 첫째 구의 '紫布'를 '붉은'(소창진평), '블근'(홍기문), '딛배'(양주동), '질뵈'(서재극),

---

113) 老嫗의 巫적 성격에 관해서는 崔光植, 「三國史記 所載 老嫗의 性格」, 『史叢』 25, 1981, p.9 참조

'지뵈'(김완진)로 본 정도, 둘째 구의 '放敎遣'를 능동으로 볼 것이냐 사동으로 볼 것이냐 하는 문제 정도이다. 그러나 '紫布'의 경우는 어떻게 읽든 붉은 철쭉꽃의 색을 표현한 것이라는 데 이견이 없어 논란이 되지 않는다. 다만 둘째 구를 사동으로 볼 것이냐 능동으로 볼 것이냐 하는 문제는 소를 놓는 주체가 수로부인이냐 노옹이냐 하는 문제와 관련되어 정밀하게 검증해 볼 필요가 있다.

먼저 소를 놓는 주체를 노옹으로 상정할 경우 어석은 '손에 잡은 암소 놓게 하시고'가 되어 수로부인이 노옹에게 소를 놓을 것을 명령하는 형태가 되는데 이때 노옹이 소를 놓은 행위를 왜 수로부인에게 명령의 형태로 하달받는가 하는 의문이 생긴다. 그랬을 때 문맥의 풀이도 매우 어색해지는 것을 볼 수 있다. 반면 수로부인을 소를 놓는 주체로 볼 경우 암소를 가지고 온 것이 노옹으로 되어 있는 설화문맥과 노래 내용 사이에 괴리가 생기는 문제가 생긴다. 그렇다면 이 문제는 어떻게 이해해야 하는가.

〈헌화가〉는 노옹이 수로부인에게 바친 노래로 1, 2, 3구의 내용은 꽃을 꺾어 바치는 조건으로 노옹이 제시한 것이다. 따라서 1, 2, 3구에 제시된 조건을 수행하는 주체는 수로부인이 되어야 한다. 즉 소를 놓는 주체와 부끄러워하지 않는 주체는 다같이 수로부인으로 보는 것이 자연스럽다. 어석에 있어서도 '敎'의 해독을 사동으로 하여 '-놓게 하다'라고 푸는 것보다는 '놓다'라고 새기는 것이 더 자연스럽다. 내용 면에서 봤을 때도 그러하다.

제의현장에 등장한 소는 제의 중에 신에게 바쳐지는 공물이다. 소가 제의에서 공물로 바쳐진 예들은 쉽게 찾아볼 수 있는데 소가 공물로 바쳐지는 것은 소가 여성과 마찬가지로 풍요와 다산을 상징하는 동물이기 때문이다. 신에게 처녀를 주기적으로 교체해 바치는 人身供犧가 대지의 주기적 갱신을 의미하는 것과 마찬가지로 소를 공물로 바치는 것의 의미 또한 대지의 갱신을 통한 풍요와 생산력 보장의 의미가 담겨져 있는 것이 아닌가 생각된다.

소를 제의 중에 신께 바치는 공물이라 했을 때 소를 바치는 주체는 당연히 수로부인이어야 한다. 제의 중에 축원을 하는 자가 축원을 들어주는 대가로 신에게 바치는 것이 공물이기 때문이다. 따라서 〈헌화가〉 2구의 해석은 수로부인이 소를 놓는 것으로 보는 것이 타당하다. 그렇다면 서사문맥에서 노옹이 소를 끌고 오는 것으로 기술되어 있는 것은 어떻게 이해해야 할 것인가.

이에 대해서는 민긍기114)는 『虛白堂集』과 『記言』의 음복 기사를 들어 노옹이 소를 끌고 굿판에 나타난 것은 수로부인이 바친 소를 巫인 노옹이 제의가 끝난 후에 음복하기 위해서인데 이것이 전승과정에서 두서없이 변이되었기 때문에 노옹이 소를 끌고 나와 공수를 내리는 것으로 이야기된 것이라 하였다. 노옹이 소를 끌고 나타난 것이 반드시 소를 음복하기 위한 것이라고 단정해 말할 수는 없지만 제의 중에 노옹이 하는 역할이나 기능으로 봤을 때 노옹이 소를 끌고 가다가 수로부인의 축원에 응답하는 것으로 되어 있는 문맥의 기술을 그대로 믿기 어려운 것은 사실이다. 수로부인이 소를 놓는 것으로 되어 있는 노래 말과 '牽牛老翁'이라는 서사문맥 사이의 불일치 또한 문맥에 착간이 있는 것이 아닌가 하는 의심을 갖게 한다.

〈헌화가〉 배경설화에 착간이 있다는 지적은 앞선 연구자들에 의해 이미 여러 차례에 걸쳐 이루어진 바 있다. 〈헌화가〉 배경설화의 서사는 매우 압축적이고 생략되어 기술되어 있다. 해당부분의 문맥을 보자.

傍有老翁 牽牸牛而過者 聞夫人言 折其花 亦作歌詞獻之

이 기술대로라면 소를 끌고 가던 노옹이 부인의 말을 듣고 꺾은 꽃과 함께 가사를 지어 바치는 것이 된다. 그러나 꽃을 꺾은 행위와 꽃을 바치는 행위 그리고 노옹이 노래를 지어 부르는 행위는 동시적으로 일어날 수 있는 성격의 것이 아니다. 노래의 내용으로 봤을 때 노래는 분명 꽃을 꺾는 행위 이전에 불렸어야 한다. 이에 대해 이미 선학들도 여러 차례에 걸쳐 같은 의견을 제시한 바 있다. 윤영옥115)은

---

114) 민긍기, 「〈獻花歌〉의 생성적 의미에 관한 연구」, 『檀山學志』 1, 梅檀學會, 1994, pp.76-77

이 기록은 설화를 너무나 축약해서 표현한 것일 것이고, 그러다 보니 '부인의 말을 듣고 꽃을 꺾어 바쳤다'로 문맥이 완결되었으나 그들 사이에 주고받았던 노래를 빠뜨릴 수가 없어 그것을 첨가하자니 자연 '亦作歌詞獻之'라고 첨언하지 않을 수 없었을 것이다. 이렇게 보면 노래는 꽃을 꺾기 전의 노옹의 수로에 대한 수작이다.

라고 설명하였다.

따라서 이 부분의 서사를 시간과 제의의 절차에 따라 재구성해 보면 수로부인이 공물인 소를 끌고 와 신성공간에 바치면서 축원으로 꽃을 얻기를 희망하는 단계-노옹이 〈헌화가〉를 불러 꽃을 얻을 수 있는 방법을 공수로 주는 단계-수로부인이 노옹의 말대로 신성공간에 소를 바치고 노옹으로부터 신격을 획득하는 단계-노옹이 수로부인이 바친 소와 자신이 꺾은 꽃을 들고 나와 축원이 성취되었음을 실연해 보이는 단계로 진행되었을 것임을 추측해 볼 수 있다. 이러한 과정이 지나치게 축약되고 생략된 채 기술되었기 때문에 노래와 서사문맥 사이에 괴리가 생긴 것이 아닌가 생각된다.

이제 〈헌화가〉를 현대어로 풀어보면 다음과 같다.

> 자줏빛 바위 가에
> 손에 잡은 암소 놓으시고
> 나를 아니 부끄러워하신다면
> 꽃을 꺾어 바치겠습니다.

〈헌화가〉의 성격에 관한 지금까지의 논의는 〈헌화가〉를 주술적인 노래로 볼 것이냐 구애의 노래인 서정가요로 볼 것이냐의 논쟁으로 정리된다. 제의적, 혹은 주술적 관점에서 배경설화를 해석하는 연구자들은 〈헌화가〉가 제의에서 불린 주가라는 입장을 취하고 있으며, 제의문맥이 아닌 일상적 차원의 사건으로 보는 연구자들은 수로부인의 미모에 반한 한 남성이 사랑을 고

---

115) 윤영옥, 앞의 책, p.172

백하는 노래로 서정성이 짙은 구애가요라고 보았다. 그러나 설화를 제의문맥에서 분석하여 〈헌화가〉를 제의가로 본 연구자들도 정작 〈헌화가〉의 성격에 대해서는 세심한 관심을 기울이지 않고 단순히 주가정도로만 이해하였다. 따라서 〈헌화가〉가 제의 속에서 어떻게 불렸고 어떤 기능을 했는지에 대한 분석은 미흡한 실정이다. 또 〈헌화가〉를 단순한 구애의 가요로 본 연구자들은 〈헌화가〉에 보이는 많은 상징들을 모두 단순히 일상적 차원의 현실문맥으로 환원시켜 버림으로써 노래의 실상을 바로 보지 못한 우를 범하였다.

〈헌화가〉는 제의 중에 불린 노래이다. 〈헌화가〉는 천장 높이의 벼랑 위에 핀 꽃을 갖기를 원하는 수로부인의 축원에 대한 응답으로 노옹이 지어 부른 노래이다. 그리고 노래의 내용은 꽃을 얻을 수 있는 방법의 제시로 이루어져 있다. 노옹이 노래에서 꽃을 얻을 수 있는 방법으로 제시한 것은 두 가지이다. 하나는 '손에 잡고 있는 소를 놓는 것'이고 다른 하나는 '나를 부끄러워하지 않는 것'이다. 이 두 가지 행위의 의미에 대해서는 신에게 바치는 공물과 신혼으로 풀어본 바 있다. 노옹은 이 두 가지 조건이 충족되어야 꽃을 꺾어 바치겠다고 말하고 있다. 이러한 노래 내용으로 봤을 때 이 노래의 성격은 수로부인의 축원에 대한 신의 응답인 공수임이 분명하다.

〈헌화가〉는 신의 공수가 노래로 불린 것이다. 그런데 지금까지 많은 연구자들은 〈헌화가〉를 주가로 파악하였다. 이는 〈헌화가〉가 제의에서 불린 노래라는 데 기인한 것이다. 그러나 제의에서 불린 노래가 모두 주가인 것은 아니다. 왜냐하면 엄밀히 말해 주가는 공수를 실행하는 단계에서 불린 노래만이 해당되기 때문이다. 예를 들면 〈구지가〉의 경우가 그러하다. 〈헌화가〉는 신의 응답이 노래로 불린 것이기는 하지만 그것 자체로는 축원을 성취할 수 있는 힘이 없다. 공수대로 실행이 될 때 축원이 성취되는 것이다. 따라서 〈헌화가〉를 주가로 보는 견해는 재고되어야 한다.

그러나 제의 중에 불린 노래에 대한 신성시는 어느 정도 있었던 것 같다. 제의 중에 불린 많은 노래들이 가사의 내용이나 노래가 불리는 맥락과 상관

없이 주술적인 힘이 있는 노래로 인식되어 온 것이 그러한 예이다. 향가연
구자들이 일반적으로 주가의 범주에 넣는 〈서동요〉, 〈처용가〉, 〈도솔가〉,
〈혜성가〉, 〈헌화가〉 같은 경우가 그러하다. 이는 제의 중에 불린 노래와 일
상적 차원의 노래에 대한 변별이 아니었던가 싶다. 그러나 그렇다 하더라도
제의가를 모두 주가로 볼 것이 아니라 이들을 세심하게 갈라볼 필요가 있다.

1-2. 〈海歌〉 배경설화의 의미와 〈海歌〉의 성격

1) 〈海歌〉 배경설화의 의미
(1) 臨海亭, 晝饍과 제의의 시공간

수로부인이 경험하게 되는 두 번째 사건은 수로부인이 臨海亭에서 晝饍
을 하던 도중에 갑자기 海龍이 나타나 부인을 납치하여 들어가는 것에서 발
단된다. 앞서 晝饍이 단순한 점심식사가 아니라 신에게 제의를 올리는 중임
을 나타내는 표지라는 사실을 밝힌 바 있다. 따라서 이 설화 속에서 사건이
일어나는 시공간인 臨海亭과 晝饍도 앞선 사건의 海汀, 晝饍과 마찬가지로
제의의 시공간을 의미하는 것으로 보아야 한다.

臨海亭에 대해서는 『東國輿地勝覽』의 다음 기록을 참고할 필요가 있다.

> 안압지는 천주사 북쪽에 있다. 문무왕이 궁 안에 못을 만들고 돌을 쌓아 산
> 을 만들어 巫山 十二峯을 본떴고, 花卉를 심고 珍禽을 길렀다. 그 서쪽에 臨
> 海殿이 있어 주춧돌이 밭이랑 사이에 흩어져 있다. [116]

여기서 주목해야 하는 부분은 궁 안에 인공적으로 못을 만들고 그 못에
산을 만들었다는 대목이다. 못과 돌(산)은 앞서 지적했듯 새롭게 창조된 천
지와 그 천지의 중심을 나타낸다. 따라서 궁 안에 못과 돌을 인공적으로 만

---

116) 『東國輿地勝覽』, 卷 21, 慶州市 古跡條 雁鴨池

들어 놓은 것은 바로 그곳이 우주의 중심이며 신성공간임을 나타내기 위해서이다. 『삼국사기』〈무왕〉 조에 보이는 궁 남쪽의 못도 마찬가지이다.

> 궁 남쪽에 못을 파고 물을 20여 里 끌어들였다. 네 언덕에 버드나무를 심고, 못 속에는 섬을 만들어 방장선산에 비겼다.[117]

이곳 역시 인공적으로 조성된 못과 산으로 이곳이 우주의 중심이며 세계의 중심임을 나타낸다. 이러한 장소는 〈헌화가〉 배경설화에서 꽃이 만발한 千丈石嶂이 신성공간이자 제의의 공간이었던 것과 마찬가지로 신성공간이며 제의의 공간이 된다.

못과 돌이 표상하는 의미를 통해 궁 안에 인공적으로 조성한 못과 돌(산)의 공간이 의미하는 바를 신성공간이자 제의의 공간으로 이해한다고 했을 때 그 못 옆에 지은 臨海殿은 제의를 위해 마련된 공간임이 분명해진다. 그리고 그랬을 때 〈해가〉 배경설화에 등장하는 臨海亭이 제의의 공간일 개연성은 매우 크다 하겠다.

(2) 東海龍의 성격

동해룡이 어떤 인물인가에 대한 앞선 연구를 정리해 보면 악신이라는 견해와 선신이라는 견해가 대립하고 있다. 대체적으로는 동해룡을 악신으로 보는 견해가 우세한 가운데 노인과 동해룡의 관계를 수로부인을 흠모하는 두 남성신 즉 산신과 해신의 대립으로 보는 견해가 나오기도 하였다. 그러나 제의가 행해지는 장소가 臨海亭이고 제의의 시간이 晝饍할 때라는 점을 생각해 보면 동해룡의 수로부인 피납담을 실재한 사건으로 보아 동해룡을 악신으로 보고 노인과 동해룡의 관계를 적대관계로 보는 견해는 재고되어야 한다. 이 사건은 어디까지나 제의 중의 사건이므로 동해룡의 정체도 이러한 제의문맥을 고려하여 파악되어야 한다. 그랬을 때 〈만파식적〉[118]에 나오는

---

117) 『三國史記』卷27, 武王 35년 3월

동해룡의 성격은 이를 짐작하는 데 도움이 된다.

〈만파식적〉 설화의 내용을 간략히 정리하자면 다음과 같다. 동해 속에 있는 작은 산 하나가 물결을 따라 왔다 갔다 하는 것을 이상히 여긴 왕이 일관을 시켜 점을 치게 하니 문무왕과 김유신 두 성인이 성을 지킬 보물을 주려는 것이라는 풀이가 나왔다. 이에 왕이 며칠 뒤에 배를 타고 그 산에 들어가니 용 한 마리가 검은 옥대와 대나무를 주었는데 대나무로 피리를 만드니 피리가 신통한 능력을 발휘하였다. 피리를 불면 적병이 물러가고 병이 나으며 가뭄에는 비가 오고 장마가 지면 날이 개며 바람이 멎고 물결이 가라앉는 것이었다. 그래서 이것을 나라의 큰 보물로 간직하였다.

여기서 우리가 주목해야 하는 것은 동해룡의 존재이며 동해룡이 바다 가운데 산에 거처하면서 신문왕에게 나라를 구할 수 있는 보물을 주었다는 사실이다. 이 설화에서 동해룡은 초월세계와 인간세계를 매개해 주고 신의 뜻을 인간에게 전달해 주는 역할을 한다. 동해룡은 신물인 만파식적과 흑옥대

---

118) 『三國遺事』 卷 第 二 紀異 第 二 〈萬波息笛〉 第三十一 神文大王 諱政明 金氏 開耀元年辛巳七月七日卽位 爲聖考文武大王 創感恩寺於東海邊(寺中記云 文武王 欲鎭倭兵 故始創此寺 未畢而崩 爲海龍 其子神文立 開耀二年畢 排金堂砌下 東向開一穴 乃龍之入寺旋繞之備 蓋遺詔之葬骨處 名大王岩 寺名感恩寺 後見龍現形處 名利見臺) 明年壬午五月朔 (一本云 天授元年 誤矣) 海官波珍喰朴夙淸奏日 東海中有小山 浮來向感恩寺 隨波往來 王異之 命日官金春質(一作春日) 占之日 聖考今爲海龍 鎭護三韓 抑又金公庾信 乃三十三天之一子 今降爲大臣 二聖同德 欲出守城之寶 若陛下行幸海邊 必得無價大寶 王喜 以其月七日, 駕幸利見臺 望其山 遣使審之 山勢如龜頭 上有一竿竹 晝爲二 夜合一 (一云 山亦晝夜開合如竹) 使來奏之 王御感恩寺宿 明日午時 竹合爲一 天地震動 風雨晦暗七日 至其月十六日風霽波平 王泛海入其山 有龍奉黑玉帶來獻 迎接共坐 問日 此山與竹 或判或答如何 龍日 比如一手拍之無聲 二手拍則有聲 此竹之爲物 合之然後有聲 聖王以聲理天下之瑞也 王取此竹 作笛吹之 天下和平 今王考爲海中大龍 庾信復爲天神 二聖同心 出此無價大寶 令我獻之 王驚憙 以五色錦彩金玉酬賽之 勅使斫竹出海 時山與龍忽隱不現 王宿感恩寺 十七日 到祇林寺西溪邊 留駕晝饍 太子理恭(卽孝昭大王) 守闕 聞此事 走馬來賀 徐察奏日 此玉帶諸窠皆眞龍也 王日 汝何知之 太子日 摘一窠沈水示之 乃摘左邊弟二窠沈溪 卽成龍上天 其地成淵 因號龍淵 駕還 以其竹作笛 藏於月城天尊庫 吹此笛 則兵退病愈 旱雨雨晴 風定波平 號萬波息笛 稱爲國寶 至孝昭大王代 天授四年癸巳 因失(夫)禮郞生還之異 更封號日 萬萬波波息笛 詳見彼傳

를 왕에게 전달해 준다. 이 만파식적과 흑옥대는 神物로 자연 질서뿐 아니라 사회질서까지 마음대로 조절할 수 있는 주술적 능력을 지닌 물건이다. 이러한 신물은 죽은 문무왕과 김유신이 나라를 지킬 수 있는 보물로 신문왕에게 준 것이며 용은 이 두 신격의 선물을 왕에게 전달하는 매개자로서의 역할을 한다. 따라서 이때의 용의 역할은 초월계와 인간계의 교량으로서의 기능을 담당하는 샤먼이라 하겠다. 후술하겠지만 〈처용랑 망해사〉조에서 처용을 바치는 동해룡의 정체 역시 샤먼이라 할 수 있다.

〈만파식적〉, 〈처용랑 망해사〉조에 나오는 동해룡이 신격이 내린 상태의 샤먼이듯 〈해가〉 배경설화에 나오는 동해룡 역시 신격이 내린 상태 즉 접신된 상태의 샤먼이라 할 수 있다. 따라서 설화에서 동해룡은 신격으로서의 기능을 수행하는 존재라 할 수 있다.

그렇다면 동해룡에게 잡혀간 수로부인을 되돌려 받을 수 있는 방법을 알려준 노인의 정체는 무엇인가. 노인의 정체에 관해서는 〈헌화가〉 배경설화에 나오는 노옹과 동일인으로 볼 것인가 말 것인가가 우선 관심의 대상이 되었는데 설화에서 노인의 등장을 '又有一老人告曰'이라 하여 일단 다른 인물인 것처럼 기술하고 있으므로 다른 인물로 봐야한다는 주장과 '老人獻花歌曰'에서 보듯 老翁과 老人이라는 말이 서로 혼용되어 쓰였으므로 같은 인물로 봐야 한다는 주장이 맞섰다. 필자는 설화 속의 노옹이나 노인이 실제로 동일인인가 아닌가를 논하는 것보다는 이들이 담당하는 기능이 동일한가 그렇지 않은가를 살피는 것이 더 필요하며 이들의 기능이 같다면 같은 인물로 보아 무리가 없다고 생각한다.

노인은 부인을 잃고 어쩔 줄 몰라 하는 순정공에게 부인을 돌려받을 수 있는 방법을 가르쳐 준다. 그 방법은 막대기로 언덕을 치면서 노래를 부르라는 것이다. 이는 순정공의 축원 즉 부인을 돌려받게 해 달라는 축원에 대한 공수인 셈이다. 제의에서 축원에 응답하고 공수를 주는 인물은 샤먼이다. 따라서 〈해가〉의 배경설화에 나오는 노인은 〈헌화가〉 배경설화에 나오는 노옹과 마찬가지로 샤먼이라고 할 수 있다.

　　그런데 여기서 한 가지 주목해야 할 사항은 〈헌화가〉 배경설화에 나오는 노옹의 역할을 〈해가〉 배경설화에서는 동해룡과 노인이 나누어 맡고 있다는 사실이다. 수로부인에게 축원을 성취할 방법을 알려주고 실제로 축원을 성취케 해 주는 기능을 한 노옹의 역할과 기능이 여기서는 동해룡과 노인에게로 분산되어 나타나고 있다. 부연하자면 제의 중에 강림한 신격과 접신한 샤먼과 제의를 주관하는 샤먼이 〈헌화가〉 배경설화에서는 동일인(노옹)으로 등장하는 반면 〈해가〉 배경설화의 경우에는 제의 중에 강림한 신격과 접신한 샤먼은 동해룡으로, 전체적으로 제의를 주관하면서 순정공의 축원을 성취시켜 주는 샤먼은 노인으로 분리되어 나타난다. 그러나 노인과 동해룡의 기능은 다르지 않다. 이 둘은 결국 같은 존재의 두 모습일 뿐이다. 왜냐하면 수로부인의 축원이나 순정공의 축원이란 결국은 수로부인의 성공적인 입사제의의 완성을 기원하는 내용의 것이고 동해룡과 노인은 모두 축원을 성취해 주는 존재들이기 때문이다.

　　동해룡과 노인의 관계를 이렇게 이해한다고 했을 때 참고할 수 있는 자료는 〈眞聖女大王 居陀知〉[119]이다.

---

119) 『三國遺事』 卷 第 二, 紀異 第 二, 〈眞聖女大王 居陀知〉 第五十一　眞聖女王
　　　臨朝有年　乳母鳧好夫人　與其夫魏弘匝干等三四寵臣　擅權撓政　盜賊蜂起　國人患
　　　之　乃作陀羅尼隱語　書投路上王與權臣等得之　謂曰　此非王居仁　誰作此文　乃囚居
　　　仁於獄　居仁作詩訴于天　天乃震其獄囚以免之　詩曰　燕丹泣血虹穿日　鄒衍含悲夏
　　　落霜　今我失途還似舊　皇天何事不垂祥　陀羅尼曰　南無亡國　刹尼那帝　判尼判尼蘇
　　　判尼于于三阿干　鳧伊裟婆詞　說者云　刹尼那帝者　言女主也　判尼判尼蘇判尼者　言
　　　二蘇判也　蘇判爵名于于三阿十也　鳧伊者　言鳧好也　此王代阿飱良貝　王之季子也
　　　奉使於唐　聞百濟海賊梗於津鳧　選弓四五十人隨之　舡次鵠島(鄉云骨大島)　風濤大
　　　作　信宿俠旬　公患之　使人卜之　曰　島有神池　祭之可矣　於是具尊於池上　池水湧高
　　　丈餘　夜夢有老人　謂公曰　善射一人　留此島中　可得便風　公覺而以事諮於左右曰
　　　留誰可矣　衆人曰　宜以木簡五十片書我輩名　沈水而鬮之　公從之　軍士有居陀知者
　　　名沈水中　乃留其人　便風忽起　舡進無滯　居陀愁立島嶼　忽有老人　從池而出　謂曰
　　　我是西海若　每一沙彌　日出之時　從天而降　誦陀羅尼　三繞此池　我之夫婦子孫皆浮
　　　水上　沙彌取吾子孫肝腸　食之盡矣　唯存吾夫婦與一女爾　來朝又必來　請君射之　居
　　　陀曰　弓矢之事　吾所長也　聞命矣　老人謝之而沒　居陀隱伏而待　明日扶桑旣暾　沙
　　　彌果來　誦呪如前　欲取老龍肝　時居陀射之　中沙彌　卽變老狐　墜地而斃　於是老人
　　　出而謝曰　受公之賜　全我性命　請以女子妻之　居陀曰　見賜不遺　固所願也　老人以

良貝의 꿈에 나타나고 거타지 앞에 모습을 나타낸 노인은 스스로를 西海若 즉 西海神으로 밝히고 있어 노인이 곧 서해의 신격임을 알게 해 준다. 그런데 다음 문맥에서 이 노인은 老龍으로 표현된다. 결국 노인과 서해신과 룡이 모두 같은 존재임을 드러내는 것이다. 이는 〈해가〉 배경설화에 등장하는 동해룡이 동해의 신격이며 그가 노인으로 나타난 것과 일치한다. 신격인 용이 인간에게 나타날 때 노인의 모습으로 변환되어 나타난 것이라 이해할 수 있다.

(3) 용궁체험과 질서의 회복

그렇다면 용궁체험으로 이야기되는 수로부인 피납담의 의미는 어떻게 파악할 수 있을까.

수로부인이 동해룡에게 납치되었다는 것은 동해룡과 수로부인의 결합을 의미한다. 이는 앞서 살펴본 〈헌화가〉 배경설화에서 노옹과 수로부인이 결합하는 것과 같은 의미를 갖는다. 다시 말하면 수로부인과 동해룡의 결합은 수로부인이 신격인 동해룡으로부터 질서를 받는 행위로 이해할 수 있다. 동해룡이 질서를 주는 존재인 것은 보통 용이 질서적 존재로 관념되는 것을 통해서나 동해룡이 질서가 내재되어 있는 대지인 바다 속에서 기거한다는 사실을 통해서도 확인해 볼 수 있다. 따라서 동해룡의 수로부인 납치는 수로부인의 입사제의의 광경이다. 수로부인이 바다 속의 일을 황홀하게 이야기하고 있는 것만 보아도 동해룡의 납치가 부정적인 사건이 아닌 것만은 분명하다.

수로부인이 동해룡으로부터 받은 질서, 획득한 신격은 부인의 옷에서 나는 이상한 향기로 표현된다. 바다 속의 일을 묻는 순정공의 질문에 대한 수로부인의 답은 바다 속 용궁이 질서의 세계임을 암시한다. '칠보 궁전에 음

其女 變作一枝花 納之懷中 仍命二龍 捧居陁趌及使舡 仍護其舡 入於唐境 唐人
見新羅舡有二龍負之 具事上聞 帝曰 新羅之使 必非常人 賜宴坐於群臣之上 厚以
金帛遺之 旣還國 居陁出花枝變女同居焉

식은 향기롭고 깨끗한 것이 인간의 연화가 아니다'라는 것은 용궁이 俗의 세계가 아닌 聖의 세계이며 수로부인이 聖의 세계를 체험함으로써 신격을 획득하게 되었음을 보여주는 것이다. 보통 입사제의가 俗의 세계로부터의 분리→聖의 공간의 체험→俗의 공간으로의 되돌아옴의 구조로 이루어지고 있는 것과 일치한다. 이것은 세속적 인간으로서의 죽음과 새로운 인간으로의 재탄생을 의미하며 그랬을 때 이 세계는 입사자의 聖의 공간 체험과 함께 질서의 공간으로 재편되는 것이다.

이렇게 수로부인 피랍담의 의미를 질서의 갱신으로 보면 〈헌화가〉 배경설화와 〈해가〉 배경설화의 사건이 결국은 같은 의미의 것임을 분명히 알 수 있다. 이러한 사실은 〈수로부인〉조의 마지막 부분에 나오는 일연의 해석적 논평에서도 드러난다. 설화 말미에 일연은 '수로부인의 용모가 빼어나게 아름다워 심산 대택을 지날 때마다 신물에게 약람을 당하였다'는 기술을 덧붙이고 있다. 심산을 지날 때 만난 신물을 산신인 노옹으로, 대택을 지날 때 만난 신물을 바다신인 동해룡으로 놓고, 수로부인이 이들에게 약람당한 사건을 수로부인의 입사제의로 놓고 보면 두 사건의 의미가 동일하다는 것을 금방 알 수 있다.

그렇다면 수로부인은 왜 신격에게 질서를 받는 제의를 계속 되풀이하는가. 이에 대한 이해는 두 가지 관점에서 가능하다. 하나는 수로부인을 그냥 한 사람의 개인으로 한정해서 보는 관점이고 다른 하나는 수로부인을 개인이 아닌 집단의 대표로 보는 관점이다. 전자에 선다면 이는 샤먼들이 제의를 통해 주기적으로 신성의 회복을 꾀하는 것이 될 것이고 후자의 입장에 선다면 수로부인이 나라무당으로서의 기능을 수행한 것이 될 것이다. 그런데 이 둘은 사실 엄밀하게 구분하는 것이 불가능하다. 왜냐하면 제의 중의 샤먼은 전세계와 우주를 대표하는 존재가 되어 샤먼이 새로운 질서를 받는 행위란 결국 이 세상의 질서를 갱신하는 행위가 되기 때문이다. 샤먼이 곧 이 세계를 대표하는 존재가 되는 까닭은 제의 중의 샤먼이 세계와 합일되기 때문이다. 따라서 수로부인 개인에 초점을 맞추느냐 제의 중에 되풀이되는 천지창조에 초점을 맞추느냐에 따라 이를 개인적 차원의 제의로, 혹은 국가적 차원의 제의로 구분할 수는 있지만 사실 이러한 구분이 큰 의미는 없다고 하겠다. 하지만 수로부인이 공적인 업무를 수행하기 위해 임지로 부임하는 길이었고 수로부인이라는 이름이 집단의 우두머리를 나타내는 말이며 이때의 제의가 여러 종자들과, 界內民이 참여하는 대규모의 것이었던 점으로 미루어 보아 수로부인 개인에 초점을 맞추기보다는 나라 전체의 안녕과 질서를 위한 나라 굿의 광경으로 이해하는 것이 타당하지 않을까 생각한다.

2) 〈海歌〉의 성격

〈해가〉는 향찰표기로 된 작품만을 향가의 범주에 포함시키는 일반적인 관행 때문에 향가로 분류되지는 않는 작품이다. 하지만 표기가 향찰로 되어 있지 않은 점을 제외하면 향가의 범주에 포함시키면 안 될 이유가 없는 것 또한 사실이다. 향찰이라는 표기수단이 향가의 범주를 정하는 데 있어 매우 중요한 요건 가운데 하나인 것은 분명하지만 향찰이 우리말 노래를 표기하기 위한 도구의 하나이고 한자 또한 우리말 노래를 표기하기 위한 수단의 하나이고 보면 한자로 표기되었기 때문에 그것이 향가일 수 없다는 논리는 성립되지 않는다고 본다. 물론 향가의 범주를 설정하는 문제는 간단치 않고 여러 가지 조건들이 검토되어야 하기 때문에 섣불리 말하기 어려운 점이 있지만 향찰표기만을 향가의 절대적 기준으로 삼는 견해는 재고의 여지가 있다고 생각한다. 〈해가〉는 더군다나 〈헌화가〉와 같은 성격의 제의에서 절차만을 달리하여 불린 노래이며 〈수로부인 〉조에 〈헌화가〉화 함께 실려 전한다. 따라서 〈해가〉 또한 향가의 범주에 포함시켜 논의해도 무리가 없을 것이라 판단된다.

〈해가〉의 원문은 다음과 같다.

龜乎龜乎出水路
掠人婦女罪何極

汝若悖逆不出獻
入網捕掠燔之喫

이를 현대어로 해석하면 다음과 같다.

> 거북아 거북아 수로를 내 놓아라
> 남의 부녀를 뺏은 죄 얼마나 큰가
> 네가 만약 거스르고 내놓지 않는다면
> 그물로 잡아 구워먹으리

〈해가〉는 길을 가던 老人이 수로부인을 뺏앗기고 어쩔 줄 몰라 하는 순정공으로 하여금 부르게 한 노래이다. 〈해가〉는 주가의 일반적 어법인 돈호법, 명령법, 위협법으로 구성되어 있다. 1행의 '거북아 거북아'는 대상 신격에 대한 직접적인 호소가 아닌 신격과 교통할 수 있는 능력을 지닌 매개자에 대한 호명이며 '수로를 내 놓아라'는 명령은 성취받고자 하는 축원의 내용을 표현한 것이다. 3, 4행의 위협은 이 매개자가 명령을 수행하지 않을 수 없게 만드는 주술적 장치이다.

이 〈해가〉는 〈구지가〉의 가사를 상황에 맞게 조금 변개시켜 놓은 것으로 〈구지가〉의 변이형이라 할 수 있는 노래이다. 때문에 자주 〈구지가〉와 비교하여 논의되곤 하였는데 〈구지가〉와의 비교는 〈해가〉의 성격을 명확히 하는 데 도움이 된다.

먼저 〈가락국기〉의 문맥을 살펴보자.

후한 세조 광무제 건무 십팔 년 임인 삼월 계욕일에 그들이 살고 있는 북쪽 구지에서 무엇을 부르는 이상한 소리가 났다. 무리 이삼백 명이 그곳에 모였는데 사람의 소리 같기는 하지만 그 모양을 숨기고 소리만 내서 말하기를 '여기에 사람이 있느냐' 구간 등이 '우리들이 있습니다.' 하였다. 그러자 또 말하기를 '내가 있는 곳이 어디냐' 하자 답하기를 '구지입니다' 하였다. 또 말하기를 '하늘이 나에게 명하여 이곳에 나라를 새로 세우고 임금이 되라고 하여 여기에 내려

왔으니, 너희들은 모름지기 산봉우리 꼭대기의 흙을 파면서 노래를 부르되 '龜
何龜何 首其現也 若不現也 燔灼而喫也'라고 하면서 춤을 추어라. 그러면 곧
대왕을 맞이하여 기뻐 뛰놀 수 있을 것이다. 구간 등이 모두 기뻐하며 그 말과
같이 노래하고 춤을 추었다. 얼마 안 되어 하늘을 쳐다보니 자줏빛 줄이 하늘
에서 드리워져서 땅에 닿아 있었다. 줄밑을 살펴보니 붉은 보자기에 금합자가
싸여 있었고 열어 보니 해처럼 둥근 황금 알 여섯 개가 있었다. 여러 사람들이
모두 놀라고 기뻐하여 함께 백배하였다. 얼마 있다가 금합자를 다시 싸안고 아
도간의 집으로 돌아와 탑 위에 놓아두고 무리는 흩어졌다. 하루가 지나 그 이
튿날 무리가 다시 모여 그 금합자를 여니 여섯 알은 화해서 어린 아이가 되어
있는데 용모가 심히 거룩하였다. 이들을 곧 의자 위에 앉히고 무리가 절하고
하례하면서 극진히 공경했다.[120]

선학들에 의해 여러 차례 지적된 바 있듯이 〈구지가〉의 배경설화가 되는
수로왕 탄생부분은 수로왕 등극제의의 광경을 기술한 것이다. 수로왕의 탄
생을 원하는 구간들의 축원과 축원의 결과로서의 수로왕의 탄강이 서사화
되어 있다. 〈구지가〉는 수로왕의 탄강을 위해 구간들이 부른 노래이다. 노
래의 원문은 다음과 같다.

　　龜何龜何
　　首其現也
　　若不現也
　　燔灼而喫也

---

120) 『三國遺事』 卷 第 2, 紀異 第 2, 〈駕洛國記〉 屬後漢世祖光武帝十八年壬寅三月
　　禊洛之日　所居北龜旨　有殊常聲氣呼喚　衆庶二三百人集會於此　有如人音隱其形
　　而發其音曰　此有人否　九干等云　吾徒在　又曰　吾所在爲何　對云　龜旨也　又曰　皇
　　天所以命我者　御是處惟新家邦爲君后　爲玆故降矣　你等須掘峰頂撮土　歌之云　龜
　　何龜何　首其現也　若不現也　燔灼而喫也　以之蹈舞　則是迎大王　歡喜踊躍之也　九
　　干等如其言　咸忻而歌舞　未幾仰而觀之　唯紫繩自天垂而着地　尋繩之下　乃見紅幅
　　裹金合子　開而視之　有黃金卵六圓如日者　衆人悉皆驚喜　俱伸百拜　尋還裹著抱持
　　而歸我刀家寘榻上　其衆各散　過浹辰翌日平明　衆庶復相聚集　開合而六卵化爲童子
　　容貌甚偉　仍坐於床　衆庶拜賀　盡恭敬止

이를 현대어로 해석하면 또 다음과 같다.

> 거북아 거북아
> 머리를 내어라.
> 만약 내놓지 않으면
> 구워먹으리

〈구지가〉는 수로왕의 탄생을 가능케 한 주가이다. 〈구지가〉에는 주가의 전형적인 징표로 볼 수 있는 돈호법, 명령법, 위협법이 사용되고 있다.

〈구지가〉와 〈해가〉는 노래 말뿐 아니라 노래가 불린 상황과 노래를 부르며 취한 행동까지 서로 일치한다. 〈구지가〉는 대왕을 맞이하고자 하는 구간들의 축원 (물론 문맥에는 이러한 서술이 생략되어 있지만 대왕을 맞이하여 기뻐 뛰놀 수 있을 것이란 말에 구간들이 왕을 간절히 원하고 있는 상황이 암시되어 있다.)에 대한 응답에 따라 불린 노래이다. 〈구지가〉를 부르면 대왕을 맞이할 수 있을 것이란 음성이 내렸고 이 음성의 지시대로 부른 노래가 〈구지가〉이다. 노래의 결과는 곧 대왕의 탄강으로 나타났다.

이러한 맥락은 수로부인이 피납되어 어쩔 줄 모르는 순정공에게 한 노인이 나타나 수로부인을 되돌려 받을 수 있는 방법을 알려주고 노인이 가르쳐 준 방법대로 〈해가〉를 부른 상황과 매우 흡사하다. 노래의 결과가 바로 수로부인의 구출로 나타나는 것도 그렇다.

노래를 부르면서 한 행위 즉 ‘掘峰頂撮土’의 행위와 ‘以杖打岸’의 행위도 서로 통한다.

결국 〈구지가〉와 〈해가〉는 같은 성격의 제의에서 불린 같은 기능의 노래임을 알 수 있다. 그것은 주인공이 어서 태어나기를 촉구하는 성격의 노래라 할 수 있다. 이때 주인공의 탄생은 물론 재탄생이며 이때의 제의는 주인공의 입사제의이다.

2. 〈處容郎 望海寺〉條의 〈處容歌〉

『三國遺事』卷 2, 紀異 2, 〈處容郎 望海寺〉條에 대한 관심은 향가연구 초기부터 지금까지 지속적으로 이어져왔다. 그 관심은 실로 대단한 것이어서 〈처용랑 망해사〉조에 대한 지금까지의 연구는 일일이 거론하는 것이 불가능할 정도이다. 그러나 이런 많은 연구에도 불구하고 〈처용가〉와 그 주변에 대한 해석들은 여전히 의견접근을 보지 못하고 있다. 그 중에서도 가장 많은 논란이 된 것은 역시 처용의 정체에 관한 것이라 할 수 있다. 처용의 정체를 어떻게 파악하느냐 하는 것은 전체 설화를 이해하는 각도나 관점과 맞물려 매우 중요한 문제로 다루어져 왔는데 처용의 정체에 관해서는 화랑이나 무당으로 보는 견해에서부터 호국신의 아들, 이슬람상인, 지방호족의 자제로 보는 견해에 이르기까지 그 편차가 무척 크고 의견도 매우 다양하였다. 그러나 〈처용가〉의 성격에 대해서는 대체로 巫歌 혹은 呪歌로의 합의가 이루어져 있는 것 같다.

〈처용랑 망해사〉조는 헌강왕을 주축으로 하여 전개되는 서사물이다. 〈처용랑 망해사〉조에는 '헌강왕의 행차에 따른 신들의 출현과 歌舞'라는 사건이 반복적으로 되풀이되어 기술되고 있다. 헌강왕의 개운포 出遊시의 동해룡의 출현, 헌강왕의 포석정 행차시의 남악신의 출현, 헌강왕의 금강령 행차시의 북악신의 출현, 헌강왕의 동례전 연향시의 지신의 출현이 그것이다. 그리고 마지막에는 〈어법집〉의 기술을 들어 이러한 사건들의 의미를 제시하고 있다. 여러 차례에 걸쳐 나라가 망할 것임을 경고했으나 나라 사람들이 깨닫지 못하여 나라가 망하게 되었다는 것이다. 결국 〈처용랑 망해사〉조의 해석은 나라의 멸망이라는 관점에서 이루어져야 할 것임을 밝히고 있는 것이다.

이 가운데 첫 번째 사건인 헌강왕 개운포 출유 시의 동해룡 출현은 전체 서사에서 가장 큰 비중을 차지하고 있다. 그러므로 이 사건의 의미를 파악하는 것이 전체 서사를 이해하는 데 매우 중요한 역할을 한다고 할 수 있

다. 나머지 사건들도 결국은 같은 맥락에서 파악할 수 있는 것들이기 때문
이다. 처용설화라고 칭할 수 있는 이 첫 번째 사건은 두 가지 삽화가 유기
적으로 결합된 구조를 취하고 있다. 처용이 헌강왕에게 등용되기까지의 앞
부분의 이야기와 처용이 역신과 싸워 역신을 물리치고 문신이 되기까지의
뒷부분의 이야기가 그것인데 이 둘이 어떻게 결합되어 있으며 그것의 의미
가 무엇인지를 파악하는 것은 처용설화의 의미를 파악하는 데 있어 매우 핵
심적인 역할을 한다. 기존 연구의 성과를 참고로 하면서 이러한 부분에 중
점을 맞추어 논의를 진행시켜 나가도록 하겠다.

먼저 〈처용랑 망해사〉121)조의 전체 문맥을 서술의 순차적 전개에 따라
제시하면 다음과 같다.

① 헌강왕대는 서울에서 海內에 이르기까지 초가가 없고 풍악과 노래가
끊이지 않으며 바람이 사시에 순조로웠다.

② 왕이 개운포에 나갔다가 장차 돌아오려고 汀邊에서 晝歇하였다.

---

121) 『三國遺事』 卷 第 二, 紀異 第 二, 〈處容郎 望海寺〉第四十九 憲康大王之代
自京師至於海內 比屋連墻 無一草屋 笙歌不絶道路 風雨調於四時 於是 大王遊開
雲浦(在鶴城西南 今蔚州) 王將還駕 晝歇於汀邊 忽雲霧冥晦 迷失道路 怪問左右
日官奏云 此東海龍所變也 宜行勝事以解之於是勅有司 爲龍刱佛寺近境 施令已出
雲開霧散 因名開雲浦 東海龍喜 乃率七子現於駕前 讚德獻舞奏樂 其一子隨駕入
京 輔佐王政 名曰處容 王以美女妻之 欲留其意 又賜級干職 其妻甚美 疫神欽慕
之 變爲人 夜至其家 竊與之宿 處容自外至其家 見寢有二人 乃唱歌作舞而退 歌
曰 東京明期月良 夜入伊遊行如可 入良沙寢矣見昆 脚烏伊四是良羅 二肹隱吾下
於叱古 二肹隱誰支下焉古 本矣吾下是如馬於隱 奪叱良乙何如爲理古 時神現形
跪於前曰 吾羨公之妻 今犯之矣 公不見怒 感而美之 誓今已後 見畵公之形容 不
入其門矣 因此 國人門帖處容之形 以僻邪進慶 王旣還 乃卜靈鷲山東麓勝地 置寺
曰 望海寺 亦名新房寺 乃爲龍而置也 又幸鮑石亭 南山神現舞於御前 左右不見
王獨見之 有人現舞於前 王自作舞 以像示之 神之名或曰祥審 故至今國人傳此舞
曰御舞祥審 或曰御舞山神 或云 旣神出舞審象其貌 命工摹刻 以示後代 故云象審
或云霜髥舞 此乃以其形稱之 又幸於金剛嶺時 北岳神呈舞 名玉刀鈐 又同禮殿宴
時 地神出舞 名地伯級干 語法集云 于時山神獻舞 唱歌云 智理多都波 都波等者
盖言以智理國者 知而多逃 都邑將破云謂也 乃地神山神知國將亡 故作舞以警之
國人不悟 謂爲現瑞 耽樂滋甚 故國終亡

③ 이때 갑자기 구름과 안개로 어두워져 길을 잃었다.

④ 왕이 좌우에게 물었다.

⑤ 일관이 이르기를 '이는 동해룡의 변괴니 마땅히 좋은 일을 하여 풀어야 한다'고 하였다.

⑥ 이에 유사에게 칙령을 내려 가까운 곳에 절을 짓게 하였다.

⑦ 명이 내리자 곧 구름과 안개가 걷혀 그곳을 개운포라 이름 지었다.

⑧ 동해룡이 기뻐하며 일곱 처자를 데리고 나와 덕을 찬양하며 춤을 추고 음악을 연주하였다.

⑨ 그 중 한 아들을 바쳐 왕정을 보좌케 하니 이름을 처용이라 하였다. 미녀로 처를 삼게 하고 급간벼슬을 주었다.

⑩ 역신이 그 처의 아름다움을 흠모하여 사람으로 변하여 밤에 몰래 그녀와 동침하였다.

⑪ 처용이 밖에서 돌아와 두 사람이 동침하고 있는 것을 보고 노래를 부르고 춤을 추었다.

⑫ 이때 역신이 모습을 드러내고 꿇어앉아 맹세하기를 '내가 공의 처를 흠모하여 지금 범하였는데 공이 노하지 않으시니 감동하고 아름답게 여겨 이후에는 공의 형상만 보아도 그 문에 들어가지 않겠습니다' 하였다.

⑬ 이로 인하여 나라 사람들이 처용의 형상을 문에 붙여 辟邪進慶하였다.

⑭ 왕이 돌아와 영취산 東麓 勝地에 절을 세우고 望海寺 또는 新房寺라 하였다.

⑮ 왕이 포석정에 행차했을 때 남산신이 나타나 춤을 추었는데 왕만이 홀로 그것을 보았다.

⑯ 왕이 춤을 추어 그 형상을 보였는데 신의 이름을 따 그 춤을 御舞祥審 혹은 御舞山神이라 했다. 혹은 춤의 형상에 따라 象審 혹은 霜髥舞라 하였다.

⑰ 또 금강령에 행차했을 때 북악신이 춤을 추었는데 이를 玉刀鈴이라 하였다.

⑱ 또 동례전 연회 때에는 지신이 나타나 춤을 추었는데 이를 地伯級干
   이라 명하였다.

⑲ 『語法集』에 이르기를 이때 산신이 나타나 춤을 추고 노래하며 말하기
   를 〈智理多都波都波〉라 했는데 이것은 대개 지혜로 나라를 다스리는
   많은 사람들이 미리 짐작하고 도망하여 장차 도읍이 파괴된다는 뜻이
   라 하였다.

⑳ 지신과 산신이 나라가 장차 망할 것을 알고 춤을 추어 이것을 경계한
   것인데 나라 사람들이 이를 깨닫지 못하고 耽樂을 자심하게 하여 나
   라가 끝내 망했다고 한다.

〈처용랑 망해사〉조는 크게 다음의 다섯 가지 이야기로 구성되어 있다.

㉠ 헌강왕 개운포 출유 시의 동해용의 출현
㉡ 처용과 역신의 대결
㉢ 헌강왕 포석정 행차 시의 남악신의 출현
㉣ 헌강왕 금강령 행차 시의 북악신의 출현
㉤ 헌강왕 동례전 연향 시의 지신의 출현

이렇게 정리해 놓고 보면 〈처용랑 망해사〉조는 '헌강왕의 행차와 그에 따
른 신들의 출현과 가무'라는 동일한 사건의 나열로 짜여져 있음을 알 수 있
다. 이 가운데 다소 이질적인 사건이라 할 수 있는 것이 ㉡인데 ㉡은 독립
적인 사건이라기보다는 ㉠에 종속되어 있는 사건으로 볼 수 있다. 이는 ㉠
의 사건이 ㉡의 말미에 가서야 온전하게 매듭지어지는 것으로 기술되어 있
는 것을 볼 때 그러하다. 따라서 ㉠+㉡을 하나의 사건으로 묶어 보면 〈처
용랑 망해사〉조는 동일한 사건이 네 번 되풀이되는 구조로 구성되어 있음을
알 수 있다.

그런데 이 가운데 첫 번째 사건이 설화 전체에서 가장 큰 비중을 차지하

고 나머지 세 사건은 이에 비하면 매우 소략하게 사건의 개요만이 요약적으로 기술되어 있을 뿐이다. 때문에 〈처용랑 망해사〉조를 분석한 많은 연구자들의 주목을 받은 것은 첫 번째 사건이며 그 가운데에서도 가장 많은 관심이 집중되었던 것은 〈처용가〉의 배경설화가 되는 ⓛ이었다. 그러나 〈처용랑 망해사〉조 전체의 의미를 이해하기 위해서는 어느 한 가지 사건의 의미만을 집중하여 살피기보다는 전체의 설화 구조를 먼저 이해하고 그러한 구조 속에 각각의 사건들이 놓인 위치와 비중을 고려하여 각 이야기들의 의미와 기능을 파악하는 것이 바람직해 보인다. 그런 의미에서 최근의 연구자들이 전체 설화를 하나의 유기적인 구조로 파악하고 연구하려는 시각을 보인 것은 연구에 있어서 하나의 진전이라 하겠다.

첫 번째 사건 (㉠, ⓛ)은 전체 설화의 주제적 의미를 드러내주는 가장 핵심적인 사건이다. 그 후에 순차적으로 기술되어 있는 세 사건들은 그 개요만이 간략하게 기술되어 있어 자세한 사건 전개과정은 알 수 없다. 다만 신들이 나타나 춤을 추었다는 핵심적 상황의 유사성과 『語法集』의 내용으로 보아 첫 번째 사건과 동일한 의미를 갖는 것으로 짐작될 따름이다. 따라서 〈처용랑 망해사〉조의 전체적인 의미를 파악하기 위해서는 첫 번째 사건의 의미에 주목하지 않을 수 없다.

첫 번째 사건은 앞에서도 잠깐 언급한 바와 같이 ㉠과 ⓛ이 밀접하게 결합되어 있는 사건이다. 헌강왕이 개운포에 갔을 때 동해용이 나타나 춤을 춘 사건 ㉠은 처용이 역신을 맞이하여 물리친 사건 ⓛ과 단단하게 결속되어 존재한다. 이는 헌강왕이 망해사를 창건한 시점이 ⓛ 이후로 설정된 것을 통해 확인된다. 그러므로 첫 번째 사건은 크게 두 가지 이야기 즉 처용의 등용담과 처용의 활동담으로 구성되어 있다고 볼 수 있다.

그럼 이제 각각의 이야기를 분석해 보도록 하자.

1) 〈**處容歌**〉 배경설화의 의미

(1) 汀邊, 晝歠과 제의의 시공간

첫 번째 사건은 헌강왕이 개운포에 갔다가 막 돌아오려는 때에 벌어진다. 이 사건의 의미를 푸는 데 있어서는 헌강왕의 개운포 出遊가 어떤 성격을 갖는 것인가를 파악하는 것이 중요하다. '出遊'의 성격에 대해서 많은 학자들이 '遊'의 뜻과 관련하여 의견을 제시한 바 있는데 대체로 '遊'를 제의와 관련된 행위로 해석하였다. 그것은 왕이 서울을 떠나 지방을 다니며 산천에 제사하고 국민들의 休戚을 살피는 순행과 같은 의미를 지니며 우리말의 경우에 '놀다'라는 말이 종교, 신앙, 의례, 굿과 밀접한 관계가 있다는 사실에 근거한 것이다. 遊가 제의와 관계되는 예는 무당들이 굿하는 것을 '놀다'라고 하는 데서 찾아볼 수 있다.

> 무(巫)들이 굿을 하는 것을 보통 '일한다, 뛰었다, 놀았다' 등으로 일컫고 있다. 특히 무가 모시고 있는 신이 실려 춤을 추고 공수를 내리는 것을 '신과 놀았다'고 한다. 대감신이 실렸을 때에는 '대감과 놀았다'라 하고 몸주인 할아버지가 실렸을 때에는 '할아버지와 놀았다'고 한다. 무녀들은 신을 모시고 있는 것을 흔히 '할아버지를 모시고 있다'고 한다. 동자(童子)가 실렸을 때에는 '동자와 놀았다'하고 굿을 할 때 동자가 실리지 않을 때에는 '동자가 요즘 놀기를 싫어한다.'고 한다.[122]

결국 '놀다'라는 것은 신이 몸에 실려 노래와 춤을 추는 제의의 상황을 지칭하는 것으로 판단된다. 일본어에서도 놀이 '遊び'(あそび)란 말은 원초적으로 영혼을 놀게 한다는 뜻이 있고 애초에 신성한 神事와 깊은 관계를 가진 말이었다고 한다. 따라서 신을 놀게 하여 도취의 경지로 이끈 것이 나중에 일반 사람들 쪽에서 놀게 됨으로써 액스타시의 도원경에 들게 된 것이라

---

122) 徐廷範, 『語源別曲』, 汎潮社, 1986, p.65

풀이되었다.[123] 이렇게 봤을 때 헌강왕의 개운포 행차는 제의와 관계되는 행위임을 알 수 있다.

헌강왕의 개운포 出遊가 제의와 관계됨은 汀邊, 晝歇이라는 말의 뜻과도 관계가 있다. '晝歇'은 흔히 '낮에 쉰다'로 풀이되곤 하였는데 김광순이 〈수로부인〉조에 등장하는 '晝饍'의 의미를 '饍'이 왕이나 혹은 제의 때 신에게 올린 음식을 지칭한다[124]고 지적한 이래 '晝歇' 역시 '晝饍'과 비슷한 의미를 지니는 말로 이해되고 있다. 주선이 행해지는 장소가 주로 바닷가라는 점은 이러한 추정을 가능케 해 준다. 〈수로부인〉조에서 주선이 행해지는 장소는 汀邊과 臨海亭이며 〈만파식적〉 설화에서 주선이 행해지는 장소는 西溪邊이다. 이러한 사실은 〈처용랑 망해사〉조에서 晝歇이 행해지는 장소가 開雲浦 汀邊이라는 사실과 친연성을 갖으며 〈수로부인〉, 〈만파식적〉, 〈처용랑 망해사〉조 모두에서 그러한 행위 다음에 바로 용이 나타난다는 점에 있어서도 공통된다. 또 성무경[125]은 臨海亭을 臨海殿, 望海亭, 望海殿 등과 함께 용과 관련된 제의가 행해지던 곳으로 파악하였는데 개운포 汀邊에 望海寺가 창건되는 것으로 보아 이곳 또한 같은 기능을 하는 장소로 추측해 볼 수 있다.

개운포 행차 다음에 이어지는 ㉢, ㉣, ㉤의 세 사건도 왕의 행차에 따른 신들의 출현으로 묶어 볼 수 있다. 포석정에 갔을 때 남산신이, 금강령에 갔을 때 북악신이, 동례전에서 연회를 할 때 지신이 각각 나타나 춤을 추었다는 것은 처용이 바다에서 나오기 전에 동해룡이 나타나 춤을 추고, 처용이 역신을 맞이하여 춤을 춘 것과 같은 맥락 즉 제의의 맥락에서 이해할 수

---

123) 和歌森太郎, 『遊びの文化史』, 和歌森太郎著作集 6, 弘文堂, 1981, p.396 성병희, 「민속놀이의 특성과 연구사」, 『민속놀이와 민중의식』, 집문당, 1996, p.20에서 재인용

124) 金光淳, 「獻花歌 說話에 대한 一考察」, 『白江徐首生先生還甲記念論叢』, 螢雪出版社, 1981.

125) 成武慶, 「深山大澤과 臨海亭에 대하여」, 『成大文學』 26집, 成均館大學校 國語國文學科, 1988

있다. 그것은 포석정, 금강령, 동례전이 제의의 장소로 추정되는 곳이며, 신들의 출현이 제의 중에 이루어지는 것으로 미루어 볼 때 그러하다. 즉 이러한 기록들은 헌강왕이 곳곳을 돌아다니며 제의를 행하였다는 의미로 해석된다.

그러면 헌강왕이 이렇게 여러 곳을 다니면 제의를 행한 이유는 무엇인가. 헌강왕의 제의 시행의 목적은 설화 말미의 지적에서도 볼 수 있듯 신라가 맞이한 국가적 위기를 극복하기 위한 것이었다고 생각된다. 이것은 〈경덕왕 충담사 표훈대덕〉조에서 오악삼산신의 출현이 국가적 위기에 대한 경고로서의 의미를 갖고, 그렇기 때문에 경덕왕이 충담사에게 백성들을 편안하게 다스릴 수 있는 이치의 노래를 지어달라고 부탁하는 상황과 같은 맥락에서 이해할 수 있다. 여러 곳을 다니며 헌강왕이 제의를 행한 것은 국가적 위기를 극복하고 나라를 안정되게 다스리고자 하는 염원의 발현이라고 생각된다. 나라가 결국에 망하였다는 『어법집』의 기술에서나 헌강왕대가 정치적으로나 사회적으로 무척이나 혼란하고 어지러웠던 시기였다는 역사적 배경을 참고할 때 더욱 신빙성을 갖는다.

그렇다고 한다면 설화 첫머리의 기술과의 불일치는 어떻게 설명할 수 있을까. 설화 첫머리에서는 헌강왕대의 사회를 '서울로부터 海內에 이르기까지 집과 담이 연하고 초가는 하나도 없었으며 풍악과 노래가 길에서 끊이지 않고 風雨는 사철 순조로웠다.'고 표현하고 있다. 이에 대해 조동일은

> 헌강왕은 위기를 극복하기 위해서 각 지방을 순회하면서 동서남북의 수호신굿을 새삼스럽게 거행했다고 생각된다. 그때를 『삼국유사』의 문면에서는 번영을 누리고 있는 태평성대라고 묘사한 대목은 축원하는 문구를 표면적으로 인정되는 사실에다 맞춘 것이라고 보는 편이 적당하다.126)

고 하여 축원하는 태평성대의 모습이 실재한 현실인 것처럼 기술된 것이라 하였다. 이러한 관점은 앞서 유리왕대 〈도솔가〉의 창작 동기 분석에서

---

126) 조동일, 『한국문학통사』 1, 지식산업사, 1982, p.207

취한 관점과 상통한다. 〈도솔가〉가 민속이 환강해서 지어진 노래가 아니라 민속환강을 기원하는 노래였듯 헌강왕대의 이런 태평성대의 모습도 실제의 사회의 모습이라기보다는 제의를 통해 달성코자 하는 사회의 모습이라고 보는 것이 타당할 것이다. 다시 말하면 헌강왕의 순행과 그곳에서의 제의는 태평성대를 구가하기 위한 노력의 일환이었던 것으로 보는 것이 정확할 것 같다.

기울어져 가는 신라를 바로 세우기 위한 헌강왕의 노력이 처용이라는 능력 있는 인재의 등용을 통한 제의의 실행이나 여러 곳을 다니며 國泰民安을 비는 제의를 행하는 형태로 이어졌음을 보여주는 것이 〈처용랑 망해사〉조의 의미인 것이다.

(2) 雲霧冥瞹과 신화적 카오스

헌강왕의 개운포 행차의 의미와 汀邊, 晝歇의 의미를 제의와 관련시켜 이해한다고 했을 때 그럼 이때에 갑자기 운무가 끼고 어두워졌다는 기술은 어떻게 이해할 수 있는가.

여기서 갑자기 운무가 껴 앞을 분간할 수 없는 상태라는 것은 곧 제의의 시작을 알리는 표지로 제의 중에 카오스 상태로 퇴각했음을 의미하는 것이라고 할 수 있다. 〈연오랑 세오녀〉설화에서 갑자기 日月이 無光하였다는 기술도 동궤의 것으로 볼 수 있다.

제의는 궁극적으로 낡고 혼란된 질서를 새롭게 갱신하여 세계를 다시 풍요와 질서의 세계로 탄생시키는 의례이다. 어지럽고 혼란된 지금의 상태는 질서가 닳아 없어져서이므로 세계는 새로운 질서를 부여받고 다시 태어나야 한다. 세계를 재탄생시키는 일은 신들이 태초에 행했던 천지창조를 되풀이하는 것이다. 천지창조는 무시간의 암흑인 혼돈에서 출발하여 모든 만물이 자리를 잡는 과정으로 완성되었다. 따라서 제의 중에 되풀이되는 천지창조도 혼돈과 무질서에서 질서와 조화의 세계로의 이행으로 전개된다.

제의 중의 천지창조는 만물의 존재의 근원인 혼돈과 무질서의 상태로의 퇴각에서 출발하여 다시 새롭게 공간과 시간을 창조해 내는 것으로써 완성된다. 따라서 카오스 상태로의 퇴각은 새로운 시작을 위한 첫 단계로서의 의미를 갖는다. 이렇게 천지창조의 과정을 되풀이함으로써 태초의 천지가 지니고 있었던 생명력과 에너지, 활력을 회복하는 것이었다. 제의 중에 카오스 상태로 돌아가는 이유는 여기에 있다.

이렇게 갑자기 운무가 끼어 앞을 분간할 수 없는 상태가 되자 헌강왕은 左右에 이러한 문제가 생긴 원인과 해결방법을 묻는다. 헌강왕의 이러한 물음은 혼돈으로서의 카오스 상태에서 벗어나 코스모스의 상태로 가기 위한 방법의 모색으로 볼 수 있다.

그러자 일관이 이에 대해 대답을 한다. 日官이 어떤 존재인가에 대해서는 신종원127)이 일찍이 일관을 天文家와 탐색자의 역할을 수행하는 샤만이라 밝힌 바 있다. 그에 의하면 일관은 初期의 왕들이 超能力을 잃거나 그것이 더 이상 필요하지 않은 단계에서 儀式만을 집전하는 祭司長으로 발달하며, 이때에 와서는 超能力者가 國政에 하나의 補足的 내지는 助言者的 존재로 轉落한다고 하면서 이것을 일관 등장의 배경으로 추리하였다. 그리고는 일관을 醫師, 祭司長, 探索者, 天文家로서의 역할을 두루 하는 샤만과는 구분된다고 하였다.

일관의 성격을 이렇게 천문가와 탐색자의 역할을 하는 샤먼으로 본다면 헌강왕의 질문과 이에 대한 일관의 풀이는 곧 제의에서의 인간의 축원과 이에 대한 신의 응답인 공수의 관계로 이해할 수 있다. 헌강왕의 怪問左右는 '어떻게 하면 이 문제를 해결할 수 있는가'를 묻는 축원의 성격을 띤 것이고, 이에 대한 응답인 일관의 대답 '此東海龍所變也. 宜行勝事以解之'는 신의 응답이 샤먼의 역할을 하는 일관의 입을 빌어 내려진 것으로 공수로 볼 수 있다.

이 공수의 뒤에 나오는 헌강왕의 創寺명령은 공수의 실행에 해당한다.

---

127) 辛種遠, 「古代 日官의 性格」, 『韓國民俗學』 12, 韓國民俗學會, 1980

앞서 내려진 공수의 내용대로 실행에 옮기는 과정이다. 제의에서의 공수의 실행은 바로 축원의 성취로 연결된다. 창사를 명하자 운무가 곧 걷히고 이전대로 되었다는 것이 곧 축원의 성취가 즉각적으로 이루어졌음을 보여준다.

구름이 걷히고 안개가 흩어졌다는 것은 혼돈과 무질서의 상태에서 질서와 조화의 세계로의 이행이 완료되었음을 나타내준다. 이는 카오스 상태에서 코스모스 상태로의 전이가 이루어짐으로써 천지창조가 완료되었음을 뜻하는 것이다.

(3) 處容의 성격

이 천지창조의 결과 등장한 인물이 처용이다. 제의 중에 탄생한 인물이 처용이라는 사실은 이 제의가 곧 처용의 입사제의였음을 증명하는 것이다. 입사제의는 입사자가 제의 중에 천지창조를 되풀이함으로써 세계의 질서를 깨닫고 이전과는 다른 새로운 인물로 탄생하는 재생제의이다. 처용이 용의 아들로 등장하는 것이 바로 그것이다. 처용이 용으로부터 태어났다는 사실은 곧 그가 새로운 인물로 다시 태어났다는 것을 의미한다. 입사제의를 죽음의 경험과 제2의 탄생으로 요약한다고 할 때 용의 뱃속에 들어가는 것은 원초적인 미분화상태, 우주적 밤에로의 회귀에 해당한다고 할 수 있는데 이는 자연적 인간으로서의 상징적 죽음을 의미한다. 그리고 용의 뱃속에서 나오는 것은 완전한 인간으로서의 재생을 상징한다. 그렇다고 했을 때 처용이 용의 아들로 설정된 것은 곧 그가 입사제의를 통해 새로운 존재로 탄생한 인물이라는 것을 의미한다. 이러한 예는 알영의 탄생에서도 보인다. 알영은 계룡의 왼쪽 갈비로부터 탄생한다. 또 혹은 '용이 나타나 죽으므로 그 배를 갈라 동녀를 얻었다'라고 되어 있기도 하다.[128] 이는 처용의 경우와 마찬가지로 알영이 용의 뱃속에서 죽음을 경험하고 새로운 존재로 탄생했다는 의미로 받아들일 수 있다. 앞서 〈해가〉를 분석하면서 용과 수로부인의 결합이

---

128) 『三國遺事』 卷 第 一, 紀異 第 一, 有鷄龍現而 左脇誕生童女(一云 龍現死而剖 其腹得之)

수로부인이 신격인 용으로부터 질서를 받는 행위로서의 의미를 갖는다고 했는데 처용의 경우도 마찬가지이다. 용의 아들이란 질서적 존재인 용의 질서를 계승한 자로 그 역시 질서적 존재임을 의미한다. 이처럼 입사제의에서는 유아적이고 세속적 존재로서의 죽음, 그리고 새로운 인물로의 재탄생이 이루어진다. 그렇다면 입사제의를 거친 자는 어떤 인물로 태어나게 되는가.

> 입사자는 새로 태어난 자, 소생한 자로 그치지 않는다. 그는 또한 아는 자, 신비를 배운 자, 본질적 형이상학적 계시를 받은 자이기도 한 것이다. ……(중략)……입사식은 영적인 성숙에 해당한다. ……(중략)……신비를 경험한 입사자는 앎을 가진 자이다.[129]

입사제의를 통해 입사자는 세계의 질서를 아는 자, 인식한 자가 된다. 입사자는 입사제의를 마친 후에 이 입사 과정 중에 획득하게 된 세계의 질서를 가지고 나라를 다스리게 된다. 처용이 입사제의를 마치고 왕에게 등용되는 것이나, 많은 건국신화에서 주인공의 탄생이 입사제의의 형태로 나타나는 것은 바로 이러한 이유에서이다. 세계의 질서를 깨달은 자만이 국가를 통치할 수 있기 때문이다. 국가를 통치한다는 것은 결국 국가를 질서화 시킨다는 것과 같은 의미이다.

제의의 결과 인재가 등용되는 최초의 예로 볼 수 있는 자료는 『삼국유사』 〈동부여조〉의 금와왕 탄생기록이다. 금와왕이 얻어지는 기술은 다음과 같이 기록되어 있다.

> 부루왕이 늙도록 자식이 없어 하루는 산천에 제사를 지내어 대 이을 자식을 구할 때 왕이 탄 말이 곤연에 이르자 큰 돌을 마주하고 눈물을 흘렸다. 왕이 이상하게 생각하고 사람을 시켜 돌을 굴리니 금색 개구리모양의 아이가 있었다. 왕이 기뻐하며 '이는 하늘이 나에게 대 이을 자식을 준 것이다.' 하고는 곧 거두어 기르고 이름을 금와라고 하였다.[130]

---

129) 엘리아데, 『성과 속』, 학민사, 1983, p.167

위 기록에는 금와왕이 제의의 결과 얻어진 인물임이 분명하게 제시되어 있다. 산천에 제사를 지낼 때 탄생하는 것으로 기술되어 있는 것이 그것이다. 『삼국사기』의 다음과 같은 기록은 산천제와 인재등용의 관계를 잘 보여준다.

　　고구려에서는 항상 삼월 삼일이면 낙랑의 언덕에 모여 사냥하고 잡은 돼지와 사슴으로 천신과 산천신에게 제사를 지냈다.[131]

　　고구려에서는 항상 삼월 삼일이 되면 낙랑의 언덕에 모여 사냥하고 잡은 멧돼지와 사슴으로 천신과 산천신에게 제사를 지냈다. 그날이 되어 왕이 사냥에 나가자 여러 신하들과 오부의 병사들이 모두 따라 나갔다. 이에 온달도 기른 말을 타고 수행하게 되었는데 달려 나가는 것이 항상 남보다 앞섰고, 잡은 짐승 또한 많아서 그와 같은 사람이 없었다. 왕이 불러 성명을 물어보고는 놀랍고 이상하게 여겼다.[132]

　　24년 9월에 왕이 기산원야에서 전렵하다가 한 이인을 만났는데 그의 두 겨드랑이에는 깃이 달려 있었다. 조정에 등용하여 우씨란 성을 주고 왕녀를 취케 하였다.[133]

위 기록들은 모두 전렵에서 인재가 등용되는 예들이다. 위 기록에는 전렵에서 제의가 행해졌음과 인재가 발탁되었음이 드러나 있다. 특히 3월 3일의 경우는 정례적인 입사제의가 행해진 날이 아니었나 싶다.

---

130) 『三國遺事』 卷 一, 紀異 第 一, 〈東夫餘〉 夫婁老無子 一日祭山川求嗣 所乘馬 至鯤淵 見大石 相對俠(淚)流 王怪之 使人轉其石 有小兒 金色蛙形 王喜曰 此乃 天賚我令胤乎 乃收而養之 名曰金蛙

131) 『三國史記』 卷 第 三十二, 雜志 第 一, 〈祭祀〉高句麗常以三月三日 會獵樂浪之 丘 獲猪鹿 祭天及山川

132) 『三國史記』, 卷 第 四十五, 列傳 第 五, 〈溫達〉 高句麗常以春三月三日 會獵樂 浪之丘 以所獲猪鹿 祭天及山川神 至其日 王出獵 群臣及五部兵士皆從 於是溫達 以所養之馬隨行 其馳騁常在前 所獲亦多 他無若者 王召來問姓名 驚且異之

133) 『三國史記』 卷 第 十三, 高句麗本紀 第 一, 〈琉璃明王〉 二十四年 秋九月 王田 于箕山之野 得異人 兩腋有羽 登之朝 賜姓羽氏 俾尙王女

〈수로부인〉조를 분석하면서 언급한 바 있지만 입사제의에서는 천지창조가 되풀이되고 천지창조 뒤에는 입사제의를 마친 존재의 탄생이 있게 되는데 입사제의를 마친 인물은 새롭게 창조된 대지의 중앙에서 탄생한다. 그 중앙은 흔히 물가의 돌, 혹은 물 속의 돌로 표현된다. 이는 물과 돌이 새롭게 창조된 대지의 표상이기 때문이다. 앞에서 든 금와가 태어나는 곤연의 돌, 유화가 태어나는 우발수의 돌, 사물택이 발견되는 택상의 돌 등이 그러한 예이다. 처용설화에서는 처용이 용의 아들로 바다에서 나오는 것으로만 기술되어 있지만 민간에서는 처용이 위에서 예를 든 인물들의 경우와 마찬가지로 물 속의 돌에서 나오는 것으로 이야기된다.

> 處容岩 在開雲浦海中 世傳處容出于岩下[134]

이 돌은 대지의 중심이자 신성공간이므로 이곳은 제의의 공간이 된다. 처용암이 제의의 공간이 되어온 것은 이러한 사정을 반영하는 것이라 하겠다.

> 이러한 說話의 殘存物로 只今도 處容岩이 있어 陰曆 正月 보름날 밤에－處容이 달밤을 좋아했듯－이곳(蔚山市 細竹洞)의 年長者가 主管하여 處容(龍神)에게 드리는 龍神祭를 지내오고 있다. 또 後代로 내려오면서 漁業이 發達하자 많은 漁獲과 漁撈作業中의 無事安全을 東海龍王前에 祈願하는 行事로 數年前만 해도 開雲浦를 中心으로 한 蔚州郡 溫山面 所在 唐月・達浦・牛峰 등의 漁村에서 船主들이 醵出한 돈으로 連數日 씩의 「龍神굿」을 해왔다.[135]

이러한 모든 정황들을 종합해 볼 때 헌강왕의 개운포 행차 시에 있었던 일련의 일들은 처용의 입사제의의 광경을 기술한 것임을 알 수 있다. 헌강왕은 입사제의를 통해 처용이라는 인재를 발탁한 것이다.

---

134) 『東國輿地勝覽』 卷 二十二, 蔚山郡 處容岩
135) 嚴元大, 「處容에 關한 綜合的 考察」, 『國語國文學研究』 3, 圓光大 國語國文學科, 1976, p.104

입사제의가 세계의 질서를 인식케 되는 계기가 된다고 했을 때 입사제의를 통해 깨달음을 얻고 다시 태어난 처용은 제의 중에 획득한 신격을 바탕으로 나라를 다스리게 된다. 처용이 급간벼슬을 맡아 왕정을 보좌했다는 것이 그것이다. 이렇게 입사제의를 통해 아는 자, 인식한 자로 다시 태어난 인물이 왕정을 보좌하는 인물로는 앞에서 든 자료의 사물택이나 우씨 외에 『삼국유사』〈도화녀 비형랑〉조의 비형랑, 김유신 등을 들 수 있다. 특히 비형랑의 경우는 죽은 진지왕의 아들로 태어나 후에 執事벼슬을 하며 왕정을 보좌하고 귀신을 물리치고 문신이 되는 등 여러 가지 면에서 처용과 상당히 유사한 면모를 보인다. 이들은 보통 영웅 신화에서 주인공들이 입사제의를 마치고 곧바로 왕이 되어 나라를 다스리는 것과는 달리 스스로는 왕이 되지 않고 신하로서 왕정을 보좌하는 기능만을 담당한다. 이는 앞서 본 수로부인의 경우도 마찬가지이다.

이러한 사실은 무엇을 의미하는가. 필자는 이러한 사실이 왕에게 신적 능력이 더 이상 필요하지 않게 된 시대의 상황을 반영하고 있는 것으로 본다. 제정일치의 사회에서는 신적 능력의 소유가 왕의 중요한 자질로 요구되었지만 왕위의 계승이 혈연에 의해 이루어지게 된 후에는 왕에게 요구되는 신적 능력이라는 것이 사라지게 되었다. 때문에 왕은 이러한 면에서의 부족을 신적 능력을 소유한 신하를 등용함으로써 메우고자 하였던 것이다. 입사제의가 인재를 등용하는 하나의 제도로 기능하게 된 것은 이러한 측면에서 이해해야 한다. 신적 능력을 소유한 인물로 하여금 왕정을 보좌케 하는 일이 빈번했던 것은 이러한 상황과 깊이 관계되는 것으로 보인다. 처용이 급간벼슬을 받고 왕정을 보좌한 것도 마찬가지이다.

(4) 역신의 퇴치와 질서의 회복

처용의 탄생담 뒤에 이어지는 활동담은 왕에게 등용된 처용이 급간벼슬을 하며 왕정을 보좌하는 중에 일어난다. 왕정을 보좌하는 처용의 역할은 그가 밤새 놀았다는 표현에 압축되어 나타난다. '놀았다'는 것은 제의를 행하였다는 의미이다.

밤새 놀다가 집에 돌아온 처용이 목격한 것은 자신의 아내와 역신이 동침하고 있는 장면이었다. 처용의 처와 역신이 동침하고 있는 상황은 〈해가〉 배경설화에서 동해룡이 수로부인을 앗아간 상황과 일치한다. 보통 신화에서 남성신이 질서의 역할을 하고 여성신이 대지의 역할을 한다고 했을 때 역신이 처용의 처를 범한 상황은 흔히 신혼으로 표현되는 신격과의 결합을 통한 질서의 갱신 행위로 이해할 수 있다. 〈해가〉 배경설화의 순정공을 처용으로 수로부인을 처용의 처로, 동해룡을 역신으로 놓고 보면 이들 인물들이 설화 속에서 수행하는 기능이 꼭 같으며 사건의 의미가 동일함을 알 수 있다.

따라서 설화에 등장하는 역신은 퇴치의 대상이라기보다는 제의 중에 강림한 신격으로 이해해야 한다. 그런데 역신이 퇴치의 대상인 악신으로 파악되는 것은 처용이 주체가 되는 서사이기 때문이다. 〈해가〉 배경설화에서 수로부인을 납치해 간 동해룡이 악신으로 인식되는 것과 마찬가지이다. 처용이나 순정공의 입장에서 보면 역신과 동해룡은 처를 앗아간 나쁜 존재이다. 그러나 실제로 처용과 순정공은 이들을 물리치는 적극적 행동을 하지 않는다. 처용은 춤을 추며 물러나오고, 순정공은 발만 동동 구르고 있을 뿐이다. 조금 다르긴 하지만 〈헌화가〉 배경설화에서도 순정공은 자신의 부인인 수로 부인과 노옹의 수작에 어떠한 반응도 보이지 않는다. 이러한 사실들은 문면의 논리와 실제의 논리가 다름을 보여주는 것으로 실제적으로는 이 간음의 행위가 신격의 질서를 받는 행위임을 드러내 주는 것이라 하겠다.

헌강왕은 서울로 돌아와 영취산 동록 승지에 망해사, 곧 신방사를 짓게 한다. 望海寺는 용을 위해 지어진 절로 곧 용을 제사지내는 공간이다. 망해사에 대해서 김문태[136]는 망해사·망산도·해망산 등에 있어서의 '望'은 단순히 '바라보다'라는 의미가 아닌, '望祭를 올리다'라는 의미가 함축되어 있다고 하면서 다음과 같이 덧붙여 다시 말해 '망'에는 '바라보다'의 의미가 있

---

136) 金文泰, 『三國遺事의 詩歌와 敍事文脈 연구』, 太學社, 1995, p.316

는 것은 사실이지만, 망해사·망산도·해망산 등에 있어서의 '망'의 의미는 '王侯가 領內의 산천을 遠望하면서 제를 올린다'[137)는 것으로 보아야 한다고 했다. 그러면서 望仙樓, 望海樓의 예도 들고 있다.

望海寺가 제의의 공간임은 그것이 '新房寺'로 불리기도 했다는 데에서도 구체화된다. '신방사'의 '新房'이란 말이 새로운 탄생, 시작을 의미하고 있기 때문이다. 이는 〈서동요〉에서 서동이 탄생하는 '薯童房', 〈광덕 엄장〉에서 광덕이 머물렀던 '西去房'과 같이 입사제의의 공간 즉 새로운 인물이 탄생하는 공간인 것으로 생각된다.

2) 〈處容歌〉의 성격

〈처용가〉의 원문은 다음과 같다.

    東京明期月良
    夜入伊遊行如可
    入良沙寢矣見昆
    脚烏伊四是良羅
    二肹隱吾下於叱古
    二肹隱誰支下焉古
    本矣吾下是如馬於隱
    奪叱良乙何如爲理古

이를 현대어로 옮기면 다음과 같다.

    서울 밝은 달 아래
    밤늦도록 노닐다가

---

137) 諸橋轍次, 『大漢和辭典』 卷 五, 望

들어와 자리를 보니
다리가 넷이구나
둘은 내 것인데
둘은 누구의 것인가
본디 내 것인데
빼앗은 것을 어찌 하릿고

〈처용가〉는 난해구가 없고 또 우리말로 된 고려 〈처용가〉가 남아 있어 해독에 큰 무리가 없는 작품이다. 때문에 〈처용가〉의 해독을 둘러싼 논의에서는 해독 자체에 대한 이견보다는 7, 8구의 어조를 어떻게 파악할 것이냐에 대한 논쟁으로 모아졌다. 7, 8구의 어조를 둘러싼 논란은 대체로 이 구절을 체념 혹은 관용으로 볼 것이냐 분노 혹은 항거로 볼 것이냐에 대한 대립으로 정리된다.

어조를 둘러싼 이러한 입장 차이는 배경설화의 '公不見怒 感而美之'라는 역신의 말과 '歌作舞而退'라는 본문의 기술내용과 맞물려서 분분한 해석들을 낳았는데 이러한 해석들의 핵심은 결국 노래의 내용과 설화의 이 기술을 어떻게 모순 없이 조화롭게 연결시킬 것인가로 모아진다고 하겠다. 예컨대 이를 체념적 어사로 보아 '본디 내 것이지마는 빼앗긴 것을 어찌 하겠는가'로 풀이하는 경우에는 공이 성내지 아니하였다는 역신의 말과는 서로 일치하지만, 역신을 물리치고 신으로 좌정하는 처용의 이미지에는 걸맞지 않는 듯한 인상을 준다. 반면, 분노 혹은 항거의 어사로 보아 '본디 내 것인데 어찌 (감히) 빼앗겠는가'로 해독하는 경우에는 역신을 물리치고 문신으로 좌정하는 처용의 강한 이미지와는 잘 맞아떨어지지만 설화에서의 역신의 진술과는 어긋나는 모순을 드러내게 된다. 이러한 문제들 때문에 〈처용가〉의 이 구절에 대한 해석은 여전히 분분하며 어떤 것이 옳은지 판단하기도 쉽지 않다.

그러나 〈처용가〉 7, 8구의 해독은 〈처용가〉의 성격을 밝히는 데 있어 매우 결정적인 역할을 하는 부분이므로 좀더 신중한 접근이 필요하다. 7, 8구의 해독은 어학적인 면에서의 보완보다는 전체적인 설화 맥락 속에서의 〈처용가〉의 기능을 중심으로 노래의 내용을 재구해 보는 방법이 바람직하지 않을까 생각된다. 〈처용가〉는 배경설화와 매우 긴밀하게 연결되어 존재하는 노래이므로 설화 속에 노래가 놓인 위치와 문맥 속에서의 역할을 중심으로 파악하는 것이 이 부분을 푸는 하나의 방법이 될 것이라 생각한다.

〈처용가〉는 역신이 처용의 처를 범하는 문제 상황이 발생하자 처용이 부른 노래이다. 따라서 이 경우에 노래의 내용은 〈해가〉 배경설화에서 부인을 빼앗긴 순정공이 보였던 반응과 같은 성질의 것으로 추정된다. 즉 어떻게 하면 부인을 돌려받을 수 있을 것인가 하는 계책을 모색하는 것으로 추측해 볼 수 있다. 그럼 〈처용가〉는 이러한 내용을 담고 있는가.

먼저 1, 2구의 의미를 분석해 보도록 하자. 경주의 달밤에 밤늦도록 노닐었다는 것은 제의의 시공간에 관한 언급이다. '遊'의 의미가 제의와 관련되는 것으로 볼 때 제의를 행하였다는 의미로 이해해야 함은 분명하다. 제의를 행하는 것은 왕정을 보좌하는 처용의 임무 수행 과정에 해당한다.

다음 3, 4구는 밤새 제의를 행하고 와서 보니 다리가 넷이더라는 것이다. 이는 아내가 역신과 동침하고 있는 상황의 표현이다.

5, 6구는 '둘은 내 것인데 둘은 누구의 것인가'하는 독백조의 말이다. 여기서 '둘은 누구의 것인가'라는 말은 '다리가 넷'이라는 앞의 말의 의미를 다시 한번 확인시켜 주면서 이 상황의 의미를 스스로 받아들이는 과정을 표현한 것으로 볼 수 있다. 둘은 아내의 것인데 나머지 둘은 누구의 것인가라는 물음은 아내가 누군가에게 범해진 상황임을 스스로 받아들이면서 좀더 구체적인 기술로 이것을 구체화시키는 기능을 한다. 따라서 이 구절에서 처용이 아내의 다리가 아닌 두 다리의 정체에 대해 의문을 가졌다거나 정체를 확인하고 싶어 했다고 보기는 어렵다고 판단된다.

7, 8구의 해석은 다양하게 전개되었는데 크게 두 가지 부류로 묶어 보면 '체념 혹은 관용'으로 풀이한 것과 '저항 혹은 분노'로 풀이한 것으로 나누어진다. 전자의 대표 격인 양주동138)의 견해를 들어보면 '앗아늘 엇디ᄒ리고'는 '빼앗긴 것을 어찌 하리오'라는 체념적 어사로 역신이 그의 처와 同宿함

을 보고 처용이 忍辱密行으로 관용을 베푼 것이라는 해석이다. 후자의 대표격인 이기문[139]의 견해는 '아ㅿ롤 엇더ᄒ릿고'는 '내 것인데 어찌 감히 빼앗음을 하릿고'라는 진노의 표현으로 감히 빼앗을 수 없다는 저항의 뜻이 표현되어 있다는 것이다.

이 두 구에 대한 해석은 설화의 전체적인 맥락을 고려하여 이루어져야 함을 앞에서 밝힌 바 있다. 〈처용가〉는 역신이 아내를 범한 광경을 보고 처용이 부른 노래이다. 그리고 노래의 결과는 역신의 다음과 같은 답변으로 이어진다.

時神現形 跪於前日 吾羨公之妻 今犯之矣 公不見怒 感而美之 誓今已後 見畫公之形容 不入其門矣

여기서 역신의 말인 '吾羨公之妻 今犯之矣 公不見怒.感而美之 誓今已後 見畫公之形容 不入其門矣'는 역신의 항복의 말로 볼 수 있다. 이 역신의 항복이 가능했던 것은 처용이 〈처용가〉를 불렀기 때문이다. 그렇다면 〈처용가〉의 내용은 어떤 것이겠는가. 전후의 맥락을 고려해 볼 때 〈처용가〉는 아내를 되찾고자 하는 간절한 마음이 성냄이 아닌 어조로 표현되었을 것으로 추측해 볼 수 있다. 이는 〈해가〉 배경설화에서 아내를 빼앗긴 순정공이 전도벽지하며 발을 동동 구르고 어쩔 줄 몰라 하는 태도를 보인 것이나 역신이 '公不見怒 感而美之'라 진술한 것으로 미루어 볼 때 가능한 표현이다. 순정공이 전도벽지하며 발을 동동 구른 것은 부인을 빼앗긴 데 대한 안타까움의 표현이자 부인을 되돌려 받고자 하는 간절한 마음의 발현이다. 따라서 처용의 마음도 아내를 빼앗긴 순정공의 마음과 같은 차원의 것으로 풀 수밖에 없다. 〈처용가〉는 그럼 이러한 내용을 담고 있는가.

이에 대해 〈처용가〉를 관용이나 체념, 혹은 분노나 저항, 혹은 달램을 표

---

138) 梁柱東, 『增訂 古歌研究』, 一潮閣, 1965, pp.381-382,
139) 李基文, 『國語學槪說』, 民衆書館, 1961, p.65

현하는 말이 아니라, 역신에게 처를 **빼앗긴** 처용이 어떻게 하면 역신을 물리치고 처를 되찾아 올 수 있겠는가를 묻는 말로 풀어야 한다는 견해가 있어 주목된다.140) 이 견해에 따르면 〈처용가〉는 축원의 노래가 되고 그 내용은 역신을 물리칠 방법을 묻는 질문이 된다고 한다. 필자 역시 이 견해에 동감한다.

〈처용가〉 7, 8구의 해석을 질문으로 보고 〈처용가〉를 제의 중에 축원이 노래로 불린 것이라고 했을 때 몇 가지 석연치 않은 문제가 남게 된다. 하나는 처용이 역신을 물리칠 수 있는 방법을 왜 역신에게 묻는가 하는 것이고 다른 하나는 역신의 대답인 공수의 내용 중 '吾羨公之妻 今犯之矣 公不見怒 感而美之'를 어떻게 볼 것이냐 하는 것이다.

먼저 첫 번째 문제부터 풀어보면 처용이 역신을 물리칠 방법을 역신 자신에게 묻는 문제는 역신의 기능을 통해 풀어볼 수 있다. 역신이 처용의 처를 범한 사건은 〈헌화가〉 배경설화에서 노옹으로 등장하는 신격이 수로부인과 결합하고 꽃을 주는 상황, 〈해가〉 배경설화에서 동해룡이 수로부인을 앗아간 상황과 같은 의미의 사건임을 지적한 바 있다. 그것은 여성으로 상징되는 대지에 남성으로 상징되는 신격이 육체적 결합(접신)을 통하여 질서를 주는 행위이다. 그랬을 때 순정공과 처용은 제의를 주관하는 자로 노옹, 동해룡과 역신은 제의 중에 모셔진 신격으로, 또 수로부인과 처용의 처는 제의 중에 질서를 받는 인물로 정리된다. 이때 서사의 주체가 누구인가에 따라 신격의 성격이 달리 나타나는데 〈헌화가〉 배경설화의 경우에는 수로부인이 서사의 주체로 등장하기 때문에 노옹이 선한 인물로 그려지는 데 반해 〈해가〉 배경설화와 〈처용가〉 배경설화에서는 서사의 주체가 부인을 **빼앗긴** 남성으로 등장하기 때문에 동해룡과 역신은 물리쳐야 할 대상으로 나타난다. 그러나 실제로 이들의 기능은 모두 동일하다.

따라서 처용이 역신을 물리칠 방법을 역신 자신에게 묻는 것은 하등 이

---

140) 민긍기, 「〈처용가〉의 생성적 의미에 관한 일고찰」, 『고전문학연구』 제8집, 한국고전문학회, 1993

상할 것이 없다. 물리친다고 하는 것이 실제로 물리친다는 것이 아니라 성공적인 입사제의의 완료와 질서의 갱신을 촉구하는 것이 되기 때문이다. 이는 〈헌화가〉 배경설화에서 꽃을 얻을 수 있는 방법을 모색하고, 〈해가〉 배경설화에서 부인을 돌려받을 수 있는 방법을 모색한 것과 같은 의미를 갖는다. 〈헌화가〉 배경설화에서 꽃을 얻을 수 있는 방법을 알려 주고 실제로 꽃을 준 인물은 동일하게 노옹이다. 방법을 알려주는 인물과 실제로 이를 성취시켜 주는 인물이 동일한 것이다. 또 〈해가〉 배경설화의 경우에도 노인이 동해룡의 또 다른 모습이므로 수로부인을 돌려받을 수 있는 방법을 알려준 노인의 말은 부인을 앗아간 동해룡의 말이 되는 것이다. 따라서 역신이 역신을 물리칠 수 있는 방법을 제시해 준 것은 이러한 제의 중의 역신의 역할과 기능을 통해 이해할 수 있다.

두 번째 문제에 대한 풀이 역시 같은 맥락에서 가능하다. 만일 이 사건이 실제의 사건이라면 처용의 이러한 반응은 쉽게 이해되지 않는다. 자신의 처가 다른 남성과 동침하는 장면을 보고 춤을 추고 노래하며 물러난다는 것은 상식적으로는 납득되지 않는 행동이다. 그러나 이것이 제의 중의 사건이고 이 사건의 의미가 질서를 갱신하는 데 있다는 사실을 이해한다면 처용의 이 같은 행동의 의미는 문제될 것이 없다. 순정공이 부인과 노옹의 수작에 관여치 않은 것이나 용궁에 갔다 온 수로부인이 바다 속 일을 황홀하게 이야기하는 것이나 처용과 역신이 대결하지 않은 것은 모두 이 사건이 제의 중의 사건이며 이들 인물들이 제의 중에 담당하는 역할을 통해 이해할 수 있다.

3. 〈景德王 忠談師 表訓大德〉條의 〈安民歌〉

〈安民歌〉는 『三國遺事』 卷 第 二, 紀異 第 二 〈景德王 忠談師 表訓大德〉조에 〈讚耆婆郎歌〉와 함께 실려 있다. 〈안민가〉에 대한 그간의 연구는 작품의 해독을 중심으로 한 어학적 연구와 작품의 창작 배경과 사상적 배경, 작자의 성격, 노래의 성격 등의 해명을 중심으로 한 문학적 연구로 나누어 볼 수 있는데 어학적 연구에서는 제5구 '窟理叱大肹生以支所音物生'의 해석이 가장 많은 논란의 대상이 되어 왔고, 문학적 연구에서는 〈안민가〉의 사상적 기저를 불교, 유교, 풍월도의 어느 것으로 볼 것이냐 하는 문제와 작자를 설화적 인물로 볼 것이냐 실재한 인물로 볼 것이냐 하는 문제, 노래의 이름을 〈안민가〉로 할 것이냐 〈이안민가〉로 할 것이냐 하는 문제 등이 쟁점이 되어 왔다고 할 수 있다. 본고에서는 이러한 앞선 연구자들의 논의를 비판적으로 수용하고 기존 연구에서 간과되었던 문제들을 제기하면서 〈안민가〉의 성격을 밝혀보고자 한다.

필자는 우선 〈안민가〉의 배경설화가 되는 〈경덕왕 충담사 표훈대덕〉조의 구조가 같은 경덕왕 대를 배경으로 하고 있는 〈월명사 도솔가〉조의 구조와 유사하다는 데 주목하였다. 충담사의 〈안민가〉와 월명사의 〈도솔가〉는 작품의 창작 발상에서부터 노래의 성격, 작자의 성격에 이르기까지 많은 부분이 일치한다. 그러나 지금까지 많은 연구자들은 이러한 사실은 지적하면서도 정작 노래의 성격에 대해서는 내용과 형식이 다르다는 점을 들어 전혀 다른 성격의 것으로 규정하곤 했다. 4구체의 간결한 형식에 명령법, 돈호법과 같은 呪歌的 징표를 명백히 지닌 〈도솔가〉와 10구체의 정제된 형식에 유교적 내용으로 일관하고 있는 〈안민가〉의 성격이 같을 수 없다는 것이 서사문맥의 동질성에도 불구하고 두 노래의 성격을 달리 규정한 연구자들의 공통된 견해였다. 그러나 필자는 노래의 형식이나 내용, 표현상의 특질만을 가지고 노래의 성격을 규정해서는 안 되며 그것보다는 노래가 어떤 동기에서 지어졌으며, 어떻게 불려졌고, 노래에 대한 당시 인들의 생각이 어떠하였는가 하는 점이 중시되어야 한다고 생각한다. 이는 전체 서사 맥락과 노래와의 관계라든가 전체 서사 속에 노래가 놓여있는 위치, 노래의 의미와 기능에 대한 종합적인 분석을 통해 얻어질 수 있을 것이다. 〈안민가〉의 창작 배경이 되는 〈경덕왕 충담사 표훈대덕〉조와 〈월명사 도솔가〉조를 비교, 분석하면서 이러한 점들을 밝혀보도록 하겠다.

1) 〈安民歌〉 배경설화의 의미

〈안민가〉의 배경설화가 되는 〈경덕왕 충담사 표훈대덕〉조를 서술의 순차적 전개에 따라 제시하면 다음과 같다.

① 唐나라에서 德經 등을 보내니 대왕이 예를 갖추어 받았다.

② 왕이 나라를 다스린 지 24년에 五嶽三山神이 때때로 대궐 뜰에 나타나 왕을 모셨다.

③ 3월 3일 왕이 歸正門 樓에 올라 신하들에게 威儀鮮潔한 대덕을 모셔 올 것을 명하였다.

④ 이때 마침 위의 있고 깨끗한 고승 하나가 길에서 배회하고 있었다.

⑤ 신하들이 위의선결한 고승을 불러오니 왕이 榮僧이 아니라고 그를 돌려보냈다.

⑥ 이때 衲衣를 입고 櫻筒을 진 중이 남쪽에서 오고 있었는데 왕이 보고 기뻐하며 樓 위로 영접하였다.

⑦ 왕이 보니 통 속에는 茶具가 들어 있었다.

⑧ 왕이 그의 정체를 물으니 이름은 忠談이며 매 3월 3일과 9월 9일에 남산 삼화령 미륵세존께 차를 달여 드리는데 지금도 차를 드리고 돌아오는 길이라 했다.

⑨ 왕이 차를 청해 마시니 차 맛이 이상하고 찻잔 속에서 이상한 향이
  풍겼다.

⑩ 왕이 일찍이 들으니 충담의 〈讚耆婆郞歌〉가 뜻이 높다고 하는데 과연
  그런가 하고 물었다.

⑪ 충담은 그렇다고 답하였다.

⑫ 왕이 자신을 위해 〈理安民歌〉를 지어줄 것을 청하였다.

⑬ 충담이 왕의 명을 받들어 노래를 지어 바쳤다.

⑭ 왕이 기뻐하여 王師로 봉하려 하였으나 충담은 이를 사양하고 받지
  않았다.141)

(1) 歸正樓, 3월 3일과 제의의 시공간

경덕왕은 3월 3일 歸正樓에 행차하여 榮服僧을 기다린다. 경덕왕이 행차
하여 榮服僧을 기다린 歸正門은 『東京雜記』에는 '歸正門은 가장 밖으로 난
정문이다. 또 '귀정서문'이라고도 한다'142)고 하였다. 가장 밖에 있는 정문
이기에 외부에서 오는 사람을 선택하고 맞아들이기에 가장 적합한 장소가 아
니었나 싶다. 그런데 귀정루의 '歸正'이란 말은 바른 것으로 돌아간다는 의미
의 말로 제의의 목적과 상통한다. 제의의 목적은 제의를 통해 시간을 되돌림
으로써 혼돈과 무질서로 가득 차 있는 세상을 정화하고 질서와 조화의 세상으
로 새롭게 출발시키는 데 있다. '歸正'은 이러한 제의의 목적에 부합되는 상징

---

141) 『三國遺事』 卷 第 二, 紀異 第 二, 〈景德王 忠談師 表訓大德〉 王御國二十四年
    五岳三山神等 時惑現侍於殿庭 三月三日 王御歸正門樓上 謂左右曰 誰能途中得
    一員榮服僧來 於是適有一大德 威儀鮮潔 徜徉而行 左右望而引見之 王曰 非吾所
    謂榮僧也 退之 更有一僧 被衲衣 負櫻筒 從南而來 王喜見之 邀致樓上 視其筒中
    盛茶具已 曰 汝爲誰耶 僧曰 忠談 曰 何所歸來 僧曰 僧每重三重九之日 烹茶饗
    南山三花嶺彌勒世尊 今兹旣獻而還矣 王曰 寡人亦一甌茶有分乎 僧乃煎茶獻之
    茶之氣味異常 甌中異香郁烈 王曰 朕嘗聞師讚耆婆郞詞腦歌 其意甚高 是其果乎
    對曰 然 王曰 然則爲朕作理安民歌 僧應時奉勅歌呈之 王佳之 封王師焉 僧再拜
    固辭不受
142) 『東京雜記』 歸正乃最外之正門 又曰 歸正西門

적 이름으로 장소의 이름과 장소의 기능이 유기적 관련을 맺고 있음을 확인할 수 있다. 이는 〈월명사 도솔가〉조에 제의의 장소로 등장하는 朝元殿이나 靑陽樓가 '시작' 혹은 '새로운 출발'의 의미를 갖는 말인 것과도 상통한다.

다음, 경덕왕이 충담을 맞이한 3월 3일은 물가에서 목욕을 통해 부정을 쫓는 정화의례인 禊祭를 지내는 날이다. 원래 계제는 삼월 첫 上巳日에 지냈는데 상사일이 대체로 삼월 일일에서 삼월 삼일 사이에 돌아왔기 때문에 나중에 삼월 삼일로 고정된다. 계제에 대한 기록은 『삼국유사』〈가락국기〉의 수로왕 탄생과 〈신라시조 혁거세왕〉조의 혁거세왕 탄생에서 찾아볼 수 있는데 이 두 기록은 계제의 성격을 잘 보여준다.

『삼국유사』〈신라시조 혁거세왕〉조의 혁거세왕 탄생기록은 다음과 같다.

전한지절 원년 임자 삼월 초하루에 육부의 조상들은 저마다 자제들을 거느리고 알천 언덕 위에 모여 의논했다. '우리들은 위로 임금이 없어 백성들을 다스리지 못하는 때문에 백성들은 모두 방자하여 저 하고자 하는 대로 하고 있다. 그러니 어찌 덕이 있는 사람을 찾아서 임금을 삼고 나라를 세우고 도읍을 정하지 않으리오' 하고 이에 높은 곳에 올라 남쪽을 바라보니 양산 밑 나정이라는 우물가에 전광과 같은 이상한 기운이 땅에 닿아 있고 흰 말 한 마리가 땅에 꿇어 앉아 절하는 형상을 하고 있었다. 그곳을 찾아가 조사해 보니 거기에는 자줏빛 알 한 개가 있었다. 말은 사람을 보더니 길게 울고는 하늘로 올라가 버렸다. 알을 깨고서 어린 사내아이를 얻었는데 그는 모습이 단정하고 아름다웠다. 모두 놀라고 이상하게 여겼다. 그 아이를 동천에 목욕시키니 몸에서 광채가 나고 새와 짐승이 따라서 춤을 추며 이내 천지가 진동하고 해와 달이 청명해졌다. 이에 그 아이를 혁거세왕이라고 이름했다.143)

---

143) 『三國遺事』卷 第 一, 紀異 第 一, 〈新羅始祖 赫居世王〉前漢地節元年壬子三月朔 六部祖各率子弟 俱會於閼川岸上 議曰 我輩上無君主臨理蒸民 民皆放逸 自從所欲 盍覓有德人 爲之君主 立邦設都乎 於是乘高南望 楊山下蘿井傍 異氣如電光垂地 有一白馬跪拜之狀 尋檢之 有一紫卵 馬見人長嘶上天 剖其卵得童男 形儀端美 驚異之浴於東泉 身生光彩 烏獸率舞 天地振動 日月淸明 因名赫居世王

또 〈가락국기〉의 수로왕 탄생기록은 다음과 같다.

후한세조 광무제 건무 십팔 년 임인 삼월 계욕일에 그들이 살고 있는 북쪽 구지에서 무엇을 부르는 이상한 소리가 났다. 무리 이삼백 명이 그곳에 모였는 데 사람의 소리 같기는 하지만 그 모양을 숨기고 소리만 내서 말하기를 '여기 에 사람이 있느냐' 구간 등이 '우리들이 있습니다.'하였다. 그러자 또 말하기를 '내가 있는 곳이 어디냐' 하자 답하기를 '구지입니다' 하였다. 또 말하기를 '하늘 이 나에게 명하여 이곳에 나라를 새로 세우고 임금이 되라고 하여 여기에 내려 왔으니, 너희들은 모름지기 산봉우리 꼭대기의 흙을 파면서 노래를 부르되 '龜 何龜何 首其現也 若不現也 燔灼而喫也'라고 하면서 춤을 추어라. 그러면 곧 대왕을 맞이하여 기뻐 뛰놀 수 있을 것이다'하였다. 구간 등이 모두 기뻐하며 그 말과 같이 노래하고 춤을 추었다. 얼마 안 되어 하늘을 쳐다보니 자줏빛 줄 이 하늘에서 드리워져 땅에 닿아 있었다. 줄밑을 살펴보니 붉은 보자기에 금합 이 싸여 있었고 열어 보니 해처럼 둥근 황금 알 여섯 개가 있었다. 여러 사람 들이 모두 놀라고 기뻐하여 함께 백배하였다. 얼마 있다가 금합자를 다시 싸안 고 아도간의 집으로 돌아와 탑상 위에 놓아두고 무리는 흩어졌다. 하루가 지나 그 이튿날 무리가 다시 모여 그 금합자를 여니 여섯 알은 화해서 어린 아이가 되어 있었는데 용모가 심히 거룩하였다. 이들을 곧 의자 위에 앉히고 무리가 절하고 하례하면서 극진히 공경했다.144)

두 기록에서 주인공은 모두 계제를 지내는 중에 탄생한다. 수로왕이 탄생 하는 계욕일이나 혁거세왕이 탄생하는 삼월 초하루가 모두 계제를 지내는

---

144) 『三國遺事』 卷 第 二, 紀異 第 二, 〈駕洛國記〉 屬後漢世祖光武帝十八年壬寅三
月禊洛之日 所居北龜旨 有殊常聲氣呼喚 衆庶二三百人集會於此 有如人音隱其形
而發其音曰 此有人否 九干等云 吾徒在 又曰 吾所在爲何 對云 龜旨也 又曰 皇
天所以命我者 御是處惟新家邦爲君后 爲茲故降矣 你等須掘峰頂撮土 歌之云 龜
何龜何 首其現也 若不現也 燔灼而喫也 以之蹈舞 則是迎大王 歡喜踊躍之也 九
干等如其言 咸忻而歌舞 未幾仰而觀之 唯紫繩自天垂而着地 尋繩之下 乃見紅幅
裹金合子 開而視之 有黃金卵六圓如日者 衆人悉皆驚喜 俱伸百拜 尋還裹著抱持
而歸我刀家寘榻上 其衆各散 過浹辰翌日平明 衆庶復相聚集 開合而六卵化爲童子
容貌甚偉 仍坐於床 衆庶拜賀 盡恭敬止

날임은 이미 앞에서 지적하였다. 이렇게 두 신화의 주인공이 계제를 지내는 날에 태어난다고 하는 것은 무엇을 의미하는가.

수로왕과 혁거세왕이 계제를 지내는 날 태어났다는 것은 그들이 제의 중에 태어났다는 것을 의미한다. 그리고 제의 중에 태어났다는 것은 곧 그들이 아기가 어머니로부터 처음 태어나듯이 그렇게 태어난 것이 아니라 이전과는 다른 존재로 새롭게 태어나는 재탄생을 했음을 의미한다.[145] 따라서 이 날의 제의는 두 주인공의 입사제의였음을 알 수 있다. 삼월삼일이 입사제의와 관련된 날임은 다음의 두 기록을 통해서도 확인할 수 있다.

> 고구려에서는 항상 삼월 삼일이면 낙랑의 언덕에 모여 사냥하고 잡은 돼지와 사슴으로 천신과 산천신에게 제사를 지냈다.[146]
> 고구려에서는 항상 삼월 삼일이 되면 낙랑의 언덕에 모여 사냥하고 잡은 멧돼지와 사슴으로 천신과 산천신에게 제사를 지냈다. 그날이 되어 왕이 사냥에 나가자 여러 신하들과 오부의 병사들이 모두 따라 나갔다. 이에 온달도 기른 말을 타고 수행하게 되었는데 달려 나가는 것이 항상 남보다 앞섰고, 잡은 짐승 또한 많아서 그와 같은 사람이 없었다. 왕이 불러 성명을 물어보고는 놀랍고 이상하게 여겼다.[147]

고구려에서는 항상 3월 3일에 천신과 산천신에게 제사를 지내는데, 바로 이날 온달이 왕에게 발탁된 것으로 보아 이 날의 제사가 온달의 입사제의였음을 알 수 있다. 고구려에서는 전렵을 통해 인재를 등용하는 방식이 보편적이었던 것으로 보이는데 『삼국사기』 고구려 본기 〈유리명왕〉조의 기록 역

---

145) 민긍기, 「신화시대에 대하여」, 『檀山學志』 6집, 2000, p.27에서 어머니로부터 태어나는 탄생을 생물학적 탄생으로, 입사식에서 접신이 되어 천지창조를 되풀이 함으로써 세계의 질서를 인식한 자로 새롭게 태어나는 것은 인식적 탄생이라고 하고 영웅 신화의 주인공의 탄생은 인식적 탄생임을 지적하였다.
146) 『三國史記』 卷 第 三十二, 雜志 第 一, 〈祭祀〉 高句麗常以三月三日 會獵樂浪之丘. 獲猪鹿 祭天及山川
147) 『三國史記』, 卷 第 四十五, 列傳 第 五, 〈溫達〉 高句麗常以春三月三日 會獵樂浪之丘. 以所獲猪鹿 祭天及山川神 至其日 王出獵 群臣及五部兵士皆從 於是溫達 以所養之馬隨行 其馳騁常在前 所獲亦多 他無若者 王召來問姓名 驚且異之

시 전렵을 통한 인재등용의 과정을 보여준다.

> 24년 9월에 왕이 기산원야에서 전렵하다가 한 이인을 만났는데 그의 두 겨드랑이에는 깃이 달려 있었다. 조정에 등용하여 우씨란 성을 주고 왕녀를 취케 하였다.148)

앞에서 왕이 순수시에 행하는 제의를 순수제라 한 바 있다. 우리나라의 경우에는 삼국시대에 고구려는 47회, 백제는 36회, 신라는 52회의 순수를 행하였다고 하는데 '北方系 騎馬族의 傳統과 善射를 왕의 자격으로 했던 高句麗와 百濟의 巡狩에서 畋獵이 高句麗는 20回, 百濟는 24回를 기록하고 있는 반면에 新羅는 단 1回의 전렵이 있었을 뿐이다'149)고 했다. 또 이러한 삼국 순수의 배경은 순수 2대 기능의 하나인 제의에 있어서도 고구려와 백제는 주로 전렵에서 제사하였고 신라는 주로 순행에서 제사하는 특징을 보여주고 있다.150)고 지적된 바 있다. 고구려와 백제의 순수제가 전렵에서 행해졌으며 그것이 곧 인재를 등용하는 입사제의였던 것은 이러한 배경에서 이해할 수 있다. 순수제에서의 인재등용은 순수의 2대 기능인 종교적 기능과 정치적 기능을 모두 충족시키는 활동이라 할 수 있다. 제의는 종교와 정치의 만남의 장이었다.

이상의 검토를 통해 〈온달〉 전기에 보이는 삼월 삼일 낙랑언덕에서 행해진 제사가 삼월 초하루에 알천 언덕에서 행해진 혁거세왕의 탄생이나 삼월 계욕일에 구지에서 행해진 김수로왕의 탄생과 같은 입사제의임과 삼월 삼일이 정기적으로 행해지는 인재등용의 날임을 입증해 보았다. 따라서 〈안민가〉배경설화의 3월 3일과 귀정루는 제의의 시공간이 된다.

---

148) 『三國史記』卷 第 十三, 高句麗本紀 第 一, 〈琉璃明王〉二十四年 秋九月 王田 于箕山之野 得異人 兩腋有羽 登之朝 賜姓羽氏 俾尙王女
149) 申瀅植, 『三國史記硏究』, 一潮閣, 1981, p.175
150) 金榮振, 앞의 책, p.41

(2) 五岳三山神의 출현과 신화적 카오스

먼저 배경설화 첫머리의 오악삼산신 출현의 의미를 살펴보자. 오악삼산신이 대궐 뜰에 현신하여 왕을 모셨다는 기술과 같은 성격의 것으로 볼 수 있는 것은 헌강왕과 관련된 『삼국사기』와 『삼국유사』의 다음과 같은 기록들이다.

> 3월에 왕이 나라 동쪽 주, 군들을 순행하는데 어디서 왔는지 알 수 없는 사람 넷이 왕의 앞에 이르러 노래를 부르며 춤을 추었는데 그들의 모양이 해괴하고 의관이 괴이하였다. 당시 사람들이 이를 산과 바다의 정령이라 하였다.[151]

> 왕이 또 포석정에 갔을 때 남산의 신이 왕 앞에 나타나 춤을 추었는데 좌우의 사람들에겐 그 신이 보이지 않고 왕만이 혼자 보았다.[152]

> 왕이 또 금강령에 갔을 때 북악의 신이 나타나 춤을 추었다.[153]

> 또 동례전에서 잔치를 할 때에는 지신이 나타나 춤을 추었다.[154]

『삼국사기』의 기록은 헌강왕이 東州에 巡幸할 때 山海神이 나타나 춤을 추었다는 것이고 『삼국유사』〈처용랑 망해사〉조의 기록은 왕이 포석정, 금강령, 동례전에 갔을 때 왕의 행차에 따라 여러 신들이 출현하여 춤을 추었다는 것이다. 위 기록들에서 공통되는 점은 신들의 출현이 모두 왕의 행차 시에 이루어졌으며, 신들의 출현이 국가의 위기와 관련 있다는 사실이다. 이러한 사실은 왕의 행차가 특별한 의미를 갖는 것임을 의미한다.

왕이 중앙정부에서 수행하는 정치활동 외에 중앙정부를 떠나 지방을 돌면서 수행하는 정치활동을 순수라 한다. 순수의 자전적 의미를 살펴보면 처음

---

151) 『三國史記』 卷 第 十一, 新羅本紀 第 十一, 〈憲康王〉 五年 巡幸國東州郡 有不知所從來四人 詣駕前歌舞 形容可駭 衣巾詭異 時人謂之山海精靈
152) 『三國遺事』 卷 第 二, 紀異 第 二, 〈處容郎 望海寺〉 又幸鮑石亭 南山神現舞於御前 左右不見 王獨見之
153) 『三國遺事』 卷 第 二, 紀異 第 二, 〈處容郎 望海寺〉 又幸於金剛嶺時 北岳神呈舞
154) 『三國遺事』 卷 第 二, 紀異 第 二, 〈處容郎 望海寺〉 又東禮殿宴時 地神出舞

에는 천자가 수렵에 의해 군사를 훈련시키기도 하고 한편으로는 제후국의 정치와 민정을 시찰하는 일을 말하였다. 그러나 나중에는 천자가 제후국을 순행하여 정치의 득실과 국민의 休戚을 살피는 것으로 전화되었다.[155] 이렇게 실질적인 필요에 의해 왕이 지방을 다니며 행하는 정치적 활동을 廣義의 순수라고 했을 때 위 기록들은 모두 순수와 관련된 것이라 할 수 있다. 신라시대에 巡狩가 巡狩, 巡幸, 巡行, 巡撫, 巡, 幸 등으로 다양하게 표현[156]되었다는 사실은 이러한 추정을 뒷받침해 준다.

왕이 순수시에 행하는 활동은 하늘과 산천에 제사를 지내는 제의적 기능과 풍속을 관찰하고 민심을 수습하며 영토를 확인하는 것과 같은 정치적 기능의 두 가지로 대표된다. 이 중 왕이 순수시에 행하는 제의적 활동 즉 하늘과 산천에 대한 제사를 巡狩祭라고 한다. 순수제는 풍년을 빌고, 외침이나 재해와 같은 국난이 있을 때 국가의 태평과 백성들의 안녕을 기원하는 목적에서 주로 행해졌는데 삼국시대 순수제는 산천을 바라보고 祭儀하는 望祭의 형식으로 행하여졌다.

이렇게 봤을 때 위의 『삼국사기』의 기록이나 〈처용랑 망해사〉조의 기록들은 모두 왕의 순수시에 있었던 일들을 기록한 것이며, 기사에 보이는 여러 신들의 현현은 왕이 순수시에 행한 제의의 광경을 나타낸 것으로 볼 수 있다. 포석정이나 금강령, 동례전 등이 모두 제의가 행해진 장소로 짐작되는[157] 곳이라는 점에서 더욱 그러하다. 마찬가지로 〈안민가〉 배경설화 첫머리의 오악삼산신 출현의 의미 역시 왕이 주관하는 제의의 상황을 나타내는 것이며 신들이 제의 중에 降神한 것을 기술한 것으로 파악할 수 있다. 이는 〈도솔가〉 배경설화의 첫머리에 등장하는 이일병현이 제의 중에 되풀이

---

155) 金瑛河, 「新羅時代巡守의 性格」, 고려대학교 석사학위논문, 1979, p.4
156) 金瑛河, 앞의 논문, p.18
157) 金杜珍은 포석정을 남산신께 제사지내는 제장으로 금강령을 북악신께 제사지내는 제장으로 동례전을 궁내에서 제의가 행해지던 곳으로 추측하였다. 「新羅의 宗廟와 名山大川의 祭祀」, 『韓國古代의 建國神話와 祭儀』, 一潮閣, 1999, pp.372-373참조

되는 혼돈과 무질서의 상태를 나타내고 있는 것과 같은 맥락에서 이해할 수 있다. 두 상황이 모두 진행 중인 제의의 광경을 상징적으로 드러내 주는 표현들이기 때문이다.

(3) 忠談師의 성격

경덕왕이 충담을 영승으로 지목한 것은 그가 남쪽에서 왔다는 사실 때문이다. 이는 〈월명사 도솔가〉조에서 경덕왕이 남쪽 길을 가던 월명사를 연승으로 지목한 것과 일치하며 남쪽이 의미 있는 방향임을 말해준다.

충담은 왕과의 대화에서 그가 남산 삼화령 미륵세존께 차공양을 드리고 오는 길임을 밝히고 있어 남쪽이 곧 남산을 의미함을 알 수 있다. 남산이 어떠한 곳인가는 다음에 잘 정리되어 있다.

> 남산은 신라시조 혁거세왕의 宮이 있던 곳으로 신라개국의 장소이고 大事가 있을 때마다 이곳에서 의논하면 반드시 성사되는 신라 四靈地의 하나이며, 신라땅에 흐르는 沓水와 逆水를 진압하여 신라를 수호하는 곳이기도 하다. 즉 남산은 명실 공히 국가의 존망에 지대한 역할을 하고 있는 靈地인 것이다. 뿐만 아니라 남산은 왕과 화랑들의 遊娛處이기도 하다. 특히 화랑의 주된 임무가 神宮을 모시고 하늘에 제사지내는 데 있었다는 점을 고려하면, 이곳은 단순히 심신수련 및 연향의 장소가 아니라 南山神을 비롯한 호국신이 거처하는 장소이며, 제의의 장소로서의 의미를 지니고 있다고 할 것이다.158)

이렇게 남산이 신령한 장소로 인식된 까닭은 남산이 바로 중심산이기 때문이다. 주인공이 입사제의를 통해 새로운 존재로 태어난다고 했을 때 입사제의가 행해지는 장소는 중심산이다. 보통 산은 초월적 세계와의 교섭, 천상과 지상의 접촉이 가능한 곳으로 인식되어 왔다. 한 지역에 위치한 중심산은 신이 깃들어 있는 산이라 하여 신성시되었고 그곳에서 제의가 행하여졌다. 중

---

158) 金文泰, 「〈安民歌〉와 敍事文脈」, 『三國遺事의 詩歌와 敍事文脈研究』, 太學社, 1995, p.160

심산에서 입사제의가 행해지는 까닭은 중심산이 바로 세계의 중심 혹은 우주의 중심으로 인식되기 때문이다. 앞서 본 두 신화에서 혁거세왕이 탄생하는 알천언덕이나 수로왕이 탄생하는 구지는 모두 중심산으로 인식되는 곳이다.

그런데 중심산은 흔히 남산으로 불려졌다. 그 까닭은 하나의 지역 단위를 형성하고 있는 지역에서 중심산은 신들이 거하는 공간이기 때문에 마을은 이 신성공간을 피해 자리 잡게 되고, 그때 중심이 되는 마을은 중심산의 북쪽지역 곧 중심산이 앞으로 바라다 보이는 위치에 자리하게 되기 때문이다. 중심이 되는 마을이 이와 같이 자리 잡았기 때문에 중심산이 '앞에 있는 산', '남산'이 된 것이다.159)

따라서 충담이 삼월 삼일 남산에서 왔다는 기술은 삼월 계욕일에 수로왕이 구지에서 탄생했다는 기술이나 삼월 초하루 혁거세왕이 알천언덕에서 탄생했다는 기술과 같은 의미를 갖는다고 할 수 있다. 그것은 다시 말하면 충담이 수로왕이나 혁거세왕과 마찬가지로 입사제의를 마치고 이전과는 다른 새로운 존재로 다시 태어났음을 의미하는 것이다. 충담이 경덕왕으로부터 문제해결자로 선택된 이유가 바로 여기에 있다. 입사제의를 마친 자는 '아는 자'이며 신적 능력을 소유한 자이기 때문이다.

충담이 입사제의를 마친 존재임은 충담과 경덕왕이 나눈 대화 속에서도 엿볼 수 있다. 왕이 '어디에서 오는가'하고 묻자 충담은 남산 삼화령 미륵세존께 차 공양을 드리고 오는 길이라고 대답한다. 여기서 충담이 차공양을 하고 왔다는 대답은 그의 인물적 성격을 드러내 주는 하나의 단서로 작용한다. 차공양을 하고 왔다는 것은 茶禮를 행하고 왔다는 뜻으로 그가 일종의 통과의례를 마쳤음을 의미하기 때문이다. 박용숙은 차를 다루는 일을 총칭하여 茶巫라 규정하고 차무를 행한다는 것의 의미를 다음과 같이 지적한 바 있다.

---

159) 閔肯基, 『昌原都護府圈域 地名研究』, 景仁文化社, 2000, pp.89-90

茶巫를 行한다는 것은 곧, 그러한 秘法을 了解한다는 뜻이 되며 따라서 한 사람의 博士(方術士)로 인정되는 것이다. 그렇다면 여기에서 茶巫가 지니는 秘法을 了解한다는 것은 대체 어떤 狀態를 가리키는 것인가. 틀림없이 그것은 一次的으로는 辨證法的 自我의 획득이며, 그러한 辨證法的 自我는 단순히 存在論的 地平에서 浮動하는 것이 아니라 변증법이 現實的으로 肉化됨으로써 存在論的인 상황은 意味論的인 것에 흡수되어 버린다. 그런 意味에서 샤머니즘에 있어선 철저히 存在論的인 地平은 許容되지 않는다. 왜냐하면 茶巫를 획득한 샤먼이란 곧 世界(身體와 身體的 世界)를 支配하는 治者가 되기 때문이다. 즉, 그는 巫의 획득과 함께 곧 技能者가 되는 것이다.160)

박용숙의 이러한 주장은 충담의 정체를 정확하게 지적한 것으로 충담이 왕으로부터 영승으로 지목되어 노래를 지어 바치는 중요한 역할을 담당하게 되는 이유를 매우 설득력 있게 제시한 것이라 할 수 있다. 왕이 차를 청해 마시니 맛이 이상하고 이상한 향이 풍겼다는 다음의 기술은 충담의 인식 정도와 수행 정도가 얼마나 높은가를 상징적으로 나타내 준다.

2) 〈安民歌〉의 성격

〈안민가〉의 원문은 다음과 같다.

　　君隱父也
　　臣隱愛賜尸母史也
　　民焉狂尸恨阿孩古爲賜尸知
　　民是愛尸知古如
　　窟理叱大肹生以支所音物生
　　此肹喰惡支治良羅
　　此地肹捨遣只於冬是去於丁爲尸知

---

160) 朴容淑, 『韓國古代美術文化史論』, 一志社, 1976, p.216

國惡支持以支知古如
後句君如臣多支民隱如爲內尸等焉
國惡太平恨音叱如

〈안민가〉 해독에 있어 가장 쟁점이 되었던 부분은 제5구의 해석이었다. 연구자들마다 서로 다른 풀이를 보여주었는데 그중 대표적인 예를 몇 들면 다음과 같다.

양주동: 구믈ㅅ다히 살손 物生 - 꾸물거리며 살손 物生
홍기문: 구릿대흘 나히 고이솜 갓나히 - 윤회의 차축을 괴고 있는 갓난이
서재극: 구릿대흘 내히솜 믈生 - 탄식을 내뿜고 있는 뭇 蒼生들
김완진: 구릿 하늘 살이기 바라믈씨 - 大衆을 살리기에 익숙해져 있기에
유창균: 고릿다흘 나히기솜 物生 - 보금자리의 터전을 이룩하게 된 衆生

5구는 왕이 먹여 살려야 할 대상인 백성이 '어떠어떠한 존재'라고 비유적으로 표현한 구절이란 정도로 의견이 모아지고 있을 뿐 그 구체적인 내용에 있어서는 연구자들마다 의견의 차가 워낙 커서 해독에 일치를 보지 못하고 있다. 왕이 먹여 살려야 하는 백성의 성격을 규정한 구절이란 정도로 이해해도 노래 전체의 뜻을 파악하는 데 큰 무리는 없을 것으로 판단된다. 여기서는 양주동의 해독을 따랐다.

임금은 아비요
신하는 사랑스러운 어머니요
백성은 어리석은 아이라고 하실진대
백성들이 사랑을 알리라
구물거리며 사는 物生들
이들을 먹여다스리라
이 땅을 버리고 어디로 가겠는가 할진댄

나라를 보존할 것을 알리라
아아 임금답게 신하답게 백성답게 한다면
나라가 태평하리이다

노래 제목에서도 드러나듯 이 노래는 철저하게 백성들을 위한 정치의 구체적인 방법을 제시하는 데 초점이 맞추어져 있다. 그것은 이상적인 정치를 실현할 수 있는 구체적 방법의 제시이기도 하다.

〈안민가〉는 1-4구, 5-8구, 그리고 마지막 9, 10구의 셋으로 의미단락을 나누어 볼 수 있다.

첫 단락에서는 임금과 신하가 짝이 되어 부모처럼 어린 백성들을 보살필 것을 강조하고 있다. 임금을 아버지로 신하를 어머니로 백성을 어린 아이로 비유한 것은 정치적, 사회적 관계를 가족관계로 환원시켜 표현한 것으로 특히 신하의 역할을 강조한 것이 주목된다. 신하가 단지 왕의 명을 받아 수행하는 수동적인 기능을 하는 것이 아니라 어머니가 자식을 키우는 데 중요한 역할을 하듯 신하 역시 능동적이고 적극적으로 백성들을 보살필 것을 요구하고 있다.

둘째 단락에서는 좀더 현실적인 맥락에서 통치의 방법을 제시하고 있다. 첫째 단락에서의 요구가 정신적 측면을 강조한 것이라면 두 번째 단락의 요구는 물질적인 측면에서의 요구라 할 수 있다. 기본적인 食의 문제의 해결이 가장 시급한 과제이며 食의 문제가 해결되어야 정치의 기본이 바로 설 수 있음을 말하고 있다. 먹여 다스리지 못할 경우에 일어날 수 있는 일은 백성들이 이 땅을 버리고 떠나는 것임을 은연중에 암시하면서 경고하고 있다.

마지막 단락은 이 노래에서 말하고자 하는 가장 핵심적 내용을 담고 있다고 할 수 있는데 그것은 임금은 임금답게 신하는 신하답게 백성은 백성답게 하여야 한다는 것이다. 임금답게 신하답게 백성답게 한다는 것은 각자 맡은 바 역할과 책임을 다해야 한다는 것으로 앞서 서술한 임금과 신하의 역할을 차질 없이 수행해야 나라가 태평하게 될 것이라는 요구를 담고 있다.

그동안 〈안민가〉에 대한 문학적 해석의 중심에 있으면서 가장 많은 논란이 되어 온 것은 작품의 사상적 기저를 무엇으로 볼 것이냐 하는 것이었다. 대부분의 연구자들은 노랫말에 대한 풀이를 통해 〈안민가〉를 유교적이거나 불교적 혹은 풍월도적인 노래로 파악하였다. 유교적 노래로 본 연구[161]는 노랫말에 대한 분석을 통해 가사의 내용이 『論語』 顔淵篇의 '君君臣臣父父 子子'와 상통함을 밝히고 이를 근거로 이 노래가 民本思想과 유가적 正名思想을 담고 있는 유교적 성격의 것이라 주장하였다. 불교적 노래로 본 연구[162]는 경덕왕의 好佛적 성격과 미륵신앙에의 경도를 근거로 하여 이 노래는 불력에 의지해 나라의 태평을 도모하고자 하는 목적에서 지어진 것이며, 노래 내용은 백성들이 모두 융화하고 합일하면 佛國土인 龍華世界를 건설할 수 있다는 의지를 담고 있는 것이라 하였다. 또 풍월도적 노래로 본 연구[163]는 충담의 신분이 화랑이라는 점을 들어 풍월도적 사상 특히 왕권 수호라는 풍월도의 핵심적인 의식이 노래에 강하게 반영되어 있다고 보았다. 한편 노래의 창작 동기를 중시하여 노래의 창작이 노래의 영험력에 대한 믿음에서 비롯되었고 노래를 통해 理國의 방법을 획득하고자 한 만큼 주술성이 짙은 노래로 보아야 한다는 논의[164]도 있었다.

그러나 유교적 관점에 선 연구자들의 견해는 왕이나 신하가 된 자들이 백성을 사랑하고 각자의 지위와 신분에서 맡은 바 임무를 성실히 수행해야 나라가 잘 다스려질 수 있다는 생각이 반드시 유교적인 것이라고만 한정할 수 없으며, 승려인 작자가 왜 유가적 이념을 끌어와 노래했는가에 대한 납득할 만한 설명을 하지 못하고 있기 때문에 그대로 수용하기 어려운 측면이 있다. 또 작자 충담의 신분이 승려이고 경덕왕이 佛教를 신봉하는 인물이었다

---

161) 梁柱東, 「論語와 國文學」, 『論語』, 玄岩社, 1966, pp.393-394
    卞鐘鉉, 「安民歌」, 『鄉歌文學研究』, 一志社, 1993, pp.443-452
    羅景洙, 『鄉歌文學論과 作品研究』, 集文堂, 1995, pp.368-378
162) 尹榮玉, 『新羅詩歌의 研究』, 螢雪出版社, 1980, pp.216-242
163) 유효석, 「풍월계 향가의 장르적 성격 연구」, 성균관대학교 박사학위논문, 1993,
    pp.166-180
164) 林基中, 『新羅歌謠와 記述物의 研究』, 二友出版社, 1981, p.296

는 점을 들어 불교적인 노래로 본 연구는 노랫말의 내용을 불교신앙－미륵신앙－과 연결시켜 논의한 부분에서 충분한 설득력을 얻지 못하고 있다. 이처럼 〈안민가〉의 사상적 기저를 논한 제설들이 노래의 성격을 분명하게 밝히는 데 실패한 것은 〈안민가〉의 배경설화에 대한 이해와 배경설화 속에서 노래가 차지하는 위치와 기능들을 간과한 때문이 아닌가 생각된다.

앞서 필자는 〈안민가〉의 배경설화를 분석하면서 배경설화에 등장하는 오악삼산신 출현의 의미, 3월 3일·귀정루라는 설화 속의 시, 공간이 갖는 의미, 충담사의 정체와 성격 등으로 미루어 볼 때 이 설화가 제의상황을 기술한 것이라는 사실을 지적한 바 있다. 이렇게 〈안민가〉 배경설화를 제의문맥에서 해석해야 한다고 했을 때 〈안민가〉는 제의에서 불린 노래로 이해할 수 있다. 그렇다면 〈안민가〉는 어떠한 상황에서 불린 노래인가.

〈안민가〉는 배경설화의 문면에서 보이는 것과 같이 왕의 요청에 의해 충담사가 부른 노래이다. 충담사는 앞서 지적한 것과 마찬가지로 제의를 주관하는 샤먼적 성격을 띤 인물이다. 충담사를 샤먼의 기능을 하는 인물이라고 봤을 때 경덕왕은 제의를 요청한 자가 된다. 따라서 왕이 충담에게 백성들을 편안하게 다스릴 수 있는 방법의 노래를 지어달라고 한 요청은 제의를 요청한 사람이 제의를 행하게 된 근본적인 목적과 관련된다. 제의의 목적이 理安民에 있음이 여기서 드러난다. 그랬을 때 왕의 요청에 의해 충담사가 부른 〈안민가〉는 理安民의 상태를 얻을 수 있는 방법이 노래로 제시된 것이므로 공수의 성격을 갖는다. 공수는 제의 중에 축원을 성취할 수 있는 방법을 알려주는 신의 응답이다. 신의 응답인 공수가 샤먼인 충담을 통해 노래로 불려진 것으로 이해할 수 있다. 이는 꽃을 원하는 수로부인에게 꽃을 얻을 수 있는 방법을 노래로 알려준 노옹의 〈헌화가〉의 경우와 그대로 일치한다. 노래를 지어 바친 노옹을 충담사로 꽃을 원한 수로부인을 경덕왕으로 놓고 보면 노래뿐 아니라 인물들의 역할과 기능도 일치함을 알 수 있다.

공수는 먼저 조건을 제시하고 '이 조건이 충족되면 원하는 바를 얻을 수 있을 것'이란 조건절의 형태로 흔히 주어진다. 공수의 이러한 예는 〈구지가〉, 〈해가〉, 〈헌화가〉 관련 설화문맥에서 쉽게 찾아볼 수 있다. 〈구지가〉 배경설화에서 '너희들은 모름지기 산봉우리 꼭대기의 흙을 파면서 노래를 부르되 '龜何龜何 首其現也 若不現也 燔灼而喫也'라고 하면서 춤을 추어라. 그러면 곧 대왕을 맞이하여 기뻐 뛰놀 수 있을 것이다'라고 한 목소리나 〈해가〉 배경설화에서 노인이 '境內의 백성들을 모아 노래를 지어 부르면서 지팡이로 강 언덕을 치면 부인을 만나볼 수 있을 것이다'고 한 말이나 〈헌화가〉의 '자줏빛 바위 가에 손에 잡은 암소 놓으시고 나를 아니 부끄러워하신다면 꽃을 꺾어 드리오리다.'란 노랫말이 모두 공수로 볼 수 있는 것들인데 이들에서 공통적으로 이러한 조건형 표현을 찾아볼 수 있다.

〈안민가〉의 경우는 축원이 문면에 직접적으로 제시되어 있지는 않지만 경덕왕이 충담사에게 '理安民歌'를 지어달라고 요청한 것으로 보아 경덕왕의 축원이 백성들을 편안하게 다스리고 싶은 것임을 알 수 있다. 그리고 이러한 요구에 대한 응답으로 지어진 〈안민가〉는 공수로 나라가 태평하고 백성들이 잘 다스려질 수 있는 방법이 조건의 형태로 제시된 것이라 하겠다. 그 조건은 1-3구, 5-7구, 9구에 제시된 내용이며 조건이 충족되었을 때 얻을 수 있는 결과는 4, 8, 10구에 제시된 내용이다. 즉 이러이러한 조건이 충족되어야 나라가 편안하게 다스려질 수 있다는 구조로 먼저 조건을 제시하고 그 조건이 충족되었을 때 얻을 수 있는 결과를 제시하는 형태를 세 단락에서 똑같이 반복하고 있는 것이다.

앞서 五岳三山神이 뜰에 나타났다는 것의 의미를 〈처용랑 망해사〉조의 신들의 현현과 같은 성격의 것으로 기술한 바 있는데 〈안민가〉의 내용으로 미루어 볼 때 이는 더욱 설득력을 얻게 된다. 신들의 현현은 국가적 위기와 관련을 갖는 것이며 왕이 요청한 제의는 이를 극복하기 위한 목적에서 시행된 것이었다고 하겠다.

4. 〈月明師 兜率歌〉條의 〈兜率歌〉

〈월명사 도솔가〉조는 배경설화와 함께 향가 〈도솔가〉와 〈제망매가〉가 실려 있을 뿐 아니라 향가에 대한 일연의 解詩와 讚이 별도로 붙어 있고 또 향가와 관련한 중요한 논평165)이 있어 향가연구에 있어 매우 비중 있게 다루어지고 있는 조이다.

〈도솔가〉에 대한 지금까지의 연구는 크게 어학적 해석에 치중된 연구와 문학적 해석을 중심으로 한 연구 둘로 나누어 볼 수 있다. 어학적 해석을 위주로 한 연구에서는 노래에 대한 어석을 중심으로 하면서 『삼국유사』 〈弩禮王〉조의 기록166)이나 『삼국사기』의 儒理王대 〈도솔가〉 기록167)과 관련하여 '도솔'이라는 말의 의미를 밝히려는 노력들이 이루어졌고, 문학적 해석을 시도한 연구에서는 배경설화와의 관련하에서 이 노래에 담긴 의미와 노래의 성격을 규명하는 데 논의가 집중되었다. 문학적 해석에서 가장 많은 논란이 된 것은 역시 배경설화를 어떤 관점에서 해석할 것이냐 하는 것으로 학자들의 관점에 따라 〈도솔가〉는 불교적, 주술적, 화랑도적인 노래로 각기 다르게 해석되었다. 실제로 〈월명사 도솔가〉조에는 이 세 가지 성격이 모두 공존하며 이는 〈도솔가〉의 독특한 존재방식이기도 하다. 이제 선행연구의 성과를 토대로 하여 설화와 노래를 분석해 보도록 하자.

1) 〈兜率歌〉 배경설화의 의미

월명사 〈도솔가〉조를 서술의 순차에 따라 제시하면 다음과 같다.

---

165) 羅人尙鄕歌者尙矣 蓋詩頌之類歟 故往往能感動天地鬼神者非一
166) 『三國遺事』 卷 一, 紀異 一, 〈弩禮王〉 始作兜率歌有嗟辭詞腦格
167) 『三國史記』 卷 一, 新羅本紀 一, 〈儒理尼師今〉 始製兜率歌此歌樂之始也

① 경덕왕 19년 경자 4월 초하루에 해가 둘이 나타나 열흘 동안 없어지지 않았다.

② 일관이 이르기를 "인연 있는 스님을 청하여 散花功德을 하면 재앙을 물리칠 수 있을 것입니다" 하였다.

③ 왕이 이에 朝元殿에 단을 정하고 靑陽樓에 가 인연 있는 스님을 기다렸다.

④ 이때 마침 월명사가 남쪽 길을 가고 있었다.

⑤ 왕이 월명사를 불러 단을 열고 계를 짓게 하였다.

⑥ 월명이 "저는 國仙의 무리에 속해 있어 향가만을 알 뿐 梵聲은 알지 못합니다"라고 답하였다.

⑦ 왕이 "이미 인연 있는 스님으로 뽑혔으니 향가라도 좋다"고 하였다.

⑧ 월명이 노래를 지어 바쳤다. 〈가사원문 생략〉

⑨ 이내 해의 변괴가 사라졌다.

⑩ 왕이 이를 가상히 여겨 品茶 한 봉지와 수정염주 108개를 하사하였다.

⑪ 이때 문득 외모가 정결한 동자가 나타나 무릎을 꿇고 차와 구슬을 받아 대궐 서쪽 작은 문으로 나갔다.

⑫ 월명사는 그를 내전의 심부름꾼이라 생각하고 왕은 월명사의 시종이라 생각하였으나 서로 맞지 않았다.

⑬ 왕이 매우 이상하게 여겨 사람을 시켜 뒤쫓게 하니 동자는 내원의 탑 속에 숨고 차와 염주는 남쪽 벽에 그린 미륵상 앞에 놓여 있었다.

⑭ 월명사의 지극한 덕과 지극한 정성이 능히 미륵의 조화를 빌어 나타남이 이와 같았다.

⑮ 이 일을 세상 사람들이 모두 알게 되니 왕은 월명사를 더욱 공경하여 다시 비단 백 필을 주어 큰 성의를 표시하였다.[168]

---

168) 『三國遺事』 卷 第 五, 感通 第 七, 〈月明師 兜率歌〉 景德王十九年庚子四月朔 二日竝現 挾旬不滅 日官奏 請緣僧 作散花功德則可禳 於是 潔壇於朝元殿 駕幸 靑陽樓 望緣僧 時有月明師 行于阡陌(時)之南路 王使召之 命開壇作啓 明奏云

(1) 朝元殿, 靑陽樓와 제의의 공간

해가 둘이 나타나 열흘 동안이나 없어지지 않는 변괴가 일어나자 일관이 이 문제를 해결할 수 있는 방법을 왕께 아뢴다. 그것은 인연 있는 스님을 청하여 산화공덕을 행하여야 한다는 것이었다. 이에 왕은 조원전에 단을 정하고 청양루에 가서 인연 있는 스님을 기다린다. 여기서 조원전은 산화공덕을 행할 제의의 장소이며 청양루는 연승을 맞이하는 장소임을 알 수 있다. 이제 '朝元殿'과 '靑陽樓'가 어떤 의미의 말인가를 살펴보자.

> 이에 임금은 조원전에 단을 깨끗이 꾸미고 청양루에 행차하여 인연 있는 스님을 기다렸다.

먼저 조원전의 '朝元'이란 말은 '始旦', '元旦', '元朝', '正朝'와 같은 말로 새해의 첫날인 '설'을 의미한다. 그런데 이 '설'이란 고유어는 새해의 첫날이란 의미뿐 아니라 나이를 나타내는 '살(歲)', 달을 시작하는 '朔' 날을 시작하는 '端午'의 의미로도 두루 사용[169]되었다. 즉 새해의 첫날뿐 아니라 '처음 시작되는 시간'을 의미하는 말로 사용되었다.

또 '설' / '살'은 SarV 〉Saф V 〉Sai 〉Say로의 음운변화를 거치면서 '설'의 모음간 ㄹ탈락형 [싀]형으로 변화하여 [싀]형의 어사와 차자 표기에 공존하는 양상을 보인다.[170] 東을 나타내는 어사 '싀', '새롭다'의 '새'(新), '날이 새다'의 '싀'(曙, 黎), '싀벽'(曉) 등이 설과 어원을 함께 하면서 같이 사용되는 말이다. 따라서 '설'이란 말은 '새롭다', '시작하다'는 의미에서 동쪽, 새벽의 의미까지 파생시켰음을 알 수 있다.

臣僧但屬於國仙之徒 只解鄉歌 不閑聲梵 王曰 旣卜緣僧 雖用鄉歌可也 明乃作兜率歌賦之 旣而日怪卽滅 王嘉之 賜品茶一襲 水精念珠百八箇 忽有一童子 儀形鮮潔 跪奉茶珠 從殿西小門而出 明謂是內宮之使 王謂師之從者 乃玄徵而俱非 王甚異之 使人追之 童入內院塔中而隱 茶珠在壁畵慈氏像前 知明至德與至誠 能昭假于至聖也如此 朝野莫不聞知 王益敬之

169) 閔肯基, 앞의 책, pp.101-117 참조
170) 千素英, 『古代 國語의 語彙硏究』, 高麗大學校 民族文化硏究所, 1990, p.80

그런데 '처음 시작되는 시간'을 나타내는 '설'이란 말이 '조원전'의 경우에서와 같이 어떤 장소의 이름으로 쓰였을 경우에는 그것이 시간을 나타내는 말이 아니라 공간을 나타내는 말로 쓰였을 것이란 사실을 추정해 볼 수 있다. 시간개념은 항상 공간개념과의 공존양상을 통하여 의미상으로는 공간개념 속에 牽引, 吸收, 內包, 同伴되어 나타난다[171]는 지적을 통해서도 시간과 공간의 의미교체 가능성을 충분히 생각해 볼 수 있다. 그랬을 때 설이란 말은 방위상으로는 동쪽을 의미하게 된다. 따라서 '조원전'은 시간개념으로 보나 공간개념으로 보나 '새로운 시작', '새로운 출발'을 나타내는 말임을 알 수 있다. '조원전'과 관련된 문헌의 기록을 통해서도 이러한 사실을 확인할 수 있다. 『삼국사기』의 다음 기록을 보자.

> 진덕왕 5년 봄 정월 초하루에 왕이 조원전에 납시어 백관의 신년하례를 받았다. 신년하례는 이에서 시작되었다.[172]

위 기록을 통해 조원전이 정월 초하루에 왕이 백관들로부터 신년하례를 받았던 곳임을 확인할 수 있다. 그런데 보통 신년하례에 앞서서는 신년제의가 행해진다. 신년제의는 새로운 시작과 출발을 다짐하는 성격의 제의이다.

> 새해는 우주 창조를 재연하는 것이므로 거기에는 시간을 그 시초에서부터 다시 한번 출발시키는 것, 즉 천지창조의 순간에 존재하였던 원초적 시간, '순수한' 시간을 회복하는 것이 포함된다. 새해의 시작이 '정화'의 계기, 죄악과 마귀 혹은 단순히 속죄양을 추방하는 계기가 되는 것은 이 때문이다.[173]

장소의 이름과 성격이 서로 부합됨을 알겠다.

다음으로 왕이 행차하여 연승을 기다린 '靑陽樓'란 곳에 대하여 살펴보자.

---

171) 沈在箕, 『國語語彙論』, 集文堂, 1982, pp.65-67참조
172) 『三國史記』 卷 第 五, 新羅本紀 第 五, 德王五年春正月朔 王御朝元殿 受百官 正賀 賀正之禮始於此
173) 엘리아데, 李東夏 譯, 『聖과 俗』, 학민사, 1983, P.69

‘靑陽’은 봄을 의미하므로 ‘청양루’란 ‘봄루’이다. 봄은 시작의 계절이고 만물이 새롭게 탄생하는 계절이다. 앞서 살펴본 ‘설’이 ‘처음 시작되는 시간’을 나타내는 어사였다면 ‘봄’은 ‘처음 시작하는 계절’을 나타내는 어사이다. 계절 역시 시간개념어이므로 공간개념어로 교체 표현할 수 있는데 봄은 東쪽 방위를 나타내는 말이 된다. 전통적으로 계절은 방위에 배정되었는데 계절이 처음 시작되는 봄은 공간이 시작되는 방위인 東에 배정되어 동쪽을 나타내는 어사로 사용되었다. 따라서 청양루는 ‘봄루’이면서 방위로는 동쪽을 의미하는 루로 역시 시작, 새로운 탄생과 관계있는 명칭임을 알 수 있다.

마지막으로 解詩[174]에 나오는 ‘龍樓’에 대하여 살펴보자. 용루의 ‘용’은 춘분에 하늘로 올라가고 추분에 물 속으로 침잠한다는 설에 의해 전통적으로 자연을 새롭게 하는 봄을 상징해 왔다. 또 용은 사신도에서는 동쪽에 위치한 동물로 그려졌다. 따라서 해시에 등장하는 용루는 배경설화에 등장하는 청양루와 상징의미가 같음을 알 수 있다.

이렇게 ‘조원전’의 ‘朝元’, ‘청양루’ ‘靑陽’, ‘용루’의 ‘龍’의 말뜻을 확인한 결과 이 세 장소가 모두 동일한 의미를 지니고 있고, 또 장소의 명칭이 그 장소의 성격과 기능을 반영한다는 사실에 비추어 이 장소들이 모두 제의와 관련된 공간임을 알 수 있었다. 이일병현을 제의의 문맥에서 해석해야 함을 확인한 셈이다.

(2) 二日竝現과 신화적 카오스

二日竝現 현상을 어떻게 풀 것이냐 하는 문제는 〈월명사 도솔가〉조를 어떻게 해석할 것이냐 하는 문제와 관련되어 매우 중요하게 논의되어 왔다. 이에 대해 그간의 연구자들이 취한 관점은 크게 두 가지로 대별해 볼 수 있는데 하나는 역사주의적 관점이고 다른 하나는 인류학적 관점이다. 역사주의적 관점은 당시의 특수한 역사적 상황, 특히 정치적, 종교적 상황과 결부시켜 이일병현 현상을 해석하고자하는 입장이다. 이들은 이일병현의 의미를

---

174) 龍樓此日散花歌 挑送靑雲一片花 殷重直心之所使 遠邀兜率大僊家

반왕당파의 출현[175], 왕권도전 모반자 출현의 전조[176], 왕당파와 반왕당파의 정치적 대립[177], 두 왕의 등장[178], 왕권파와 반왕권파의 대립과 교종과 선종의 갈등[179], 모반과 관계된 상징적 표현[180] 등으로 보았다.

인류학적 관점은 두 해의 등장을 전세계적으로 존재하는 多日등장 설화와 관련하여 자연현상으로 풀이하고자 하는 입장이다. 이러한 관점에 선 대표적인 이는 현용준이다.[181] 그는 전세계적으로 널리 퍼져 있는 射陽説話[182]와의 비교를 통해 이일병현 문제를 가뭄이나 한발과 같은 자연 재앙을 나타낸 것으로 풀었다. 그리고 이런 신화에는 우주의 질서를 반복, 갱신하는 사양의례가 수반되었음을 밝히면서 〈도솔가〉 배경설화를 夏季의 천후조절을 꾀하여 하계작물의 풍작을 도모하려는 계절제로 보고, 〈도솔가〉는 이 국가적 계절제에서 창된 請神歌의 일부가 정착된 것으로 파악하였다. 서대석[183] 역시 현용준의 견해를 전적으로 수용하여, 두 개의 태양이 등장하는 것은 지나친 태양의 열로 인한 한발을 뜻하고, 두 개의 달은 홍수를 의미한다고 하면서 하나의 태양을 제거하는 것은 농작물에 타격을 주는 가뭄을 방지하려는 의도의 표현일 것이라 했다. 홍기삼도 현용준의 견해를 적극 수용하여 월명사가 행한 제의를 계절제로 본 바 있다.[184]

이렇게 역사주의적 관점과 인류학적 관점에서 서로 다른 해석을 보여주고

---

175) 崔喆, 『新羅歌謠硏究』, 開門社, 1979, p.124
176) 林基中, 『新羅歌謠와 記述物의 硏究』, 二友出版社, 1981, p.281
   양희철, 『삼국유사 향가연구』, 태학사, 1997, p.26
177) 尹榮玉, 『新羅詩歌의 硏究』, 螢雪出版社, 1982, p.60
178) 李都欽, 「新羅 鄕歌의 文化記號學的 硏究」, 漢陽大 博士論文, 1993, p.174
179) 金文泰, 『三國遺事의 詩歌와 敍事文脈 硏究』, 太學社, 1995, p.127
180) 金學成, 「花郎關係 鄕歌의 意義와 機能」, 『慕山學報』 9, 慕山學術硏究所, 1997, p.217
181) 玄容駿, 「兜率歌」, 『鄕歌文學硏究』, 一志社, 1993, p.416
182) 현용준은 태양을 활로 쏜다는 화소를 중시하여 '射陽'이란 용어를 썼다.
183) 서대석, 「창세 시조신화의 의미와 변이」, 『구비문학』 4, 한국정신문화연구원, 1980, pp.17-18
184) 홍기삼, 『향가 설화 문학 연구』, 민음사, 1997, pp.390-393

있는데 역사주의적 관점은 설화문맥을 곧바로 역사적 사실로 환원시키려 했다는 문제점을 지니고 있으며, 인류학적 관점은 다수 태양출현 모티브를 지니고 있는 많은 射陽설화들과 〈도솔가〉 배경설화를 동일한 것으로 지나치게 단순화시켜 파악했다는 문제점을 안고 있다.

二日 혹은 三日竝出이라는 천문현상은 실제로 일어날 수 있는 사건이 아니다. 또 그것이 어떤 현상인지를 설명하기도 어렵다. 따라서 이일병현의 의미를 파악하기 위해서는 二日竝現이라는 표현 속에 담긴 상징의미를 읽어내는 것이 가장 중요하다. 그런데 이 상징의미를 풀어내기 위해서는 배경설화 그 자체에 대한 정밀한 분석이 선행되어야 한다. 그런 연후에 그러한 표현이 반영하고 있는 역사성에 대한 고구가 이루어져야 할 것이다. 이때 복수일월 등장화소를 지니고 있는 우리나라의 창세신화는 이일병현의 상징의미를 푸는 데 도움이 된다. 복수로 되어 있는 해와 달을 하나로 조정한다는 내용적 유사성과 함께 제의에서 불렀다고 하는 전승 상의 공통점을 갖고 있기 때문이다.

창세신화는 현재 우리가 사는 세상이 어떻게 생겨났는가 하는 기원을 설명하는 신화[185]이다. 창세신화에서 복수일월이 등장하는 양상은 크게 두 가지로 정리해 볼 수 있다. 하나는 태초의 천지창조 시에 해와 달이 둘씩 떠 있는 것으로 등장하는 경우이고, 또 다른 하나는 인간세상을 차지하기 위한 경쟁에서 인세를 차지하게 된 인물이 부당한 방법을 썼기 때문에 두 개의 해와 달이 생기는 것으로 이야기되는 경우이다. 전자는 태초의 천지창조 과정을, 후자는 천지재창조 과정을 서술한 신화라 할 수 있다. 어떤 경우이든 두 개의 해와 달은 천지창조가 완성되기 이전의 혼돈과 무질서 상태를 나타낸다는 데 있어 공통된다.

> 한을과 짜이 생길 적에
> 彌勒님이 誕生한즉
> 한을과 짜이 서로 부터,

---

185) 김헌선, 『한국의 창세 신화』, 길벗, 1994, p.10

> 써러지지 안이하소아,
> 한을은 북개쪽지처럼 도도라지고
> 싸는 四귀에 구리 기동을 세우고
> 그쌔는 해도 둘이요, 달도 둘이요

〈창세가〉-김쌍돌이본

〈창세가〉에서 해 둘, 달 둘이 뜬 상황은 천지가 아직 창조되기 이전의 혼돈상태를 나타낸다. 비단 우리나라의 창세 신화에서뿐만 아니라 전세계적으로도 천지창조 신화에서는 모두 공통적으로 천지창조 이전의 혼돈상황에 대한 언급이 존재한다. 〈구약〉〈창세기〉의 천지창조, 헤시오도스(Hesiodos)의 신통기(神統記: Theogonia), 그리스 신화 모두에서 우리는 천지 창조 이전의 세계가 암흑과 혼돈으로 묘사되고 있는 것을 보게 된다. 이와 같이 시공의 상격한 거리를 뛰어 넘어 모든 신화가 우주 창조에 앞서는 원형질로서의 혼돈을 설정하고 있는 이유는 바로 혼돈이나 무질서가 문자 그대로의 혼돈이 아니라 우주 생성의 원동력으로서의 음과 양, 하늘과 땅, 남과 여, 인간과 동물, 악과 선, 성과 속, 문화와 자연 등 양속성이 분화되지 않은 상태인 원초의 합일체로서의 완전성을 말하는 것이며, 이러한 관념은 특정한 민족이나 지역에 국한된 것이 아니라 인류의 근원적이고 보편적인 관념의 하나라고 할 수 있다.[186] 따라서 〈도솔가〉 배경설화의 이일병현도 실제로 나타난 천문현상이 아니라 제의 중에 혼돈과 무질서 상태로 돌아가 천지창조를 되풀이함을 나타내는 것으로 이해해야 한다.

그렇다면 카오스의 상태로 돌아가 천지창조를 되풀이하는 이유는 무엇인가. 천지창조를 되풀이함으로써 다시 세상을 정화, 갱신하고 새롭게 출발시키고자 함에서다. 카오스 상태로 돌아가는 것의 의미는 다음 글에 잘 나타나 있다.

---

186) 王彬, 『神話學入門』, 金蘭出版社, 1980, pp.75-78

한 해의 마지막 날에 우주는 태초의 물에로 용해된다. 바다의 괴물 티아마트 -어둠, 무정형 상태, 아직 나타나지 않은 것의 상징-가 재생하여 다시 한번 위협을 가한다. 1년 내내 존재하였던 세계가 진정으로 사라진다. ……(중략)…… 세계가 혼돈에 찬 양상으로 주기적으로 되돌아가는 뜻은 다음과 같다. 즉 한 해의 모든 '죄', 시간이 더럽히고 닳게 만든 모든 것은 낱말의 실제적인 의미에서 무화된다. 세계의 무화와 재창조에 상징적으로 참여함으로써 인간 역시 새롭게 창조된다. 그는 새로운 삶을 시작하므로 새롭게 태어나는 셈이다.[187]

천지창조가 행해지기 위해서는 태초의 천지창조가 행해지던 그때의 혼돈과 무질서의 카오스 상태로 돌아가야 하며 이때 혼돈이 죽어야 새로운 질서의 세상이 열리게 된다. 주기적으로 혼돈의 상태로 돌아가는 것은 혼돈의 죽음을 재연함으로써 새로운 창조를 맞이하기 위해서이다.

따라서 〈도솔가〉 배경설화의 두 해의 출현은 제의 중의 카오스 상태를 의미하는 것으로 보는 것이 타당하다. 그러면 왜 카오스의 상태가 이일병현으로 나타나는가를 생각해 보자. 필자는 이일병현이 천문질서의 혼란만을 의미하는 것은 아니라고 본다. 해는 일반적으로 질서의 상징으로 쓰인다. 따라서 두 해가 나타났다는 것은 단순히 천문질서의 혼란만을 의미하는 것이 아니라 인문질서의 혼란을 반영하고 있는 것으로 볼 수 있다. 같은 경덕왕대의 작품인 〈안민가〉 배경설화에서 오악삼산신 출현의 의미가 국가적 위기와 관련이 있는 것과 마찬가지이다. 경덕왕대의 정치현실을 고려할 때 더욱 그러하다. 이러한 점을 고려한다면 경덕왕이 월명사에게 주관케 한 제의는 국가의 위기 극복을 위해 마련된 것으로 보는 것이 타당할 것이다.

(3) 月明師의 성격

일괴를 소멸시킨 월명사가 어떤 인물인가를 알기 위해서는 그가 남쪽에서 왔다는 것과 國仙의 무리에 속해 있다는 두 가지 사실에 주목할 필요가 있다.

---

187) 엘리아데, 李東夏 譯, 『聖과 俗』 학민사, pp.70-71

먼저 월명사가 남쪽에서 왔다는 사실이 의미하는 바를 알기 위해서는 남쪽이 유의미한 화소로 등장하고 있는 자료들을 살펴보아야 한다. 『삼국유사』〈신라 시조 혁거세왕〉188)조에는 높은 곳에 올라 남쪽을 바라보니 양산 밑 나정이라는 우물가에 알이 있었다는 서술이 나오고, 『삼국유사』〈고구려〉189)조에는 금와가 태백산 남쪽 우발수에서 유화를 얻었다는 기록이 나오며, 『삼국유사』〈무왕〉190)조에서는 무왕의 어머니가 남쪽 못의 용과 교통하여 무왕을 낳았다는 기록이 보인다. 또한 〈월명사 도솔가〉조와 거의 동일한 구조로 되어있는 〈경덕왕 충담사 표훈대덕〉조에서도 충담은 남쪽에서 왔다고 서술되어 있다.

그렇다면 남쪽이 이렇게 유의미한 화소로 기능하는 이유는 무엇인가. 여기서 다시 앞서 제시한 자료들에 등장하는 남쪽이 모두 주인공의 탄생과 관련되어 있다는 사실에 주목할 필요가 있다. 신라의 시조인 혁거세왕은 남쪽 우물가에서 탄생하였고, 유화는 태백산 남쪽 우발수에서 나왔으며, 무왕 역시 남쪽 못의 용과 교통한 어머니로부터 탄생했음을 알 수 있다. 이렇게 남쪽과 주인공의 탄생이 밀접하게 관계되어 있음과 함께 또 발견하게 되는 사실은 주인공이 모두 대지로부터 탄생한다는 것이다. 혁거세왕이 탄생하는 나정이나 유화가 발견된 우발수나 무왕이 탄생하는 남쪽 못은 모두 대지의 표상이다. 또 충담이 온 남쪽은 남산을 지칭한다. 비단 위의 세 신화에서뿐만 아니라 다른 신화에서도 주인공은 모두 대지로부터 탄생한다. 〈단군신화〉의 단군이 지모신 웅녀로부터 탄생하며 〈주몽신화〉의 주몽은 대지를 뜻하는 지모신 유화로부터 태어난다. 〈수로왕신화〉의 수로왕은 구지에서 탄생하고 〈혁거세왕신화〉의 알영은 알영정에서, 〈금와왕신화〉의 금와는 곤연에서, 〈삼성신화〉의 양을라, 고을라, 부을라는 땅에서 솟아난다. 이처럼 신화의 주인공들이 모두 대지로부터 탄생하는 것은 이들의 탄생이 육체의 탄생

---

188) 『三國遺事』卷 第一, 紀異 第一, 〈新羅始祖 赫居世王〉 於是 乘高南望 楊山下
     蘿井傍 異氣如電光垂地 有一白馬跪拜之狀
189) 『三國遺事』卷 第一, 紀異 第一, 〈高句麗〉 于時得一女子於太白山南優渤水
190) 『三國遺事』卷 第 二, 紀異 第 二, 〈武王〉 第三十代武王名璋 母寡居築室於京
     師南池邊 池龍交通而生

이 아닌 입사제의를 통한 제2의 탄생을 의미하는 것이기 때문이다.

> 가입자는 이 의례에서 먼저 태아가 되고 다음에 재생하는 것으로 되어 있
> 다. 가입의례는 제2의 탄생과 같다. 가입의례의 실시로 젊은이는 사회적 책임
> 을 지고 문화적으로 눈을 뜬 사람이 된다. 태내의 복귀는 가입자를 오두막에
> 격리시키고, 상징적으로 괴물에 삼켜지며, 지모신의 태내와 동일시되는 성지
> (聖地)에 들어가는 것으로 나타내고 있다.[191]

입사제의에서 주인공이 대지로부터 탄생하는 이유는 위 인용문에 나와 있
는 것처럼 제의 중에 연출되는 태내로의 회귀가 聖地 즉 우주의 자궁인 대
지로 들어가는 것으로 나타나기 때문이다.

이렇게 주인공이 입사제의를 통해 능력을 얻고 새로운 존재로 태어난다고
했을 때, 입사제의가 행해지는 장소 즉 聖地는 보통 산이다. 그중에서도 특
히 산은 초월적 세계와의 교섭, 천상과 지상의 접촉이 가능한 곳으로 인식
되어 왔다. 때문에 한 지역의 중심에 위치한 중심산은 신이 깃들어 있는 산
이라 하여 신성시되었고, 그곳에서 제의가 행하여졌다. 중심산에서 입사제
의가 행해지는 까닭은 중심산이 바로 세계의 중심 혹은 우주의 중심으로 인
식되었기 때문이다. 〈단군신화〉의 태백산, 〈가락국기〉의 구지가 그 대표적
예라 할 수 있다.

중심산이 남산으로 불린 이유에 대해서는 충담사의 정체를 설명하는 자리에
서 밝힌 바 있다. 이렇게 신화의 주인공이 대지로부터 탄생하고 이때 입사제
의가 행해지며 이 입사제의가 행해지는 장소가 신들이 머무는 것으로 관념되
는 신성공간이란 사실을 통해 월명사가 남쪽에서 왔다는 기술이 상징하는 의
미가 입사제의를 통한 신성의 획득과 관계됨을 풀어보았다. 〈경덕왕 충담사
표훈대덕〉조에서 충담이 남쪽에서 왔다는 이유만으로 문제해결자로 선택되는

---

191) 미르세아 엘리아드 著, 李恩奉 譯, 『神話와 現實』, 成均館大學校 出版部, 1985,
   p.97

이유도 같은 맥락에서 이해할 수 있다. 충담을 맞이한 3월 3일이 입사제의와 밀접한 관계가 있는 날이라는 점에서 더 분명하게 확인해 볼 수 있다.

그렇다면 입사제의를 통해 세계의 질서를 인식한 사람은 어떠한 능력을 갖게 되는가. 입사제의를 마친 자는 두 가지 능력 즉 트릭스터로서의 능력과 주술사로서의 능력을 갖게 된다. 트릭스터로서의 능력이란 초자연적 실체인 나와 이 세상 만물이 일체가 되어 나와 내가 아닌 것과의 구분이 없어짐으로써 내가 무엇으로도 될 수 있는 능력을 말하며, 주술사로서의 능력이란 자연현상을 움직이는 이치를 깨닫게 되어 자연세계의 질서를 마음대로 움직일 수 있으며, 내 마음이 곧 신의 마음이 되어 기도에 대한 감응이 가능하게 되는 능력을 말한다. 입사제의를 통해 이러한 능력을 획득하게 되는 이유는 입사제의 중에 신화가 재연되기 때문이며 이때 입사자는 신화의 재연을 통해 세계의 기원을 알게 되는데 기원을 안다는 것은 엘리아데가 지적한대로 그것을 마음대로 할 수 있는 마력을 획득하는 것이 되기 때문이다.

입사제의를 통해 능력을 획득한 인물은 이러한 자신의 능력을 바탕으로 사회 건설에 참여하게 된다. 입사제의를 통해 능력을 획득하고 이를 바탕으로 사회에서 영웅적 활동을 하는 인물의 구체적인 모습이 제시되어 있는 자료로 『삼국사기』 열전의 〈김유신〉조[192]를 들 수 있다. 김유신은 화랑의 신분으로 산 속에서 입사제의를 통해 자신의 능력을 계발하고 획득된 능력을 바탕으로 국가를 위해 공헌한다. 따라서 화랑의 신분이면서 입사제의를 통해 능력을 획득하고 왕에게 발탁되어 제의를 베푸는 월명사와 그 기능이 다르지 않다고 할 수 있다. 다만 김유신이 무사로서의 역할을 하는 데 반해 월명사는 종교적 기능을 하는 인물이라는 점에 있어 구별될 뿐이다.

김유신의 입사제의의 모형은 두 번에 걸쳐 제시되는데 한 번은 유신이 홀로 中嶽石窟에 들어가 기도하다가 한 노인을 만나 그 노인으로부터 비법을 전수받는 것이고, 다른 하나는 咽薄山 골짜기에 들어가 하늘에 빌자 하

---

192) 『三國史記』 卷 第 四十一, 列傳 第一, 金庾信

늘에서 빛이 내려와 보검에 비춤으로써 그의 보검이 영험함을 얻게 되는 것
이다. 이 두 번에 걸친 입사제의를 통해 유신은 天文, 地理 人心을 얻게
되고 이를 바탕으로 전쟁에서 큰 공을 세우게 된다.

월명사의 능력은 노래를 불러 해의 변괴를 없애고 피리를 불어 달의 운
행을 멈추게 한 것 등으로 나타난다. 월명사에게서 보이는 주술사로서의 면
모 역시 입사제의를 통해 획득된 것이라 하겠다.

다음으로 화랑이라는 월명사의 신분에 관하여 살펴보자. 월명사는 왕이
'開壇作啓'할 것을 명하자 자신은 國仙의 무리에 속해 있기 때문에 다만 향
가만을 알 뿐이라고 답하면서 그가 화랑의 신분임을 밝히고 있다. 그동안
화랑의 성격에 대해서는 주로 무사 집단적 성격만이 부각되었는데 화랑은
본래 종교집단이었음을 기억할 필요가 있다. 화랑의 종교 집단적 성격을 분
명하게 보여주는 것은 〈화랑세기〉193)의 서문이다.

> 화랑은 선도이다. 우리나라에서 신궁을 받들고 하늘에 제를 행한 것은 마치
> 연나라가 동산에 노나라가 태산에 제를 지낸 것과 같다. 옛날 연부인이 선도를
> 좋아하여 미인을 많이 모아 이름하기를 국화라 하였다. 그 풍습이 동쪽으로 흘
> 러들어 우리나라에서도 여자로써 원화를 삼게 되었는데, 지소태후가 원화를 폐
> 지하고 화랑을 설치하여 국인으로 하여금 받들게 하였다. 이에 앞서 법흥대왕
> 이 위화랑을 사랑하여 이름을 화랑이라 불렀다. 화랑이라는 이름은 여기서 비
> 롯되었다. 옛날에 선도는 단지 신을 받드는 일을 주로 하였는데 국공들이 봉신
> 을 베풀어 행한 후에 선도는 도의로써 서로 힘썼다. 이에 어진 재상과 충성스
> 런 신하가 이로부터 빼어났고 훌륭한 장군과 용감한 병졸이 이로부터 나왔다.
> 화랑의 역사를 알지 않으면 안 된다.194)

---

193) 『화랑세기』의 위작여부에 대해서는 확실한 결론이 나지 않은 상태이기 때문에 그
  사료적 가치를 충분히 인정할 수 있느냐 하는 부분은 논란의 여지가 있으나 완전
  한 위작일 가능성은 적다고 본다.
194) 『花郎世紀』 序文 花郎者 仙徒也 我國奉神宮 行大祭于天 如燕之桐山 魯之泰山
  也 昔燕夫人好仙徒 多畜美人 名曰國花 其風東漸 我國以女子爲源花 只召太后廢
  之 罝花郎 使國人奉之 先是法興大王愛魏花郎 名曰花郎 之名始此 古者仙徒只以
  奉神爲主 國公列行之後 仙徒以道義相勉 於是賢佐忠臣 從此而秀 良將勇卒 由是

이 서문을 통해 화랑은 선도이며 화랑제도는 신궁을 받들어 하늘에 제사한 데서 비롯되었고 처음에는 신을 받드는 것을 주로 하였는데 후에는 도의로써 서로 권면하여 국가에 유능한 인재를 발탁하는 단체로서의 기능을 갖게 되었음을 알 수 있다. 선도란 표현에서 도교의 신선사상을 떠올리게 되지만 실제의 선도는 신궁에서 제사의례를 집행하는 사람의 성격을 지니고 있다. 그렇기 때문에 화랑은 신라의 토착신앙(산악신앙, 산신숭배, 제천의식, 무속신앙)의 전통을 계승, 집행한 사람을 지칭하는 것이라 할 수 있다.[195]

화랑이 우리 토속신앙에 기반하고 있음은 그들의 수행 과정과 수행의 목표를 통해서도 확인해 볼 수 있다. 화랑의 수행 과정은 크게 세 가지가 중심이 되고 있는데 道義相磨, 遊娛山水, 歌樂相悅[196]이 그것이고, 그들의 수행 목표는 人天咸悅, 民物安寧[197], 接化群生[198]의 경지이다. 이러한 화랑의 수행 과정과 그들의 수행 목표는 바로 입사제의와 관련되는데, 그들이 입사제의를 치렀던 장소들이 대부분 우리의 토속신앙과 깊은 관련이 있는 곳이며[199], 천지신명에게 제사를 지내며 가무를 즐기는 입사제의의 모습이 우리의 전통적인 제천의식을 계승한 것이라는 데서 이러한 사실을 확인할 수 있다. 또 화랑들이 수행 과정을 통해 궁극적으로 다다르고자 했던 人天咸悅, 民物安寧, 接化群生의 경지는 앞서서 지적한 바와 같이 입사제의를 마친 자가 갖게 되는 두 가지 능력(트릭스터로서의 능력과 주술사로서

而生 花郎之史不可不知也

195) 李載浩, 「〈화랑세기〉의 사료적 가치」, 『정신문화연구』 36호, 1989, p.112

196) 『三國史記』 卷 四, 新羅本紀 眞興王

197) 『高麗史』 卷 十八, 〈世家〉 十八, 毅宗 二十二年 昔新羅仙風大行 由是龍天歡悅 民物安寧 故祖宗以來 崇尙其風久矣 近來兩京八關之會 日滅舊格 遺風潮漸衰……依行古風 致使人天咸悅.

198) 崔致遠, 〈鸞郎碑序〉 國有玄妙之道曰風流 設敎之源 備詳仙史 實乃包含三敎 接化群生

199) 단적인 예로 화랑의 대표적인 遊娛處의 하나인 金欄窟과 그 일대 洛山은 예부터 增産, 豊漁, 豊穰의 기능을 가진 神母신앙과 관련된 곳이다. 이에 관한 논의는 김철준, 「〈東明王篇〉에 보이는 神母의 성격」, 『韓國古代社會硏究』, 서울대학교 출판부, 1990, p.61참조

의 능력)과 일치한다. 나와 하늘, 나와 만물의 하나됨의 경지가 그것이다.

화랑의 이런 종교 집단적 성격은 시간이 흐름에 따라 종교 제의적 기능은 약화되고 무사집단, 인재양성기관, 교육기관으로서의 기능이 강화되는 쪽으로 변모되어 갔다. 특히 법흥왕 대에 불교가 공인된 이후에는 미륵신앙과 밀접한 관련양상을 보이게 된다. 향가의 작자들이 화랑의 신분이면서 불승인 점은 이러한 불교와 화랑도의 융화과정에서 비롯된 것으로 이해해야 할 것이다. 월명사가 불승이면서 화랑의 신분인 것, 〈월명사 도솔가〉조가 전체적으로 미륵신앙과 깊이 관련되어 있는 것 등이 그러한 영향관계를 잘 보여주는 예라 하겠다. 그러나 화랑에 의해 창작된 많은 향가 작품에서 보이는 제의성이 불교적이기보다는 여전히 우리 토착신앙에 가깝다는 데에서 화랑도와 불교의 융화가 토착신앙의 기반 위에서 이루어진 것임을 확인할 수 있다.

2) 〈兜率歌〉의 성격

〈도솔가〉의 원문은 다음과 같다.

> 今日此矣散花唱良
> 巴寶白乎隱花良汝隱
> 直等隱心音矣命叱使以惡只
> 彌勒座主陪立羅良

또 일연이 소개한 解詩는 다음과 같다.

> 龍樓此日散花歌
> 挑送靑雲一片花
> 殷重直心之所使
> 遠邀兜率大僊家

〈도솔가〉의 해독에 있어서 이견이 있는 부분은 제2구와 3구이다.
2구에 대한 몇 가지 해독을 들어보면 다음과 같다.

    베푸슯온 — 베푸온 (오꾸라)
    샏쏠본 — 뿌리온 (양주동)
    샏혼ᄉ본 — 뽑히어 나온(홍기문)
    ᄇ보ᄉ본 — 솟구치온(서재극)
    보보ᄉ본 — 솟아나게 한(김완진)
    보보슯온 — 돋아 보내신(김준영)

3구는 '使以惡只'를 사동으로 읽느냐 피동으로 읽느냐에 따른 견해차가
있었다. 양주동 이래 타동사로 해석되던 것이 김완진에 이르러 피동형으로
해석되었다. 노래의 내용과 한역시의 '直心之所使'가 피동문으로 쓰인 점으
로 보아 피동으로 해석하는 것이 타당할 것 같다.

    오늘 이에 散花(歌)를 불러
    뿌리온 꽃아 너는
    곧은 마음의 명에 부리워져
    미륵좌주를 모셔라

또 解詩의 가사는 다음과 같다.

    龍樓에서 오늘 散花歌를 불러
    靑雲에 한 송이 꽃을 뿌려 보내네
    은근하고 정중한 곧은 마음이 시키는 것이니
    멀리 兜率大僊을 맞으라

〈도솔가〉의 성격에 관해서는 佛教歌謠라는 견해와 呪歌라는 견해가 대립
해 왔다. 불교가요로 이해한 이들은 彌勒請佛의 佛教歌謠[200], 郎佛雙融의

과정에서 이룩된 가요로서 그 歌意속에는 불교적 색채가 번득이는 가요[201], 미륵하현을 성취시킨 呪密思想의 바탕 위에서 창작된 다라니적 노래[202]로 보았다. 반면 이 노래를 呪歌로 이해한 이들은 頓呼法과 命令法이라는 주가적 징표를 근거로 들어 〈도솔가〉를 직접 구지가적인 전통에 맥을 대고 있는 呪歌[203], 불교의식상에 사용된 주가[204]로 보았다.

〈도솔가〉는 김열규의 지적대로 노래의 형식으로 보나 노래의 효험으로 보나 주가임에 틀림없다. 〈도솔가〉가 주가로서의 성격을 지녔음은 설화 말미 일연의 서술로도 증명된다. 일연은 "羅人尙鄕歌者尙矣 蓋詩頌之類歟 故往往能感動天地鬼神者非一"라 하여 신라 향가는 중국의 詩頌과 같은 종류 즉 천지와 귀신을 감동시키는 능력을 가진 일종의 주가임을 밝혔다. 頌은 시경의 한 구성요소로 詩大序에서는 풍성한 덕의 형용을 찬미하여 천지신명에게 성공을 아뢰는 것(頌者美盛德之形容以其成功告于神明者也)이라고 설명하고 있다. 향가와 송의 기능적 유사성에 대해서는 "대개 시송의 부류인가 한다"라고 한 대목에는 시송과 같은 성격이라는 인식이 나타나 있다. 시송은 시와 송이거나 시경에서의 송이다. 시경에서의 송은 제사를 부르면서 부르는 노래이므로 무가의 전통과 연결되어 있고, 주술적인 성격이 있다[205]고 지적된 바 있다.

그렇다면 〈도솔가〉는 어떤 성격의 제의에서 불린 노래인가. 이에 대한 해답의 실마리는 노래의 명칭에서 찾을 수 있을 것 같다. 도솔의 말뜻에 대해서는 주로 유리왕대의 〈도솔가〉[206]와 관련하여 논의가 이루어졌다.

---

200) 金東旭, 『韓國歌謠의 理解』, 乙酉文化社, 1960, p.60
201) 金鍾雨, 『鄕歌文學研究』, 二友出版社, 1980, p.47
202) 金承璨, 『新羅鄕歌研究』, 第一文化社, 1987, p.85
203) 金烈圭, 『鄕歌의 語文學的 研究, 서강대학교 인문과학연구소, 1972, p.13
204) 朴魯埻, 『新羅歌謠의 研究』, 열화당, 1982, p.179
205) 조동일, 『한국 시가의 역사인식』, 문예출판사, 1993, p.24
206) 五年 冬十一月 王巡幸國內 見一老嫗 飢凍將死 曰予以眇身居上 不能養民 使老幼至於此極 是予之罪也 解衣以覆之 推食以食之 仍命有司 在處存問 鰥寡孤獨老病不能自活者 給養之 於是 隣國百姓聞而來者衆矣 是年 民俗歡康 始製兜率歌 此歌樂之始也 (『三國史記』 卷 一, 新羅本紀 一, 儒理尼師今)

  양주동207)은 兜率은 원래 ‘두리’, ‘도리’의 차자이므로 〈도솔가〉는 ‘돗놀애’, ‘텃노래’, ‘國歌’가 아니면 ‘두리놀애, 도리놀애’에 해당한다고 하였다. 이혜구208)는 儒理王時代는 佛敎輸入 以前에 속한 까닭에, 兜率歌의 ‘兜率’이란 文字는 佛敎原意의 그것이 아니고 우리말의 借字인 것이 분명하며, 따라서 〈도솔가〉는 外來音樂 輸入以前의 土俗音樂이라 하면서 兜率歌는 ‘도솔푸리’ 또는 ‘도살푸리’라 하였다. 이두현209)은 儒理王 5년의 兜率歌는 日本의 右方樂舞 ‘鳥蘇’(도리소)와 同一한 神事舞樂으로서 그 讀音은 ‘도(두)릿소리’인데, 儒理王 5년에 이르러 하나의 整齊된 歌舞樂으로 形式을 갖춘 公的規模의 神事儀式歌舞인 것이며, 또 民俗歡康하여 이를 頌祝한 綜合된 舞樂이라 하였다. 정병욱210)은 兜率歌는 神聖한 祭場에 民衆이 참여하는 한 形態로서의 鄕樂으로 制定된 儀式의 일부라 하였고, 조지훈211)은 〈도솔가〉를 內包는 ‘다슬노래(治理歌, 安民歌)요, 外延은 두레소리(集團歌라, 會樂)’라 하였다. 金鍾雨212)는 兜率歌는 곧 ‘도살노래’로서 回生, 復活, 復元의 뜻을 갖는다고 하였다. 홍기문213)은 兜率은 ‘두리’, ‘두레’로 ‘둥글다’라는 말에서 나왔는데 여러 사람이 회합한 상태 내지 원만하다는 의미로 군중적 회합 내지 행사를 가리킨다고 하면서 이런 ‘둥글다’라는 말을 기사하기 위해 불교의 兜率이란 말을 빌려 썼는데 그 음이 공교롭게 부합된다고 하였다.

  이와 같이 ‘兜率’이란 말에 대한 풀이는 다양하며, 이 중 어떠한 것이 어학적으로 옳은지 판단하기가 쉽지 않다. 또 유리왕대의 〈도솔가〉와 월명사의 〈도솔가〉가 같은 의미를 갖는 같은 성격의 노래인가를 밝히기도 쉽지 않

207) 梁柱東, 『古歌研究』, 1943, pp.14-15
208) 李惠求, 『韓國音樂研究』, 京鄕新聞社, 1957, pp.238-241
209) 李杜鉉, 「新羅古樂再攷」, 『新羅伽倻文化』 1輯, 靑丘大新羅伽倻文化研究院, 1966, pp.46-50
210) 鄭炳昱, 『韓國古典詩歌論』, 新丘文化社, 1982, p.78
211) 趙芝薰, 「新羅歌謠考」, 『國文學』, 6집, 1962, pp.30-33
212) 金鍾雨, 『鄕歌文學研究』, 二友出版社, 1983, pp.37-38
213) 홍기문, 『향가해석』, 북한과학원, 1956, pp.18-20

다. 그러나 각기 다른 어학적 풀이에도 불구하고 유리왕대의 〈도솔가〉가 국가적 차원에서 행해진 의례에서 불린 노래이며, 그 의례가 나라의 태평과 백성들의 평안을 기원하는 목적에서 행해진 것이었다는 데에는 모두 동의하고 있다. 순행의 목적이 민심 수습과 국가 기강을 확립하는 데 있는 점으로 미루어 보나 민속환강을 기념했다는 관련 기록으로 보나 유리왕대 〈도솔가〉가 國泰民安의 성격을 지닌 제의에서 불린 노래인 것은 거의 확실해 보인다. 그런데 바로 이 점이 월명사의 〈도솔가〉와도 일치한다. 월명사 〈도솔가〉역시 왕의 주재하에 행해진 집단적 제의에서 불린 노래이며, 그것은 나라의 태평과 백성들의 안녕을 염원하는 성격의 것이었을 것으로 추정되기 때문이다. 경덕왕대는 무열왕계에서 내물왕계로 넘어가는 과도기적 상태였으며 녹읍의 부활로 경제적 기반을 마련한 지방 호족과 왕실의 대립이 본격화되던 시기였다.214) 때문에 정치적 혼란과 사회의 어지러움을 극복하기 위한 국가적 차원의 제의의 요구가 절실했을 것으로 판단된다. 따라서 〈도솔가〉는 왕이 당면한 국가적 문제를 해결하고 어려움을 극복하여 국태민안을 이루고자 국가적 차원에서 행한 제의에서 불린 노래로 생각된다.

---

214) 경덕왕대의 정치현실에 관하여는 金哲埈, 『韓國古代社會研究』, 知識産業社, 1982, pp.233-250참조

Ⅳ. 鄕歌 背景說話 記述方式의 특징 및
鄕歌의 祭儀歌的 位相

1. 향가 배경설화의 공통구조

　지금까지 살펴본 향가 배경설화의 서사는 공통된 구조를 지니고 있다. 그 것은 사건의 시공간에 관한 기술, 주인공이 신격을 획득하는 과정에 관한 기술, 신격을 획득한 주인공이 문제를 해결하는 과정에 관한 기술이 차례로 나온다는 것이다. 이들 배경설화에서 사건이 발생한 공간은 海汀, 臨海亭, 汀邊, 歸正樓, 朝元殿 등이고 사건이 발생한 시간은 晝饌, 3월 3일 등이다. 이렇듯 사건이 발생한 시간과 공간이 모두 제의와 관계되는 시간과 공간이라는 점에서 위 서사문맥이 제의와 관계되어 있음을 앞장에서 밝힌 바 있다. 다음, 주인공이 신격을 획득하는 과정은 수로부인, 처용의 경우와 충담사, 월명사의 경우가 조금 다르게 나타나는데 수로부인과 처용의 경우는 상징적 죽음과 재생으로 그 과정이 상당히 직접적이고 구체적으로 제시되는 데 반해 충담사와 월명사의 경우는 남쪽에서 오는 것으로 매우 상징적으로 제시되어 있음을 보았다. 그러나 이러한 기술들이 모두 주인공의 입사제의에 관한 기술임은 주인공들의 이름과 이들이 제의 중에 획득한 능력과 자질을 통해 확인할 수 있었다. 마지막으로 주인공이 문제를 해결하는 과정은 혼란된 질서를 바로잡고 정상적인 질서를 회복시키는 것으로 이야기되는데 이때 향가는 혼란된 상황을 질서의 상황으로 이행시키는 제의의 일정한 단계에서 불린 노래임을 알 수 있었다.

이처럼 주인공의 탄생에 관한 기술과 주인공의 활약담이 결합되어 있는 향가 배경설화의 공통구조는 주인공의 영웅적 성격을 부각시키는 영웅담의 구조라 할 수 있는데 그 원형을 영웅 신화에서 찾아볼 수 있다. 영웅 신화는 신이한 탄생을 한 주인공의 신성의 제시와 주인공이 그러한 신성을 바탕으로 나라를 세우고 왕이 되는 과정에 대한 기술로 이루어져 있다. 우리 건국신화의 주인공들은 대체로 알에서 태어나는 신이한 탄생을 하고 태어나자마자 신이한 능력을 보이며 자라서 왕이 되거나 나라를 세우는 등의 영웅적 활동을 한다. 향가 배경설화가 이러한 영웅 신화의 큰 틀을 공유하며 향가 배경설화의 주인공이 영웅 신화 주인공의 속성을 갖는 것은 영웅 신화의 장르적 관습이 이어져 온 것이라 할 수 있다. 향가 배경설화의 주인공들은 제의를 통해 신성을 획득하고 이를 바탕으로 영웅 신화의 주인공처럼 국가적 문제를 해결하고 나라의 질서를 회복하는 데 기여한다. 이들이 문제를 해결하는 구체적인 방법은 제의의 실행을 통해서이다. 제의의 실행을 통해 문제를 해결할 수 있는 능력을 소유했다는 것은 그들이 인간과 신의 세계를 매개하는 매개자로서의 역할을 수행하고 있음을 의미하며 그들이 그러한 역할을 수행할 수 있는 것은 그들이 입사제의를 통해 그러한 능력을 획득했기 때문이라고 할 수 있다.

그럼 이들 향가 배경설화가 수록되어 있는 條에서 주인공이 신격을 획득하고 왕에게 선택되는 과정과 신격을 획득하고 왕에게 선택된 주인공이 문제를 해결하는 과정의 의미를 정리해 보자.

1) 入社祭儀를 통한 神性의 획득

향가 배경설화의 주인공인 수로부인, 처용, 충담사와 월명사는 모두 왕에게 선택된 자들이다. 〈수로부인〉조 첫머리의 기술 '純貞公赴江陵太守'는 순정공과 그의 처 수로부인이 왕의 부림을 받아 태수로서의 임무를 수행하는 중이었음을 나타내준다. 이는 왕과 수로부인의 관계가 왕과 신하의 관계 즉 이미 왕에 의해 선택된 상태임을 나타내 주는 것이라 하겠다. 〈처용랑 망해사〉조의 처용의 경우는 왕이 시험을 통해 직접 그를 선택하는 것으로는 나오지는 않지만 동해룡이 바친 아들을 등용하여 급간벼슬을 주고 왕정을 보좌케 하였다는 점에서 처용과 왕의 관계 역시 수로부인의 경우와 다르지 않음을 알 수 있다. 한편 〈경덕왕 충담사 표훈대덕〉조의 충담사와 〈월명사 도솔가〉조의 월명사는 왕에게 직접 선택된다. 왕은 직접 문제를 해결할 만한 능력을 가진 자를 선택하는데 충담의 경우는 복색시험과 차 맛 시험을 거쳐 선택되며 월명사는 남쪽에서 오는 것으로써 왕에게 선택된다.

이처럼 이들 향가 배경설화의 주인공들은 모두 신하로 왕에게 등용되어 왕정을 보좌하는 역할을 담당한다. 그런데 이들이 왕으로부터의 시험에 통과하여 국가적 문제를 해결하는 해결사로서의 임무를 맡게 되는 것은 이들이 남다른 능력을 소유하고 있기 때문이다. 이들이 소유한 능력이란 구체적으로 말하면 인간세계와 신의 세계를 매개하여 두 세계의 소통을 가능케 해주는 능력이라 할 수 있다. 이들이 갖는 이러한 능력은 입사제의를 통해 획득되는데 향가 배경설화에는 이들이 입사제의를 거치는 과정에 관한 기술이 공통적으로 존재한다.

입사제의에 관한 기술이 공통적으로 존재하는 것은 이들 주인공이 문제를 해결할 수 있는 능력을 가진 자이며 일반인과 다른 신성을 가진 인물임을 보여줌으로써 이들이 문제해결의 임무를 수행할 만한 인물임을 검증하는 장치로서의 의미를 갖는다고 할 수 있다. 이들 인물들이 겪는 입사제의의 양상은 죽음과 재탄생으로 나타난다.

입사제의는 신성한 힘을 매개로 하여 신분을 바꾸는 것, 즉 지금까지와는 다른 사람으로 다시 태어나는 것을 의미한다. 이러한 입사제의는 시련과 상징적인 죽음 그리고 재생의 과정으로 이야기된다.[215]

수로부인의 동해룡에게의 납치와 용궁체험, 그리고 바다로부터의 귀환은 그대로 입사제의에서의 시련, 상징적 죽음과 재생의 과정으로 이야기할 수 있다. 처용의 경우도 마찬가지이다. 동해룡의 아들이라는 설정과 바다로부터의 나옴은 처용의 상징적 죽음과 재생의 과정으로 볼 수 있다. 한편 충담사와 월명사의 경우는 입사제의의 모습이 자세하지 않고 다만 이들이 남쪽에서 왔다는 것으로 상징적으로 드러나고 있다.

죽음과 재생의 과정을 거쳐 다시 태어난 인물은 신적 능력을 획득한 자, 세계의 질서를 아는 자가 된다.

새로운 탄생은 최초의 육체적 출생의 반복이 아니라는 사실을 명확히 해준다. 그것은 정신적 성격을 가지며, 이른바 신비적 재생 — 말을 바꾸면, 새로운 존재양식(성적 성숙, 성스러운 것과 문화에의 참여, 즉 영(靈)에 대해 알려지게 된다.)으로의 길이 된다. 근본적인 사상은 보다 높은 존재의 차원에 도달하기 위해서는 임신과 탄생이 반복되지 않으면 안 되는데, 그들은 의례에 의해 상징적으로 반복된다는 것이다.[216]

입사제의 중에 입사자는 자연적 인간으로서의 죽음을 경험하고 전혀 새로운 인물로 탄생한다. 다시 태어난 인물은 새로 태어난 자, 소생한 자로 그치지 않는다. 그는 또한 아는 자, 신비를 배운 자, 본질적 형이상학적 계시를 받은 자이기도 한 것이다. ……(중략)……입사식은 영적인 성숙에 해당한다. ……(중략)……신비를 경험한 입사자는 앎을 가진 자이다.[217]

---

215) 시몬느 비에른느, 이재실 옮김, 『통과제의와 문학』, 문학동네, 1996, p.9
216) 엘리아데, 『神話와 現實』, 成均館大學校 出版部, p.99
217) 엘리아데, 『성과 속』, 학민사, 1983, p.167

이처럼 입사제의를 마친 입사자는 세계의 질서를 아는 자가 된다. 때문에 이들이 나라를 다스리는 일을 담당하게 되는 것이다.

따라서 입사제의를 마친 입사자는 세계의 질서를 아는 자가 된다. 입사제의가 중시되는 이유는 바로 입사제의를 통해 능력을 획득한 사람만이 이 세상의 질서를 깨닫고 그것을 바탕으로 사회를 올바로 다스릴 수 있기 때문이다.

우리의 많은 신화 자료들에서 주인공의 탄생이 한결같이 입사제의를 통한 재탄생으로 그려지는 것도 이 때문이다. 앞장의 분석과정에서도 부분적으로 언급이 되었지만 입사제의는 입사제의에 참가하는 주인공이 제의 중에 천지창조 과정을 되풀이함으로써 세계의 질서를 알고 질서를 인식한 자로 새롭게 태어나는 것을 말한다. 따라서 입사제의를 마친 인간은 세계의 질서를 온전히 파악한 신적 인물이 되며 이러한 인물들은 자신이 파악한 질서를 바탕으로 국가와 사회를 통치해 나간다. 신화는 바로 이러한 인물에 관한 이야기로 입사제의를 통해 인식한 자로 태어난 주인공이 자신이 인식한 세계의 질서를 바탕으로 나라를 세우고 국가를 통치해 나가는 과정에 대한 기술을 담고 있다. 그러면 신화 주인공들의 탄생을 입사제의로 볼 수 있는 근거는 무엇인가

그것은 신화 주인공들의 탄생이 대체로 대지에서 나오는 것으로 이야기되기 때문이다. 대지로부터 태어나는 신화의 주인공들은 〈삼성신화〉의 양을라, 고을라, 부을라, 〈가락국기〉의 김수로왕, 〈금와왕신화〉의 금와왕, 〈혁거세왕 신화〉의 혁거세왕과 알영 등을 들 수 있다. 이렇게 왕이 곧 샤면이었던 시대의 왕은 입사제의를 통해 획득한 능력을 바탕으로 나라를 세우고 통치를 했다. 그러나 왕에게 샤면의 능력이 요구되지 않는 시대가 오면서부터 왕은 부족한 부분의 능력을 이러한 능력을 소유한 인물의 등용을 통해 매우지 않을 수 없게 되었다. 수로부인이나 처용이 신하로서 왕정을 보좌하는 중요한 임무를 담당하고 있는 것은 이러한 이유에서라 할 수 있다. 충담사와 월명사의 경우도 마찬가지이다. 이들은 수로부인이나 처용이 나라무당이었던 것과는 달리 제의를 잘 주관하는 전문적 능력의 소유자였다고 할 수

있다. 그래서 정치적으로나 사회적으로 나라에 중요한 문제가 발생했을 때 제의를 실행할 인물로 선택되어 국정보좌의 임무를 담당한 것이다. 충담사가 지은 〈안민가〉나 월명사가 지은 〈도솔가〉의 내용을 보면 이들의 임무가 통치 질서의 확립과 얼마나 깊이 관련되어 있는가를 금방 알 수 있다.

이들이 역사적 인물로서의 한 개인이라기보다 한 집단을 대표하는 인물로서의 상징적 의미를 지니고 있음은 이들의 이름을 통해 확인해 볼 수 있다. 이들은 정치적 수장이나 종교적 샤먼을 칭하는 '믈 / ᄆᆞᆯ'계 이름을 갖고 있거나 작품 속의 내용과 일치하는 이름을 갖고 있다. 향가 작자의 이름이 작품 속의 주제와 내용과 일치하는 의식적 작명임을 들어 이들이 실재한 인물이 아닌 허구적 인물일 것임은 최철[218]에 의해 지적된 바 있다. 즉 이들 인물은 당시 실존했던 인물이라기보다는 가공인물이거나 상징적 존재로 보인다. 이에 대해 다음의 주장에 주목해 볼 필요가 있다.

> 삼국유사 서사 전승에 등장하고 있는 작자와 등장인물들의 상당한 수가 가공된 虛構人이거나 상징적인 존재들일 수 있겠다. 이 같은 추론은 신라 향가를 더욱 개인적 서정을 노래하는 시가들로 보기 어렵게 하는 요인이 된다. 그만큼 역사 현실상의 인물들의 현실성이 허약하게 되며, 개인적 존재에 대한 인식이 불분명했던 시대로 보게끔 하는 것이다. 향가를 노래하고 있는 이들 인물들이 역사 현실상의 구체적 개별성을 잃게 됨에 따라 이들은 운명을 같이하는 집단 속의 일원 또는 그 집단의 대표, 집단과 집단의 운명을 換喩(metonymy)하고 있는 인물로 변모한다. 집단적인 운명과 집단적 체험, 집단적인 갈등과 그 희구를 노래하게 됨에 따라 이들이 노래하는 향가는 서정에 앞서서 더 주술적이게 되며, 또는 종교적인 노래가 되게 하는 것이다.[219]

이들이 집단을 대표하는 인물임으로 해서 이들의 입사제의는 질서를 갱신하는 행위가 되며 집단의 위기 때마다 되풀이되는 것이다.

---

218) 최철, 『향가의 문학적 해석』, 연세대학교 출판부, 1990, pp.99
219) 金鍾九, 「三國遺事 敍事構造와 鄕歌」, 『三國遺事와 韓國文學』, 學研社, 1983

2) 제의의 실행을 통한 질서의 회복

입사제의를 통해 능력을 획득한 이들 주인공들이 국가의 당면한 문제를 해결하는 후반부의 이야기는 입사제의를 통해 탄생한 영웅 신화 주인공들이 왕이 되어 나라를 건설하는 행위와 기능상 일치한다. 신화의 주인공들이 왕이기 때문에 나라를 건설하고 백성들을 통치하는 데 반해 이들은 신하이기 때문에 왕정을 보좌하는 것으로 그려질 뿐이다. 그러나 그들의 행위가 국가와 사회의 질서를 회복시킴으로써 국가와 사회를 위기에서 구하고 이들을 새롭게 건설하는 것임을 볼 때 그 기능이 같음을 금방 확인할 수 있다.

입사제의를 통해 재탄생을 한 이들이 왕에 의해 등용되는 이유는 제의를 행하여 당면한 국가적 문제를 해결해 줄 적임자로 선택되어서이다. 이들이 문제를 해결하는 방법은 제의의 실행을 통해서이다. 배경설화는 입사제의를 통해 재탄생한 이들이 제의를 통해 문제를 해결하는 과정을 보여주고 있다.

제의는 혼란과 무질서 상태에서 안정과 질서의 상태로의 이행으로 진행된다. 따라서 제의의 출발은 혼돈과 무질서의 카오스 상태에서 이루어진다. 향가 배경설화에서 카오스의 상황은 수로부인이 용에게 납치된 상황, 역신이 처용의 처를 범한 상황, 왕의 행차 시에 갑자기 운무가 껴 길이 어두워진 상황, 해가 둘이 떠 없어지지 않은 상황 등으로 나타난다. 이러한 문제적 상황이 벌어지나 이를 극복하기 위한 방법이 여러 각도에서 강구되는데 서사는 이 카오스 상태에서 벗어나 다시 원래의 상태로 복귀하는 것으로 끝난다. 수로부인의 꽃의 획득, 두 해의 사라짐, 안민의 태평한 상태, 역신의 물러감 등이 바로 질서와 안정의 상태이다. 이는 태초의 천지창조를 모범으로 하여 카오스 상태에서 코스모스 상태로의 이행을 되풀이한 것이라 할 수 있다.

세계가 가지고 있는 생명력과 창조적 힘은 시간이 갈수록 점차 낡고 약해진다. 아울러 세계의 질서는 시간의 흐름에 따라 어지러워지고 혼란된다. 제의는 이러한 낡은 생명력과 창조적 힘을 복원시키기 위해 베풀어진 것이라 할 수 있다.

제의가 문제해결의 방안이 되는 이유는 제의가 원초적 질서를 회복시켜 주는 행위로 인식되기 때문이다. 제의는 태초에 천지창조가 행해지던 것처럼 카오스 상태에서 코스모스 상태에로의 이행을 반복함으로써 이 세상을 태초로부터 다시 출발시킨다. 제의를 통해 문제를 해결하려 한 것은 제의가 갖고 있는 이러한 힘 때문이다. 제의를 베풀어 천자창조를 되풀이하면 시간을 태초로 되돌릴 수 있으며 태초에 천지가 창조되던 것과 같은 시간과 공간에 놓여짐으로써 원초적 질서의 회복을 완성하고 세계를 다시 풍요와 활력이 가득한 세계로 재출발시킬 수 있다고 믿은 것이다. 질병, 흉작, 전쟁, 통치의 불안과 같은 어려움에 봉착했을 때 제의를 베푸는 것은 이 때문이다.

향가 배경설화에 등장하는 제의는 국가적 위기와 관련하여 이를 극복하고 국가적 질서의 회복을 꾀하기 위해 실행된 것이었다고 볼 수 있다.

2. 향가 배경설화 기술방식의 특징 및
향가의 제의가적 성격

1) 향가 배경설화의 사건 전개과정

향가 배경설화에서 우리가 공통적으로 추출해 낼 수 있는 사건 전개과정은 다음과 같다.

사건의 시공간에 관한 기술→해결해야 할 문제의 발생→문제의 원인 및 문제해결 방법(者)의 모색→누군가로부터 문제의 원인 및 문제해결 방법을 지시받음→지시대로의 실행→문제의 해결

향가 배경설화에 기술되어 있는 사건은 대체로 위와 같은 방식으로 전개된다. 각 설화의 사건 전개과정을 정리해 보면 다음과 같다.

〈헌화가〉 배경설화의 경우, 사건은 海汀에서 주선을 할 때 일어난다(사건의 시공간에 관한 기술) →수로부인은 높이가 千丈이나 되는 높은 벼랑 위에 피어 있는 꽃을 원한다 (해결해야 할 문제의 발생) →수로부인이 꽃을 꺾어 줄 사람을 찾는다(문제의 원인 및 문제해결者의 모색) →지나가던 노옹이 꽃을 얻을 수 있는 방법을 가르쳐 준다(누군가로부터 문제의 원인 및 문제해결 방법을 지시받음) →수로부인이 그대로 행한다(지시대로의 실행) →노옹이 꽃을 꺾어 바친다(문제의 해결)로 정리해 볼 수 있다.

〈해가〉 배경설화의 경우는 臨海亭에서 晝饍을 할 때 사건이 발생한다(사건의 시공간에 관한 기술) →해룡이 갑자기 수로부인을 납치해 간다(해결해

야 할 문제의 발생) → 순정공이 땅에 넘어지고 발을 동동 구르며 수로부인을 찾아올 계책을 찾는다(문제의 원인 및 문제해결 방법의 모색) → 한 노인이 나타나 수로부인을 되찾아 올 수 있는 방법을 가르쳐 준다(누군가로부터 문제의 원인 및 문제해결 방법을 지시받음) → 순정공이 그대로 행한다(지시대로의 실행) → 수로부인을 되돌려 받는다(문제의 해결)로 정리된다.

〈처용랑 망해사〉조에서 처용이 등용되기까지의 전반부의 서술에서 사건은 헌강왕이 汀邊에서 晝歇할 때 발생한다(사건의 시공간에 관한 기술) → 갑자기 雲霧冥曀하여 길을 잃는다(해결해야 할 문제의 발생) → 왕이 좌우에게 물어 본다(문제의 원인 및 문제해결 방법의 모색) → 일관이 문제의 원인과 해결 방법을 알려준다(누군가로부터 문제의 원인 및 문제해결 방법을 지시받음) → 왕이 그대로 행할 것을 명령한다(지시대로의 실행) → 운무가 걷힌다(문제의 해결)로 정리된다.

처용과 역신이 대결하는 후반부의 이야기는 역신이 처용의 처를 흠모하여 밤에 그의 집에 가서 몰래 동침하였다(해결해야 할 문제의 발생) → 처용이 처와 역신의 동침광경을 보고 〈처용가〉를 부른다(문제의 원인 및 문제해결 방법의 모색) → 역신이 해결 방법을 말해 준다(누군가로부터 문제의 원인 및 문제해결 방법을 지시받음) → 역신이 알려준 대로 행한다(지시대로의 실행) → 이로써 辟邪進慶하게 된다(문제의 해결)로 정리된다.

〈안민가〉 배경설화의 경우는 오악삼산신들이 뜰에 나타난다(해결해야 할 문제의 발생) → 왕이 충담사에게 〈안민가〉를 지어줄 것을 청한다(문제의 원인 및 문제해결 방법의 모색) → 충담사가 〈안민가〉를 지어 부른다(누군가로부터 문제의 원인 및 문제해결 방법을 지시받음)로 정리된다.

〈도솔가〉 배경설화의 경우는 두 해가 나타나 열흘 동안이나 없어지지 않았다(해결해야 할 문제의 발생) → 왕이 일관에게 묻는다(문제의 원인 및 문제해결 방법의 모색) → 일관이 문제해결 방법을 아뢴다(누군가로부터 문제의 원인 및 문제해결 방법을 지시받음) → 왕이 일관의 지시대로 월명사를 청하여 향가를 부르게 한다(지시대로의 실행) → 두 해가 사라진다(문제의 해결)로 정리된다.

향가 배경설화의 사건은 모두 이처럼 동일한 전개방식에 따라 진행되고 있다. 이것은 향가 배경설화가 동일한 절차에 따라 전개되는 사건을 서사화한 것임을 의미한다. 그것이 어떤 사건인가 하는 것은 설화 첫머리에 제시되어 있는 사건의 시공간이 표상하는 바를 통해 확인할 수 있다. 향가 배경설화 첫머리에 등장하는 사건의 시공간은 모두 제의의 시공간이다. 바닷가(海汀, 臨海亭, 汀邊), 晝饍, 3월 3일, 朝元殿 등이 그것이다. 따라서 위 설화들에 서사화 되고 있는 사건은 바로 제의이며 사건은 제의의 절차에 따라 진행되고 있을 것임을 추측해 볼 수 있다. 그렇다면 일반적으로 제의는 어떠한 절차로 진행되는가.

2) 제의의 절차

제의가 일반적으로 어떠한 형식으로 진행되는가에 대한 선학들의 연구는 그리 많지 않다. 특히 고대의 제의일수록 더욱 그러하다. 이는 고대의 제의가 구체적으로 어떠한 형식으로 어떠한 절차를 밟아 진행되었는가를 확인할 수 있는 자료가 거의 없다는 데 기인한다. 현재 고대 제의의 모습을 확인할 수 있는 자료로는 신화가 유일하다고 할 수 있다. 제의학파에 의하면 신화는 이왕에 시행된 제의의 구술적 상관물이며 역으로 제의는 신화의 극적 재현이라 말할 수 있다. 우리 신화 자료 가운데 고대 제의의 절차를 확인해 볼 수 있는 가장 좋은 예는 『삼국유사』의 〈가락국기〉를 들 수 있다. 〈가락국기〉는 이미 여러 선학들에 의해 지적된 바와 같이 가락국의 김수로왕을 맞이하는 제의의 과정이 그대로 기술되어 있는 제의의 구술 상관물이라 할 수 있다. 〈가락국기〉를 통해 완벽하게는 아니지만 고대 제의가 어떠한 절차로 진행되어 왔는가를 어느 정도 재구해 볼 수 있다.

후한세조 광무제 건무 십팔 년 임인 삼월 계욕일에 그들이 살고 있는 북쪽 구지에서 무엇을 부르는 이상한 소리가 났다. 무리 이삼백 명이 그곳에 모였는데 사람의 소리 같기는 하지만 그 모양을 숨기고 소리만 내서 말하기를 '여기에 사람이 있느냐' 구간 등이 '우리들이 있습니다.' 하였다. 그러자 또 말하기를 '내가 있는 곳이 어디냐' 하자 답하기를 '구지입니다' 하였다. 또 말하기를 '하늘이 나에게 명하여 이곳에 나라를 새로 세우고 임금이 되라고 하여 여기에 내려 왔으니, 너희들은 모름지기 산봉우리 꼭대기의 흙을 파면서 노래를 부르되 '龜何龜何 首其現也 若不現也 燔灼而喫也'라고 하면서 춤을 추어라. 그러면 곧 대왕을 맞이하여 기뻐 뛰놀 수 있을 것이다' 하였다. 구간 등이 모두 기뻐하며 그 말과 같이 노래하고 춤을 추었다. 얼마 안 되어 하늘을 쳐다보니 자줏빛 줄이 하늘에서 드리워져 땅에 닿아 있었다. 줄밑을 살펴보니 붉은 보자기에 금합이 싸여 있었고 열어 보니 해처럼 둥근 황금 알 여섯 개가 있었다. 여러 사람들이 모두 놀라고 기뻐하여 함께 백배하였다. 얼마 있다가 금합자를 다시 싸안고 아도간의 집으로 돌아와 탑상 위에 놓아두고 무리는 흩어졌다. 하루가 지나 그 이튿날 무리가 다시 모여 그 금합자를 여니 여섯 알은 화해서 어린 아이가 되어 있었는데 용모가 심히 거룩하였다. 이들을 곧 의자 위에 앉히고 무리가 절하고 하례하면서 극진히 공경했다.[220]

---

220) 『三國遺事』 卷 第 二, 紀異 第 二, 〈駕洛國記〉屬後漢世祖光武帝十八年壬寅三月禊洛之日 所居北龜旨 有殊常聲氣呼喚 衆庶二三百人集會於此 有如人音隱其形而發其音曰 此有人否 九干等云 吾徒在 又曰 吾所在爲何 對云 龜旨也 又曰 皇天所以命我者 御是處惟新家邦爲君后 爲茲故降矣 你等須掘峰頂撮土 歌之云 龜何龜何 首其現也 若不現也 燔灼而喫也 以之蹈舞 則是迎大王 歡喜踊躍之也 九干等如其言 咸忻而歌舞 未幾仰而觀之 唯紫繩自天垂而着地 尋繩之下 乃見紅幅裹金合子 開而視之 有黃金卵六圓如日者 衆人悉皆驚喜 俱伸百拜 尋還裹著抱持而歸我刀家寘榻上 其衆各散 過浹辰翌日平明 衆庶復相聚集 開合而六卵化爲童子 容貌甚偉 仍坐於床 衆庶拜賀 盡恭敬止

〈가락국기〉 줄거리의 기층에 깔린 제의 절차에 주목한 김열규[221])는 〈가락국기〉가 크게 삼 부로 나누어지는데 일 부는 부정거리이고 제 이 부는 공수거리이고 제 삼 부는 맞이거리와 현신거리의 둘로 나누어진다고 하였다. 즉 그는 제의의 절차가 부정거리-공수거리-공수의 실현거리로 전개되고 〈가락국기〉는 이러한 제의의 절차에 따라 기술되고 있음을 지적한 것이다. 제의의 절차에 대한 이러한 지적은 김태곤[222])에게서도 보인다. 그는 무가는 지역마다 명칭이나 구성에 다소간의 차이는 있지만 중심 내용에 있어서는 일치하는 부분이 존재하는데 그것은 다름 아닌 不淨, 請神, 送神이라는 과정이라고 보았다. 부정이란 제의 공간을 정화시켜 부정을 가리는 것이고 청신은 신을 청해 오는 것이며 송신은 청해 온 신들에게 제의를 올리고 난 후 모여든 신들을 돌려보내는 과정이다. 한편, 조현설[223])은 신맞이 구조로 제의의 절차를 언급하면서 제의는 부정-청배-공수-찬신-축원-송신의 순으로 진행된다고 하였다. 서대석[224])은 현재 행해지는 무당의 굿거리 진행은 청배, 축원, 공수, 유흥으로 전개된다고 하면서 청배는 인간이 신에게 하는 언어로서 신의 이름을 부르는 신명의 열거, 신이 오는 과정을 묘사한 노정기, 신에게 강림해 달라는 축원 그리고 신의 來歷을 푸는 본풀이로 되어 있고 축원은 인간이 당면한 憂患이나 질병 등의 문제를 해결해 달라는 요청과 장래의 복록을 비는 請願으로 되어 있으며 공수는 신이 인간에게 하는 말로서 인간의 잘못을 꾸짖는 叱責과 인간의 요구를 들어주어 문제를 해결하겠다는 약속으로 되어 있고 유흥은 약속한 바가 확실히 실행되도록 하기 위해 신과 인간의 유대를 강화하기 위해 흥겹게 노는 부분으로 신과 인간의 교환창으로 엮어지는 노래로 구성된다고 하였다. 민긍기[225])는 제의의

---

221) 金烈圭, 「한국 신화와 무속」, 『한국의 무속문화』, 박이정, 1998, pp.69-74
222) 金泰坤 외, 『韓國口碑文學槪論』, 民俗苑, 1995, p.255
223) 조현설, 「설법해 주기를 청하는 노래」, 『새로 읽는 향가문학』, 아세아문화사, 1998, p.424
224) 徐大錫, 「高麗 〈處容歌〉의 巫歌的 검토」, 『한국고전시가작품론1』, 集文堂, 1992, p.357

절차를 청배, 찬신, 축원, 공수, 공수의 실행, 송신, 음복으로 보고 각각의 절차를 다음과 같이 설명하였다. 청배는 신을 모셔오는 절차, 찬신은 신의 내력을 소개하는 절차, 축원은 인간이 신에게 원하는 바를 아뢰는 절차, 공수는 신이 인간의 축원에 응답하는 절차, 공수의 실행은 신이 알려준 소원을 성취하는 방법을 실행하는 절차, 송신은 신을 돌려보내는 절차, 음복은 제의에 차려진 음식을 나누어 먹는 절차라 하였다.226)

제의의 절차에 관한 선학들의 견해는 제의의 진행과정을 비교적 자세하게 제시한 것과 전체 무가에 공통되는 부분만을 뽑아 폭넓게 제시한 것으로 나누어 볼 수 있는데 대체로 신을 청하는 청배, 인간이 신에게 말하는 축원, 신이 인간에게 말하는 공수를 제의의 핵심적 절차로 보는 데는 의견을 같이 하고 있는 것으로 보인다.

그러면 〈가락국기〉의 분석을 통해 좀더 구체적으로 제의의 절차를 재구해 보도록 하겠다.

후한세조 광무제 건무 십팔 년 임인 삼월 계욕일은 제의가 행해지는 시간과 공간에 관한 기술로 신을 청하는 청배의 단계에 해당한다. 제의의 시간과 공간에 관한 기술은 그곳 그 장소에 신이 내리기를 원하는 축원에 해당하기 때문이다.

다음 구간들에게 들린 음성은 제의 중의 신의 말로 신이 인간에게 말하는 공수에 해당한다. 그런데 공수는 인간의 축원에 대한 신의 응답으로 인간의 소망을 들어주겠다는 신의 약속이다. 이 공수의 내용은 구지봉의 흙을 파헤치면서 구지가를 부르며 춤을 추면 대왕을 맞이할 수 있을 것이란 것이다. 공수의 이 조건은 대왕을 맞이할 수 있는 방법에 대한 구체적인 지시라 할 수 있다. 따라서 문맥에는 생략되어 있지만 구간들이 구지봉에 모인 이

---

225) 민긍기, 「신화의 실체를 구명하기 위한 몇 가지 점검」, 『淵民學志』 第8輯, 2000, pp.12-13
226) 그리고 후속 작업들을 통해 〈연오랑 세오녀〉, 〈만파식적〉, 〈가락국기〉, 〈수로부인〉, 〈처용랑 망해사〉조 등이 이 제의의 절차에 따라 기술되어 있음을 논증하였다.

유가 신에게 대왕을 맞이하게 해 달라는 축원을 올리기 위해서였을 거란 사실을 짐작할 수 있다. 공수가 내리자 구간들은 공수대로 구지봉을 파 헤치면서 구지가를 부르며 춤을 춘다. 구간들의 이러한 행위는 공수를 그대로 실행한 것으로 자신들의 축원을 성취받기 위해 행하는 주술적 행동이다.

행위의 결과는 바로 축원의 성취 즉 대왕의 誕降으로 나타난다.

이렇게 봤을 때 〈가락국기〉는 신을 청하는 청배, 신에게 원하는 바를 아뢰는 축원, 축원에 대한 신의 응답인 공수, 공수대로의 실행, 축원의 성취의 단계에 따라 진행되고 있음을 알 수 있다.

이러한 제의의 절차는 앞서 제시한 향가 배경설화의 사건 전개과정 즉

사건의 시공간에 관한 기술 → 해결해야 할 문제의 발생 → 문제의 원인 및 문제해결 방법(者)의 모색 → 누군가로부터 문제의 원인 및 문제해결 방법을 지시받음 → 지시대로의 실행 → 문제의 해결

과 대응된다.

먼저 제의의 시공간에 대한 언급은 청배, 제의 중 해결해야할 문제의 발생은 찬신, 문제의 원인 및 문제해결 방법의 모색은 축원, 누군가로부터 문제의 원인 및 문제해결 방법을 지시받는 것은 공수, 지시대로의 실행은 공수의 실행, 문제의 해결은 축원의 성취로 향가 배경설화의 사건의 전개과정과 그대로 대응된다.

3) 제의 절차에 따른 사건 전개와 향가의 제의가적 위상

그럼 이제 구체적인 작품의 예를 들어 사건의 기술방식과 제의의 절차가 어떻게 대응되는가를 살펴보도록 하자.

(1) 〈獻花歌〉: 공수의 노래

먼저 〈헌화가〉 배경설화의 사건 전개과정을 제시하면 다음과 같다.

① 신라 성덕대왕 대에 순정공이 강릉태수로 부임하는 도중 海汀에서 晝
　 饍을 하였다.

② 그 곁에는 높이가 千丈이나 되는 석장이 병풍같이 바다를 두르고 있
　 었는데 그 石嶂 위에는 철쭉꽃이 만발해 있었다.

③ 순정공의 부인 수로가 그것을 보고 '저 꽃을 꺾어다 줄 사람이 누구인
　 가'고 물었다.

④ 從者들은 '그곳은 사람이 닿을 수 없는 곳입니다'하며 모두 할 수 없
　 는 일이라고 말하였다.

⑤ 이때 암소를 끌고 가던 노옹이 부인의 말을 듣고 꽃을 꺾고 노래를
　 지어 바쳤다.

⑥ 그 노옹은 누구인지 알 수 없었다.

　① 여기서 海汀, 晝饍은 제의가 행해지는 시·공간이다. 제의가 행해지
는 시간과 공간에 대한 기술은 제의가 진행되는 현재 시간에 제의가 행해지
는 이 공간으로 신이 강림하기를 청하는 것으로 제의의 절차 중 請陰에 해
당한다.

　② 다음, 높이가 千丈이나 되는 석장이 병풍같이 바다를 두르고 있는 공
간은 새롭게 창조된 천지의 표상이다. 물이 새롭게 창조된 대지를 표상하고
돌이 새롭게 창조된 대지의 중심을 표상하는 것임은 앞서 논증을 통해 확인
한 바 있다. 이렇게 새롭게 천지가 창조된 것은 제의 중에 천지창조 신화가
구술되었기 때문이다. 제의 중에 천지창조 신화가 구술되면 제의가 행해지
는 지금의 시간과 공간은 태초에 천지창조가 행해지던 시간과 공간으로 전
이된다. 바닷가의 석장은 천지창조 신화의 구술을 통해 새롭게 창조된 천지
를 나타낸다. 그리고 바로 이 공간에 피어있는 꽃이란 이 공간에 강림한 신

격의 표상이 된다. 따라서 이 기술은 찬신에 해당한다. 왜냐하면 천지가 새롭게 창조된 것은 천지창조 신화가 구술되었기 때문이고, 제의 중에 천지창조 신화가 구술되는 것은 신들의 활동을 이야기함으로써 신들을 찬양하는 찬신의 단계에서이기 때문이다. 꽃이 신격의 표상인 것 역시 이 기술을 찬신의 단계로 볼 수 있는 근거가 된다.

③ 수로부인이 '저 꽃을 꺾어다 줄 사람이 누구인가'라고 물은 것은 벼랑 위에 핀 꽃을 갖기를 원하는 수로부인의 축원의 표현이다. 따라서 이 기술은 제의 중에 원하는 바를 신께 아뢰는 축원에 해당한다고 볼 수 있다.

④ 수로부인의 축원에 대해 종자들은 불가능함을 이야기하는 데 반해 암소를 끌고 가던 한 노옹이 노래를 지어 바친다. 노래의 내용은 꽃을 가질 수 있는 방법에 대한 제시로 '소를 놓고 나를 부끄러워하지 않으면 꽃을 꺾어 바치겠다'는 것이다. 노옹이 부른 이 노래는 수로부인의 축원에 대한 응답으로 불린 것이다. 제의 중에 인간이 신께 아뢰는 바를 축원이라 하고 축원에 대한 답으로 신이 인간에게 전하는 말을 우리는 공수라 한다. 따라서 노옹이 부른 이 〈헌화가〉는 수로부인의 축원에 대한 신의 응답인 공수가 노래로 불린 것으로 볼 수 있다. 그리고 이때의 노옹은 신이 내린 상태의 샤먼이라고 볼 수 있다. 〈헌화가〉의 내용은 조건의 제시와 조건이 충족되었을 경우의 축원의 성취라는 공수의 일반적 시문법에 따라 이루어져 있다.

노옹이 꽃을 꺾어 바쳤다는 것은 노옹이 제시한 공수의 조건들이 충족된 결과라 할 수 있다. 따라서 문맥에는 생략되어 있지만 수로부인이 노옹의 공수대로 소를 놓고 부끄러워하지 않는 행위를 하였을 것임을 짐작할 수 있다. 그리고 이렇게 공수대로 실행한 결과 수로부인은 꽃을 가질 수 있었다. 수로부인의 꽃의 획득은 제의 중에 원하는 바가 성취됨으로써 문제가 완전히 해결되는 축원의 성취되었음을 의미한다.

(2) 〈海歌〉; 공수 실행의 노래

먼저 〈해가〉 배경설화의 사건 전개과정을 제시하면 다음과 같다.

① 다시 이틀을 가 또 임해정에서 晝饍을 하였다.

② 그때 갑자기 해룡이 나타나 부인을 납치하여 바다 속으로 들어갔다.

③ 공이 땅에 넘어지면서 발을 동동 굴렀으나 아무 계책이 없었다.

④ 또 한 노인이 나타나 가로되 '여러 사람의 입은 쇠도 녹일 수 있다 했는데 이제 바다 속 짐승이 어찌 여러 사람의 입을 두려워하지 않겠습니까. 마땅히 계내민으로 하여금 막대기로 언덕을 치면서 노래를 부르게 하면 부인을 다시 볼 수 있을 것입니다.'하였다.

⑤ 공이 그대로 하였다.

⑥ 그러자 용이 부인을 받들고 나왔다.

⑦ 공이 바닷가 속의 일을 물으니 '칠보 궁전에 음식은 향기롭고 깨끗한 것이 인간의 연화가 아닙니다.'라 하였다.

⑧ 부인의 옷에서도 이상한 향기가 났는데 이 세상의 것이 아니었다.

① 여기서 臨海亭, 晝饍은 제의가 행해지는 시공간에 대한 기술이다. 제의가 행해지는 시간과 공간에 대한 기술은 제의가 진행되는 현재 시간에 제의가 행해지는 이 공간으로 신이 강림하기를 청하는 것으로 제의의 절차 중 請陰에 해당한다.

② 그때 갑자기 해룡이 나타나 부인을 납치하였다는 것은 제의 중의 카오스 상태에 해당한다고 할 수 있다. 제의 중 카오스 상태로의 퇴각은 천지창조 신화의 구술을 통해 이루어진다. 제의 중에 천지창조 신화를 구술하게 되면 지금의 시공간은 태초에 천지창조가 행해지던 그 시간과 그 공간으로 전이된다. 그런데 천지창조 신화가 구술되는 것은 제의 중에 찬신의 단계에서이다. 왜냐하면 찬신의 단계에서는 신의 내력을 이야기하고 신의 업적을 이야기함으로써 신을 찬양하고 신을 즐겁게 하는데 신의 활동 중 가장 대표적인 것이 천지창조이기 때문이다. 따라서 제의의 절차 중 천지창조 신화의 되풀이는 찬신의 단계에서 행해지며 천지창조 신화의 구술 결과는 태초의 카오스 상태로의 회귀로 나타난다.

③ 공이 땅에 넘어지면서 발을 동동 굴렀다는 것은 수로부인이 해룡에게 납치된 데 대한 안타까움의 표현이다. 또 아무 계책이 없었다는 것은 수로부인을 되돌려 받을 수 있는 계책을 모색했으나 마땅한 방법을 찾지 못하였다는 뜻이 된다. 이러한 기술들은 모두 순정공이 수로부인을 되돌려 받기를 간절히 원하고 있음을 드러내는 것으로 문맥에 직접적으로 기술되어 있지는 않지만 순정공이 수로부인을 되돌려 받기를 축원하는 상황임을 짐작할 수 있다. 따라서 위 기술은 순정공이 원하는 바를 아뢰는 축원의 단계에 해당함을 알 수 있다.

④ 이때 나타난 노인의 말은 순정공의 간절한 축원에 대한 응답으로 인간의 축원에 대한 신의 응답인 공수에 해당한다. 공수의 내용은 축원을 성취받을 수 있는 방법에 대한 제시가 된다. '마땅히 계내민으로 하여금 막대기로 언덕을 치면서 노래를 부르게 하면 부인을 다시 볼 수 있을 것입니다.' 란 노인의 말은 바로 순정공이 축원을 성취받을 수 있는 구체적인 방법의 제시이다. 역시 공수가 공수의 일반적인 시문법인 조건의 제시와 조건이 충족되었을 경우의 축원의 성취라는 조건절의 형태로 제시되고 있음을 볼 수 있다.

⑤ 공이 그대로 하였다는 것은 공수대로 실행했음을 의미한다. 공수대로 실행한 것은 축원을 성취받기 위한 조건의 이행이다. 따라서 이 단계에서 계내민이 〈해가〉를 부르며 막대기로 언덕을 치는 행위가 실행되었음을 알 수 있다. 이때 막대기로 언덕을 치는 행위는 축원을 성취받기 위한 주술적 행위이며, 이 행위와 함께 부른 노래인 〈해가〉는 축원을 성취받기 위해 부른 주가가 된다. 〈해가〉는 공수의 실행단계에서 불린 노래임을 알 수 있다.

⑥ 이러한 공수대로의 실행 결과는 축원의 성취로 이어진다. 용이 수로부인을 받들고 나왔다는 것은 수로부인을 돌려받기를 원하는 순정공의 축원이 성취되었음을 나타낸다.

(3) 〈處容歌〉: 축원의 노래

먼저 〈처용가〉 배경설화 전반부의 처용 탄생담의 사건 전개과정을 제시하면 다음과 같다.

① 왕이 개운포에 나갔다가 장차 돌아오려고 汀邊에서 晝歇하였다.
② 이때 갑자기 구름과 안개로 어두워져 길을 잃었다.
③ 왕이 좌우에게 물었다.
④ 일관이 이르기를 이는 동해룡의 변괴니 마땅히 좋은 일을 하여 풀어야 한다고 하였다.
⑤ 이에 유사에게 칙령을 내려 가까운 곳에 절을 짓게 하였다.
⑥ 명이 내리자 곧 구름과 안개가 걷혀 그곳을 개운포라 이름하였다.

① 여기서 汀邊, 晝歇은 제의의 시간과 공간에 대한 기술이다. 제의가 행해지는 시간과 공간에 대한 기술은 제의가 진행되는 현재 시간에 제의가 행해지는 이 공간으로 신이 강림하기를 청하는 것으로 제의의 절차 중 請音에 해당한다.

② 이때 갑자기 구름과 안개로 길이 어두워졌다는 것은 제의 중에 카오스 상태로 회귀했음을 의미한다. 카오스의 상태는 흔히 밤이나 어둠으로 나타난다. 제의 중 카오스 상태로의 퇴각은 천지창조 신화의 구술을 통해 이루어진다. 제의 중에 천지창조 신화를 구술하게 되면 지금의 시공간은 태초에 천지창조가 행해지던 그 시간과 그 공간으로 전이된다. 그런데 천지창조 신화가 구술되는 것은 제의 중에 찬신의 단계에서이다. 왜냐하면 찬신의 단계에서는 신의 내력을 이야기하고 신의 업적을 이야기함으로써 신을 찬양하고 신을 즐겁게 하는데 신의 활동 중 가장 대표적인 것이 천지창조이기 때문이다. 따라서 제의의 절차 중 천지창조 신화의 되풀이는 찬신의 단계에서 행해지며 천지창조 신화의 구술 결과는 태초의 카오스 상태로의 회귀로 나타난다.

③ 왕이 좌우에게 물었다는 것은 사건 발생의 원인과 해결 방안을 물었

다는 것이다. 이는 이 상황에서 빨리 벗어나고 싶은 헌강왕의 바람의 표현이다. 따라서 이 부분은 제의 중에 인간이 원하는 바를 신에게 아뢰는 축원에 해당한다고 볼 수 있다.

④ 헌강왕의 질문에 대한 일관의 대답은 인간의 축원에 대한 신의 응답으로서의 공수에 해당한다. 고대에 일관이 샤먼의 기능을 하는 인물임은 이미 앞에서 지적한 바 있다. 일관의 답 즉 '마땅히 좋은 일을 하여 풀어야 한다'는 것은 축원을 성취받을 수 있는 조건의 제시이다. 이는 바꾸어 말하면 '좋은 일을 행하면 풀어질 것이다'로 축원을 성취받을 수 있는 방법이 조건절의 형태로 제시되는 공수의 일반적인 시문법을 따르고 있음을 알 수 있다. 따라서 여기서의 일관의 답은 공수에 해당한다고 하겠다.

⑤ 헌강왕이 유사에게 명하여 가까운 곳에 절을 짓게 하였다는 것은 일관이 알려준 바대로 행한 것으로 공수대로 실행했음을 의미한다. 공수대로의 실행은 축원을 성취받기 위한 조건의 이행이다.

⑥ 공수대로의 실행 결과는 축원의 성취로 나타난다. 구름과 안개가 바로 걷혔다는 것이 그것으로 헌강왕의 축원이 바로 성취되었음을 보여준다.

다음 처용이 역신을 맞아 물리치는 후반부의 처용 활동담의 사건 전개과정을 제시하면 다음과 같다.

① 역신이 그 처의 아름다움을 흠모하여 사람으로 변하여 밤에 몰래 그녀와 동침하였다.
② 처용이 밖에서 돌아와 두 사람이 동침하고 있는 것을 보고 노래를 부르고 춤을 추었다.
③ 이때 역신이 모습을 드러내고 꿇어 앉아 맹세하기를 '내가 공의 처를 흠모하여 지금 범하였는데 공이 노하지 않으시니 감동하고 아름답게 여겨 이후에는 공의 형상만 보아도 그 문에 들어가지 않겠습니다' 하였다.

④ 이로 인하여 나라 사람들이 처용의 형상을 문에 붙여 벽사진경하였다.

① 여기서는 다른 설화에서와는 달리 첫머리에 제의의 시공간에 관한 기술이 생략되어 있다. 그러나 〈처용가〉 1, 2구의 노랫말에 제의의 시공간이 밝혀져 있어 설화의 생략 문맥을 보완해 준다. 역신이 사람으로 변하여 밤에 몰래 그녀와 동침하였다는 것은 〈해가〉 배경설화에서 동해룡이 수로부인을 납치해 간 것과 마찬가지로 제의 중의 카오스 상태에 해당한다고 할 수 있다. 제의 중에 카오스 상태로의 퇴각은 천지창조 신화의 구술을 통해 이루어지므로 위 기술은 찬신의 단계에 해당한다.

② 이때 처용이 두 사람의 동침 장면을 보고 부른 노래인 〈처용가〉는 역신에게 어떻게 하면 역신을 물리칠 수 있는가를 묻는 내용의 것으로 역신을 물리치고자 하는 처용의 바람이 반영되어 있는 축원에 해당한다. 따라서 〈처용가〉는 제의 중에 축원이 노래로 불린 것이라 할 수 있다.

③ 처용이 부른 〈처용가〉에 대한 대답으로 내려진 역신의 말은 역신을 물리칠 수 있는 방법을 물은 처용의 축원에 대한 역신의 대답으로 공수에 해당한다. 공수의 내용은 "처용의 형상이 그려진 것을 보면 다시는 그 집에 들어가지 않겠다"는 것으로 축원을 성취받을 수 있는 구체적인 방법을 제시해 준 것이다. 여기서도 역시 공수는 조건의 제시와 그 조건이 충족되었을 경우의 축원의 성취라는 조건절의 어법으로 나타나고 있다.

④ 문맥에는 생략되어 있지만 사람들이 이로 인하여 처용의 형상을 문에 붙였다는 것으로 보아 공수대로의 실행이 행하여졌을 것임을 알 수 있다. 공수의 실행은 축원을 성취받기 위한 주술적 행위이다. 처용의 형상이 주술적인 힘을 발휘하게 된 것은 이 때문이다.

다음 이로써 벽사진경하였다는 것은 처용의 형상을 문에 붙인 결과가 역신의 물리침이라는 축원의 성취로 나타났기 때문이다. 辟邪進慶은 제의의 효험을 매우 상징적으로 드러낸 표현이라 하겠다.

(4) 〈安民歌〉: 공수의 노래

먼저 〈안민가〉 배경설화의 사건 전개과정을 제시하면 다음과 같다.

① 唐나라에서 德經 등을 보내니 대왕이 예를 갖추어 받았다.

② 왕이 나라를 다스린 지 24년에 五嶽三山神이 때때로 대궐 뜰에 나타
   나 왕을 모셨다.

③ 3월 3일 왕이 歸正門 樓에 올라 신하들에게 威儀鮮潔한 대덕을 모셔
   올 것을 명하였다.

④ 이때 마침 위의 있고 깨끗한 고승 하나가 길에서 배회하고 있었다.

⑤ 신하들이 위의선결한 고승을 불러오니 왕이 榮僧이 아니라고 그를 돌
   려보냈다.

⑥ 이때 衲衣를 입고 櫻筒을 진 중이 남쪽에서 오고 있었는데 왕이 보고
   기뻐하며 樓 위로 영접하였다.

⑦ 왕이 보니 통 속에는 茶具가 들어 있었다.

⑧ 왕이 그의 정체를 물으니 이름은 忠談이며 매 3월 3일과 9월 9일에
   남산 삼화령 미륵세존께 차를 달여 드리는데 지금도 차를 드리고 돌
   아오는 길이라 했다.

⑨ 왕이 차를 청해 마시니 차 맛이 이상하고 찻잔 속에서 이상한 향이
   풍겼다.

⑩ 왕이 일찍이 들으니 충담의 〈讚耆婆郎歌〉가 뜻이 높다고 하는데 과연
   그런가 하고 물었다.

⑪ 충담은 그렇다고 답하였다.

⑫ 왕이 자신을 위해 〈理安民歌〉를 지어줄 것을 청하였다.

⑬ 충담이 왕의 명을 받들어 노래를 지어 바쳤다.

⑭ 왕이 기뻐하여 王師로 봉하려 하였으나 충담은 이를 사양하고 받지
   않았다.

② 왕이 나라를 다스린 지 24년에 五岳三山神이 대궐 뜰에 나타났다는 것은 제의 중에 신들이 강림한 상황에 대한 기술이다. 신들의 강림은 신을 청하는 청배의 결과로 이루어진 것이므로 청배가 이루어졌음을 알 수 있다. 또 오악삼산신들의 출현에 대한 언급은 제의 중 신을 찬양하고 기쁘게 하는 찬신에 해당한다. 따라서 위 기술은 제의 중의 청배와 찬신의 단계에 해당한다.

다음 ③ 3월 3일 귀정루 행차에서부터 ⑪ 충담의 대답에 이르기까지는 충담의 정체에 관한 기술로 충담이 제의를 시행할 수 있는 인물인가를 경덕왕이 시험해 보고 등용하기까지의 과정에 대한 이야기가 삽입된 것이다. 충담사가 남산 삼화령 미륵세존께 차공양을 드리고 왔다는 것에서 충담이 입사제의를 통해 신성을 획득한 인물이라는 사실이 드러난다. 또 왕이 충담사의 복색을 보고 또 그의 차를 마셔보고 그를 제의를 주관할 인물로 선택한 것은 그가 이미 신성의 획득을 통하여 제의를 주관할 만한 능력을 갖추고 있는 인물이라는 것을 확인했기 때문이다.

⑫ 이러한 시험을 통해 선발한 충담사에게 왕이 자신을 위해 理安民歌를 지어달라고 청한 것은 이안민의 상태를 바라는 경덕왕의 축원으로 볼 수 있다. 이는 理安民할 수 있는 방법에 대한 질문인 것이다. 이는 지금이 이안민의 상황이 아니라는 반증이기도 하다.

⑬ 경덕왕의 청에 의해 지어진 〈안민가〉는 경덕왕의 축원에 대한 응답으로 지어진 노래로 공수에 해당한다. 따라서 제의 중에 공수가 노래로 불린 것이 바로 〈안민가〉라 할 수 있다. 〈안민가〉는 공수의 일반적인 시문법 즉 조건의 제시와 조건이 충족되었을 경우의 축원의 성취라는 조건절의 어법으로 되어 있다. 〈안민가〉의 1-3구, 5-7구, 9구는 조건의 제시이며 4, 8, 10구는 조건이 충족되었을 때 얻을 수 있는 결과의 제시이다. 4, 8, 10구의 내용은 넓게 보면 安民의 상태로 경덕왕이 축원을 통해 이룩하고자 하는 상태라 할 수 있다.

〈안민가〉 배경설화에는 공수의 내용대로의 실행과 그 결과로 인한 축원의 성취에 대한 기술은 보이지 않는다. 이는 공수의 내용이 즉각적인 실행으로 이어지고 그 효과가 즉각적으로 나타날 수 있는 성격이 아니라는 것과 관계된다. 공수대로의 실행은 왕이 통치 중에 지속적으로 이행해야 할 사항들이며 그 결과는 이안민의 상태에의 도달일 것이다.

(5) 〈兜率歌〉: 공수 실행의 노래

먼저 〈도솔가〉 배경설화의 사건 전개과정을 제시하면 다음과 같다.

① 경덕왕 19년 경자 4월 초하루에 해가 둘이 나타나 열흘 동안 없어지지 않았다.

② 일관이 이르기를 "인연 있는 스님을 청하여 散花功德을 하면 재앙을 물리칠 수 있을 것입니다" 하였다.

③ 왕이 이에 朝元殿에 단을 정하고 青陽樓에 가 인연 있는 스님을 기다렸다.

④ 이때 마침 월명사가 남쪽 길을 가고 있었다.

⑤ 왕이 월명사를 불러 단을 열고 계를 짓게 하였다.

⑥ 월명이 "저는 國仙의 무리에 속해 있어 향가만을 알 뿐 梵聲은 알지 못합니다"라고 답하였다.

⑦ 왕이 "이미 인연 있는 스님으로 뽑혔으니 향가라도 좋다"고 하였다.

⑧ 월명이 노래를 지어 바쳤다.

⑨ 이내 해의 변괴가 사라졌다.

⑩ 왕이 이를 가상히 여겨 品茶 한 봉지와 수정염주 108개를 하사하였다.

⑪ 이때 문득 외모가 정결한 동자가 나타나 무릎을 꿇고 차와 구슬을 받아 대궐 서쪽 작은 문으로 나갔다.

⑫ 월명사는 그를 내전의 심부름꾼이라 생각하고 왕은 월명사의 시종이라 생각하였으나 서로 맞지 않았다.

⑬ 왕이 매우 이상하게 여겨 사람을 시켜 뒤쫓게 하니 동자는 내원의 탑

속에 숨고 차와 염주는 남쪽 벽에 그린 미륵상 앞에 놓여 있었다.

⑭ 월명사의 지극한 덕과 지극한 정성이 능히 미륵의 조화를 빌어 나타
남이 이와 같았다.

⑮ 이 일을 세상 사람들이 모두 알게 되니 왕은 월명사를 더욱 공경하여
다시 비단 백 필을 주어 큰 성의를 표시하였다.

① 경덕왕 19년 경자 4월 朔日은 제의의 시간에 관한 기술로 청배이며,
다음에 나오는 왕이 단을 정한 朝元殿은 제의의 공간이 된다. 제의가 행해
지는 시간과 공간에 대한 기술은 제의가 진행되는 현재 시간에 제의가 행해
지는 이 공간으로 신이 강림하기를 청하는 것으로 제의의 절차 중 請陰에
해당한다.

다음, 해가 둘이 떠서 열흘 동안이나 없어지지 않았다는 것은 혼돈과 무
질서의 카오스 상태를 나타낸다. 제의 중 카오스 상태로의 퇴각은 천지창조
신화의 구술을 통해 이루어진다. 제의 중에 천지창조 신화를 구술하게 되면
지금의 시공간은 태초에 천지창조가 행해지던 그 시간과 그 공간으로 전이
된다. 그런데 천지창조 신화가 구술되는 것은 제의 중에 찬신의 단계에서이
다. 왜냐하면 찬신의 단계에서는 신의 내력을 이야기하고 신의 업적을 이야
기함으로써 신을 찬양하고 신을 즐겁게 하는데 신의 활동 중 가장 대표적인
것이 천지창조이기 때문이다. 따라서 제의의 절차 중 천지창조 신화의 되풀
이는 찬신의 단계에서 행해지며 천지창조 신화의 구술 결과는 태초의 카오
스 상태로의 회귀로 나타난다. 따라서 이 부분은 찬신의 단계에 해당한다.

② 일관의 답은 일관이 샤먼임을 생각할 때 신의 뜻이 일관을 통해 전달
된 공수로 볼 수 있다. 일관이 말한 공수의 내용은 '인연 있는 스님을 청하
여 산화공덕을 행하면 재앙을 물리칠 수 있을 것'이라는 것이다. 따라서 문
맥에는 생략되어 있지만 경덕왕이 일관에게 문제해결 방법을 묻는 축원을
공수에 앞서 행하였을 것임을 추정해 볼 수 있다. 일관의 대답은 공수의 일
반적인 어법인 조건의 제시와 조건이 충족되었을 경우의 축원의 성취라는

조건절의 어법을 취하고 있다.

③에서 ⑦까지는 月明師의 입사제의에 관한 기술로 그가 남쪽에서 옴으로써 경덕왕에게 문제해결자로 등용되는 과정에 관한 기술이다. 이는 앞서서 살펴본 충담사의 경우와 마찬가지로 그가 제의를 실행하여 문제를 해결할 수 있는 능력을 가진 자인가를 왕이 시험하는 과정에 관한 이야기로 볼 수 있다. 월명사가 남쪽에서 오고 있었고 남쪽에서 오는 것을 보고 그를 문제해결자로 지목한 것을 통해 월명사가 입사제의를 통해 신성을 획득한 그리하여 제의를 주관한 능력을 소유한 인물임이 드러난다.

⑧ 월명사가 지어 바친 〈도솔가〉는 일관의 지시대로 산화공덕을 행하며 부른 노래이다. 따라서 〈도솔가〉는 공수의 실행단계에서 불린 노래라 하겠다.

⑨ 노래를 부르자 이내 해의 변괴가 사라졌다는 것은 축원이 성취되었음을 나타낸다. 공수대로 실행한 것은 축원을 성취받기 위한 조건의 이행이다. 따라서 이 단계에서 불린 〈도솔가〉는 축원을 성취받기 위해 부른 주가가 된다.

이렇게 향가 배경설화의 사건 전개과정과 제의의 절차를 대응시켜 놓고 보면 향가의 제의가적 위상을 분명히 파악할 수 있다. 이를 정리하면 다음과 같다.

축원의 노래: 〈처용가〉
공수의 노래: 〈헌화가〉, 〈안민가〉
공수 실행의 노래: 〈해가〉, 〈도솔가〉

축원의 단계에서 불린 〈처용가〉는 묻는 형식의 노래로, 공수의 단계에서 불린 〈헌화가〉, 〈안민가〉는 조건절 어법의 노래로, 공수의 실행단계에서 불린 〈해가〉, 〈도솔가〉는 돈호법, 명령법, 위협법 등의 주가적 어법을 간직한 노래로 각각의 단계의 전형적 특징들을 반영하고 있음을 확인할 수 있다.

V. 결 론

신라 향가는 '羅人尙鄕歌者尙矣 盖詩頌之類歟 故往往能感動天地鬼神者 非一'이라는 짤막한 논평에서 보듯 연원이 매우 오래되고 천지귀신을 감동시킬 수 있는 신비한 힘을 지닌 노래로 오랜 기간에 걸쳐 신라인들의 많은 사랑을 받아왔다. 향가가 지니고 있는 이러한 독특한 특징은 흔히 향가의 마력 혹은 주술성으로 이야기되었고 향가는 마력을 지닌 주가로 이해되어 왔다. 그리고 그 바탕으로 향가가 제의에서 불린 제의가라는 사실이 지적되곤 하였다.

그러나 향가의 주술적 혹은 제의가적 성격에 대한 지적은 향가의 본질을 밝히고 향가 개개의 작품들의 실상을 드러내는 데에는 큰 역할을 하지 못하였다. 향가의 주술성이나 제의적 성격이 구체적으로 작품에서 어떠한 양상으로 드러나고 있으며, 향가가 어떠한 방식으로 제의와 관계하고 있는지를 제대로 드러내 주지 못했기 때문이다. 제의에서 불린 제의가와 주술적 성격의 노래인 주가를 동일시하여 제의에서 불린 노래 모두를 주가로 간주한 것이라든가 의례를 동반하지 않고 불린 노래까지를 모두 주가로 규정한 것이 지금까지의 연구에서 선학들이 보여준 대표적인 문제라고 할 수 있다. 이는 제의에 대한 명확한 이해나 주술성이나 주가에 대한 정확한 개념 규정이 없이 향가의 성격을 규정한 데서 비롯된 것이라 하겠다. 본 논문은 지금까지의 연구가 보여준 이러한 문제점들을 극복하기 위한 시도의 하나로 출발한 것이다.

향가의 주술성은 향가가 제의에서 불려진 노래라는 데 근거하고 있다. 향가는 제의에서 발생하였고 제의에서 불렸을 것으로 추정되는 노래이다. 따라서 향가의 실상을 파악하는 데 있어 제의에 대한 이해는 필수적이라 할 수 있다. 그러나 안타깝게도 향가가 불려진 당시의 제의의 모습이나 향가의 제의 발생설을 뒷받침해 줄만한 역사 기록은 존재하지 않는다. 때문에 향가가 향유되던 모습이나 향가의 연행방식을 재구하는 작업의 상당부분을 향가가 수록되어 있는 서사의 분석에 의존하지 않을 수 없다.

따라서 본 논문에서는 향가의 제의가적 성격을 구체적으로 밝히기 위해 제의문맥으로 해석되는 서사에 대한 정밀한 분석을 바탕으로 향가와 제의의 관계 및 제의에서의 향가의 기능을 밝혀 보았다. 본 논문의 대상은 『삼국유사』 향가 수록 조 가운데 향가가 사건의 진행에 직접적으로 개입하고 있고 설화문맥 내에 구체적으로 노래가 불린 정황이 제시되어 있으며 그 정황이 제의의 실행과 관계되는 기이편의 〈수로부인〉조, 〈처용랑 망해사〉조, 〈경덕왕 충담사 표훈대덕〉조, 감통편의 〈월명사 도솔가〉조이다. 이들에는 제의가 실행된 목적, 제의의 주재자, 제의의 상황, 제의의 효험에 대한 기술이 자세히 드러나고 있을 뿐 아니라 구체적으로 향가가 제의 중에 어떠한 기능을 수행하며 불려졌는가를 확인케 해 주는 서술이 존재하기 때문에 구체적으로 향가가 제의와 어떤 식으로 관계를 맺고 있으며 제의 속에서의 향가의 기능이 무엇인자를 파악할 수 있다. 그래서 본 논문에서는 이 다섯 조의 분석을 중심으로 하여 논의를 진행하였다.

본 논문에서는 먼저 향가와 제의의 관계를 논할 수 있는 토대로 초기의 향가 작품으로 알려진 〈도솔가〉와 〈서동요〉를 분석해 보았다. 유리왕대의 〈도솔가〉는 가사는 전하지 않지만 『삼국사기』와 『삼국유사』에 '此歌樂之始也', '有嗟辭詞腦格'이란 기록과 함께 존재하고 있어 노래의 성격을 재구해 볼 수 있다. 위 두 문헌의 기록을 보면 〈도솔가〉는 대규모의 집단행사에서 불린 가무악임을 알 수 있는데 구체적으로는 민속환강을 비는 제의에서 불린 노래라 할 수 있다. 이는 향가의 발생을 제의와 연관시켜 이해할 수 있는 하나의 근거가 된다.

한편 〈서동요〉는 서사문맥에서 떼어 놓고 노래만을 분석해 보면 노래 자체가 바로 신화의 일부로 천부지모의 결연과 그 결과로서의 영웅의 탄생을 노래하고 있음을 알 수 있다. 〈서동요〉의 이러한 성격은 서동요가 제의에서 불린 노래라는 사실, 제의의 절차 중에서도 찬신의 과정에서 불린 노래라는 사실을 드러내 주는 것으로 향가의 제의 발생설을 뒷받침해 주는 또 하나의 근거가 된다. 초기 향가 작품이 보여 주는 이러한 제의가적 성격은 향가의 발생이 제의와 관계되며 향가는 이러한 제의가적 성격을 바탕으로 하는 노래임을 말해주는 것이라 하겠다.

구체적인 작품 분석에 들어가서는 향가가 수록되어 있는 〈수로부인〉조, 〈처용랑 망해사〉조, 〈경덕왕 충담사 표훈대덕〉조, 〈월명사 도솔가〉조의 〈헌화가〉, 〈해가〉, 〈처용가〉, 〈안민가〉, 〈도솔가〉 등을 분석해 보았다. 이들 제의문맥으로 해석되는 향가 배경설화의 분석에서는 특히 제의가 표상화 되는 방식과 인물의 기능에 초점을 맞추어 논의를 진행하였다. 향가의 배경설화에는 제의의 광경이 몇 가지 표상들로 드러나고 있는데 특히 제의의 시공간이 드러나는 양상과 제의 중에 재현되는 카오스 상태가 형상화 되는 방식에 주목하였다. 향가의 경우에는 특히 노래의 성격과 기능에 초점을 맞추어 이들이 서사문맥 속에서 자리하는 위치와 서사문맥 속에서 이들이 수행하는 기능을 통해 향가의 제의가적 성격을 밝혀 보았다.

이러한 분석의 결과 향가 배경설화의 서사는 사건의 시공간에 관한 기술, 주인공이 신격을 획득하는 과정에 관한 기술, 신격을 획득한 주인공이 문제를 해결하는 과정에 관한 기술이 결합되어 있는 구조로 되어 있음을 알 수 있었다. 사건의 시공간에 관한 기술은 설화의 시공간이 제의의 시공간임을 나타내며, 주인공이 신격을 획득하는 과정에 관한 기술은 주인공의 입사제의의 광경을 나타내며, 주인공이 문제를 해결하는 과정에 관한 기술은 제의를 통해 혼란된 질서를 바로잡고 정상질서를 회복시키는 행위로서의 의미를 갖는다.

주인공의 정체나 주인공이 왕에게 문제해결자로 등용되기까지의 과정에 관한 이야기는 주인공이 문제를 해결할 수 있는 능력을 가진 자이며 일반인과 다른 신성을 가진 인물임을 보여준다. 입사제의를 마친 이들이 문제를 해결하기 위해 베푼 제의는 당면한 국가적 위기를 극복하고 질서를 바로잡음으로써 국가를 위기에서 구하고자 하는 목적에서 행해진 것이다. 고대에는 질병, 흉작, 전쟁, 통치의 불안과 같은 위기상황에서 제의를 베푸는 일이 많았는데 이것은 제의가 원초적 질서를 회복시켜 주는 행위로 인식되었기 때문이었다. 제의는 혼돈과 무질서의 카오스 상태에서 질서와 조화의 세계인 코스모스의 상태로의 이행과정으로 진행됨을 확인하였다.

향가 배경설화에서 보이는 이러한 구조 즉 주인공의 인식담과 실행담의 결합 구조는 영웅 신화에서 찾아볼 수 있다. 따라서 향가 배경설화에 등장하는 주인공들은 영웅적 인물이며 향가 배경설화는 영웅 신화의 구조에 가깝다고 할 수 있다.

또 이들 설화는 해결해야 할 문제의 발생→문제의 원인 및 문제해결 방법(者)의 모색→누군가로부터 문제의 원인 및 문제해결 방법을 지시받음→지시대로의 실행→문제의 해결이라는 동일한 사건 전개방식에 따라 진행되는데 이들 설화가 이렇게 동일한 사건 전개과정을 보이는 것은 이들이 같은 사건을 서사화한 것임을 말해준다. 실제로 이들 배경설화의 서사가 전개되는 방식은 제의의 진행절차와 대응된다.

제의는 일반적으로 청배-찬신-축원-공수-공수의 실행-축원의 성취-송신의 절차로 진행되는데 이러한 제의의 절차와 향가 배경설화의 사건 전개방식은 그대로 대응된다. 따라서 서사문맥 속에 놓인 향가의 위치를 통해 향가가 제의 중 어떠한 절차에서 불렸으며 제의 중에 향가가 어떠한 기능을 담당했는가를 알 수 있다. 이들 향가의 제의가로서의 위상을 정리해 보면 〈처용가〉는 축원의 단계에서 불린 노래이고, 〈헌화가〉와 〈안민가〉는 공수의 단계에서 불린 노래이며, 〈해가〉와 〈도솔가〉는 공수의 실행단계에서 불린 노래임을 알 수 있다.

이러한 연구는 지금까지 막연히 향가가 제의와 관련되어 있다거나 향가에 주술적인 힘이 있다는 것을 지적하는 단계에서 한 걸음 더 나아가 구체적인 작품의 존재방식을 통해 향가의 주술적 성격과 제의가적 성격을 밝혔다는 데 의의가 있다고 할 수 있다. 그러나 본 논문에서 다룬 다섯 작품의 향가 이외의 다른 작품들의 경우에는 제의와의 관련성을 어떻게 이야기할 수 있는지에 대한 연구가 보완되어야 향가의 제의가로서의 본질을 입증할 수 있을 것이다. 본 논문에서 살펴본 다섯 작품의 경우에 나타난 제의는 우리 전통 신앙을 바탕으로 한 무속제의였다. 그러나 본 논문에서 대상으로 하지 않은 나머지 작품들의 경우는 이러한 무속제의의 노래와는 성격이 조금 다르다. 〈도천수대비가〉, 〈원왕생가〉, 〈모죽지랑가〉, 〈찬기파랑가〉, 〈제망매가〉는 축원의 성격이 강하고 〈원가〉, 〈혜성가〉는 주가로서의 성격이 강화되는 모습을 보인다. 이는 불교라는 고등 종교의 영향으로 생각된다. 앞으로 남은 문제는 향가의 제의가적 성격이 어떻게 유지, 변화, 발전되어 나가는가를 밝히는 일이라 하겠다.

참고 문헌

1. 자 료

『均如傳』, 崔喆, 安大會 (譯註), 새문사, 1986
『東京雜記』, 韓國名著大全集, 제11권, 대양서적, 1972
『東國歲時記』, 洪錫謨, 乙酉文化社, 1969
『東國與地勝覽』, 書景文化史, 1994
『東國李相國集』, 民族文化推進會, 1978
『三國史記』, 李丙燾 (譯註), 乙酉文化社, 1983
『三國遺事』, 李民樹(譯), 乙酉文化社, 1984
『樂學便者』, 李衡祥, 螢雪出版社, 1976
『海東樂府集成』, 鄭求福(編著), 麗江出版社, 1988
『花郎世紀』, 김대문, 이종욱, 역주해, 소나무, 1999

2. 단행본

A. 반 겐넵, 전경수 옮김, 『통과의례』, 을유문화사, 2000(개정판)
C.G.Jung, 『Four Archetypes』, Princeton University Press, 1970
L.K. 뒤프레, 권수경 옮김, 『종교에서의 상징과 신화』, 서광사, 1996
姜吉云, 『鄕歌新解讀研究』, 學文社, 1995
김대문, 이종욱 역주해, 『화랑세기』, 소나무, 1999
김대문, 조기영 편역, 『화랑세기』, 장락, 1997
金東旭, 『韓國歌謠의 理解』, 乙酉文化社, 1960
金杜珍, 『韓國 古代의 建國神話와 祭儀』, 一潮閣, 1999
金文泰, 『三國遺事의 詩歌와 敍事文脈研究』, 太學社, 1995
金承璨, 『韓國上古文學研究』, 第一文化社, 1978

金烈圭, 『三國遺事와 韓國文學』, 學硏社, 1983
──, 『韓國民俗과 文學硏究』, 一潮閣, 1980년 중판
──, 『鄕歌의 語文學的 研究』, 서강대, 인문과학연구소, 1971
──, 申東旭 편, 『三國遺事와 문예적 가치해명』, 새문社, 1982
金榮振, 『韓國自然神仰研究』, 民俗苑, 1985,
金完鎭, 『鄕歌解讀法研究』, 서울대학교 출판부, 1980
金鍾雨, 『鄕歌文學研究』, 二友出版社, 1983
金哲埈, 『韓國古代社會研究』, 서울大學校 出版部, 1990
金宅圭, 『韓國農耕歲時의 研究』, 영남대학교 출판부, 1985
金學成, 『한국 고시가의 거시적 탐구』, 집문당, 1997
──, 『鄕歌文學研究』, 一志社, 1993
김현선, 『한국의 창세신화』 길벗, 1994
羅景洙, 『鄕歌文學論과 作品研究』, 螢雪出版社, 1980
남풍현, 『借字表記法 研究』, 檀大出版部, 1981
말리노우스키, 서영대 옮김, 『원시신화론』, 民俗苑, 1996
閔肯基, 『昌原都護府圈域 地名研究』, 景仁文化社, 2000
朴魯埻, 『新羅歌謠의 研究』, 悅話堂, 1982
朴容淑, 『韓國古代美術文化史論』, 一志社, 1976
三品彰英, 李元浩 譯, 『新羅花郎의 研究』, 集文堂, 1995
徐在克, 『新羅鄕歌의 語彙研究』, 계명대 한국학연구소, 1975
徐廷範, 『語源別曲』, 汎潮社, 1986
小倉進平, 『鄕歌 및 吏讀의 研究』, 京城帝國大學, 1929
시몬느 비에른느, 이재실 옮김, 『통과제의와 문학』, 문학동네, 1996
申瀅植 『三國史記研究』, 一潮閣, 1981
沈在箕, 『國語語彙論』, 集文堂, 1982
양주동, 『古歌研究』, 博文出版社, 1954
梁柱東, 『論語』, 玄岩社, 1966
양희철, 『三國遺事 향가연구』, 태학사, 1997
엘리아데, 『성과 속』, 학민사, 1983
──, 『우주와 역사』, 현대사상사
──, 이은봉 역, 『神話와 現實』, 成均館大學校 出版部, 1985

───, 이은봉 역, 『종교형태론』, 한길사, 1996

왕 빈, 『신화학 입문』, 金蘭出版社, 1980

袁 珂, 전인초, 김선자 옮김, 『중국 신화전설 I』, 민음사, 1998

柳東植, 『風流徒와 한국의 종교사상』, 연세대 출판부, 1997

유동식, 『韓國 巫教의 歷史와 構造』, 연세대 출판부, 1975

兪昌均, 『鄕歌批解』, 螢雪出版社, 1994

尹榮玉, 『新羅詩歌의 研究』, 螢雪出版社, 1982

李基文, 『國語學槪說』, 民衆書館, 1961

李基白, 『新羅政治社會史研究』, 一潮閣, 1984

李雄宰, 『鄕歌에 나타난 庶民意識』, 白文社, 1990

李在銑, 『鄕歌의 理解』, 三省文化文庫 130, 三省美術文化財團, 1979

이지영, 『한국 신화의 신격유래에 관한 연구』, 태학사, 1995

李惠求, 韓國音樂研究』, 京鄕新聞社, 1957

임기중, 『새로 읽는 향가문학』, 아세아문학사, 1998

───, 『신라가요연구』, 정음사, 1983

───, 『新羅歌謠와 記述物의 研究』, 二友出版社, 1981

───, 『鄕歌文學研究』, 一志社, 1993

任東權, 『韓國歲時風俗研究』, 集文堂, 1985

장덕순, 『韓國文學史의 爭點』, 集文堂, 1986

───, 『韓國說話文學研究』, 서울대 출판부, 1978

張珍昊, 『新羅鄕歌의 研究』, 螢雪出版社, 1993

정렬모, 『향가연구』, 사회과학원 출판사, 1965

鄭炳昱, 『韓國古典詩歌論』, 新丘文化社, 1982

趙東一, 『한국문학통사』 1, 지식산업사, 1982

───, 『한국시가의 역사의식』, 문예출판사, 1993

池憲英, 『新羅時代의 言語와 文學』, 螢雪出版社, 1974

千素英, 『古代國語의 語彙研究』, 고려대학교 민족문화연구소, 1990

崔光植, 『古代 韓國의 國家와 祭祀』, 한길사, 1994

崔珍源, 『國文學과 自然』, 成均館大學校 出版部, 1977

최 철, 『향가의 문학적 해석』, 연세대 출판부, 1990

───, 『향가의 본질과 시적 상상력』, 새문사, 1983

許南春, 『古典詩歌와 歌樂의 傳統』, 月印, 1999

홍기문, 『조선신화연구』, 지양사, 1989

――――, 『향가해석』, 북한과학원, 1956

홍기삼, 『향가설화문학』, 민음사, 1997

洪在烋, 『韓國古詩律格研究』 太學社, 1983

3. 논 문

金光淳,「獻花歌 說話에 대한 一考察」,『白江徐首生先生還甲記念論叢』, 螢雪出版社,
    1981

金善琪,「쇼똥노래」,『現代文學』제13권 151호, 1967

金承璨,「鄉歌와 儀禮」,『慕山學報』9, 慕山學術研究所, 1997

金瑛河,「新羅時代 巡守의 性格」, 高麗大學校 碩士學位論文, 1979

金在鵬,「卵生神話의 分布圈」,『文化人類學』제4집, 1971

金鍾雨,「薯童謠 研究」,『三國遺事와 문예적 가치해명』새문사, 1988

김학성,「〈처용가〉와 관련설화의 생성기반과 의미,『대동문화연구』30집, 성균관대
    대동문 화연구원, 1995

――――,「향가의 장르체계론」,『대동문화연구』27집, 성균관대 대동문화연구원, 1992

――――,「향가장르의 본질」,『한국시가연구』창간호, 한국시가학회, 1997

――――,「花郎 關係 鄉歌의 意義와 機能」,『慕山學報』9집, 慕山學術研究所, 1997

南豊鉉,「〈薯童謠〉의 ‘夕卩乙에 대하여」,『白影鄭炳昱先生還甲紀念論叢』, 新丘文化
    社, 1982

閔肯基,「무왕 탄생의 생성적 의미에 관한 일고찰」,『常山 韓榮煥博士華甲紀念論
    文集』, 1994

――――,「온달설화의 생성적 의미에 관한 연구」,『洌上古典研究』, 제6집, 洌上古典
    研究會, 1993

――――,「신화시대에 대하여」,『檀山學志』6집, 旂檀學會, 2000

朴魯埻,「薯童謠의 歷史性과 說話性」,『語文論叢』, 고려대 국문과 1976

박종성,「한국 창세 서사시의 신화적 의미와 시대적 변천」, 서울대학교 박사학위
    논문, 1999

史在東,「武康王 傳說의 研究」,『百濟研究』, 제5집, 忠南大 百濟研究所, 1974

———, 「武康王 傳說의 研究」,『百濟研究』, 제6집, 忠南大 百濟研究所, 1975

———, 「薯童說話研究」,『藏菴池憲英先生 華甲紀念論叢』, 1971

서대석, 「백제신화연구」,『백제논총』제1집, 백제문화개발연구원, 1985

———, 「창세 시조신화의 의미와 변이」,『구비문학』 4, 한국정신문화연구원, 1980

설성경, 「처용전승의 구조적 연구」,『한국민속학』 7, 민속학회, 1974. 12

———, 「처용의 가무행위가 지닌 의미 층위」,『동방학지』 36, 37합집, 1983

成武慶, 「深山大澤과 臨海亭에 대하여」,『成大文學』 26집, 成均館 大學校 國語國
　　　文學科, 1988

宋在周, 「薯童謠의 形成年代」,『韓國古典詩歌研究』, 다운샘, 1993

엄국현, 「서동요 연구Ⅱ」,『仁濟論叢』, 제6권 제2호, 인제대학교, 1990

嚴元大, 「處容에 關한 綜合的 考察」,『國語國文學研究』 3, 圓光大 國語國文學科, 1976

呂基鉉, 「水路夫人 이야기의 祭儀的 研究」, 成均館大 碩士學位論文, 1984

유효석, 「풍월계 향가의 장르적 성격 연구」, 성균관대학교 박사학위 논문, 1993

尹撤重, 「鄕歌性格攷」, 성균관대 대학원 석사학위논문, 1977

———, 「〈會蘇曲〉과 娑蘇神母의 織羅」,『古典詩歌의 理念 表象』, 林下 崔珍源博士
　　　停年紀 念論叢, 1991

李能雨, 「鄕歌의 魔力」『現代文學』 21, 1956.9

李都欽, 「신라 향가의 문화기호학적 연구」, 한양대 대학원 박사학위 논문, 1993

李杜鉉, 「新羅古樂再攷」,『新羅伽倻文化』 1輯, 靑丘大 新羅伽倻文化研究院, 1966

李丙燾, 「薯童 說話에 대한 新考察」,『歷史學報』 제1집, 1953

李載浩, 「花郎世紀의 史料的 價値」,『정신문화연구』 36호, 1989

李惠求, 「시나위와 詞腦에 관한 試考」,『國語國文學』 8, 國語國文學會, 1953

張成鎭, 「長時調의 民謠的 發想小考」,『韓國傳統文化研究』 제3집, 曉星女子大學校
　　　韓國傳 統文化研究所, 1987

全京秀, 「新羅社會의 年齡體系와 花郎制度」,『韓國文化人類學』 17, 1985

趙芝薰, 「新羅歌謠考」,『國文學』 6집, 1962

———, 「新羅歌謠研究論考」,『民族文化研究』 1, 高麗大 民族文化研究所, 1964

崔　喆, 「新羅歌謠의 研究」, 東國大學校 博士學位論文, 1978

崔光植, 「日本古代의 老翁」,『韓國傳統文化研究』 제3집, 1987

최운식, 「쫓겨난 여인 發福說話 一考」,『설화연구』 태학사, 1998

黃壽永, 「百濟 帝釋寺址의 研究」,『百濟文化』 4輯, 忠南大 百濟研究所, 1973

제2부

각 론

I. 들어가는 말

　『三國遺事』 紀異 二, 〈수로부인〉조에는 배경설화와 함께 〈헌화가〉, 〈해가〉가 실려 전한다. 〈수로부인〉조의 〈헌화가〉, 〈해가〉 그리고 이들 노래가 놓여 있는 서사문맥에 관한 연구는 일찍부터 이루어져 왔는데 특히 〈헌화가〉를 둘러싼 논의는 그 진폭이 매우 넓고 노래의 해석 또한 무척 다채롭게 전개되었다. 〈수로부인〉조를 둘러싼 논의가 이처럼 다양한 편차를 보이고 진행된 것은 설화 속의 사건을 바라보는 연구자들의 관점의 차가 워낙 컸던 데 기인한 것이라 할 수 있다. 특히 〈헌화가〉의 해석에 있어서는 그 견해차가 더욱 커 일상의 세속적 사랑의 노래로 보려는 데서 초월적 성스러움의 노래로 보려는 데까지, 소박한 사랑의 노래로 보려는 데서 고도의 상징적 노래로 보려는 데까지, 평범한 村老의 노래로 보려는 데서 초자연적인 神格의 노래로 보려는 데까지 두 극점의 사이에는 다양한 해석과 관점이 서로 뒤얽혀 있어 어떤 일치된 해석의 경향성을 찾기가 불가능한 형편[1]이라는 평가가 내려질 정도였다.

　주지하다시피 〈수로부인〉조는 수로부인과 순정공이 강릉태수로 부임하던 도중 경험한 두 가지 사건에 관한 기술로 이루어져 있다. 첫 번째 사건은

---

[1]　성기옥, 「〈獻花歌〉와 신라인의 미의식」, 『한국고전시가작품론1』, 白影 鄭炳昱先生 10週忌追慕論文集 刊行委員會, 集文堂, 1992, p.57

千丈이나 되는 높은 벼랑 위에 핀 꽃을 탐한 수로부인과 노옹 간에 있었던 일에 대한 기술이고 두 번째 사건은 홀연 동해룡에 의해 납치된 수로부인을 노인의 지시대로 하여 되찾는 과정에 관한 기술이다. 언뜻 보면 일상적인 사건처럼 보일 수도 있는 첫 번째 사건과 현실적 차원에서의 합리적인 이해를 어렵게 하는 두 번째 사건의 의미를 같은 것으로 묶어 주는 것은 〈수로부인〉조의 마지막 부분에 나오는 일연의 해석적 논평이다. 〈수로부인〉조의 말미에서 일연은 '수로부인의 용모가 빼어나게 아름다워서 深山大澤을 지날 때마다 신물들에게 약람을 당하였다.'[2]는 기술을 덧붙이고 있다. 즉 이 두 사건은 수로부인의 빼어난 아름다움으로 인해 일어난 사건으로 요약되고 있는 것이다.

하지만 이 두 사건의 의미를 여성의 빼어난 아름다움으로 인해 일어난 납치사건 정도로 이해해 버리고 말기에는 배경설화에 등장하는 어휘들의 상징적 의미들이 너무 강하다는 점을 지적하지 않을 수 없다. 이들 상징적 어휘들은 〈수로부인〉조의 서사문맥을 현실적 차원의 그것으로 그대로 이해해서는 안 된다는 것을 말해준다. 〈수로부인〉조에서 보이는 상징들은 제의적 상징이다. 때문에 〈수로부인〉조가 바로 제의의 광경을 서사화한 것이라는 주장이 일찍부터 대두되었고, 제의와의 관련성이 어느 향가 작품보다도 심도 있게 논의되어 온 것이 사실이다. 필자 역시 〈수로부인〉조는 제의의 문맥에서 해석되어야 한다는 입장에 서 있다.

본고는 〈수로부인〉조를 제의와 관련시켜 해석한 앞선 연구자들의 논의를 좀더 보완, 구체화시키고 기존 연구에서 간과되었던 문제들을 지적하려는 목적에서 시도된 것이다. 본고에서는 〈수로부인〉조의 〈헌화가〉 배경설화를 중심으로 하여 제의가 어떤 것들로 표상화되어 나타나는가를 짚어보고 이를 통해 〈헌화가〉 배경설화를 제의문맥으로 이해해야 하는 근거를 마련해 보고자 한다. 아울러 지금까지 〈헌화가〉를 단순히 제의에서 불린 노래, 혹은 呪

---

2) 水路姿容絶代 每經過深山大澤 屢被神物掠攬 『三國遺事』卷 第 2, 紀異 第 2, 〈水路夫人〉

歌로 이해했던 관점에서 벗어나 좀더 구체적으로 〈헌화가〉가 제의의 어떤 단계에서 어떤 기능을 하는 노래로 불렸는가를 밝혀보고 〈헌화가〉를 呪歌로 보는 견해가 합당한가에 대한 필자의 견해를 밝혀볼까 한다.

II. 〈獻花歌〉 배경설화에 나타난 祭儀的 表象

먼저 〈헌화가〉 배경설화의 내용을 서술의 순차에 따라 정리하여 제시하면
다음과 같다.

① 신라 성덕대왕 대에 순정공이 강릉태수로 부임하는 도중 海汀에서 晝
饍을 하였다.

② 그 곁에는 높이가 千丈이나 되는 石嶂이 병풍같이 바다를 두르고 있
었는데 그 石嶂 위에는 철쭉꽃이 만발해 있었다.

③ 순정공의 부인 수로가 그것을 보고 '저 꽃을 꺾어다 줄 사람이 누구인
가'고 물었다.

④ 從者들은 '그곳은 사람이 닿을 수 없는 곳입니다'하며 모두 할 수 없
는 일이라고 말하였다.

⑤ 이때 암소를 끌고 가던 노옹이 부인의 말을 듣고 꽃을 꺾고 노래를
지어 바쳤다.

⑥ 그 노옹이 누구인지 알 수 없었다.[3]

---

3) 『三國遺事』 卷 第 2, 紀異 第 2 〈水路夫人〉
　聖德王代, 純貞公赴江陵太守.(今溟州)行次海汀晝饍. 傍有石嶂. 如屛臨海. 高千丈. 上
有花盛開. 公之夫人水路見之. 謂左右曰. 折花獻者其誰. 從者曰. 非人跡所到. 皆辭不能.
傍有老翁牽牸牛而過者. 聞夫人言折其花亦作歌詞獻之. 其翁不知何許人也

〈헌화가〉 배경설화에서 보이는 제의적 표상은 海汀, 晝饍, 石嶂, 바다, 꽃 등이다. 이제 본 장에서는 이들이 왜 제의의 표상이 되며 이것들이 무엇을 표상하고 있는가를 다음 몇 가지 자료와의 비교를 통해 밝혀보도록 하겠다.

1. 海汀, 晝饍

수로부인이 경험한 첫 번째 사건은 수로부인이 남편 순정공과 함께 강릉태수로 부임하던 중 海汀에서 晝饍을 하던 차에 발생한다. 이 사건의 성격을 규명하는 데 있어서 海汀과 晝饍의 의미를 밝히는 것은 매우 중요한 의미를 갖는다. 왜냐하면 그것이 단순한 '바닷가에서의 점심식사'를 의미하는 것이라면 위 사건은 현실적 차원에서 이해될 수도 있을 성질의 것이지만 그것이 아니라면 이 사건의 의미는 달리 파악되어야 하기 때문이다. 海汀과 晝饍에 대해서는 이미 많은 논의들이 이루어진 바 있는데 海汀이 단순한 바닷가가 아니라 제의를 행하는 장소라는 주장4)과 晝饍이 일상적인 점심식사가 아니고 임금이나 신께 바친 음식이라는 주장5)이 상당한 설득력을 얻고 있다. 이는 다음 사건인 〈해가〉 배경설화에서 수로부인이 경험하게 되는 사건의 시간과 장소가 역시 臨海亭과 晝饍으로 나오는 점을 보아서도 그러하고 같은 『삼국유사』 소재 〈萬波息笛〉설화에서 왕이 西溪邊에서 晝饍할 때 玉帶의 쪽이 용이 되어 승천하는 사건이 일어나는 것을 볼 때에도 꽤 수긍이 가는 주장이다. 晝饍이 단순한 점심식사를 의미하는 것이라면 왜 하필 점심식사 중에 그러한 비일상적 사건들이 연속적으로 일어나는가 하는 것을 해명하기 어렵다. 수로부인이 동해룡에게 납치되어 물 속으로 들어가는 사

---

4) 呂基鉉, 「水路夫人 이야기의 祭儀的 硏究」, 成均館大 碩士學位論文, 1984, pp.9-10
5) 金光淳, 「獻花歌說話에 關한 一考察」, 『韓國詩歌硏究』, 螢雪出版社, 1981

건이나 쪽대의 용이 승천하여 하늘로 올라가는 사건 등은 실재한 사건으로 보기 어렵다. 이것들은 모두 비일상적 차원의 사건이다. 따라서 晝饍의 의미는 일상적인 점심식사의 의미로 보아서는 안 되며 김광순이 지적한 대로 제의를 행하고 있다는 표지로 읽어야 한다. 晝饍이 일상적인 점심식사가 아니라 제의 중에 신에게 바치는 음식을 의미함은 다음 자료에서도 확인된다.

제주도 무가 〈세경본풀이〉는 세경신 곧 상세경인 문도령에 대한 내력과 신화의 주인공인 중세경 자청비와 자청비의 종이었던 목축신 하세경 정수남에 대한 본풀이이다. 〈세경본풀이〉는 일반적으로 큰 굿 속에서 풍요를 기원하는 제차에서 불려진다. 그런데 제주도 무가 〈세경본풀이〉에는 결말부분에 문도령, 자청비, 정수남이 오곡씨를 뿌리러 내려와서 점심밥을 얻어먹는 내용이 나온다. 이들은 세경신이기에 점심밥을 얻어먹고 그 대가로 풍요를 내려주려 한다. 그래서 먼저 아홉 머슴과 아홉 소가 밭을 갈고 있는(풍요한) 곳에 가서 점심을 얻어오려고 한다. 하지만 이들이 먼저 찾아가 점심을 청한 부부에게서 들은 답변은 "질 가는 간나이들 징심이랑말앙 우리 아홉 장남 먹을 징심도 엇다"6)는 냉랭한 말이었다. 이에 화가 난 세경신은 조화를 부려 아홉 머슴과 아홉 소를 혼내주고 그 밭도 흉년이 들게 한다. 하지만 다음에 만난 늙은 부부는 "우리 두 늙은인 얼매 못 못으매 하영 먹엉 갑서"7)하며 점심밥을 잘 대접한다. 노부부로부터 점심을 잘 얻어먹은 세경신은 그에 대한 대가로 그 노부부의 밭에 풍년이 들게 해 준다. 그리고 자식이 없는 이들 노부부를 제석천왕과 제석지왕으로 들게 하여 일년 열두 달 고사지낼 때마다 제석천왕과 제석지왕을 청하면 내려와서 젯상을 받게 하고 세경땅에서 밭에 농사하러 와서 점심 먹을 때 점심밥을 동서로 던지면 감응하게 한다. 그러면서 "제석할망이랑 제석사발로 그해 시절 좋음 굿임을 마련흡서"8)라 하여 대접받는 데 따라 농사의 잘되고 못되고를 결정하게 한다.

---

6) 秦聖麒, 『제주도무가본풀이사전』, 民俗苑, 1991, p.263
7) 秦聖麒, 앞의 책, 같은 쪽
8) 秦聖麒, 앞의 책, p.264

〈세경본풀이〉의 내용은 신에게 점심밥을 잘 대접한 사람은 풍요를 얻게 되고 점심밥을 잘 대접하지 못한 사람은 망하게 되므로 순조로운 농사와 풍요를 보장받기 위해서는 신께 점심밥을 잘 차려 대접해야 한다는 의식이 이러한 의례의 기원이 되었음을 말해주고 있다. 이렇게 본다면 畫饍 곧 점심밥은 인간이 먹는 일상적인 식사가 아니라 신에게 대접하는 음식의 의미를 갖으며 점심밥을 잘 차려 대접한다는 것이 하나의 의례적 행위임을 알 수 있게 해 준다.

2. 千丈石嶂과 바다

海汀, 畫饍 다음으로 주목되는 것은 꽃이 피어 있는 장소가 높이가 천장이나 되는 석장이 병풍같이 바다를 두르고 있는 곳이라는 기술이다. 일반적으로 물은 풍요, 재생, 생명의 탄생을 의미한다.

물: 창조의 신비: 탄생-죽음-부활: 淨化와 구원: 풍요와 성장9)

때문에 우리는 세계적으로 널리 분포되어 있는 많은 홍수신화에서 물이 타락한 세상을 정화시키는 수단이면서 모든 만물을 새롭게 탄생시키는 대지로서의 의미를 갖는 것을 보아왔다. 우리나라의 홍수신화도 이전세계의 소멸과 재창조를 이야기하고 있다. 물은 이전의 낡고 더러운 세상을 쓸어버리고, 새로운 세상을 출발시키는 토대로서의 의미를 갖는다.

---

9) Wilfred L. Guerin. Earle G. Labor, Lee Morgan: a Handbook of Critical Approaches to Literature, (Haper and Row, Publishers, New York and London. 1996), pp.118-119

그런데 많은 경우 홍수신화에서 물은 세계의 중심을 상징하는 돌과 함께 등장한다. 홍수에도 잠기지 않는 돌 혹은 산이 그것이다. 많은 홍수신화에서 홍수가 난 이후의 모습은 대지에 가득한 물과 그 가운데 남아 있는 산 혹은 돌의 형상으로 나타난다. 우리나라의 경우에도 〈장자못〉 이야기에서뿐 아니라 〈고리봉〉 이야기, 〈남매혼〉 이야기, 〈목도령〉 이야기, 〈광포〉 이야기 등에서 '물 가운데 조금 남아있는 산'이나 '못과 돌' 등의 형상이 홍수로 옛것을 모두 쓸어버린 뒤에 나타난다. 이렇게 '물 가운데 솟아있는 산'의 형상, '못과 돌'의 형상이 홍수 뒤에 나타나는 것은 홍수 뒤에 바로 새로운 세상의 탄생이 이루어졌다는 것을 나타내 준다[10].

물과 바위(돌), 물과 산이 새롭게 창조된 세계의 표상임으로 해서 많은 이야기에서 이곳으로부터 인간이 탄생한다. 엘리아데가 "우주적 차원이든 인간학적 차원이든 침례는 마지막 소멸을 뜻하지 않고 단순히 형태 이전의 상태로의 일시적인 재통합을 의미할 뿐이다. 그리고 우주적, 생물적, 구제론적 계기에 응하여 새로운 창조, 새로운 생명, 새로운 인간이 그로부터 태어나게 되는 것이다."[11]라고 지적한 것처럼 물은 새로운 생명의 탄생을 동반한다.

못의 돌에서 태어난 인간 혹은 못의 돌 위에 앉아 있는 인간의 이야기는 〈동명왕 신화〉, 〈금와왕 신화〉, 〈성씨 시조 신화〉, 〈명당 전설〉에 이르기까지 다양하게 존재한다. 동명왕 신화의 유화는 우발수의 돌 위에 앉아 있는 모습으로, 금와왕 신화의 금와는 곤연의 돌 밑에서 발견되는 것으로, 사물 택은 택상의 돌에 앉아 있는 모습으로 발견된다. 신연우[12]는 〈장자못 전설〉에 등장하는 장자못과 며느리 바위의 의미를 설명하면서 유화가 우발수

---

10) 呪水와 呪石이 갖는 의미와 이러한 관념이 보이는 자료에 대한 제시는 임기중, 『신라가요와 기술물의 연구』, 二友, 1981, pp106-112 참조. 홍수신화에서의 못과 돌의 형상이 갖는 의미에 대해서는 길태숙, 〈밭매기 노래〉에서의 죽음에 대한 신화적 해석, 연세대학교 대학원 박사학위 논문, 2001. 12, p.54 참조

11) 엘리아데, 이은봉옮김, 『종교형태론』, 한길사, 1996, p.295

12) 신연우, 「장자못 전설의 신화적 이해」, 『열상고전연구』 13, 열상고전연구회, 2000.12 pp.155-159 참조. 이에 관한 좀더 구체적인 논의는 민긍기, 「원시가요연구1」, 『논문집』 12권 1호, 창원대학교, 1990 참조

의 돌에 앉았다가 왕에게 발견되었고 금와가 곤연의 돌에서 탄생하며 사물택이 澤上의 돌에 앉았다가 왕에게 발견됨을 들어 물과 바위가 곧 입사제의를 나타내는 지표임을 논증하였다.

이렇게 물과 돌을 제의의 표상으로 본다면 〈헌화가〉 배경설화에 나오는 千丈 높이의 石嶂과 바다는 바로 이 공간이 새롭게 창조된 공간이며 신성공간임을 말해주는 것으로 이해할 수 있다.[13] 수로부인이 꽃을 따달라고 하자 여러 從者들이 그 장소를 '非人跡所到'라고 하며 불가능함을 말한 것은 이런 관점에서 이해할 수 있다. 이 공간이 아무나 출입할 수 없는 성스러운 신성공간임을 밝힌 것이다.

3. 꽃

그렇다면 높은 石嶂 위에 만개한 철쭉꽃은 무엇을 상징하는 것으로 볼 수 있는가. 새롭게 창조된 대지 위에 만개한 철쭉꽃은 바로 그 공간에 가득한 생명력과 풍요의 기운을 상징하는 것으로 볼 수 있다. 우리 무속에서 꽃

---

13) 물과 돌이 신성공간이라는 관념은 다음과 같은 예에서도 확인된다.
　　안압지는 천주사 북쪽에 있다. 문무왕이 궁 안에 못을 만들고 돌을 쌓아 산을 만들어 巫山 十二峯을 본떴고, 花卉를 심고 珍禽을 길렀다. 그 서쪽에 臨海殿이 있어 주춧돌이 밭이랑 사이에 흩어져 있다. 〈『東國輿地勝覽』, 卷 21, 慶州市 古跡條 雁鴨池〉
　　여기서 주목해야 하는 부분은 궁 안에 인공적으로 못을 만들고 그 못에 산을 만들었다는 목이다. 궁 안에 못과 돌을 인공적으로 만들어 놓은 것은 바로 그곳이 신성공간임을 나타내기 위해서이다. 궁이 왕이 거처하는 공간이고 왕이 질서의 상징임을 볼 때 궁 안에 신성공간의 표상을 만들어 둔 것은 자연스럽게 이해된다. 궁 남쪽에 못을 파고 물을 20여 里 끌어들였다. 네 언덕에 버드나무를 심고, 못 속에는 섬을 만들어 방장선산에 비겼다.[1] 〈『三國史記』 卷27, 武王 35년 3월〉
　　여기서도 역시 인공적으로 못과 산을 조성해 놓고 신성한 공간으로 관념했음을 확인할 수 있다.

이 생명력과 풍요의 상징으로 쓰인 예는 흔히 발견되는데 그 가운데 하나로 한장군놀이를 들어보도록 하겠다.

한장군놀이는 경상북도 경산시 자인면 일원에서 단오절에 행하던 단오굿의 명칭이다. 원래 한 장군은 이 지역의 단오굿의 중심행사인 女圓舞에 등장하는 주인공 이름인데 무형문화재로 지정되면서 전설상의 인명이 민속연회의 명칭으로 변하게 된 것이다. 자인 고을의 전설에 따르면 한 장군은 신라 혹은 고려 때 사람으로 왜적이 이 고을을 침범하여 到天山 위에 웅거하면서 백성들을 괴롭히자 꾀를 써서 여자로 가장한 뒤 누이와 함께 화려한 꽃관(女圓花)을 쓰고 산아래 버들못 둑에서 광대들의 풍악에 맞추어 춤을 추었다고 한다. 그러자 왜적들이 산에서 내려와 여원무의 신기함과 풍악의 흥겨움에 넋을 잃고 있을 때 한 장군은 여원화를 벗고 장군으로 돌변하였고 광대들도 비수를 든 무사로 화하여 왜적을 물리쳤다고 한다. 그 뒤 이 고장에는 한 장군을 모시는 사당이 생겼고 해마다 단오에는 제사를 지내고 성대한 놀이를 베풀었다고 한다.

〈헌화가〉 배경설화와 관련하여 이 놀이에서 시선을 끄는 것은 이 놀이가 못과 산이 어우러져 있는 공간에서 연행되었으며, 한 쌍의 남녀가 주인공으로 등장하고, 높이가 10척이나 되는 화관을 머리에 쓰고 꽃으로 전신을 가리고 춤을 추는 여원무가 행해진다는 점이다. 이 놀이가 봄에 풍요를 비는 단오제에서 행해지던 놀이임을 고려한다면 〈헌화가〉 배경설화에 대한 이해도 이와 비슷한 관점에서 가능하지 않을까 생각된다.

그런데 한장군놀이에 사용되는 꽃은 매우 신성하게 취급되어 단오제 전까지는 사람들의 접근이 일체 금지된다고 한다. 이 꽃들은 한 장군놀이가 모두 끝이 난 뒤에 사람들에게 나누어지는데 놀이가 끝이 나면 사람들은 다투어 꽃송이를 몸에 품고 가서 집에 모셔둔다고 한다. 이는 바로 이 꽃이 풍년, 除厄, 治病 등의 효험이 있다고 믿어지기 때문이다.[14] 이처럼 꽃이 신성시되고 꽃

---

14) 金宅圭, 『韓國農耕歲時의 研究』, 영남대학교 출판부, 1985, pp.266-273 참조

이 효험이 있는 주술적 물건으로 믿어진 것은 바로 그 꽃이 제의 중에 강림한 신격과 동일시되기 때문이다. 꽃이 풍년, 제액, 치병의 효험이 있는 것으로 믿어졌다는 사실은 꽃이 단순한 자연물이 아니라 신격과 동일시되는 물건이며 주술적 능력을 지닌 물건으로 간주되었음을 반증하는 것이라 하겠다.

꽃이 지닌 이런 주술적 능력을 보여주는 자료로는 또 제주도의 불도맞이를 들 수 있다. 불도맞이는 일종의 기자의례로 산신인 삼승할망이 서천서역국에서 꽃감관 몰래 꽃을 가져와서 자식 갖기를 축원하는 여자에게 자식을 점지해 준다는 내용으로 짜여져 있다.

현승환[15]은 이런 불도맞이라는 의례의 내용을 소개하면서 제주도의 기자의례인 불도맞이 중 꽃탐이라는 의례의 내용이 〈헌화가〉 배경설화의 내용과 그대로 일치함을 증명해 보였다. 그는 불도맞이 의례의 내용과 〈헌화가〉가 배경설화를 다음과 같이 요약하였다.

① 심방이 왕래할 수 있는 신성공간인 제상 위에
② 서천서역국의 서천 꽃밭에 있다고 하는 생불꽃이 있는데
③ 심방이 이를 따서
④ 노래를 부른 후
⑤ 제주에게 꽃을 주고
⑥ 점을 친다.

① 무당이 왕래할 수 있는 신성공간인 석장 위에
② 철쭉꽃이 있는데
③ 견우노옹이 노래를 부른 후
④ 꽃을 따서
⑤ 수로부인에게 주었다

---

15) 현승환, 「헌화가 배경설화의 기자의례적 성격」, 『한국시가연구』 12집, 한국시가학회, 2002. 8

그런 다음 불도맞이의 꽃탐과 〈헌화가〉 배경설화의 기술내용이 일치하므로 〈헌화가〉 배경설화는 제주도의 기자의례인 불도맞이의 '꽃탐'과 같은 성격의 것으로 파악할 수 있다 하였다. 곧 수로부인은 잉태를 바라는 여성이며 잉태를 위해 남편을 따라 강릉으로 가던 중에 명산을 찾아 자식잉태를 바라는 의례를 행한 것이라는 주장이다.

신성공간에 있는 피어 있는 꽃을 의례 중에 샤먼이 따서 이를 제주에게 주는 의례의 진행절차나 각 인물의 기능이 서로 상당히 일치하기는 하지만 불도맞이 꽃탐의 꽃이 자식으로 변환되어 나타난다고 해서 수로부인이 꽃을 원한 것도 자식잉태를 바란 것이라고 단정하여 말하기는 어렵다고 본다. 이것은 꽃의 의미를 너무 제한적으로 본 것이라 하지 않을 수 없다. 앞에서도 말했듯이 꽃은 그 자체가 질서의 상징이기 때문에 죽은 사람을 살릴 수도 악한 사람을 징치할 수도 있는 것이며 자식을 점지해 줄 수도 풍요를 가져다 줄 수도 있는 것이다.

이렇게 무속에서 꽃이 주술적 능력이 있어 무엇이든 되게 하는 예는 아주 많다. 우리의 무가 〈바리공주〉, 〈이공본풀이〉, 〈세경본풀이〉에 등장하는 꽃이 그러한 예이다. 위 무가에 나오는 꽃들은 모두 주술적 능력이 있는 신물들이다. 환생꽃은 뼈를 생기게 하고, 살을 오르게 하고, 숨을 쉬게 하며 웃음웃을꽃은 웃음을 웃게 하며, 싸움싸울꽃은 싸우게 하고, 수레멸망악심꽃은 멸망하게 하는 능력을 갖고 있다.

다시 〈헌화가〉 배경설화로 돌아와 이야기를 해 보겠다. 꽃을 간절히 원하는 수로부인에게 꽃을 얻을 수 있는 방법으로 노옹이 제시한 조건은 〈헌화가〉에 드러나 있다. 그것은 '나를 부끄러워하지 않는다면'이란 조건이다. 이 말은 매우 함축적인 의미를 담고 있는 것으로 보인다. 부끄러워하지 않는다는 것이 단순히 외간 남자에 대한 경계를 푸는 것 정도의 의미를 가질 수도 있지만 보통 풍요가 남녀간의 성적인 관계를 통해 이루어지는 것으로 표현되는 것이 일반적이라는 사실에 근거해 볼 때 노옹의 이 말은 노옹과 수로부인의 결합 즉 神婚을 의미하는 것으로 파악되기 때문이다.

　　노옹이 꽃을 얻을 수 있는 방법으로 신혼을 제시한 것은 신과의 결합 즉 신혼이 곧 신으로부터 질서를 받는 행위이자 질서를 갱신하는 행위이기 때문이다. 엘리아데는 제의 중에 행해지는 신적인 모델의 원형 가운데 하나로 신혼을 들면서 제의 중에 신혼이 재현되는 이유를 풍요와 재생으로 설명하였다. "이 세상은 신혼이 모방될 때마다, 즉 혼례적 결합이 이루어질 때마다 재생이 되는 것이다."16)라 하였는데 이 말은 노옹과 수로부인의 결합의 의미를 분명하게 해 준다.

　　수로부인에 대한 노옹과 순정공의 태도는 이런 관점에서 보면 쉽게 납득할 수 있다. 일개 노옹이 지체 높은 신분의 아내와 그것도 남편이 버젓이 옆에 있는 자리에서 희롱하는 듯한 말을 주고받는다는 것을 상식적인 차원에서 이해하기는 좀 어렵다. 하지만 이 사건을 제의 중의 사건으로 보고 이 사건의 의미를 제의 중에 노옹과 수로부인이 맡아서 하는 기능을 통해서 보면 쉽게 이해할 수 있는 것이다.

---

16) 엘리아데, 『宇宙와 歷史』, 現代思想社, 1976, p.47

Ⅲ. 〈獻花歌〉 배경설화에 대한 祭儀的 理解

〈헌화가〉 배경설화를 이렇게 제의와 관련시켜 이해한다고 했을 때 이제 남는 문제는 이것이 무슨 제의의 광경을 기술한 것인가 하는 것이다. 서사문 맥의 기술로부터는 이것이 어떤 성격의 제의인가를 판단할 만한 정보를 얻기 어렵기 때문에 정확하게 이것이 어떤 성격의 제의이다라고 논단하기는 사실 어렵다. 때문에 이에 관한 선행연구자들의 견해들은 문학외적인 사실들과 방법에 의존해서 그것들을 추정해 본 것이 대부분이었다. 역사 실증주의적 방법을 동원한 이들은 성덕왕 때의 역사적 사실들과 당시의 정황들에 대한 검토를 통해 성덕왕 때가 지방세력들의 득세가 심했고 중앙정부의 세력이 미약했던 시기였으므로 지방세력의 항거를 막고 민심을 수습하기 위해 행한 제의였을 것으로 추정하기도 하였고, 『삼국유사』와 『삼국사기』 성덕왕조의 기사에 가뭄이나 기근과 관련한 기사가 많은 점으로 미루어 비를 바라는 기우제의였을 것으로 추정하기도 하였다. 한편 계절적 배경에 주목한 이들은 계절적 배경이 봄이고 수로부인이 원한 것이 만개한 철쭉꽃이었으므로 이것은 봄의 생생력을 회복하고자 행한 봄맞이 제의였을 것이라 하였다. 또 혹자는 부임지로 가는 도중에 행한 제의이니만큼 이 제의는 前途의 무사와 안녕을 기원하는 산천제의였을 것으로 추정하기도 했다. 이와는 다르게 제의의 내용과 제차에 주목한 이들은 그 내용과 절차가 기자의례와 비슷한 점을 들어 기자의례로 보기도 했고, 남녀신격의 결합이 중심이 되는 성의례적 성격을 갖는

데 착안하여 동해안 풍어제의 하나로 이해하기도 하였다. 이러한 추정들은 다 어느 정도 설득력이 있으며 이들의 견해에 수긍이 가는 것도 사실이다.

여기에서 필자는 이에 대한 새로운 견해를 덧붙이기보다는 제의의 기능이 어떤 것인가를 설명하는 것으로서 〈헌화가〉 배경설화의 의미를 밝혀볼까 한다.

A.von Gennep는 삶과 우주의 법칙을 "재생(再生, Regeneration)"으로 보았다. 그래서 그는 어떠한 사회구조에서든 발견되는 에너지는 점차로 사용되고, 그리고 그것은 휴지기에 반드시 회복되어 새로워져야 한다고 말한다. 에너지의 상실, 그것은 개인이나 집단에 발생할 또는 발생한 생의 위기를 의미한다. 생의 위기는 혼돈의 세계이다. 제의는 곧 혼돈의 세계에 질서를 부여하여 상실된 에너지를 회복하는 것이다. Eliade의 말을 빌리자면 태초(abinitio)의 신적인 행위나 사건 곧 신적 원형(神的原型, Archetype)을 확립하는 것이다. 신적 원형은 신화적 질서이며, 신적 원형을 반복, 재현함으로써 역사에 실재성을 부여하고 생활을 창조해 나가는 것이다. 이 신적 원형을 반복 재현함으로써 사실된 에너지의 회복은 가능하다. 이 반복 재현의 행위가 곧 제의이며 이것의 언표화(言表化) ― 구술상관물이 곧 신화인 것이다. 이때 제의의 과정은 "죽음과 재생"으로 나타난다.[17]

제의의 목적과 효능에 대해 기술한 위 진술은 〈헌화가〉 배경설화의 의미를 이해하는 데 많은 도움이 된다. 위 기술대로 제의는 어긋난, 그래서 혼란되어 있는 질서를 바로잡는 행위이다. 제의는 태초에 천지창조가 행해졌던 것처럼 카오스 상태에서 코스모스 상태로의 이행을 반복함으로써 이 세상을 태초로부터 다시 출발시킨다. 제의를 통해 천지창조를 되풀이하게 되면 이 세상은 태초에 천지가 창조될 때의 그 모습 그대로 풍요와 질서의 세계로 새로워지는 것이다. 〈헌화가〉 배경설화에서 보이는 石嶂과 바다 그리고 그 위에 핀 꽃은 천지창조가 되풀이되어 바로 이 세상이 태초에 천지가

---

17) 여기현, 「〈헌화가〉의 제의성」, 김학성, 권두환 편 『新古典詩歌論』, 새문사, 2002, pp.150-151

창조되던 그때의 질서와 풍요의 상태로 새로워졌음을 나타내주는 것이다. 수로부인이 원한 꽃이란 바로 제의의 목적과 상통하는 것이다.

이처럼 몇몇 향가 배경설화[18]에는 제의를 통해 문제를 해결하려 했던 당시 사람들의 의식이 반영되어 있다. 왕이 어떤 국가적인 문제에 당면했을 때 제의를 통해 문제를 해결하려 한 것은 제의가 갖고 있는 이러한 효능 때문이었다. 제의를 베풀어 천지창조를 되풀이하면 시간을 태초로 되돌릴 수 있으며 태초에 천지가 창조되던 것과 같은 시간과 공간에 놓여짐으로써 세상은 원초적 질서의 회복을 완성하고 다시 풍요와 활력이 가득한 세계로 재출발할 수 있다고 믿었던 것이다. 질병, 흉작, 가뭄, 기근, 전쟁, 통치의 불안과 같은 어려움에 봉착했을 때 제의를 베푼 것은 이 때문이다.

〈헌화가〉 배경설화에서 보이는 제의 역시 이러한 목적에서 행해진 것이라고 생각된다. 성덕왕은 자신이 당면한 국가적 문제-그것이 자연재해로 인한 것이든 정치, 사회적 문제이든-의 해결을 위해 수로부인과 순정공으로 하여금 제의를 행하게 하였던 것으로 추측된다. 이 사건이 순정공이 강릉태수로 부임하던 중에 일어난 사건이고 보면 이것이 개인적 차원의 일이 아니었을 것임은 분명해 보인다. 순정공과 수로부인은 왕정 보좌라는 공무 수행의 일환으로 제의를 행한 것으로 파악된다. 이는 처용이 급간벼슬을 하며 왕정을 보좌하는 공무의 하나로 제의를 행하고 다녔던 것이나 월명사가 왕에 의해 緣僧으로 선택되어 제의를 행한 것이나 충담사가 왕에 의해 禁服僧으로 선택되어 제의를 행한 것과 같은 맥락에서 이해된다.[19] 수로부인과 순정공은 왕의 부림을 받아 제의를 통해 무질서의 상황을 질서의 상황으로 바꾸어 놓고자 했으며 〈수로부인〉조의 기술은 그러한 제의의 과정을 담고 있는 것으로 보인다.

---

18) 향가와 제의의 관계에 관해서는 졸고, 「鄕歌의 祭儀歌的 性格 硏究」, 연세대 박사 논문, 2002. 2참조

19) 이처럼 왕이 능력 있고 적합한 인재를 등용하여 제의를 행하게 하고 이들로 하여금 왕의 정치를 보좌하게 한 것은 더 이상 왕이 샤면적 능력을 소유하지 않게 되는 시대가 도래하면서부터가 아닌가 생각된다. 왕은 자신들에게 부족한 이러한 부분의 능력을 메우기 위해 제의를 주관하는 전문적인 능력을 소유한 인물들을 등용한 것이 아닌가 추측된다.

Ⅳ. 〈獻花歌〉의 祭儀歌的 性格

이제 〈헌화가〉의 성격을 살펴보도록 하겠다. 〈헌화가〉의 원문은 다음과
같다.

> 紫布岩乎邊希
> 執音乎手母牛放敎遣
> 吾肹不喩慚肹伊賜等
> 花肹折叱可獻乎理音如

〈헌화가〉는 어석에 크게 문제되는 부분이 없어 해독에 이견이 적은 편이
다. 이제 〈헌화가〉를 현대어로 풀어보면 다음과 같다.

> 자줏빛 바위 가에
> 손에 잡은 암소 놓으시고
> 나를 아니 부끄러워하신다면
> 꽃을 꺾어 바치겠습니다.

〈헌화가〉의 성격에 관한 지금까지의 논의는 〈헌화가〉를 주술적인 노래로 볼
것이냐 구애의 노래인 서정가요로 볼 것이냐의 논쟁으로 정리된다. 제의적 관
점에서 배경설화를 해석한 연구자들은 〈헌화가〉가 제의에서 불린 呪歌라는 입

장을 취하고 있으며, 제의문맥이 아닌 현실적 차원에서의 구애사건으로 본 연구자들은 〈헌화가〉를 수로부인의 미모에 반한 한 남성의 구애가요로 보았다.

〈헌화가〉를 여성의 미모에 반한 한 남성의 구애의 노래로 보는 것은 〈헌화가〉 관련 문맥을 표층적으로만 이해한 데서 비롯된 해석으로 노래의 본래적 성격과는 조금 거리가 있는 것으로 보인다. 하지만 〈헌화가〉를 제의가로 보는 연구자들의 태도에도 문제는 있어 보인다. 그 하나는 〈헌화가〉 배경설화와 제의의 관계를 설명하는 데에는 상당한 치밀함을 보이면서도 정작 〈헌화가〉가 제의 속에서 어떻게 불렸고 어떤 기능을 했는가에 대해서는 별 관심을 기울이지 않았다는 것이고, 다른 하나는 〈헌화가〉 배경설화가 제의문맥으로 해석되고 〈헌화가〉가 제의에서 불린 노래이니만큼 〈헌화가〉는 呪歌로 볼 수 있다라는 소박한 결론을 내리고 있다는 것이다. 여기서는 기존 연구에서 보이는 이러한 문제점들에 대한 필자의 견해를 제시하는 것으로 논의를 전개해 나가려 한다.

먼저 〈헌화가〉가 제의 중 어떤 절차에서 어떤 기능을 하는 노래였는가 하는 것은 서사문맥의 기술을 따라가 보면 확인할 수 있다. 노래가 지어지게 된 정황과 관련된 기술이 나오는 본문을 제시해 보면 다음과 같다.

傍有老翁 牽牸牛而過者 聞夫人言 折其花.亦作歌詞獻之

〈헌화가〉는 천장 높이의 벼랑 위에 핀 꽃을 갖기를 원하는 수로부인의 말을 듣고 지나가던 노옹이 지어 부른 노래이다. 그런데 설화문맥에서는 노래를 지어 부르는 것과 꽃을 꺾어 바치는 행위가 동시에 이루어진 것처럼 기술되어 있다. 하지만 실제로 노래를 지어 부른 것과 꽃을 꺾어 바친 행위가 동시적으로 일어난 것은 아니라고 생각된다. 노래의 내용으로 봤을 때 꽃을 꺾어 바친 것은 노래에서 제시된 조건이 충족된 이후에 이루어진 행위라고 보는 것이 온당할 것이다.

〈헌화가〉의 내용은 꽃을 얻을 수 있는 방법의 제시로 이루어져 있다. 노옹은 노래에서 꽃을 얻을 수 있는 방법으로 두 가지를 제시하고 있는데 그 하나는 '손에 잡고 있는 소를 놓는 것'이고 다른 하나는 '나를 부끄러워하지 않는 것'이다. 노옹은 이 두 가지 조건이 충족되어야 꽃을 꺾어 바치겠다고 말하고 있다. 즉 〈헌화가〉의 내용은 수로부인에게 축원을 성취받을 수 있는 조건을 제시하는 것으로 이루어져 있다. 그런데 제의 중에 인간의 축원에 대해 응답하고 축원을 성취받을 수 있는 방법을 일러주는 이는 신이다. 그러므로 노옹의 〈헌화가〉는 제의 중에 신격이 인간에게 내리는 말인 공수의 성격을 갖는 노래임을 알 수 있다.[20]

그렇다면 수로부인의 축원에 대한 응답으로 불린 노옹의 〈헌화가〉는 주가적 성격을 지닌 노래로 볼 수 있는가. 〈헌화가〉를 주가로 보는 많은 연구자들은 〈헌화가〉의 시문법이 부정조건 긍정형으로 되어 있음을 하나의 근거로 제시한다. 부정조건 긍정형이란 '-하지 않으면-하겠다'의 시문법으로 '나를 부끄러워하지 않는다면 꽃을 꺾어 바치겠다는'〈헌화가〉의 시문법이 〈구지가〉나 〈해가〉 등 많은 주가에서 보이는 이 부정조건 긍정형의 시문법과 일치한다는 것이다.[21] 하지만 〈구지가〉나 〈해가〉에서 사용된 어법과 〈헌화가〉에서 사용된 어법은 분명 다르다.

거북아 거북아 머리를 내어라
내 놓지 않으면 그물로 잡아 구워먹겠다.
〈구지가〉
거북아 거북아 수로부인을 내 놓아라

---

20) 〈헌화가〉가 공수의 성격을 갖는 노래임은 姜恩海, 「三國遺事 紀異篇의 굿노래와 感通篇의 創作 呪詞 硏究」, 金烈圭 編 『三國遺事와 韓國文學』, 學硏社 1983와 민긍기, 「〈헌화가〉의 생성적 의미에 관한 연구」, 『檀山學志』 1, 旃檀學會, 1994 에서도 지적된 바 있다.

21) 임기중, 「鄕歌의 呪術性」, 『鄕歌文學硏究』, 華鏡古典文學硏究會編, 一志社, 1993, p.213
姜恩海, 앞의 논문, p.112
張珍昊, 『新羅鄕歌의 硏究』, 螢雪出版社, 1996, p.76

> 남의 부인을 **빼**앗아 간 죄 얼마나 큰가
> 만일 거스르고 내놓지 않는다면
> 그물로 잡아 구워먹겠다.
>
> 〈해가〉

이들 노래들과 〈헌화가〉의 차이는 먼저 발화가 〈구지가〉나 〈해가〉의 경우에 있어서는 비인격체에게 행해지는 반면 〈헌화가〉의 경우에 있어서는 인격체인 수로부인에게 행해진다는 데에서 찾아진다. 비인격체에게 행해지는 발화는 주가의 대표적인 특징으로 현재의 많은 주가에서도 확인되는 바이다.

<table>
<tr><td>까치야 까치야</td><td>달팽아 달팽아</td></tr>
<tr><td>내 눈에 티내라</td><td>소시랑가지고 뚤레뚤레해라</td></tr>
<tr><td>안 내주면 네 새끼</td><td>안 하면</td></tr>
<tr><td>발기발기 찢겠다</td><td>모가지를 비틀어 논다</td></tr>
<tr><td align="center">〈홍성지방〉</td><td align="center">〈현대동요〉</td></tr>
</table>

다음으로는 발화의 주체가 〈구지가〉나 〈해가〉의 경우에 있어서는 인격체이고 〈헌화가〉의 경우에 있어서는 신격이라는 점에서 또 구분된다. 인간이 신 혹은 그 매개체에게 하는 말과 신이 인간에게 하는 말은 분명 다르다.

노래의 내용에 있어서도 〈구지가〉와 〈해가〉의 경우는 원하는 대로 하지 않을 경우 대상에게 가할 위협에 대한 언급으로 이루어진데 반해 〈헌화가〉의 경우에는 원하는 방법을 얻을 수 있는 방법의 제시로 이루어진 점에서 또 구분된다. '호칭＋명령＋위협'의 구성은 주가의 대표적인 화법이다.

노래가 불려지는 맥락도 다르다. 〈구지가〉나 〈해가〉의 경우는 신의 지시대로 이행하는 단계에서 불린 노래이고 〈헌화가〉는 신의 지시가 노래로 불린 것이다.

그런데 지금까지 많은 연구자들은 이러한 차이를 간과하고 〈헌화가〉를 단순히 주가로 파악하여 왔다. 이는 〈헌화가〉가 제의에서 불린 노래라는 데 기인한 것이었다. 그러나 제의에서 불린 노래가 모두 주가인 것은 아니다.

왜냐하면 엄밀히 말하면 呪歌는 직접적으로 원하는 바를 성취하게 해 주는 노래만이 해당되기 때문이다. 막스 베버에 의하면, 주술은 특정의 利害 혹은 긴장관계를 해결하기 위해 정확한 주술로 초자연적인 힘을 강압하여 인간의 필요에 부응하도록 하는 것을 뜻한다. 그러므로 呪歌란 막스 베버의 정의대로 한다면 특정의 利害 혹은 긴장관계를 해결하기 위해 주술적 노래로 초자연적인 힘을 강압하여 인간의 필요에 부응하도록 하는 것이 된다. 예를 들면 〈구지가〉나 〈해가〉, 앞에서 든 민요와 동요의 경우가 바로 그러하다고 할 수 있다. 〈구지가〉나 〈해가〉는 노래를 부름으로써 바로 축원의 성취를 이룬다. 따라서 〈구지가〉나 〈해가〉를 부를 때 땅을 파는 행위나 막대기로 언덕을 두드리는 행위는 주술적 행위가 되고 그때 부른 노래인 〈구지가〉와 〈해가〉는 주가가 된다. 하지만 〈헌화가〉는 〈구지가〉나 〈해가〉와 같은 기능을 하는 노래가 아니다. 〈헌화가〉는 〈가락국기〉에서 구지에 형체를 숨기고 말을 하던 수로왕의 그 소리(너희들은 모름지기 산봉우리 꼭대기의 흙을 파면서 노래를 부르되 '거북아 거북아 머리를 내어라 내놓지 않으면 그물로 잡아 구워먹겠다'라고 하면서 춤을 추어라. 그러면 곧 대왕을 맞이하여 기뻐 뛰놀 수 있을 것이다.), 〈해가〉 배경설화에서 수로부인을 잃고 어쩔 줄 몰라 하던 순정공에게 방법을 지시해 준 노인의 말(여러 사람의 입은 쇠도 녹일 수 있다 했는데 이제 바다 속 짐승이 어찌 여러 사람의 입을 두려워하지 않겠습니까. 마땅히 계내민으로 하여금 막대기로 언덕을 치면서 노래를 부르게 하면 부인을 다시 볼 수 있을 것입니다.)과 등가적 의미를 갖는다. 그것은 곧 신이 인간에게 해주는 말인 공수에 해당하는 것이다.

그런데 공수는 그 자체로는 축원을 성취시킬 수 있는 힘이 없다. 다음 단계에서 축원을 성취받을 수 있는 행위가 공수대로 실행이 되어야 축원이 성취되는 것이다. 따라서 〈헌화가〉 배경설화에서 주술성을 갖는 것은 〈헌화가〉가 아닌 신혼의 모의적 행위(나를 부끄러워하지 않는)이다. 신혼의 모의적 행위가 있은 후에 꽃을 꺾어 바치는 행위가 이어지기 때문이다. 그러므로 〈헌화가〉를 주가로 보는 견해는 재고되어야 한다.[22]

V. 나오는 말

이제까지 〈헌화가〉 배경설화에 대한 분석을 통해 〈헌화가〉 배경설화가 제의의 과정을 기술한 것이며 그것은 카오스 상태에서 코스모스 상태로의 이행을 반복함으로써 이 세상을 풍요와 질서의 세계로 다시 출발시키기 위한 행위였음을 밝혀보았다. 그리고 〈헌화가〉는 그러한 제의의 과정 중에 내린 공수에 해당함을 주장해 보았다.

향가는 노래만 단독으로 존재하지 않고 배경설화와 함께 존재한다. 때문에 향가연구에서 배경설화에 대한 정확한 이해는 향가의 본래적 성격을 규명하는 데 매우 핵심적인 부분이라 할 수 있다. 하지만 이제까지의 향가연구의 문제점의 하나로 지적되어 온 것은 연구자들이 노래 그 자체에서 얻을 수 있는 여러 가지 다양한 해석의 가능성을 무시한 채 배경설화의 서사문맥에만 지나치게 경도되어 자신의 논리대로 설화를 이해하고 노래를 해석하려 하는 우를 범해왔다는 것이었다. 특히 제의와 관련시켜 문맥을 해석하는 경우에는 이러한 경향이 더 두드러져 노래에 대한 관심보다는 현존하는 의례와 배경설화를 대응시켜 그 관계를 유추적으로 해석하는 데 머물고 말았다

---

22) 그러나 제의 중에 불린 노래에 대한 신성시는 어느 정도 있었던 것 같다. 제의 중에 불린 많은 노래들이 가사의 내용이나 노래가 불리는 맥락과 상관없이 주술적인 힘이 있는 노래로 인식되어 온 것이 그러한 예이다. 향가연구자들이 일반적으로 주가의 범주에 넣는 〈서동요〉, 〈처용가〉, 〈도솔가〉, 〈혜성가〉, 〈헌화가〉 같은 경우가 그러하다. 이는 제의 중에 불린 노래와 일상적 차원의 노래에 대한 변별이 아니었던가 싶다.

는 비난을 받아왔다. 물론 이와 같은 지적은 일견 타당성이 있으며 향가를 제의와 관련시켜 논의한 연구자들이 스스로의 연구태도를 반성적으로 점검해 봐야 할 부분이라고 생각한다.

하지만 이러한 견해의 이면에는 향가를 제의와 관련시켜 이해하는 것이 향가의 문학성을 떨어뜨리는 것이라는 편견이 자리하고 있음을 보게 된다. 향가가 고도의 문화적 발전을 이룩한 시기에 지어진 노래이고, 불교문학의 정수이며, 완결된 시형과 뛰어난 문학적 표현들을 보이는 시가이므로 이를 원시적이고 미개한 주술적 사고에 바탕하여 지어진 제의가로 보아서는 안 된다는 편견이 지배적으로 있어온 것이 사실이다. 하지만 제의가 그리고 제의에서 불린 노래가 모두 미개한 원시적인 사고나 주술성과 관련되어 있다고 이해하는 것은 잘못이며, 향가가 제의에서 불려진 노래라고 해서 작품성이나 문학성이 떨어진다고 이해해서는 곤란하다는 것이 필자의 견해이다. 제의는 그것이 무속제의이든 불교제의이든 화랑의 선풍제의이든 세계에 대한 합리적인 이해를 그 바탕에 깔고 있는 것으로 보이기 때문이다. 앞으로 남은 문제는 제의에 대한 보다 정확한 이해를 바탕으로 하여 향가와 제의의 관계 및 향가의 본질적인 성격을 정밀하게 밝혀내는 일이라 하겠다.

참고 문헌

1. 자 료

『東國輿地勝覽』. 卷 21.
『三國遺事』
『三國史記』

2. 논문 및 저서

姜恩海. 「三國遺事 紀異篇의 굿노래와 感通篇의 創作 呪詞 研究」. 金烈圭 編 『三
　　　國遺事와 韓國文學』. 學研社, 1983
金光淳. 「獻花歌說話에 關한 一考察」. 『韓國詩歌研究』. 螢雪出版社, 1981
金宅圭. 『韓國農耕歲時의 研究』. 영남대학교 출판부, 1985.
길태숙. 〈밭매기 노래〉에서의 죽음에 대한 신화적 해석. 연세대학교 대학원 박사학
　　　위 논문. 2001.
민긍기. 「〈헌화가〉의 생성적 의미에 관한 연구」. 『檀山學志』 1. 旃檀學會, 1994
―――. 「원시가요연구1」. 『논문집』 12권 1호. 창원대학교, 1990
성기옥. 「〈獻花歌〉와 신라인의 미의식」. 『한국고전시가작품론1』. 白影 鄭炳昱先生
　　　10週忌追 慕論文集 刊行委員會. 集文堂, 1992.
신연우. 「장자못 전설의 신화적 이해」. 『열상고전연구』 13. 열상고전연구회, 2000.12
엘리아데. 『宇宙와 歷史』. 現代思想社, 1976.
―――. 이은봉옮김. 『종교형태론』. 한길사, 1996.
여기현. 「〈헌화가〉의 제의성」. 김학성. 권두환 편 『新古典詩歌論』. 새문사, 2002.
呂基鉉. 「水路夫人 이야기의 祭儀的 研究」. 成均館大 碩士學位論文. 1984.
임기중. 「鄕歌의 呪術性」. 『鄕歌文學研究』. 華鏡古典文學研究會編. 一志社, 1993.
―――. 『신라가요와 기술물의 연구』. 二友, 1981

張珍昊. 『新羅鄕歌의 研究』. 螢雪出版社, 1996

秦聖麒. 『제주도무가본풀이사전』. 民俗苑, 1991

최선경. 「鄕歌의 祭儀歌的 性格 研究」. 연세대 박사논문. 2002. 2

현승환. 「헌화가 배경설화의 기자의례적 성격」. 『한국시가연구』 12집. 한국시가학회,
    2002.

Wilfred L. Guerin. Earle G. Labor. Lee Morgan: a Handbook of
    Critical Approaches to Literature. (Haper and Row. Publishers.
    New York and London. 1996).

Ⅰ. 들어가는 말

　『三國遺事』 卷 5, 感通, 〈月明師 兜率歌〉조에는 향가에 관한 짧지만 매우 중요한 다음과 같은 기록 '羅人尙鄕歌者尙矣 盖詩頌之類歟 故往往能感動天地鬼神者 非一'이 전하는데, 향가에 관한 이 짧은 논평 안에는 향가의 성격이 매우 함축적으로 제시되어 있어 향가를 이해하는 중요한 단서가 되어왔다. 때문에 많은 연구자들이 이 논평에 기대어 향가의 성격을 규정하곤 했는데 '能感動天地鬼神'에 대한 연구자들의 견해는 대략 다음의 세 가지 유형으로 정리된다.23) 첫째는 이 지적이 향가의 주술성을 의미하거나 주술성, 혹은 초자연력을 의미한다고 보는 것이고, 둘째는 작가의 誠과 正과 法力을 의미한다고 보는 것이고, 셋째는 향가의 감동성 즉 향가의 시적 감동의 힘을 의미한다고 보는 것이다. 이러한 세 견해 가운데 첫째와 셋째 견해는 향가의 주술성을 바라보는 연구자들의 관점 차를 분명하게 반영하고 있는 것으로 이에 대한 입장 차이는 향가 전반에 대한 이해를 달리하는 중요한 지점으로 작용하였다.

　먼저 이 '能感動天地鬼神'하는 향가의 신비한 힘을 향가의 주술성을 논하는 주된 근거로 든 연구자들은 향가의 성격을 다음과 같이 지적하였다. 이

---

23) 양희철, 「鄕歌 感動論의 "能感動天地鬼神" 硏究」, 『語文硏究』 32, 어문연구학회, 1999, pp.269-271 참조

능우24)는 '能感動天地鬼神'하는 향가를 마력적 힘을 지닌 유니크한 詩群이라 정의하였고, 김열규25)는 향가를 poetry-mana라 하여 마력적 힘을 가진 노래로 규정하였다. 또 최진원26)은 '能感動天地鬼神'을 근거로 향가를 '告神明'의 종교제의적 성격이 강한 노래로 설명하였고, 임기중27)은 향가의 주술성을 향가의 주술적 창작 내지 창작 발상, 향가의 주사적 시문법, 향가 작자들의 주사적 기능, 향가의 주술적 실제화의 네 가지로 살펴야 함을 제시한 바 있다. 용어는 약간 다르지만 장진호28) 또한 향가의 특질의 하나를 노래로 불려지는 그 '因'에 의하여 祈願하고자 하는 하나의 '果'를 가져오게 하는 呪願性으로 들면서 화랑들의 주원적 제의가로 출발한 향가는 주원성을 갖는 노래라 하였다.

이러한 견해들과는 달리 이 '能感動天地鬼神'의 힘이 주술력에 있는 것이 아니라 시의 본질적 속성으로서의 '시적 울림'의 힘, '시적 감동'에 있는 것으로 보아야 한다고 주장29)하는 이들은 향가의 감동을 『모시서』나 『시품서』의 '감동'론에 뿌리를 두고 있는 것으로 보고 이를 주술론적 해석만으로 해결하려 해서는 안 됨을 주장하였다.

한편 이 두 견해와는 또 조금 다르게 향가에 나타난 주사적 성격을 불교의 呪密思想에 바탕을 둔 신통력으로 보아야 한다는 주장30)이 제기되었었고, 향가는 신석기 시대의 미개 부족사회에서 흔히 볼 수 있는 전논리적 사유에 바탕한 주술의 원리로 해명될 성질의 것이 아니며 주술적인 것과 합리적인 것의 중간영역에 속하는 것으로 화랑집단의 풍월도적 이데올로기의 수

---

24) 李能雨, 「鄕歌의 魔力」, 『現代文學』 21, 1956.9. pp.196-203
25) 金烈圭, 「鄕歌의 文學的 硏究 一斑」, 『鄕歌의 語文學的 硏究』, 西江大 人文科學 硏究所, 1972
26) 崔珍源, 「鄕歌 感動天地鬼神 考」, 『陶南學報』 12집, 陶南學會, 1990, pp.7-13
27) 林基中, 「鄕歌의 呪術性」, 『鄕歌文學硏究』, 一志社, 1993
28) 張珍昊, 『新羅鄕歌의 硏究』, 螢雪出版社, 1996
29) 성기옥, 「'能感動天地鬼神'의 논리와 향가의 주술성 문제」, 『古典詩歌의 理念과 表象』, 林下 崔珍源博士 停年紀念論叢, 1991, pp.63-71
30) 金承璨, 「鄕歌의 呪詞的 性格」, 『鄕歌文學論』, 새문사, 1986, pp.40-47

행문으로 보아야 한다[31]는 주장이 제기되기도 하였다.

이와 같이 향가의 주술성을 둘러싼 논의는 우선 향가를 주술성을 갖는 노래로 볼 것이냐 아니냐에 대한 견해차를 시작으로 하여 향가의 주술성을 무속주술, 선풍주술, 불교주술의 어느 것으로 볼 것이냐, 향가의 주술성을 향가 전 작품에 걸쳐 존재하는 것으로 볼 것이냐, 몇몇 작품에만 한정되어 나타나는 것으로 볼 것이냐, 몇몇 작품에만 한정시켜 논의한다고 했을 때 어떤 작품들을 거기에 포함시킬 것이냐[32]에 대한 의견대립으로 나타나고 있다.

그런데 이제까지 향가의 주술성을 인정한 논의들은 대체로 다음의 두 가지 방법, 곧 James G. Frazer, Emil Durkheim, Bronislow Malinowski 등과 같은 서구 인류학자들의 이론을 가져와서 이를 향가에 적용시키거나[33] 서사문맥에서 보이는 神異性이나 祭儀性, 또는 향가의 표현방식 등을 통해 향가의 주술성을 해명하는 경우가 대부분이었다. 물론 이러한 연구들이 향가의 주술성을 어느 정도 해명해 준 점은 인정되지만 이론적 측면에서의 연구는 주술법칙을 다소 자의적으로 적용시킨 감이 없지 않으며[34], 순수하게 배경설화와 향가의 존재방식에만 주목한 연구는 향가 및 그 배경설화에 나

---

31) 김학성, 「화랑관련 향가의 의의와 기능」, 『한국 고시가의 거시적 탐구』, 집문당, 1997, p.127

32) 『삼국유사』 소재 향가 가운데 대체로 주술적 성격이 강하다고 말해지는 작품은 〈도솔가〉, 〈혜성가〉, 〈원가〉, 〈도천수대비가〉, 〈헌화가〉, 〈처용가〉 등이며, 〈서동요〉, 〈원왕생가〉, 〈제망매가〉 등은 경우에 따라 그리고 논자에 따라 주술성이 있는 것으로도 없는 것으로도 이야기되는 것이 일반적이다.

33) 김열규, 「鄕歌의 文學的 硏究一斑」, 『鄕歌의 語文學的 硏究』, 서강대 인문과학연구소, 1972, pp.1-54
    허영순, 「古代社會의 巫覡思想과 歌謠 硏究」, 부산대 석사논문, 1963

34) 예를 들면 〈처용가〉를 "야기되기를 바라고 있는바 결과의 반대상황을 진술한 것, 역신이 물러날 결과와는 반대인 역신이 들어 있는 상태를 그린 것, 반대로써 반대를 부를 逆의 유사법칙의 주술"로, 〈서동요〉를 "장차 일어날 일의 선행적 모방이며 말이 곧 현실이라는 주술적 믿음이 담겨 있는 소극적 주술"로 이해한 것이 그것인데 이러한 논의는 지나치게 주술의 성립조건을 확대시켜 향가에 적용시킨 것이 아닌가 생각된다.

타난 몇몇 어휘나 분위기, 노래의 효능만을 가지고 향가의 주술성을 볼모잡은 혐의가 짙다.35) 때문에 향가의 주술성 논의는 향가에 주술성이 있다는 것을 지적하는 데에 머물고 있을 뿐 구체적으로 향가의 주술성이 어디에 기반한 것인지 향가의 주가적 위상이 어떠한지를 분명하게 밝혀내지는 못하고 있는 형편이다.

필자는 향가의 주술성 논의의 단초는 기본적으로 작품과 서사문맥의 관계 안에서 마련되어야 한다고 생각한다. 왜냐하면 향가는 노래만 단독으로 존재하지 않고 배경설화와 함께 존재하며, 향가의 주가성은 노래 자체에서 마련되는 것이 아니라 노래가 불려지는 맥락 안에서 마련되는 것이기 때문이다. 그런데 노래의 주술성이 성립될 수 있는 가장 확실한 맥락은 바로 제의 맥락에서이다. 제의는 초자연적 세계와 인간세계를 소통시켜 주는 하나의 장치이며, 주가는 바로 이 제의의 한 구성요소로서 제의 중에 초자연적 존재의 힘을 빌려 원하는 바를 이루어내게 하는 노래이기 때문이다. 따라서 본고에서는 제의와 관련이 있는 것으로 보이는 향가와 그 배경설화에 대한 구조 분석을 통해 제의라는 맥락 안에서 향가가 어떻게 불렸고, 향가의 주술성이 어떻게 성립되는가를 검토해 봄으로써 제의와 노래의 관계 및 제의가로서의 향가의 위상 그리고 향가의 주술성을 밝혀볼까 한다.

---

35) 예컨대 제의문맥으로 해석되는 서사 속에 자리한 향가는 모두 呪歌로 간주한 것 등이 그것이다.

Ⅱ. 〈龜旨歌〉, 〈海歌〉 배경설화의 사건 전개
과정을 통해 본 祭儀와 呪歌의 관계

　　제의가로서의 향가의 주가성을 논하기에 앞서 이를 논할 수 있는 토대로 노래와 제의의 관계를 우선 살펴보도록 하겠다. 우리 고대 가요 가운데 제의와 주가의 관계를 가장 잘 보여주는 예는 바로 〈구지가〉와 〈해가〉이다. 〈구지가〉와 〈해가〉는 많은 연구자들이 呪歌로 보는 데 이견을 보이지 않는 작품들이며, 〈구지가〉와 〈해가〉가 실려 있는 서사인 『삼국유사』의 〈가락국기〉와 〈수로부인〉조는 이미 여러 선학들에 의해 지적된 바와 같이 가락국의 김수로왕을 맞이하는 迎君祭儀와 수로부인의 入巫祭儀의 광경이 그대로 기술되어 있는 제의의 구술상관물이라 할 수 있다.[36] 따라서 이들을 분석해 보면 고대의 제의의 모습을 어느 정도 확인할 수 있을 것이다.

　　개벽한 이후로 이곳에 아직 나라의 이름이 없고 또한 군신의 칭호도 없더니 이때 아도간 오도간 유수간 유천간 신천간 오천간 신귀간 등의 구간이 있어, 이들이 추장이 되어 인민을 거느리니 그 수효가 무릇 1백호 7만 5천인이었다. 그때의 생활상태는 단순하여 산야에 도읍하여 우물을 파서 마시고 밭을 갈아먹었다.

　　후한 세조 광무제 건무 십팔 년 임인 삼월 계욕일에 그들이 살고 있는 북쪽

---

36) 제의학파에 의하면 신화는 이왕에 시행된 제의의 구술상관물이며 역으로 제의는 신화의 극적 재현이라 말해진다.

구지에서 무엇을 부르는 이상한 소리가 났다. 무리 이삼백 명이 그곳에 모였는
데 사람의 소리 같기는 하지만 그 모양을 숨기고 소리만 내서 말하기를 '여기
에 사람이 있느냐' 구간 등이 '우리들이 있습니다.'하였다. 그러자 또 말하기를
'내가 있는 곳이 어디냐' 하자 답하기를 '구지입니다' 하였다. 또 말하기를 '하늘
이 나에게 명하여 이곳에 나라를 새로 세우고 임금이 되라고 하여 여기에 내려
왔으니, 너희들은 모름지기 산봉우리 꼭대기의 흙을 파면서 노래를 부르되 '龜
何龜何 首其現也 若不現也 燔灼而喫也'라고 하면서 춤을 추어라. 그러면 곧
대왕을 맞이하여 기뻐 뛰놀 수 있을 것이다'하였다. 구간 등이 모두 기뻐하며
그 말과 같이 노래하고 춤을 추었다. 얼마 안 되어 하늘을 쳐다보니 자줏빛 줄
이 하늘에서 드리워져 땅에 닿아 있었다. 줄밑을 살펴보니 붉은 보자기에 금합
이 싸여 있었고 열어 보니 해처럼 둥근 황금 알 여섯 개가 있었다. 여러 사람
들이 모두 놀라고 기뻐하여 함께 백배하였다. 얼마 있다가 금합자를 다시 싸안
고 아도간의 집으로 돌아와 탑상 위에 놓아두고 무리는 흩어졌다. 하루가 지나
그 이튿날 무리가 다시 모여 그 금합자를 여니 여섯 알은 화해서 어린 아이가
되어 있었는데 용모가 심히 거룩하였다. 이들을 곧 의자 위에 앉히고 무리가
절하고 하례하면서 극진히 공경했다.[37)]

개벽이 되었으나 아직 나라 이름이 없고 군신의 칭호가 없었다는 것은
인간세계에 있어야 할 것이 있지 않은 상황, 즉 완전한 질서가 갖추어지지
않은 무질서한 상황을 나타낸다고 할 수 있다. 이는 곧 구간들이 해결해야
할 문제인 것이다.

---

37) 『三國遺事』 卷 第 二, 紀異 第 二, 〈駕洛國記〉 開闢之後 此地未有邦國之號 亦無
君臣之稱 越有我刀干 汝刀干 彼刀干 五刀干 留水干 留天干 神天干 五天干 神鬼
干等九干者 是酋長 領總百姓 凡一百戶 七萬五千人 多以自都山野 鑿井而飮 耕田
而食 屬後漢世祖光武帝十八年壬寅三月禊洛之日 所居北龜旨 有殊常聲氣呼喚 衆
庶二三百人集會於此 有如人音隱其形 而發其音曰 此有人否 九干等云 吾徒在 又
曰 吾所在爲何 對云 龜旨也 又曰 皇天所以命我者 御是處惟新家邦爲君后 爲玆故
降矣 你等須掘峰頂撮土 歌之云 龜何龜何 首其現也 若不現也 燔灼而喫也 以之蹈
舞 則是迎大王 歡喜踊躍之也 九干等如其言 咸忻而歌舞 未幾仰而觀之 唯紫繩自
天垂而着地 尋繩之下 乃見紅幅裹金合子 開而視之 有黃金卵六圓如日者 衆人悉皆
驚喜 俱伸百拜 尋還裹著抱持 而歸我刀家寘榻上 其衆各散 過浹辰翌日平明 衆庶
復相聚集 開合而六卵化爲童子 容貌甚偉 仍坐於床 衆庶拜賀 盡恭敬止

다음 '후한 세조 광무제 건무 십팔 년 임인 삼월 계욕일'은 사건이 일어나는 시간에 관한 기술이며 '그들이 살고 있는 북쪽 구지'는 사건이 일어나는 공간이다. 3월 3일 계욕일은 원래 물가에서 목욕하고 사냥한 동물로 제사를 지내는 날이다.[38) 그러므로 위 날이 제의와 밀접한 관련이 있는 날임을 확인할 수 있다.

다음, 모습은 보이지 않고 사람소리 같은 것이 났다고 했는데 이때 구간들에게 들린 음성은 수로왕의 소리로 수로왕은 하늘의 명에 의해 자신이 이곳에 내려왔으니 구간들은 산봉우리의 흙을 파면서 노래(〈구지가〉)를 부를 것을 지시한다.

구간들은 그 소리가 지시한 대로 구지봉을 파헤치면서 노래를 부르고 춤을 추었는데 이것은 구간들이 왕을 맞이하고자 하는 염원에서 지시받은 내용을 그대로 실행에 옮긴 것이다.

이러한 행위의 결과 하늘에서 자주색 줄이 내려 왔고 줄 아래에서 발견된 금합의 황금 알로부터 수로왕의 탄생이 이어졌다.

이러한 〈가락국기〉의 수로왕 탄생담을 기술의 순차대로 정리해 보면 다음과 같다.

있어야 할 것이 아직 존재하지 않는 무질서한 상황에 대한 기술(해결해야 할 문제에 대한 기술) → 사건의 시공간에 대한 기술 → 누군가로부터 원하는 것을 얻을 수 있는 방법을 지시받는 과정에 대한 기술 → 지시받은 대로 행하는 과정에 대한 기술 → 원하던 바의 얻음에 대한 기술이 차례로 나온다. 그리고 우리가 흔히 呪歌라고 말하는 〈구지가〉는 바로 누군가로부터 지시받

---

38) 禊: 祭也 謂古人於春秋二季 臨水潔濯 祓除不詳之祭也 三月上巳 行春禊 七月十四日 行秋禊 『中文大辭典』

高句麗常以三月三日 會獵樂浪之丘 獲猪鹿 祭天及山川 『三國史記』 卷 第 三十二, 雜志 第 一, 〈祭祀〉

高句麗常以春三月三日 會獵樂浪之丘 以所獲猪鹿 祭天及山川神 至其日 王出獵 群臣及五部兵士皆從 於是溫達以所養之馬隨行 其馳騁常在前 所獲亦多 他無若者 王召來問姓名 驚且異之 『三國史記』, 卷 第 四十五, 列傳 第 五, 〈溫達〉

은 대로 행하는 과정 중에 불린 노래임을 알 수 있다.

그런데 이 〈구지가〉는 여러 가지 면에서 〈수로부인〉조에 실려 전하는 〈해가〉와 유사하다. 〈해가〉는 〈구지가〉의 변형으로 인식되는 노래인데 비단 노랫말의 일치를 넘어서 노래가 불리는 상황까지 이 둘은 유사함을 확인할 수 있다. 〈구지가〉는 迎首露王을 위해 〈해가〉는 迎水路夫人을 위해 불린 노래라고 할 수 있다. 이제 〈해가〉가 불린 상황을 보겠다.

> 다시 이틀을 가다가 또 임해정에서 晝饍을 하게 되었는데 그때 갑자기 해룡이 나타나더니 부인을 끌고 바다 속으로 들어갔다. 공이 땅에 넘어지면서 발을 동동 굴렀으나 아무 계책이 없었다. 또 한 노인이 나타나더니 말하기를 "옛 사람의 말에 여러 사람의 입은 쇠도 녹일 수 있다 했습니다. 이제 바다 속의 용인들 어찌 여러 사람의 입을 두려워하지 않겠습니까. 마땅히 계내민으로 하여금 막대기로 언덕을 치면서 노래를 부르게 하면 부인을 다시 볼 수 있을 것입니다."하였다. 공이 그대로 하였더니 용이 부인을 받들고 나와 도로 바쳤다. 공이 바다 속에 들어갔던 일을 부인에게 물으니 "칠보 궁전에 음식은 맛있고 향기롭고 깨끗한 것이 인간의 煙火가 아니었습니다."라 하였다. 부인의 옷에서도 이상한 향기가 났는데 이 세상의 것이 아니었다.[39]

이제 〈구지가〉의 경우에서와 같이 위 기술의 의미를 정리해 보도록 하겠다. 臨海亭과 晝饍은 각각 사건이 발생한 공간과 시간에 관한 기술로 볼 수 있다.[40]

---

39) 『三國遺事』 卷 第 2, 紀異 第 2 〈水路夫人〉便行二日程又有臨海亭 晝饍次 海龍 忽攬夫人入海 公顚倒躄地 計無所出 又有一老人 告曰 故人有言 衆口鑠金 今海中 傍生 何不畏衆口乎 宣進界內民 作歌唱之 以杖打岸 則可見夫人矣 公從之 龍奉夫 人出海獻之 公問夫人海中事 曰 七寶宮殿 所饍甘滑香潔 非人間煙火 此夫人衣襲 異香 非世所聞

40) 臨海亭과 晝饍이 모두 제의와 관련된 제의적 표상임은 많은 선학들에 의해 지적된 바 있는데 臨海亭에 대해서는 成武慶, 「深山大澤과 臨海亭에 대하여」, 『成大文學』 26, 成均館大學校 國語國文學科, 1988, 晝饍에 대해서는 金光淳, 「獻花歌說話 에 關한 一考察」, 『韓國詩歌研究』, 螢雪出版社, 1981 참조.

다음 갑자기 해룡이 나타나 부인을 납치해 바다 속으로 들어갔다는 것은 해결해야 할 문제가 발생했음을 의미한다.

순정공이 땅에 넘어지면서 발을 동동 굴렀다는 것은 수로부인이 납치된 데 대한 안타까움의 표현이며 '計無所出'했다는 것은 문제를 해결하기 위한 방안을 나름대로 모색해 봤으나 뾰족한 수를 찾지 못했다는 의미이다.

이때 한 노인이 나타나 순정공에게 부인을 되찾을 수 있는 방법을 알려준 것은 순정공이 문제를 해결할 수 있는 방법에 대해 노인으로부터 조언을 들은 것으로 볼 수 있다. 노인은 계내민으로 하여금 막대기로 언덕을 치면서 노래를 부르게 할 것을 지시한다.

다음, 순정공이 노인이 알려준 대로 행하였다는 것은 수로부인을 되찾기 위한 염원에서 노인으로부터 지시받은 내용을 실행에 옮긴 것으로 볼 수 있다.

행위의 결과, 용이 수로부인을 받들고 나와 바쳤다는 것은 얽혔던 문제가 해결되고 다시 원래의 상황으로 돌아오게 되었음을 의미한다.

이러한 〈해가〉 배경설화의 사건 전개과정을 기술의 순차대로 정리해 보면 다음과 같다. 사건의 시공간에 대한 기술→해결해야 할 문제의 발생에 대한 기술→문제해결 방법의 모색 과정에 대한 기술→누군가로부터 문제를 해결할 수 있는 방법을 지시받는 과정에 대한 기술→지시받은 대로 행하는 과정에 대한 기술→문제의 해결의 기술이 차례로 나온다. 그리고 〈해가〉는 〈구지가〉와 마찬가지로 누군가로부터 지시받은 대로 행하는 과정 중에 불린 노래임을 알 수 있다.

이처럼 〈구지가〉와 〈해가〉가 전하는 〈가락국기〉와 〈수로부인〉조의 서사는 매우 비슷한 사건 전개과정을 보인다. 약간의 차이는 있지만 사건의 시공간에 대한 기술→해결해야 할 문제의 발생에 대한 기술→문제해결 방법의 모색 과정에 대한 기술→누군가로부터 문제를 해결할 수 있는 방법을 지시받는 과정에 대한 기술→지시받은 대로 행하는 과정에 대한 기술→문제의 해결의 기술의 순으로 사건이 전개되고 있는 것이다. 이와 같은 사건 전개과정의 유사성은 이들이 같은 순서로 진행되는 사건을 서사화한 것이 아닌가 하는 의구심을 갖게 하는데 서사문맥에 보이는 제의적 정황들은 이들이 제의의 순서대로 기술되고 있을 가능성을 시사해준다.

그렇다면 일반적으로 제의는 어떠한 절차로 진행되는가. 안타깝게도 제의가 일반적으로 어떠한 형식으로 진행되는가에 대한 선학들의 연구는 그리 많지 않다. 특히 고대의 제의일수록 더욱 그러한데 이는 고대의 제의가 구체적으로 어떠한 형식으로 어떠한 절차를 밟아 진행되었는가를 확인할 수 있는 자료가 영성하다는 데에 가장 큰 이유가 있다. 때문에 제의의 절차에 대한 견해를 밝힌 연구자들의 의견은 대체로 지금의 무속제의의 진행과정을 토대로 하여 제의의 절차를 뽑아 낸 것이다. 그 가운데 대표적 연구자들의 견해를 몇 개 들어보면 다음과 같다.

김태곤[41]은 무가를 분석하면서 무가가 지역마다 명칭이나 구성에 다소간의 차이는 있지만 대략 不淨, 請神, 送神이라는 과정에 따라 진행된다고 했다. 조현설[42]은 신맞이 구조로 제의의 절차를 언급하면서 제의는 부정-청배-공수-찬신-축원-송신의 순으로 진행된다고 하였다. 서대석[43]은 현재 행해지는 무당의 굿거리 진행은 청배, 축원, 공수, 유흥으로 전개된다고 하였으며 민긍기[44]는 제의가 청배, 찬신, 축원, 공수, 공수의 실행, 송신, 음복의 7단계로 나누어 진행된다고 하였다.

제의의 절차에 관한 선학들의 견해는 약간의 차이를 보이지만 대체로 신을 청해 오는 청배, 인간이 신에게 원하는 바를 말하는 축원, 신이 인간의 축원에 응답하는 공수를 제의의 핵심적 절차로 보는 데는 의견을 같이하고 있는 것으로 보인다.

---

41) 金泰坤 외, 『韓國口碑文學槪論』, 民俗苑, 1995, p.255
42) 조현설, 「설법해 주기를 청하는 노래」, 『새로 읽는 향가문학』, 아세아문화사, 1998, p.424
43) 徐大錫, 「高麗〈處容歌〉의 巫歌的 검토」, 『한국고전시가작품론1』, 集文堂, 1992, p.357
44) 민긍기, 「신화의 실체를 구명하기 위한 몇 가지 점검」, 『淵民學志』 第8輯, 2000, pp.12-13

그럼 앞서 살펴본 〈구지가〉와 〈해가〉의 사건 전개과정이 제의와 어떻게 대응되는가 살펴보도록 하자. 먼저 사건의 시공간에 관한 기술은 제의가 행해지는 시간과 공간에 대한 기술로 제의가 진행되는 현재 시간에 제의가 행해지는 이 공간으로 신이 강림하기를 청하는 청배의 의미를 갖는 기술로 이해할 수 있다.

다음 해결해야 할 문제가 발생했다는 것은 제의를 행하는 목적과 관계된 기술로 이 세상이 태초의 천지창조가 행해지던 그때처럼 무질서한 카오스의 상태가 되었음을 표현한 것으로 이해할 수 있다.

다음 문제의 해결 방법을 모색했다는 것은 인간이 문제를 해결할 수 있는 방법을 신에게 묻거나 신에게 문제를 해결해 줄 것을 요청한 것으로 볼 수 있다. 따라서 이 기술은 인간이 신에게 원하는 것을 아뢰는 축원의 단계에 대응시켜 볼 수 있다.

다음 누군가로부터 문제의 원인 및 문제해결 방법을 지시받았다는 것은 앞선 단계에서 신에게 행한 간절한 축원에 대한 응답이 이루어진 것으로 볼 수 있다. 응답을 주는 인물이 평범한 일상적 인물이 아니고 인간계와 초월계를 넘나들며 양 세계를 중개할 수 있는 능력을 갖는 인물인 점으로 미루어 볼 때, 이는 제의 중에 신격이 인간에게 내리는 말인 공수에 해당한다고 볼 수 있겠다.

다음 누군가의 지시대로 실행했다는 것은 인간이 신격으로부터 받은 공수의 내용을 그대로 행했다는 것으로 문제의 해결을 위한 행위를 했음을 의미한다.

다음 문제가 해결되었다는 것은 신격의 지시대로 실행을 함으로써 해결해야 했던 문제가 완전히 해결되고 이 세상이 카오스의 상태에서 코스모스의 상태로 다시 이행되게 되었음을 나타내는 것으로 볼 수 있다.

이를 정리해 보면 〈구지가〉, 〈해가〉 배경설화는 카오스 상태에서 코스모스 상태로의 이행과정으로 이야기할 수 있는 제의의 구술상관물로서 신을 청해오고 신에게 원하는 바를 아뢰고, 신으로부터 이에 대한 대답을 듣고, 들은 대로 실행하는 순차로 진행되는 제의의 절차대로 기술되어 있음을 알 수 있다.

그렇다면 제의 중에 불린 노래인 〈구지가〉와 〈해가〉는 제의 중 어떤 단계에서 불린 노래인가. 〈구지가〉와 〈해가〉는 모두 누군가의 지시대로 실행하는 과정에서 불리게 된 노래이다. 〈구지가〉는 모습은 보이지 않고 소리만 들리는 그 음성의 지시에 따라 불린 노래이고, 〈해가〉는 어떤 노인의 지시에 따라 불린 노래이다. 이들 노래가 모두 누군가의 지시에 따라 불렸다는 것은 이들이 제의 중에 신이 인간에게 내린 공수를 그대로 실행하는 공수 실행의 단계에서 불렸음을 의미한다. 그런데 인간이 공수대로 실행을 하는 이유는 신격의 지시대로 행함으로써 원하는 바를 성취받기 위해서이다. 그렇기 때문에 공수의 실행단계에서 불린 노래는 주가성을 띠게 되는 것이다. 〈구지가〉, 〈해가〉는 모두 공수의 실행단계에서 불렸고, 노래의 결과 원하는 바의 성취를 이루는 것으로 볼 때 명백히 주술성을 갖는 주가라 할 수 있다. 그럼 노래의 내용은 어떠한지 〈구지가〉와 〈해가〉의 원문을 보도록 하겠다.

> 거북아 거북아 머리를 내어라
> 내 놓지 않으면 그물로 잡아 구워먹겠다.[45]
>
> 〈구지가〉

> 거북아 거북아 수로부인을 내 놓아라
> 남의 부인을 **빼**앗아 간 죄 얼마나 큰가
> 만일 거스르고 내놓지 않는다면
> 그물로 잡아 구워먹겠다.[46]
>
> 〈해가〉

---

45) 龜何龜何
　　首其現也
　　若不現也
　　燔灼而喫也
46) 龜乎龜乎出水路
　　掠人婦女罪何極
　　汝若悖逆不出獻
　　入網捕掠燔之喫

  두 노래를 비교해 보면 노래의 어법이나 내용이 거의 비슷하며 〈해가〉는 〈구지가〉의 가사를 노래가 불리는 상황에 맞게 약간 변형시킨 것임을 알 수 있다. 이 두 노래는 거북이라는 매개물에게 명령하고 이것에 위협을 가하여 원하는 바를 얻고자 하는 내용으로 되어 있다. 그리고 노랫말은 주가의 일 반적 어법으로 지적되는 호칭 – 명령 – 가정 – 위협의 어법으로 짜여져 있다.

  이상을 통해 呪歌는 제의에서 불린 노래이되 제의 중에서도 특히 인간이 신격의 지시대로 실행하는 단계에서 부른 노래이며, 노래의 결과 원하는 바 의 성취를 바로 이루고, 일반적으로 호칭, 명령, 가정, 위협의 어법을 하고 있음을 확인할 수 있다.

Ⅲ. 〈兜率歌〉 배경설화의 사건 전개과정을 통해 본 〈兜率歌〉의 주가성

우리 향가 작품 가운데 〈구지가〉, 〈해가〉와 같이 제의와 밀접한 관련이 있는 노래이면서 주술적 성격을 갖고 있는 것으로 보이는 노래는 〈도솔가〉이다. 〈도솔가〉는 노래의 어법이나 노래의 효과, 노래가 불린 맥락이 모두 앞의 두 노래와 상당히 유사하다. 그럼 〈도솔가〉 배경설화의 사건 전개과정을 보도록 하겠다.

경덕왕 19년 경자 4월 초하루에 해가 둘이 나타나 열흘 동안 없어지지 않았다. 일관이 이르기를 "인연 있는 스님을 청하여 散花功德을 하면 재앙을 물리칠 수 있을 것입니다" 하였다. 왕이 이에 朝元殿에 단을 정하고 靑陽樓에 나아가 인연 있는 스님을 기다렸다. 이때 마침 월명사가 阡陌 남쪽 길을 가고 있었다. 왕이 사람을 보내어 그를 불러 단을 열고 계를 짓게 하였다. 월명이 아뢰기를 "저는 國仙의 무리에 속해 있어 향가만을 알 뿐 梵聲은 알지 못합니다"라고 답하였다. 왕이 "이미 인연 있는 스님으로 뽑혔으니 향가라도 좋다"고 하였다. 이에 월명이 노래를 지어 바쳤으니 그 가사는 이러하다. (중략) 지금 민간에서는 이것을 散花歌라고 하지만 잘못이다. 마땅히 도솔가라고 해야 할 것이다. 산화가는 따로 있는데 그 글이 많아 실을 수 없다. 이리하여 이내 해의 변괴가 사라졌다. 왕이 이를 가상히 여겨 品茶 한 봉지와 수정염주 108개를 하사하였다. 이때 문득 외모가 정결한 동자가 나타나 무릎을 꿇고 차와 구슬을 받아 대궐 서쪽 작은 문으로 나갔다. 월명사는 그를 내전의 심부름꾼이라 생각하고 왕은 월명사의 시종이라 생각하였으나 서로 맞지 않았다. 왕이 매우 이상하게 여겨 사람을 시켜 뒤쫓게 하니 동자는 내원의 탑 속에 숨고 차와 염주는 남쪽 벽에 그린 미륵상 앞에 놓여 있었다. 월명사의 지극한 덕과 지극한 정성이 능히 미륵의 조화를 빌어 나타남이 이와 같았다. 이 일을 세상 사람들이 모두 알게 되니 왕은 월명사를 더욱 공경하여 다시 비단 백 필을 주어 큰 성의를 표시하였다.[47]

〈도솔가〉 배경설화의 사건 전개과정을 간단히 정리해 보면 다음과 같다.

경덕왕 19년 경자 4월 초하루는 사건의 시간적 배경에 대한 기술로 볼 수 있으며, 왕이 단을 설치한 조원전은 공간적 배경이 된다.

다음 해가 둘이 나타나 열흘 동안 없어지지 않았다는 것은 세상이 무질서한 카오스의 상황이 되었다는 것으로 제의를 행하는 목적과 관계된다. 이는 〈구지가〉 배경설화에서 개벽이 되었으나 아직 나라 이름이 없고 군신의 칭호가 없는 상황, 〈해가〉 배경설화에서 동해룡이 갑자기 나타나 수로부인을 빼앗아 바다 속으로 들어간 상황과 같이 질서가 어지럽혀지고 해결해야 할 문제가 발생한 상황을 나타낸 것이라고 볼 수 있다.

이때 '인연 있는 스님을 맞이하여 산화공덕을 행하면 재앙을 물리칠 수 있을 것'이란 풀이는 문제를 해결할 수 있는 구체적인 방법을 일관으로부터 들은 것이다. 일관의 이 말은 수로왕을 맞이할 수 있는 방법을 알려준 〈구지가〉 배경설화에서의 그 소리, 동해룡에게 납치된 수로부인을 되돌려 받을 수 있는 방법을 알려준 〈해가〉 배경설화의 노인의 말과 같은 성격의 것으로 이는 곧 문제를 해결할 수 있는 방법에 대한 구체적인 제시라고 볼 수 있다.

---

47) 『三國遺事』 卷 第 五, 感通 第 七, 〈月明師 兜率歌〉 景德王十九年庚子四月朔 二日竝現 挾旬不滅 日官奏 請緣僧 作散花功德則可禳 於是 潔壇於朝元殿 駕幸靑陽樓 望緣僧 時有月明師 行于阡陌(時)之南路 王使召之 命開壇作啓 明奏云 臣僧但屬於國仙之徒 只解鄕歌 不閑聲梵 王曰 旣卜緣僧 雖用鄕歌可也 明乃作兜率歌賦之 旣而日怪卽滅 王嘉之 賜品茶一襲 水精念珠百八箇 忽有一童子 儀形鮮潔 跪奉茶珠 從殿西小門而出 明謂是內宮之使 王謂師之從者 乃玄徵而俱非 王甚異之 使人追之 童入內院塔中而隱 茶珠在壁畵慈氏像前 知明至德與至誠 能昭假于至聖也 如此 朝野莫不聞知 王益敬之

다음으로는 경덕왕이 청양루에 나아가 인연 있는 스님으로 월명사를 맞이하는 과정에 관한 기술이 나오는데 이는 경덕왕이 일관이 지시해 준 대로 실행하는 과정을 기술한 것이다. 경덕왕은 인연 있는 스님으로 월명사를 지목하고는 그에게 두 해가 나타난 변괴를 해결할 수 있는 노래를 지어줄 것을 청한다. 〈도솔가〉는 경덕왕의 청을 듣고 월명사가 산화공덕을 행하며 부른 노래이다.

노래의 결과는 바로 두 해의 사라짐 곧 문제의 해결로 이어진다.

이러한 〈도솔가〉 배경설화의 사건 전개과정을 기술의 순차대로 정리해 보면 다음과 같다. 사건의 시공간에 대한 기술→해결해야 할 문제의 발생에 대한 기술→누군가로부터 문제해결 방법을 지시받는 과정에 대한 기술→지시받은 대로 실행하는 과정에 대한 기술→문제의 해결에 대한 기술이 차례대로 나온다. 그리고 〈도솔가〉는 앞에서 든 〈구지가〉, 〈해가〉와 마찬가지로 누군가로부터 지시받은 대로 실행하는 과정에서 불린 노래임을 알 수 있다. 곧 〈도솔가〉는 〈구지가〉나 〈해가〉와 마찬가지로 공수대로 실행하는 단계에서 불렸고, 노래의 결과가 '日怪卽滅'로 바로 나타나는 것으로 보아 주가임을 알 수 있다.

그럼 노래의 내용은 어떠한지 〈도솔가〉의 원문을 보자.

오늘 이에 散花(歌)를 불러
뿌리온 꽃아 너는
곧은 마음의 명에 부리워져
미륵좌주를 모셔라[48]

〈도솔가〉는 비교적 짧은 노랫말로 되어 있고, 또 일연의 解詩가 따로 붙

---

48) 今日此矣散花唱良
　　巴寶白乎隱花良汝隱
　　直等隱心音矣命叱使以惡只
　　彌勒座主陪立羅良

어 있어 해독에 큰 어려움이 없는 노래이다. 〈도솔가〉는 인간과 신을 매개하는 매개체인 꽃에게 미륵좌주를 모실 것을 명령하는 내용으로 되어 있으며, 일반적으로 주가의 어법으로 이야기되는 호칭＋명령의 어법으로 되어 있다.

곧 〈도솔가〉는 공수의 실행단계에서 불렸고, 노래의 결과가 두 해의 사라짐으로 바로 나타나며 호칭, 명령의 어법으로 되어 있는 것을 볼 때 呪歌임을 분명히 알 수 있다.

Ⅳ. 제의가로서의 향가의 주가성에 관한 검토

이상으로 〈구지가〉, 〈해가〉, 〈도솔가〉의 예를 통해 제의에서 불린 제의가 가운데 신격의 지시를 그대로 실행하는 단계에서 불린 노래의 경우는 명백하게 주술성을 갖는 주가임을 확인할 수 있었다. 그럼 제의에서 불린 제의가이되 앞의 경우처럼 공수대로 실행하는 단계가 아닌 다른 단계에서 불린 노래의 경우는 어떠한가를 한번 살펴보도록 하겠다.

『삼국유사』 수록 향가 가운데 관련 서사문맥이 제의와 밀접한 관련이 있으며 사건의 전개가 제의의 진행절차대로 이루어지고 있고 제의 중에 불린 것으로 보이는 향가는 앞서 든 〈도솔가〉외에 〈헌화가〉, 〈안민가〉, 〈처용가〉 등이 있다.49) 여기서는 이 가운데 〈헌화가〉의 예를 통해 제의 중 공수를 실행하는 단계가 아닌 다른 단계에서 불린 노래도 주가라고 할 수 있는가에 답해 보면서 제의가로서의 향가의 주가성에 대해 논의해 보고자 한다.

성덕대왕 대에 순정공이 강릉태수로 부임하는 도중 海汀에서 晝饍을 하였다. 그 곁에는 높이가 千丈이나 되는 石嶂이 병풍같이 바다를 두르고 있었는데 그 石嶂 위에는 철쭉꽃이 만발해 있었다. 순정공의 부인 수로가 그것을 보고 '저 꽃을 꺾어다 줄 사람이 누구인가'고 좌우에게 물었다. 從者들은 "그곳은 사람이 닿을 수 없는 곳입니다"하며 모두 할 수 없는 일이라고 말하였다. 이때

---

49) 이에 대한 자세한 논의는 졸고, 「鄕歌의 祭儀歌的 性格 硏究」, 연세대학교 대학원 박사학위논문, 2002, 2 참조

암소를 끌고 가던 노옹이 있었는데 부인의 말을 듣고 꽃을 꺾고 노래를 지어 바쳤다. 그 노옹이 누구인지 알 수 없었다.[50]

이제 앞에서와 같이 위 기술의 의미를 정리해 보겠다.

海汀, 畫饍은 각각 사건의 공간과 시간에 대한 기술로 볼 수 있다.

다음, 높이가 천장이나 되는 석장에 핀 꽃을 수로부인이 원했다는 것은 수로부인이 얻고자 하는 것, 즉 수로부인의 축원의 내용이라고 볼 수 있다. 이는 달리 말하면 수로부인이 해결하고자 하는 문제가 발생한 것이라고 말할 수 있을 것이다.

다음, 종자들이 모두 '皆辭不能'이라며 할 수 없는 일이라고 말한 것은 문제를 해결할 수 있는 방법을 모색해 보았으나 할 수 없었다는 의미로 해석된다.

이때 노옹이 나타나 노래를 부르며 꽃을 꺾어 바쳤다는 것은 노옹이 꽃을 얻을 수 있는 방법과 함께 꽃을 꺾어 바침으로써 수로부인의 축원이 성취되었음을 의미한다. 설화문맥에서는 노래를 지어 부르는 것과 꽃을 꺾어 바치는 행위가 동시에 이루어진 것처럼 기술되어 있지만 실제로 노래를 지어 부른 것과 꽃을 꺾어 바친 행위가 동시적으로 일어난 것은 아니라고 보인다. 노래의 내용으로 봤을 때 꽃을 꺾어 바친 것은 노래가 불린 이후에 이루어진 행위라고 보는 것이 온당할 것이다.[51]

이상의 〈헌화가〉 배경설화의 사건 전개과정을 기술의 순차대로 정리해 보

---

50) 『三國遺事』 卷 第 2, 紀異 第 2 〈水路夫人〉 聖德王代 純貞公赴江陵太守(今溟州) 行次海汀畫饍 傍有石嶂 如屛臨海 高千丈 上有躑躅花盛開 公之夫人水路見之 謂左右曰 折花獻者其誰 從者曰 非人跡所到 皆辭不能 傍有老翁牽㹀牛而過者 聞夫人言 折其花亦作歌詞獻之 其翁不知何許人也

51) 이러한 시각은 여러 연구자들에게서 보이는데 윤영옥은 "이 기록은 설화를 너무나 축약해서 표현한 것일 것이고, 그러다 보니 '부인의 말을 듣고 꽃을 꺾어 바쳤다'로 문맥이 완결되었으나 그들 사이에 주고받았던 노래를 빠뜨릴 수가 없어 그것을 첨가하자니 자연 '亦作歌詞獻之'라고 첨언하지 않을 수 없었을 것이다. 이렇게 보면 노래는 꽃을 꺾기 전의 노옹의 수로에 대한 수작이다."라 하였다. 尹榮玉, 『新羅詩歌의 研究』, 螢雪出版社, 1972, p.172

면 다음과 같다. 사건의 시공간에 대한 기술→해결해야 할 문제의 발생에 대한 기술→문제해결 방법의 모색 과정에 대한 기술→누군가로부터 문제해결 방법을 지시받는 과정에 대한 기술→문제의 해결의 기술이 차례대로 나오고 있음을 알 수 있다. 그리고 〈헌화가〉는 누군가로부터 문제해결 방법을 지시받는 과정에서 불린 노래임을 확인할 수 있다. 그런데 제의 중에 누군가로부터 문제해결 방법을 지시받는 것은 공수의 단계에서이다. 그러므로 〈헌화가〉는 제의 중에 신에게서 응답을 받는 공수의 단계에서 불린 노래임을 알 수 있다.

그럼 제의 중에 공수로 불린 〈헌화가〉는 주가로 볼 수 있는가. 필자가 보기에는 제의 중에 신이 인간에게 내리는 말인 공수는 그 자체로는 축원을 성취시켜 줄 수 있는 힘이 없는 것으로 보인다. 제의의 진행단계에서 축원의 성취가 이루어지고 해결해야 하는 문제가 모두 해결되는 것은 앞에서 본 것처럼 인간이 신이 일러준 공수대로 실행을 하고 나서이다. 예를 들면 〈구지가〉 배경설화에서 목소리가 시키는 대로 산꼭대기의 흙을 파면서 노래를 부르고 춤을 추는 행위를 행한 후, 〈해가〉 배경설화에서 노인이 시키는 대로 계내민을 불러 막대기로 언덕을 치면서 노래를 부른 후, 〈도솔가〉 배경설화에서 일관이 아뢴 대로 인연 있는 스님을 택하여 산화공덕을 행하며 노래를 부른 후이다. 이는 공수 그 자체만으로는 문제가 해결되는 것이 아니고 공수대로 실행이 되어야만 문제가 해결될 수 있음을 나타내는 것이다. 〈헌화가〉의 경우에 있어서도 수로부인이 꽃을 얻게 되는 것은 노래를 통해 제시된 대로 손에 잡은 암소를 놓고 나를 부끄러워하지 않는 행위를 한 후라고 보아야 할 것이다. 배경설화의 문맥에는 생략되어 있지만 수로부인이 꽃을 얻은 것은 실제로 그러한 행위가 행해졌기 때문이라고 봐야 하기 때문이다. 그러므로 제의 중 공수의 단계에서 불린 〈헌화가〉는 주가라고 보기 어렵다.

그럼 〈헌화가〉의 노랫말은 어떠한지 보자.

　　자줏빛 바위 가에
　　손에 잡은 암소 놓으시고
　　나를 아니 부끄러워하신다면
　　꽃을 꺾어 바치겠습니다.[52]

　〈헌화가〉는 노옹이 수로부인에게 꽃을 얻을 수 있는 구체적인 방법을 제시해 주는 내용으로 짜여져 있다. 노옹은 노래에서 제시된 조건이 충족된다면 꽃을 꺾어 바칠 것임을 노래하고 있다. 원하는 것을 얻을 수 있는 구체적 방법의 제시, 이는 제의 중에 신격이 원하는 바를 얻을 수 있는 구체적인 방법을 알려주는 공수에서 흔히 말해지는 내용이다.[53]

　그렇다면 〈헌화가〉를 주가로 본 연구자들이 〈헌화가〉를 주가로 본 근거는 무엇인가. 그것은 다음의 두 가지 정도로 이야기할 수 있는데 하나는 노래의 어법이 주가의 일반적 어법과 같은 어법으로 되어 있기 때문이고, 다른 하나는 〈헌화가〉가 제의에서 불린 노래이기 때문이다. 그럼 첫째 근거부터 살펴보자.

　〈헌화가〉를 주가로 본 연구자들은 〈헌화가〉의 시문법이 부정조건 긍정형으로 되어 있는 데 주목한다. 부정조건 긍정형이란 '－하지 않으면－하겠다'

---

52) 紫布岩乎邊希
　　執音乎手母牛放教遣
　　吾肹不喩慚肹伊賜等
　　花肹折叱可獻乎理音如

53) 이를 앞에서 다룬 작품들에 대응시켜 본다면 〈헌화가〉는 〈가락국기〉에서 구지에 형체를 숨기고 말을 하던 수로왕의 그 소리(너희들은 모름지기 산봉우리 꼭대기의 흙을 파면서 노래를 부르되 '거북아 거북아 머리를 내어라 내놓지 않으면 그물로 잡아 구워먹겠다'라고 하면서 춤을 추어라. 그러면 곧 대왕을 맞이하여 기뻐 뛰놀 수 있을 것이다.), 〈해가〉 배경설화에서 수로부인을 잃고 어찔 줄 몰라 하던 순정공에게 방법을 지시해 준 노인의 말(여러 사람의 입은 쇠도 녹일 수 있다 했는데 이제 바다 속 짐승이 어찌 여러 사람의 입을 두려워하지 않겠습니까. 마땅히 계내민으로 하여금 막대기로 언덕을 치면서 노래를 부르게 하면 부인을 다시 볼 수 있을 것입니다.), 〈도솔가〉 배경설화에서 경덕왕에게 아뢴 일관의 말(인연 있는 스님을 청하여 산화공덕을 행하면 재앙을 물리칠 수 있을 것입니다.)과 등가적 의미를 갖는다고 볼 수 있다.

의 시문법인데 '나를 부끄러워하지 않는다면 꽃을 꺾어 바치겠다는'〈헌화가〉의 시문법이 〈구지가〉나 〈해가〉 등 많은 주가에서 보이는 이 부정조건 긍정형의 시문법과 일치한다는 것이다.54) 〈헌화가〉는 분명 '-하지 않으면-하겠다'의 부정조건 긍정형의 어법으로 되어 있다. 하지만 노래의 어법만을 가지고 이 노래를 주가라 단정할 수는 없다고 본다. 왜냐하면 노래의 주술성은 어법이 아닌 노래가 소통되는 전후 맥락 속에서 파악해야 하는 것이기 때문이다. 즉 같은 어법의 노래라고 하더라도 그것이 소통되는 맥락에 따라 노래의 성격은 확연히 달라질 수 있는 것이다. 그럼 좀더 자세하게 노래가 불리는 맥락을 살펴보도록 하자.

〈헌화가〉의 노랫말은 〈구지가〉, 〈해가〉와 같은 부정조건 긍정형으로 되어 있지만 〈구지가〉나 〈해가〉가 소통되는 맥락과 〈헌화가〉가 소통되는 맥락은 분명 다르다. 〈구지가〉나 〈해가〉는 우선 발화가 인간과 초자연적 세계를 매개해 주는 매개자인 비인격체에게 행해진 것으로 되어 있는 데 반해 〈헌화가〉는 수로부인이라는 인격체에게 행해진 것으로 되어 있다. 발화의 내용도 전자는 원하는 바를 성취시켜 주지 않을 경우 매개자에게 가할 위협에 대한 것으로 이루어진 데 반해 〈헌화가〉는 원하는 바를 얻을 수 있는 구체적인 방법의 제시로 이루어져 있다. 따라서 〈헌화가〉에서 보이는 부정조건 긍정형의 시문법을 〈구지가〉나 〈해가〉의 그것과 같은 것으로 보고 이를 주가로 단정해서는 안 된다고 생각한다.

다음 두 번째 근거를 살펴보자. 지금까지 많은 경우에 있어 제의에서 불린 노래인 제의가는 쉽게 주술적 성격이 있는 노래로 간주되어 왔다. 이는 제의에 대한 믿음에 기인한 것으로 보인다. 인간은 제의를 통해 초자연적 세계에 있는 초자연적 존재를 불러내고, 인간의 願을 그들에게 전달하며 초

---

54) 임기중, 앞의 논문, p.213
　　姜恩海, 「三國遺事 紀異篇의 굿노래와 感通篇의 創作 呪詞 硏究」, 金烈圭 編 『三國遺事와 韓國文學』, 學硏社 1983, p.112
　　張珍昊, 앞의 책, p.76

자연적 존재로부터 문제를 해결받을 수 있는 방법을 듣게 된다. 이런 제의
의 메커니즘은 제의에 대한 신성시로 이어지고 이는 곧 제의를 주재하는 주
재자에 대한 신성시, 그리고 제의에서 불린 노래에 대한 신성시로 나타났
다. 때문에 제의=주술, 제의가=주가, 제의의 주재자=주술사라는 등식이
성립된 것이 아닌가 한다. 그러나 주술은 "초자연적 존재의 신비한 힘을 빌
어 재앙을 막거나 복을 빌기 위해 하는 신앙행위"[55]로 정의되며, 이에 따르
면 주가는 초자연적 존재의 신비한 힘을 빌어 재앙을 막거나 복을 비는 데
사용되는 노래가 된다. 따라서 제의 중에 초자연적 존재의 지시대로 실행을
함으로써 초자연적 존재의 힘에 기대어 축원의 성취를 이루게 되는 노래는
분명 주가라 할 수 있다. 하지만 제의 중에 있었던 인간과 신 사이의 교통
을 모두 주술로 이해할 수는 없다. 다시 말하면 제의 중에 인간과 신의 교
통이 이루어지는 다음의 단계 즉 인간이 신을 청하는 청배의 단계, 신에게
인간이 원하는 바를 아뢰는 축원의 단계, 신이 인간에게 답을 하는 공수의
단계, 인간이 신에게 들은 대로 행하는 공수의 실행단계에서 불린 노래 모
두를 주가로 볼 수는 없다는 것이다. 이러한 단계 가운데 공수의 실행단계
에서 불린 노래만을 주가로 보아야 한다. 왜냐하면 공수대로 실행을 했을
때 비로소 인간의 축원이 성취되는 것이기 때문이다.

  그러므로 제의가로서의 향가의 주가성은 〈도솔가〉의 경우와 같이 공수대
로 실행하는 단계에서 불림으로써 다음 단계에서 축원의 성취를 가져오는
노래의 경우에 한정하여 이야기하는 것이 합당할 것으로 생각된다.

---

55) 『한국민속대사전』 2권, 민족문화사, 1991, p.1291

V. 나오는 말

지금까지 제의가로서의 향가의 주가성에 관한 필자의 견해를 피력해 보았다. 본고는 향가의 주술성에 대한 전체적 해명이라든가 주가에 대한 새로운 개념 정의를 위한 것이라기보다는 제의와 관련이 있는 것으로 보이는 향가의 주가성을 해명해 보고자 하는 의도에서 시도된 것이었다.

앞에서도 잠깐 언급한 바 있듯이 지금까지 향가의 주술성 논의는 연구자들에 따라 많은 견해 차이를 보여 왔다. 혹자는 향가를 적극적 주술, 소극적 주술, 유사주술, 감염주술의 노래로 설명하기도 했고 또 다른 이는 이와는 약간 다르게 구속주술과 그 패러디[56]로 설명하기도 했다. 물론 이러한 논의들이 향가의 주가성을 해명하는 데 일정한 기여를 했음은 인정된다. 하지만 연구자들의 편의에 따라 혹은 연구자의 시각에 따라 달리 적용될 수 있는 기준이 아닌 분명한 주가의 기준이 마련될 필요가 있는 것이 아닌가 하는 생각에서 본고를 시도하게 된 것이다.

필자는 향가의 주술성은 노래 자체가 아닌 노래가 불려지는 맥락에서 마련되는 것인 만큼 노래가 불려지는 맥락 안에서 주가의 성립조건을 찾아야 한다고 생각했다. 그랬을 때 제의는 노래의 주술성을 성립시켜 주는 확실한 기반이 되므로 제의맥락으로 해석되는 향가 배경설화의 사건 전개과정의 검

---

56) 양희철, 「향가의 주가성을 다시 생각해 본다」, 『韓國詩歌硏究』 第 8輯, 韓國詩歌學會, 2000. 8.

토를 통해 주가가 성립되는 조건을 찾아본 것이다. 이러한 논의는 제의에서 불린 향가 가운데 주가라고 말할 수 있는 작품은 무엇이며 그것은 왜인가를 분명하게 설명해 줌으로써 제의가로서의 향가의 주가성을 논할 수 있는 확실한 준거를 마련했다는 데에 의의가 있는 것으로 생각된다. 남은 문제는 지속적인 관심과 천착을 통해 향가의 주술성이 분화, 발전되어 가는 모습을 단계적으로 설명함으로써 향가의 주술성 논의를 심화시키는 일이라 하겠다.

참고 문헌

1. 자　료

『三國遺事』
『三國史記』
『中文大辭典』
『한국민속대사전』 2권. 민족문화사. 1991.

2. 논문 및 저서

姜恩海.「三國遺事 紀異篇의 굿노래와 感通篇의 創作 呪詞 硏究」. 金烈圭 編『三國遺事와 韓國文學』. 學硏社, 1983.

金光淳.「獻花歌說話에 關한 一考察」.『韓國詩歌硏究』. 螢雪出版社, 1981

金承璨.「鄕歌의 呪詞的 性格」.『鄕歌文學論』. 새문사, 1986

金烈圭.「鄕歌의 文學的 硏究 一斑」.『鄕歌의 語文學的 硏究』. 西江大 人文科學硏究所, 1972

김열규.「鄕歌의 文學的 硏究一斑」.『鄕歌의 語文學的 硏究』. 서강대 인문과학연구소, 1972.

金泰坤 외.『韓國口碑文學槪論』. 民俗苑, 1995.

김학성.「화랑관련 향가의 의의와 기능」.『한국 고시가의 거시적 탐구』. 집문당, 1997.

민긍기.「신화의 실체를 구명하기 위한 몇 가지 점검」.『淵民學志』第8輯, 2000.

徐大錫.「高麗〈處容歌〉의 巫歌的 검토」.『한국고전시가작품론1』. 集文堂, 1992.

성기옥.「'能感動天地鬼神'의 논리와 향가의 주술성 문제」.『古典詩歌의 理念과 表象』. 林下 崔珍源博士 停年紀念論叢. 1991.

成武慶.「深山大澤과 臨海亭에 대하여」.『成大文學』 26. 成均館大學校 國語國文學科, 1988.

양희철.「鄕歌 感動論의 “能感動天地鬼神” 研究」.『語文研究』32. 어문연구학회,
    1999.
──── .「향가의 주가성을 다시 생각해 본다」.『韓國詩歌研究』第8輯. 韓國詩歌學
    會, 2000.
尹榮玉.『新羅詩歌의 研究』. 螢雪出版社, 1972.
李能雨.「鄕歌의 魔力」.『現代文學』21, 1956.9.
林基中.「鄕歌의 呪術性」.『鄕歌文學研究』. 一志社, 1993
張珍昊.『新羅鄕歌의 研究』. 螢雪出版社, 1996
조현설.「설법해 주기를 청하는 노래」.『새로 읽는 향가문학』. 아세아문화사, 1998.
최선경.「鄕歌의 祭儀歌的 性格 研究」. 연세대학교 대학원 박사학위논문. 2002. 2
崔珍源.「‘鄕歌 感動天地鬼神’考」.『陶南學報』12집. 陶南學會, 1990.
허영순.「古代社會의 巫覡思想과 歌謠 研究」. 부산대 석사논문. 1963

Ⅰ. 들어가는 말

향가는 신라시기 가요로 향가의 기원을 유리왕대 〈도솔가〉로 잡는다면 향가의 마지막 작품이라고 알려진 고려 예종의 〈도이장가〉에 이르기까지 아주 오랜 기간 사람들의 사랑을 받았던 노래임을 알 수 있다. 일연이 〈월명사 도솔가〉조에서 '신라 사람들이 향가를 숭상한 지 오래되었다'(羅人尙鄕歌者 尙矣)고 한 기록이나, 『삼국사기』 노례왕(弩禮王)조의 '시작도솔가 유차사 사뇌격'(始作兜率歌 有嗟辭詞腦格)이란 표현을 볼 때에도 향가의 연원이 무척 오래됨을 알 수 있다. 하지만 이렇게 오랜 기간 신라인들의 사랑을 받은 향가에 대해 우리가 가지고 있는 정보는 소략하기 그지없다. 향가 작품집이라고 할 수 있는 『삼대목』이 현재 전하지 않고, 현재 전하는 향가 작품은 『삼국유사』와 『균여전』에 전하는 작품 25수에 지나지 않아 향가의 실상을 제대로 알기 어렵다. 게다가 향찰 해독이 난해하여 그 내용의 뜻함을 온전히 파악하는 것도 어려우며, 연행과 관련해서는 향가가 어떤 장소에서 어떤 사람들에 의해 어떻게 불렸는지도 확인하기가 쉽지 않은 상황이다. 하지만 그래도 다행인 것은 향가가 노래 단독으로 존재하지 않고 배경설화와 함께 존재한다는 사실이다. 향가가 수록되어 있는 『삼국유사』에는 향가를 누가, 왜 짓고, 불렀는지, 향가를 불렀더니 어떤 일이 일어났는지에 대한 기록이 상세히 전한다. 향가 해석에 필요한 모든 정보는 전적으로 향가와 함께 수록되어 있는 배경설화에 기대고 있는 셈이다.

그러나 모든 향가가 다 배경설화를 동반하고 수록되어 있는 것은 아니며 향가와 배경설화의 관련양상도 작품마다 다 다르다. 그렇기 때문에 작품마다 다른 향가와 배경설화의 관련양상과 배경설화의 문맥적 특징 그리고 그에 따른 향가의 기능 및 표현 등에 주목해 보는 것은 향가의 전체적인 성격은 물론 개별 작품의 성격을 이해하는 데에도 도움이 될 것이다.

향가연구에서 배경설화의 중요성은 연구 초기부터 줄곧 강조되어 왔다. 예컨대 "향가의 해명열쇠는 분명히 함께 기록된 산문전승 속에 내재해 있다"[57]거나 "『삼국유사』의 기록은 신라가요의 전체적인 성격을 규정을 짓는 데 중요한 문제점을 제시해 주는 것이며, 곧 이것이 신라가요의 바른 해석에도 하나의 실마리가 될 수 있다고 생각한다"[58]는 주장 등이 바로 그것이다. 향가 개별 작품론에 있어서의 배경설화의 중요성에 대해서는 새삼 언급이 불필요할 정도이다.

한편, 여기서 더 나아가 향가 14수가 배경설화와 관련되어 있는 양상에 주목하여 이들을 일정한 기준에 따라 나누고, 유형화한 연구들도 이루어졌는데 여기에서는 김열규와 임기중의 논의가 주목할 만하다. 김열규는 배경설화와 향가의 관계를 산문기록이 단순히 향가가 노래 불려진 동기에 관한 설명에 불과한 경우(〈모죽지랑가〉, 〈원왕생가〉)와 향가가 이미 서사문학의 문맥에 밀착되어 있어서 그것 없이는 서사 구조 자체에 훼손이 생기게 되는 경우(〈처용가〉, 〈서동요〉) 등으로 나누고 그에 따른 향가의 성격과 특징을 밝혔다.[59] 또 임기중은 신라가요와 기술물의 관계는 노래가 기술물의 문맥 안에 들어있는 것과 노래가 기술물의 문맥 밖에 나와 있는 것의 두 가지가 있는데 이를 더 세분하면 노래가 주이고 기술물은 그 노래를 위해서 존재하

---

57) 성기옥(1981), 「〈원왕생가〉의 생성 배경 연구」, 「진단학보」51, 1981, p.203
58) 최철(1979), 「신라가요 연구」, 개문사, p.30
59) 김열규 외(1990), 「향가의 어문학적 연구」, 서강대학교 출판부, pp.28~29

는 것, 기술물이 주이고 노래는 부수적인 것, 노래와 기술물이 병립돼 있는 것, 노래만 전하고 기술물은 전하지 않는 것 등 네 가지 유형으로 나눌 수 있다고 하였다.[60] 김열규의 분류는 다소 소략한 감이 있으며, 임기중의 분류는 노래가 주인가 기술물이 주인가에 대한 판단에 이견의 여지가 있지만 향가와 배경설화의 관계를 체계적으로 정리하여 제시한 의미 있는 논의들이라 할 수 있다.

본 논문에서는 선행연구의 성과들을 바탕으로 하면서 이를 조금 더 발전시켜 향가와 배경설화의 관련양상을 배경설화의 문맥적 특징에 따라 나누어 살펴보고자 한다. 이제까지의 연구에서 배경설화와 향가의 관련양상, 배경설화의 성격 등에 주목하여 작품의 특징을 논한 연구는 많이 이루어졌지만 같은 문맥으로 해석되는 배경설화의 특징이나 배경설화의 문맥적 성격에 따른 향가의 기능, 표현의 차이에 주목한 연구는 아직 이루어진 바 없다. 본 논문에서는 제의문맥 향가를 중심으로 하여 향가와 배경설화의 관련양상, 향가의 기능과 표현의 특징 등을 상세히 고찰해 보고자 한다.

---

60) 林基中(1981), 「歌謠와 記述物과의 관계」, 「新羅歌謠와 記述物의 硏究」, 二友, pp.251~252

II. 제의문맥 향가의 기능과 표현의 특징

향가와 배경설화의 결합 및 존재방식은 작품에 따라 다양하지만 향가와 배경설화의 관련양상을 크게 구분지어 보면 향가와 배경설화의 관계가 긴밀한 것과 그렇지 않은 것으로 나누어 볼 수 있다. 여기서 향가와 배경설화의 관련양상이 긴밀하다는 것은 향가가 배경설화의 중심이 되는 사건의 전개에 깊숙이 개입하여 서사 내에서 주된 기능을 하는 경우를 말하며, 그렇지 않은 것은 향가가 배경설화의 중심이 되는 사건과의 직접적인 관련 없이 제목만 언급된 경우거나 설화와의 관련 정도가 극히 미약한 경우를 말한다.

『삼국유사』에 전하는 향가 가운데 배경설화와의 관계가 긴밀하여 향가가 사건 전개에 핵심적인 기능을 하는 작품으로는 〈헌화가〉, 〈안민가〉, 〈처용가〉, 〈도솔가〉, 〈서동요〉, 〈도천수대비가〉, 〈원가〉, 〈혜성가〉, 〈우적가〉가 있고, 향가와 배경설화의 관계가 그다지 긴밀하지 않은 작품으로는 〈모죽지랑가〉, 〈찬기파랑가〉, 〈원왕생가〉, 〈제망매가〉, 〈풍요〉가 있다. 이제까지의 향가연구는 향가와 배경설화가 긴밀하게 연결된 작품의 경우에는 배경설화의 문맥과 그에 제시된 정보를 중심으로 하여, 그렇지 않은 작품의 경우는 작품 자체의 특징에 주목하여 향가를 해석하는 방식으로 진행되어 왔는데, 본 논문에서는 향가와 배경설화가 긴밀하게 연결된 작품들 가운데 문맥의 성격이 동일한 작품들을 따로 분류하여 문맥의 특징에 따른 향가의 성격을 살펴보고자 한다.

향가와 배경설화가 긴밀하게 연결되어 있는 작품들 가운데 본고에서 우선적으로 주목한 것은 배경설화의 문맥이 제의문맥으로 해석될 수 있는 〈헌화가〉, 〈안민가〉, 〈처용가〉, 〈도솔가〉와 그 배경설화이다. 이들에 주목하는 이유는 이들 배경설화의 문맥이 다른 향가 작품의 배경설화와는 뚜렷하게 구분되는 특징을 보이며, 배경설화의 문맥이 곧 향가의 연행과 관련된 상황으로 연결되는 특수성을 보이기 때문이다. 따라서 제의문맥 향가의 특징에 대한 분석은 향가가 연행되는 방식에 따라 즉 가창되는 상황의 특수성에 따라 다른 기능을 수행하거나 다른 언술적 특징을 보일 수 있는 가능성과 제의라는 현장 공간에서 가창된 향가만의 독특한 표현들을 제시해 줄 수 있을 것으로 기대된다. 본 논문에서는 제의문맥으로 해석되는 배경설화 속의 향가와 다른 향가 작품과의 비교를 통해 향가의 기능 및 표현과 언술의 특징 등을 제시해 보고자 한다.

〈헌화가〉, 〈안민가〉, 〈처용가〉, 〈도솔가〉의 배경설화는 유사한 사건 전개 과정을 보여준다. 이들은 대체로 다음과 같은 순서로 전개되는데 대체로 사건의 시공간에 관한 기술→해결해야 할 문제의 발생→문제의 원인 및 문제해결 방법(者)의 모색→누군가로부터 문제의 원인 및 문제해결 방법을 지시받음→지시대로의 실행→문제의 해결이 그것이다. 또 이들 배경설화에서 사건이 발생한 공간은 해정(海汀), 정변(汀邊), 귀정루(歸正樓), 조원전(朝元殿) 등[61]이고 사건이 발생한 시간은 주선(晝饍)[62]을 행할 때, 3월 3일[63] 등이다. 이들은 모두 제의와 관계가 있는 시공간이라는 점에서

---

61) 이들 공간과 제의와의 관련성에 대해서는 졸고(2002), 「향가의 제의가적 성격 연구」, 연세대학교 박사학위논문을 참조하기 바란다.
62) 해정(海汀), 주선(晝饍)과 제의의 관계에 관해서는 呂基鉉(1984), 「水路夫人 이야기의 祭儀的 研究」, 成均館大 碩士學位論文, pp.9-10과 金光淳(1981), 「獻花歌說話에 關한 一考察」, 『韓國詩歌研究』, 螢雪出版社 참조
63) 『三國遺事』 卷 第 一, 紀異 第 一, 〈新羅始祖 赫居世王〉 前漢地節元年壬子三月朔……
   『三國遺事』 卷 第 二, 紀異 第 二, 〈駕洛國記〉 屬後漢世祖光武帝十八年壬寅三月禊洛之日……
   『三國史記』 卷 第 三十二, 雜志 第 一, 〈祭祀〉 高句麗常以三月三日 會獵樂浪之丘 獲猪鹿 祭天及山川

위 서사문맥이 제의와 관계되어 있음을 짐작할 수 있다. 또한 해결해야 할 문제가 발생하고 이를 해결하는 과정은 혼란된 질서를 바로잡고 정상적인 질서를 회복시키는 제의의 과정과 유사하다. 좀더 구체적으로 이들 사건의 전개과정은 일반적으로 신을 청하는 청배 단계에서부터 시작하여, 신에게 원하는 바를 아뢰는 축원, 축원에 대한 신의 응답인 공수, 공수대로의 실행, 축원의 성취단계로 마무리되는 제의의 절차에 대응시켜 볼 수 있다.[64] 이러한 특징들로부터 우리는 이들 배경설화의 문맥과 그 속에 자리한 향가를 제의와 관련시켜 이해할 수 있는 근거를 발견하게 되는데, 제의문맥으로 해석되는 배경설화 속 향가의 기능과 표현의 특징들을 정리해 보면 다음과 같다.[65]

1. 창자(唱者)의 에토스(ethos)와 가창을 통한 문제의 해결

제의문맥으로 해석되는 향가 배경설화에서 향가는 문제해결에 큰 역할을 한다. 노래는 문제적 상황을 타개하거나 사건의 국면을 새롭게 전환시키는 데 기여한다. 그런데 여기서 특히 주목되는 것은 문제해결이 향가를 부른 사람이 지닌 신비로운 힘에 상당부분 의지하고 있는 것으로 그려지고 있다는 것이다. 제의문맥에서는 향가 자체보다 노래를 짓고 부른 사람의 덕성,

---

『三國史記』, 卷 第 四十五, 列傳 第 五, 〈溫達〉高句麗常以春三月三日 會獵樂浪之丘 以所獲猪鹿 祭天及山川神 至其日 王出獵 群臣及五部兵士皆從 於是溫達以所養之馬隨行 其馳騁常在前 所獲亦多 他無若者 王召來問姓名 驚且異之

64) 제의 절차 및 대응 관계에 대한 논의 역시 졸고(2002), 앞의 논문, pp.146-150 참조.

65) 〈혜성가〉는 배경설화의 기술이 소략하여 설화문맥 자체를 제의문맥으로 환원시켜 보기 어려우나 제의문맥 향가에 상당히 가까운 특징을 보인다. 본 장에서 따로 자세히 언급하지는 않았으나 〈혜성가〉는 제의문맥 향가에 포함시켜 보아도 무리가 없다고 판단된다.

권위, 능력에 의해 향가의 힘이 더 배가되어 발휘되는 것으로 나타난다.

제의문맥으로 해석되는 〈헌화가〉, 〈안민가〉, 〈처용가〉, 〈도솔가〉 배경설화에는 향가를 부른 사람 혹은 그 사람을 얻게 되는 과정에 대한 기술이 큰 비중을 차지한다. 이들은 주로 신통력을 지니고 오랜 수행을 한 스님이거나 용의 아들, 혹은 정체를 분명히 알 수 없는 신비한 인물로 등장한다. 〈혜성가〉 배경설화에 등장하는 융천사 역시 배경설화에 자세한 기술은 보이지 않지만 서사 내적 기능이 월명사, 충담사와 동일한 것으로 볼 때 이들과 마찬가지의 성격을 갖는 주술승으로 볼 수 있다. 각 인물들에 대해 간략히 정리해 보면 다음과 같다.

〈헌화가〉 배경설화의 주요 등장인물은 순정공, 수로부인, 노인이다. 이 가운데 순정공은 사건 전개에 큰 기여를 하지 않은 인물이고 보면 사건 전개와 관련된 핵심 인물은 수로부인과 노인이라 할 수 있다. 수로부인의 꽃에 대한 욕망과 죽음을 무릅쓰고 꽃을 꺾어 바친 노인의 행동으로 인한 욕망의 충족이 이야기의 큰 축을 이룬다. 여기서 벼랑 위에 핀 꽃을 원하는 수로부인의 문제해결은 바로 노인의 용기 있는 행동으로 이루어진다. 젊은 남성들도 오르지 못하는, 하물며 사람의 발자취가 닿기조차 힘들다고 모두가 입을 모으는 그런 절벽 위에 피어 있는 꽃을 따다 줄 수 있는 정도의 능력을 지닌 인물이 노인이며, 문제의 해결은 이런 노인의 행동에 의해서 이루어진다. 노인이 어떤 사람인지 전혀 모른다는 배경설화의 진술에서 노인에 대한 신비감은 한층 증폭되며, 곧이어 제시되는 〈해가〉 배경설화에서 보이는 노인의 지력 등을 통해 노인의 정체에 대한 암시가 이루어진다.[66]

〈안민가〉와 〈도솔가〉의 배경설화에는 왕이 문제를 해결할 만한 능력을 지닌 승려를 선택하는 과정에 대한 이야기가 비중 있고 상세하게 그려진다. 〈안민가〉의 배경설화가 되는 〈경덕왕 충담사 표훈대덕〉조에서 경덕왕은 문제를 해결할 만한 인물로 위의선결(威儀鮮潔)한 대덕(大德)을 정하고 이런

---

66) 노옹의 巫로서의 성격에 관해서는 최광식, 「日本 古代의 老翁」, 『韓國傳統文化研究』 3집(1987)과 「三國史記 所載 老嫗의 性格」, 『史叢』 25(1981), p.9참조

분을 모셔 올 것을 명한다. 이렇게 정한 기준에 의해 몇 차례 심사한 끝에 선택된 이가 바로 충담사이다. 충담사는 왕이 '어디에서 오는가'하고 묻자 '남산 삼화령 미륵세존께 차 공양을 드리고 오는 길'이라고 대답한다. 여기서 충담이 차공양을 하고 왔다는 대답은 그의 인물적 성격을 드러내 주는 단서로 작용한다. 차공양을 하고 왔다는 것은 다례(茶禮)를 행하고 왔다는 뜻으로 그가 수행이 무척 높은 승려임을 암시한다.[67]

이렇게 까다로운 과정을 거쳐 선발된 충담사가 부른 〈안민가〉는 경덕왕이 처한 문제적 상황을 해결하는 데 큰 기여를 한다.

〈도솔가〉의 배경설화에도 월명사를 맞이하는 부분에 대한 언급이 자세하다. 경덕왕이 조원전에 단을 차리고 청양루에 가서 기다렸다 맞이한 연승 월명사는 경덕왕에 의해 선택된 것만으로도 얼마나 훌륭한 인물인지에 대한 검증을 이미 받은 존재이다. 문제의 해결은 이런 월명사가 부른 〈도솔가〉에 의해 이루어지는데 노래 뒤에 붙은 월명사에 대한 부연 설명 즉 월명사와 미륵보살의 관계라든가 피리를 잘 불고 사천왕사에 살았는데 그가 피리를 불면 달도 가기를 멈추었다는 등의 기술은 월명사의 인물됨을 보여 주는 장치로 기능한다. 〈제망매가〉 배경설화에서 월명사가 노래를 부르자 지전이 서쪽으로 날아갔다는 기술 역시 월명사의 뛰어난 능력을 보여주는 일화로서의 성격을 갖는다.

〈처용가〉의 배경설화에는 헌강왕이 처용이라는 인물을 얻게 되기까지의 과정에 대한 기술이 상세하다. 처용은 동해용왕의 아들로 설정되어 있는데

---

67) 茶巫를 行한다는 것은 곧, 그러한 秘法을 了解한다는 뜻이 되며 따라서 한 사람의 博士(方術士)로 인정되는 것이다. 그렇다면 여기에서 茶巫가 지니는 秘法을 了解한다는 것은 대체 어떤 狀態를 가리키는 것인가. 틀림없이 그것은 一次的으로는 辨證法的 自我의 획득이며, 그러한 辨證法的 自我는 단순히 存在論的 地平에서 浮動하는 것이 아니라 변증법이 現實的으로 肉化됨으로써 存在論的인 상황은 意味論的인 것에 흡수되어 버린다. 그런 意味에서 샤머니즘에 있어선 철저히 存在論的인 地平은 許容되지 않는다. 왜냐하면 茶巫를 획득한 샤먼이란 곧 世界(身體와 身體的 世界)를 支配하는 治者가 되기 때문이다. 즉, 그는 巫의 획득과 함께 곧 技能者가 되는 것이다. 朴容淑(1976), 『韓國古代美術文化史論』, 一志社, p.216

왕이 용을 위해 망해사라는 절을 지어주기로 약속을 하자 용왕이 그에 대한 감사의 뜻으로 왕에게 바친 아들이다. 동해용왕의 아들이라는 설정은 그가 비범한 힘과 능력을 지닌 인물임을 말해준다. 처용은 아내를 역신에게 **빼앗**긴 문제적 상황을 〈처용가〉를 부름으로써 해결하는데 처용이 지닌 높은 덕성과 너그러움은 역신의 항복을 받아내는 데 큰 역할을 한다.

이처럼 제의문맥으로 해석되는 배경설화에는 향가를 짓거나 부른 인물에 대한 기술이 자세한데, 이들은 당대 사회에서 높은 인품이나 덕성으로 존경받는 인물이거나, 많은 사람들에게 강력한 권위와 힘을 발휘하는 종교적 인물이다. 향가는 이런 인물들에 의해 창작되고 가창되는데 가창은 곧 문제의 원만한 해결을 가져온다. 이는 물론 노래 자체의 힘 때문이기도 하지만 거기에는 노래를 부른 이들이 지닌 강한 에토스가 더 크게 작용했음을 부인할 수 없다. 제의문맥 향가에서 보이는 이러한 강력한 설득 수단으로서의 에토스는 실제 제의의 현장에서 제의를 주재하는 주재자 모습이 반영된 것으로 이해할 수 있다.

2. 특정 청자(聽者) 지향의 발화와 산문적, 직설적 표현

제의가로서의 향가는 특정 청자를 눈앞에 두고 상대에게 말하는 방식으로 가창된다. 즉 특정 청자와 직접 소통하는 방식으로 가창이 이루어지는데, 주로 청자에게 직접 명령하거나, 청자의 물음 혹은 요구에 화답하는 형식을 취한다. 〈도솔가〉는 월명사가 꽃에게 직접 명령하는 형식을, 〈헌화가〉는 노인이 수로부인에게 꽃을 얻을 수 있는 방법을 알려주는 형식을, 〈안민가〉는 충담사가 경덕왕에게 가르침을 주는 형식을, 〈처용가〉는 처용의 독백처럼 보이기도 하지만, 처용이 역신에게 말하는 방식을 취하고 있다.

이렇게 제의가로서의 성격을 지니는 향가들이 특정 청자를 앞에 두고 그에게 직접 말을 하는 형식을 취하다 보니 노랫말은 일상어에 가까우며 함축적, 비유적, 상징적 표현보다는 산문적, 직설적인 표현이 많다.

> 君은 아비요
> 臣은 사랑하시는 어미요,
> 民은 어리석은 아이라고
> 하실진댄 民이 사랑을 알리라.
> 大衆을 살리기에 익숙해져 있기에
> 이를 먹여 다스릴러라.
> 이 땅을 버리고 어디로 가겠는가
> 할진댄 나라 保全할 것을 알리라.
> 아아, 君답게 臣답게 民답게
> 한다면 나라가 太平을 持續하느리라.[68]

10구체 향가의 형식을 취하고 있는 〈안민가〉는 충담사가 노래를 지어주기를 원한 경덕왕에게 나라를 편히 다스릴 수 있는 요체를 직접 일러주는 형식을 취하고 있다. 나라를 편히 다스리기 위해서는 임금은 임금답게 신하는 신하답게 백성은 백성답게 자신의 역할을 다하여야 함을 충담사는 서술적 문체로 왕에게 훈계하고 있다. 〈안민가〉에는 비유적인 표현은 많이 보이지 않으며 통치의 기본이 직설적이고 산문적인 표현들로 진술되어 있다.

> 자줏빛 바위 가에
> 손에 잡은 암소 놓게 하시고
> 나를 아니 부끄러워하시면
> 꽃을 꺾어 바치오리다.

---

68) 김완진(1980), 『향가해독법연구』, 서울대학교 출판부. 본고의 향가 작품의 해독은 모두 김완진의 것을 따랐다.

〈헌화가〉는 노인이 수로부인에게 '꽃을 갖고 싶으면 당신이 취해야 할 행동은 이런 것입니다'고 알려주는 산문적 진술 형태를 취하고 있다. 수로부인이라는 특정 청자를 향한 노인의 발화의 내용은 꽃을 얻을 수 있는 조건을 구체적으로 담고 있다. 비유적 표현은 많이 보이지 않으며 노랫말은 '~면 ~ㄹ것이다.' 형태의 조건의 제시와 조건이 충족되었을 경우 축원의 성취의 어법으로 구성되어 있다.

> 오늘 이에 散花(歌)를 불러
> 솟아나게 한 꽃아 너는
> 곧은 마음의 命에 부리워져
> 彌勒座主를 뫼셔 羅立하라

〈도솔가〉는 월명사가 산화의식으로 꽃을 뿌리며 꽃에게 직접 명령하는 형식을 취하고 있다. 이 노래는 노래를 부르는 주체인 월명사가 사물인 꽃에게 주술을 거는 주가(呪歌)로 볼 수 있다. 현전하는 향가 가운에 주가로서의 성격이 가장 분명하게 드러나는 작품이기도 하다. 주가로서의 성격은 노래의 어법에서도 확인할 수 있는데 〈도솔가〉는 흔히 주가의 어법으로 이야기되는 호칭＋명령의 어법으로 되어 있다. 이는 〈구지가〉, 〈해가〉 등과 같은 주가에서 흔히 볼 수 있는 호칭－명령－가정－위협의 구성어법에 가까운 것이다.

> 서울 밝은 달 아래
> 밤늦도록 노닐다가
> 들어와 자리를 보니
> 다리가 넷이구나
> 둘은 내 것인데
> 둘은 누구의 것인가
> 본디 내 것인데

빼앗은 것을 어찌 하릿고

〈처용가〉는 아내와 역신의 간통장면을 목격한 처용이 홀로 독백하는 형식으로 되어 있다. 때문에 특정 청자에게 발화하는 앞의 노래들과는 성격이 조금 다르다고 볼 수 있다. 하지만 노래에 바로 역신이 답을 하는 것으로 볼 때 처용이 역신이 들을 것을 충분히 전제하고 직접적으로는 아니라 하더라도 역신을 겨냥하여 발화했음을 짐작할 수 있다. 〈처용가〉의 표현은 전 4구와 후 4구가 서로 구분되는데 전 4구는 화자가 처한 상황에 대한 사실적 보고의 형태를 취하며, 후자는 상황에 대한 화자의 인식과 물음의 형태를 취하고 있다. 이때 마지막 7, 8구의 물음은 특정 청자인 역신을 겨냥한 것으로 볼 수 있다.

또한 〈처용가〉에는 사건의 발단과 경과, 현재 사건이 일어난 현장에 대한 직접적 기술이 있어서 사건의 전모를 알 수 있게 해 주며, 처용과 역신 사이의 긴장관계와 그 반전 등의 극적인 요소들도 현장감 있게 전달된다. 향가 〈처용가〉의 이런 극적인 특징은 뒤에 고려 〈처용가〉로 이어지면서 궁중 나례에서 가무악으로, 민간에서 처용희로 연행되는 등의 전통을 낳아 조선조에 이르기까지 지속적인 계승을 보이게 된다.

이처럼 제의문맥 향가는 특정 청자를 향해 발화되며, 직설적 표현 어법이 주를 이루는 현장성이 강한 특징을 보여주는데 제의문맥 향가의 이런 특징 역시 제의현장에서 서로 묻고, 답하는 형태의 소통이 노래로 이루어지는 특징이 그대로 반영된 결과로 볼 수 있다. 제의문맥 향가의 이런 언술적 특징은 특정 청자의 등장 없이 화자 혼자 등장하여 자신의 심리나 정서를 표출한 비(非)제의문맥 향가의 언술적 특징들과 비교해 보면 더욱 뚜렷이 드러난다.

Ⅲ. 비(非)제의문맥 향가의 기능과 표현의 특징

제의문맥 향가의 특징은 제의문맥으로 해석되지 않는 다른 향가들과의 비교를 통해 더 선명하게 드러날 수 있기에 여기서는 제의문맥 향가를 제외한 나머지 향가 작품들의 기능 및 표현의 특징을 제의문맥 향가의 그것들과 비교하며 살펴보고자 한다.

여기서 비교의 대상이 된 작품은 〈모죽지랑가〉, 〈찬기파랑가〉, 〈제망매가〉[69], 〈원왕생가〉, 〈원가〉, 〈도천수대비가〉[70] 이다.

---

69) 〈제망매가〉는 재를 지내며 부른 노래이기 때문에 제의와의 친연성이 높은 노래이다. 그러나 〈제망매가〉에는 노래와 밀착되어 함께 전하는 배경설화가 존재하지 않고, 제의의 성격도 앞의 주술 제의의 성격과는 확연히 구분된다. 따라서 배경설화의 문맥 자체가 제의의 연행 상황으로 해석되며, 제의의 성격 또한 주술제의적인 앞항의 향가들과는 성격이 달라 앞항에 포함시켜 고찰하지 않았다.

70) 본고의 비교 대상 가운데 빠진 작품은 〈서동요〉, 〈풍요〉, 〈우적가〉이다. 〈서동요〉와 〈풍요〉는 이미 민간에서 발생하여 오랫동안 구비되어 온 민요 계통의 노래로 연행상황이 다양하고, 특정 작가에 의해 창작된 향가들과는 다른 연원과 성격을 보이기 때문에 비교 대상에 포함시키지 않았으며, 〈우적가〉는 결자(缺字)와 불완전한 해독으로 인해 표현과 언술적 특징을 논하기가 어려워 일단 제외하였다.

1. 화자(話者)의 의지적 문제해결

제의문맥으로 해석되는 향가 배경설화에서 향가가 주로 국가적, 사회적 위기와 관련된 문제적 상황을 현실적으로 해결하는 데 기여했다면 제의문맥으로 해석되지 않는 배경설화 속 향가는 화자가 당면한 개인적인 문제를 화자 스스로 풀어내면서 정서적, 의지적으로 해결하는 데 기여하는 모습을 보여 준다. 이들 향가는 상처 받은 화자의 마음을 달래고 치유하는 기능을 수행한다.

> 지나간 봄 돌아오지 못하니
> 살아 계시지 못하여 우올 이 시름.
> 殿閣을 밝히오신
> 모습이 해가 갈수록 헐어 가도다.
> 눈의 돌음 없이 저를
> 만나보기 어찌 이루리.
> 郎 그리는 마음의 모습이 가는 길
> 다복 굴헝에서 잘 밤 있으리.

〈모죽지랑가〉에는 화자가 직면한 문제의 원인은 분명하게 제시되어 있지 않다. 하지만, '간 봄'으로 표현된 돌아올 수 없는 지난날에 대한 진한 그리움을 볼 때 화자의 슬픔은 자신이 존경해마지 않았던 랑과 함께하지 못하는 현실에 있음을 짐작할 수 있다. 시름과 슬픔으로 화자는 울음을 울고 있는데, 화자의 울음과 시름은 다음의 해가 갈수록 헐어지는 랑의 모습에서 더욱 커져만 간다. 그러나 화자는 랑과 헤어져 랑을 볼 수 없는 현실의 안타까움 속에 마냥 울고 있지만은 않다. 현재는 만날 수 없지만 언젠가는 만날 수 있으리라는 믿음, 나아가 반드시 만나고야 말겠다는 의지를 가지고 마음을 추스른다. 화자는 랑과 헤어져 시름에 겹고, 랑의 헐어가는 모습에 안타까움을 금할 길 없지만 이런 현실을 일단 수용하고 앞으로 랑과 만날 날을 상상하며 랑에 대한 그리움을 치유해 간다. '다복 굴헝에서 잘 밤 있으리'라는 의지적 표현은 화자가 현실의 슬픔과 랑에 대한 그리움을 의지적으로 극복하려고 노력하고 있음을 보여 준다.

> 흐느끼며 바라보매
> 이슬 밝힌 달이
> 흰 구름 따라 떠간 언저리에
> 모래 가른 물가에
> 耆郎의 모습이올시 수풀이여.
> 逸烏내 자갈 벌에서
> 郎이 지니시던
> 마음의 갓을 좇고 있노라.
> 아아, 잣나무 가지가 높아
> 눈이라도 덮지 못할 고갈이여.

〈찬기파랑가〉는 기파랑을 추모하고 찬양하는 성격의 노래로 서두에는 기파랑과 헤어져 기파랑을 그리워하는 화자의 모습이 나타나 있다. 화자는 달이 흰 구름 따라 떠간 언저리를 그리운 마음에 흐느끼며 바라보고 있다. 그러다 모래 언덕 강가에서 기파랑의 모습을 본다. 하지만 기파랑이라고 생각한 것은 저녁 강변의 수풀일 뿐이다. 화자는 다시 마음을 다잡고 기파랑이 지녔던 마음의 한 자락이나마 잡아보려고 노력한다. 이것은 기파랑을 그리워하면서 흐느껴 울고 있어서만은 안 되겠다는 화자의 의지의 발현이다. 그리고 마지막에서 화자는 기파랑의 높고 훌륭한 인품을 잣나무에 빗대어 어떤 고난과 역경 속에서도 꿋꿋한 잣나무처럼 영원히 빛날 기파랑을 찬양하고 있다. 기파랑에 대한 그리움으로 힘겹지만 화자는 기파랑에 대한 흠모와 찬양을 통해 이를 의지적으로 극복하는 모습을 보여주고 있다.

生死길은

예 있으매 머뭇거리고
나는 간다는 말도
못다 이르고 어찌 갑니까
어느 가을 이른 바람에
이에 저에 떨어질 잎처럼
한 가지에 나고
가는 곳 모르온저
아아, 미타찰에서 만날 나
道 닦아 기다리겠노라

〈제망매가〉에는 먼저 간 누이에 대한 원망과 안타까움, 삶과 죽음의 경계에서 느끼게 되는 두려움, 다시 만나고 싶은 염원 등이 잘 표현되어 있다. 여기서 화자는 누이와의 이별이라는 사건을 겪은 후 '나는 간다는 말도 못다 이르고 어찌 갑니까'라며 먼저 간 누이를 원망한다. 이어 같은 가지에 나고서도 가을이 되면 여기저기 떨어지고 마는 낙엽처럼 '한 가지에 나고 가는 곳 모르'는 누구도 거스를 수 없는 자연의 순리에 수긍하는 태도를 보인다. 그리고 마지막에서 자신의 감정을 추스르면서 '미타찰에서 만나기를 도닦으며 기다리겠다'는 말로 이별에서 오는 뼈아픈 슬픔을 극복하려는 의지를 보여준다. 〈제망매가〉는 누이의 죽음을 겪은 화자의 심경 변화 과정—슬픔과 원망과 수용과 극복에의 과정—이 진솔하게 표현된 작품으로 화자가 스스로 슬픔을 치유해 가는 과정이 잘 드러나 있다.

質좋은 잣이
가을에 말라 떨어지지 아니하매,
너를 중히 여겨 가겠다 하신 것과는 달리
낯이 변해 버리신 겨울에여.
달이 그림자 내린 연못 갓
지나가는 물결에 대한 모래로다.
모습이야 바라보지만

세상 모든 것 여희여 버린 처지여.

〈원가〉는 절대로 잊지 않겠다고 약속한 왕이 약속을 저버린 데 대한 원망과 서운함을 노래한 작품이다. 1-4구에서 화자는 잣나무를 두고 했던 왕과의 지난날의 약속과 싸늘하게 변해 버린 어긋난 기대를 노래하고 있다. 화자는 자신이 무엇 때문에 상처를 받았는지 즉 문제가 된 사건이 무엇인지를 직접 드러내 보이고 있는데 이처럼 화자 자신이 겪고 있는 심적 괴로움의 원인을 직접 노래하는 것은 둘 사이에 있었던 밀약에 대한 폭로로서의 의미와 함께 그렇게 직접 상처를 끄집어내어 보임으로써 상처 받은 마음을 가다듬고 치유하고자 하는 데 목적이 있다. 5-8구에서 화자는 상처 받은 자신의 처지를 '달이 그림자 내린 연못가의 모래'에 비유하면서 세상 모든 것을 잃어버린 처지라고 한탄한다. 그러나 체념과 자신의 처지에 대한 비관은 왕의 잘못을 드러냄과 그렇게 함으로써 쌓였던 상대에 대한 원망을 풀어내는 해원의 기능을 담당하게 된다. 솔직한 드러냄으로 화자는 스스로 자신의 문제를 해결하고 있는 것이다.

> 달님이 어째서
> 서방까지 가시겠습니까.
> 無量壽佛前에
> 報告의 말씀 빠짐없이 사뢰소서.
> 誓願 깊으신 부처님을 우러러 바라보며,
> 원왕생원왕생
> 두 손 곧추 모아
> 그리는 이 있다 사뢰소서.
> 아아, 이 몸 남겨 두고
> 四十八大願 이루실까.

〈원왕생가〉에서 화자는 달에게 아주 간절히 자신의 소원을 부탁한다. 화자의 소원은 왕생이다. 그러나 간절한 애원에도 안심이 되지 않자 살짝 위협하는 말투로 '이 몸을 남겨둔다면 사십팔대원을 이루겠느냐'며 협박을 한다. 화자는 간절한 자신의 소망을 애원조로 달님에게 기탁해보다 혹시 자신의 소망이 이루어지지 않을지도 모르는 두려움에서 오는 불안감을 상대에 대한 협박으로 해소하고 있다. 원하는 바를 이루고픈 화자의 간절한 심경을 원하는 바를 들어주지 않을지도 모르는 상대방에 대한 위협으로 바꾸어 마무리하면서 화자는 의지적으로 자신의 불안을 극복하고 있다.

이상에서 살펴본 바와 같이 비제의문맥 향가에서 화자는 자신이 당면한 개인적 문제를 숨김없이 풀어내 버림으로써 상처받은 마음을 치유하고 이를 극복하려는 정서적이고 의지적인 문제해결의 모습을 보여주고 있다. 이는 제의문맥 향가에서 강한 에토스를 지닌 화자가 자신의 에토스를 이용하여 국가적 혹은 사회적 문제 상황을 현실적으로 해결하는 데 기여한 것과는 대조적인 모습이다. 여기서 우리는 향가가 효용성과 서정성이라는 두 가지 대별되는 기능을 나누어 수행한 노래였음을 확인하게 된다.

2. 화자(話者) 중심의 발화와 상징적, 비유적 표현

제의문맥으로 해석되는 배경설화 속 향가가 특정 청자에게 말을 건네는 방식으로 청자 지향성을 보인 것과는 달리 이들 향가에서 화자는 특정 청자를 겨냥하지 않은 채 그저 독백조로 자신의 심회를 풀어내는 말하기 방식을 취하고 있다. 제의문맥 향가의 화자에게서 보였던 강한 권위와 힘은 더 이상 보이지 않으며 오히려 화자는 연민을 불러일으키는 서정적이고 주정적인 어조로 자신의 심경을 고백한다. 표현에 있어서도 제의문맥 향가에서 주로 쓰였던 직설적, 일상적 표현 대신 문학적으로 세련된 비유적, 상징적 표현들이 많이 보인다.

> 지나간 봄 돌아오지 못하니
> 살아 계시지 못하여 우올 이 시름.
> 殿閣을 밝히오신
> 모습이 해가 갈수록 헐어 가도다.
> 눈의 돌음 없이 저를
> 만나보기 어찌 이루리.
> 郎 그리는 마음의 모습이 가는 길
> 다복 굴헝에서 잘 밤 있으리.

〈모죽지랑가〉는 작품의 성격과 관련하여 이설이 있지만 죽지랑의 사후에 득오곡이 지은 추모시로 보는 견해가 강하다. 이 작품에서 화자는 죽지랑과의 헤어짐에서 오는 슬픔과 아픔을 다음 세상에서의 만남의 약속으로 승화시키고 있는데 이런 서정적 추이가 상징적 시어를 통해 잘 표현되어 있다. 1구의 '지나간 봄'은 단순한 계절의 봄이 아니며 곧 죽지랑을 상징한다. 화자는 죽지랑과 함께 했던 봄날이 돌아오지 못하는 슬픔에 울고, 해가 갈수록 헐어가는, 기억 속에서 희미해져만 가는 죽지랑의 모습에 안타까워한다. 하지만 슬퍼만하고 있는 것이 아니라 눈을 돌려 죽지랑과의 만남을 그려본다. 5구의 '눈의 돌음'은 시적 전환을 보여주는 상징적 시어이다. 〈제망매가〉에서 월명사가 누이동생의 죽음에 슬퍼하다가 미타찰에서 만날 기약으로 마음을 추스르듯 화자 역시 피안으로 눈을 돌려 다시 만날 것을 기대한다. 마지막 구의 '다복 굴헝'은 랑과의 재회 앞에 놓인 어려움과 고난을 나타낸다. 죽지랑을 만날 때까지 다복 우거진 구렁텅이 같은 곳에서라도 자는 일이 없을 것이라는 의지와 어쩌면 수도 없이 만나게 될 험난한 여정이 '다복 굴헝'으로 암시되어 있다.

> 흐느끼며 바라보매

이슬 밝힌 달이
흰 구름 따라 떠간 언저리에
모래 가른 물가에
耆郞의 모습이올시 수풀이여.
逸烏내 자갈 벌에서
郞이 지니시던
마음의 갓을 좇고 있노라.
아아, 잣나무 가지가 높아
눈이라도 덮지 못할 고깔이여.

〈찬기파랑가〉는 충담사가 지은 노래로 경덕왕이 '기의심고(其意甚高)'하다고 익히 들어 알고 있을 정도로 당대에 뜻이 높은 노래로 숭앙받았던 작품이다. 〈찬기파랑가〉는 앞의 〈제망매가〉와 함께 현전하는 향가 가운데 매우 높은 서정성과 예술적 성취를 보여주는 작품이다. 특히 〈찬기파랑가〉는 시각적 이미지의 선명한 대비와 상징적 시어를 통한 인물의 이미지의 형상화가 매우 세련되었다는 평을 받는다. '구름', '물가', '잣나무' 등에서 오는 색채 이미지의 강한 대비, '이슬 밝힌 달', '흰 구름', '모래 가른 물가', '수풀', '잣나무', '눈' 등에서 보이는 비유적, 상징적 표현 등이 감각적 형상화로 작품의 완성도를 높이고 있다.

生死길은
예 있으매 머뭇거리고
나는 간다는 말도
못다 이르고 어찌 갑니까
어느 가을 이른 바람에
이에 저에 떨어질 잎처럼
한 가지에 나고
가는 곳 모르온저
아아, 미타찰에서 만날 나

道 닦아 기다리겠노라

〈제망매가〉는 먼저 간 누이동생에 대한 원망과 그리움, 그리고 이별을 맞닥뜨린 화자의 절망감과 슬픔이 잘 표현되어 있는 작품이다. 화자는 느닷없이 찾아온 누이동생의 죽음 앞에서 슬퍼하고 고뇌하며 인생의 무상함을 느끼지만 슬픔을 다시 만날 기약으로 승화시키며 이별에서 오는 슬픔을 극복하고 있다. 갑자기 맞이하게 된 이별의 고통에서 이의 극복으로의 화자의 심경의 변화가 작품에서는 뛰어난 문학적 표현으로 제시되어 있다. 특히 한 부모에게서 태어난 동기가 어디로 간지 모른 채 헤어지고 마는 현실의 안타까움을 표현한 5-8구에서 보이는 비유는 매우 수준 높은 수사적 완결성을 보이는 것으로 평가된다. 이런 점 때문에 〈제망매가〉는 현전하는 향가 가운데 서정성이 가장 높고 비유와 수사적 기교도 매우 뛰어난 작품으로 손꼽힌다.

質좋은 잣이
가을에 말라 떨어지지 아니하매,
너를 중히 여겨 가겠다 하신 것과는 달리
낯이 변해 버리신 겨울에여.
달이 그림자 내린 연못 갓
지나가는 물결에 대한 모래로다.
모습이야 바라보지만
세상 모든 것 여희여 버린 처지여.

〈원가〉는 신충의 왕에 대한 원망과 체념을 담은 노래로, 해독이 아직 완전하지 않은 어구가 있으나 고도화된 비유와 완곡한 표현이 매우 돋보이는 작품이다. 변하지 않는 푸름을 상징하는 잣나무, 우러르고 싶은 존재인 왕을 상징하는 달, 왕과 나 사이를 갈라놓은 물결, 달그림자만을 바라보는 못가의 모래와 같은 나 등의 자연물에의 은유가 화자가 처한 안타까운 현실을 매우 효과적으로 드러내 보이고 있다. 직접적으로 원망을 표출하지 않고 완곡하게 에둘러 표현하면서도 자신의 원망스러운 심경을 극대화시켜 전달하는 세련된 말하기 방식을 보여주고 있는 작품이다.

이처럼 비제의문맥 향가는 특정 청자와의 직접적인 소통을 전제하지 않은 채 독백하듯 자신의 내면을 풀어내는 말하기 방식을 취하고 있으며, 표현에 있어서도 비유적, 상징적인 표현들을 많이 사용하고 있음을 볼 수 있다. 이러한 특징은 향가의 서정가요로서의 높은 성취를 보여주고 있다.

Ⅲ. 나오는 말

현전하는 『삼국유사』의 향가는 배경설화와 함께 수록되어 있으며, 배경설화의 존재는 향가 해석에 결정적인 역할을 한다. 하지만 향가와 배경설화의 관련양상은 작품에 따라 다양하다. 향가와 배경설화가 긴밀하게 연결되어 있는 경우도 있고 그렇지 않은 경우도 있으며, 향가와 배경설화가 긴밀하게 연결되어 있는 경우도 배경설화의 문맥에 따라 이들에 대한 다양한 해석이 가능하다. 따라서 향가와 배경설화의 관련양상을 문맥에 따라 갈라 보고, 그에 따르는 향가의 성격과 특징들을 분석해 보는 작품에 대한 개별적 접근 방법이 무엇보다 필요하다.

본 논문에서는 일단 제의문맥으로 해석되는 배경설화와 그 속에 위치한 향가에 주목하여 이들의 성격과 특징을 살펴보았고, 이들을 다른 향가 작품의 그것들과 비교해 보았다.

제의문맥 속 향가는 배경설화와 밀착되어 사건의 전개에 깊이 관여하는데 특히 향가는 주인공의 강한 능력과 권위에 의존하여 당면한 문제를 해결하는 기능을 수행한다. 이때 향가는 특정 청자를 눈앞에 두고 그에게 직접 발화하는 형식을 취하고 있으며, 표현에 있어서는 비유적, 상징적 표현보다 산문적, 직설적 표현이 많이 사용되고 있다.

한편, 향가와 배경설화가 밀착되어 있지 않은 경우 향가는 독립된 시가로 존재하며, 화자 자신의 내면을 드러내 보이는 데 충실한 모습을 보인다. 이 경우 향가는 특정 청자를 겨냥하지 않은 채 자신의 심경을 토로하는 화자 중심의 말하기 방식을 보였으며, 표현에 있어서는 문학적으로 세련된 비유적, 상징적 표현이 많아 수준 높은 예술적 성취를 보여 주었다. 본 논문에서는 제의문맥 향가의 특징을 좀더 선명하게 드러내기 위해 제의문맥 향가에 포함되지 않는 작품들을 모두 비제의문맥 향가로 묶어 고찰하였기 때문에 비제의문맥 향가들 간의 세세한 차이나 성격적 특질들이 다소 간과된 측면이 있으며, 지면 관계상 향가 개별 작품 하나하나에 대한 꼼꼼한 분석과 상호 간의 비교를 충분히 제시하지 못한 아쉬움이 있다. 이런 부족하고 아쉬운 부분들은 후고의 보다 정밀한 논의와 개별 작품론 등으로 보완해 나가도록 하겠다.

참고 문헌

『三國遺事』
『三國史記』

金光淳(1981). 「獻花歌說話에 關한 一考察」. 『韓國詩歌研究』. 螢雪出版社.
김열규 외(1990). 『향가의 어문학적 연구』. 서강대학교 출판부.
김완진(1980). 『향가해독법연구』. 서울대학교 출판부.
朴容淑(1976). 『韓國古代美術文化史論』. 一志社.
성기옥(1981). 「〈원왕생가〉의 생성 배경 연구」. 『진단학보』51.
성호경(2004). 「〈찬기파랑가〉의 시세계」. 『국어국문학』136. 국어국문학회.
呂基鉉(1984). 「水路夫人 이야기의 祭儀的 硏究」. 成均館大 碩士學位論文.
윤영옥(1982). 『신라가요의 연구』. 형설출판사.
林基中(1981). 「歌謠와 記述物과의 관계」. 『新羅歌謠와 記述物의 硏究』. 二友.
최광식(1987). 「日本 古代의 老翁」. 『韓國傳統文化研究』3집.
―――(1981). 「三國史記 所載 老嫗의 性格」. 『史叢』25.
최선경(2002). 「향가의 제의가적 성격 연구」. 연세대학교 박사학위논문.
최 철(1979). 『신라가요 연구』. 개문사.
홍순석(1993). 「鄕歌와 背景說話」. 『鄕歌文學研究』. 一志社.

· 저 자 소 개 ·

최 선 경(崔善慶)

약력
　연세대학교 문과대학 사학과 졸업
　연세대학교 대학원 국어국문학과 문학석사(고전문학 전공)
　연세대학교 대학원 국어국문학과 문학박사(고전문학 전공)
　현 가톨릭대학교 교양교육원 교수

주요논저
「〈안민가〉 창작 배경의 의미와 성격」, 「〈서동요〉의 제의적 근거에 관하여」
「향가의 제의가적 성격 연구」, 「비판적 읽기를 위한 질문 구성」
『삼국유사와 여성』(공저), 『가려 뽑은 삼국유사』 외 다수

향가의 제의적 이해

· 초판 인쇄	2006년 10월 30일
· 초판 발행	2006년 10월 30일
· 지 은 이	최선경
· 펴 낸 이	채종준
· 펴 낸 곳	한국학술정보㈜
	경기도 파주시 교하읍 문발리 526-2
	파주출판문화정보산업단지
	전화　031) 908-3181(대표) · 팩스　031) 908-3189
	홈페이지　http://www.kstudy.com
	e-mail(출판사업팀사업부)　publish@kstudy.com
· 등　　록	제일산-115호(2000. 6. 19)
· 가　　격	17,000원

ISBN　　89-534-5856-0　93810 (Paper Book)
　　　　　89-534-5857-9　98810 (e-Book)